闽派批评新锐文集

批评的先锋、跨界与动力

——从文学性勘界到后文学本体转向

陈开晟 著

海峡出版发行集团

海峡文艺出版社

图书在版编目（CIP）数据

批评的先锋、跨界与动力:从文学性勘界到后文学本体转向/陈开晟著. — 福州:海峡文艺出版社，2022.12

ISBN 978-7-5550-2931-1

Ⅰ.①批… Ⅱ.①陈… Ⅲ.①中国文学－现代文学－文学评论－文集②中国文学－当代文学－文学评论－文集 Ⅳ.①I206.6－53

中国版本图书馆 CIP 数据核字(2022)第 040998 号

批评的先锋、跨界与动力
——从文学性勘界到后文学本体转向

陈开晟　著

出 版 人 林　滨

责任编辑 谢　曦

编辑助理 吴飐茉

出版发行 海峡文艺出版社

经　　销 福建新华发行(集团)有限责任公司

社　　址 福州市东水路 76 号 14 层

发 行 部 0591－87536797

印　　刷 福建新华联合印务集团有限公司

厂　　址 福州市晋安区福兴大道 42 号

开　　本 720 毫米×1010 毫米　1/16

字　　数 360 千字

印　　张 21.5

版　　次 2022 年 12 月第 1 版

印　　次 2022 年 12 月第 1 次印刷

书　　号 ISBN 978-7-5550-2931-1

定　　价 58.00 元

如发现印装质量问题,请寄承印厂调换

自序　后人文时代：闽派批评再出发

　　文集的面世有些"偶然"，遴选大多已刊发的论文汇集成册，我一直都觉得还没准备好。此书的缘起应是响应号令、奉命起意的。2015年郑家建先生告之福建文艺理论界要推出系列"闽派批评"丛书，让我准备准备。我欣然"接旨""认领"，这是老师对学生的扶持。自然不敢怠慢就忙乎起来，甚至来不及在意或多想我与"闽派"或"批评"之间的关联。事实上，在此之前我总让为自己的学术宗趣在于普遍性领域而非地域性研究（尽管我也知道闽派批评的全国性视野及其作为公共崛起的影响力），且重心一直放在自以为更具深度的理论美学而非批评，何况将我所涉足的那些美学、文论与批评混搭、强制成册似乎也有些龃龉不入。不过，待成稿之后，出版一事却因一些客观原因搁浅了。今天看来，这一暂停未尝不是一种幸运，几年来文集论题辐辏及意脉贯通随着时光沉淀、文学及批评环境的变化越发清晰并喷薄欲出。

　　正是在文稿辑录过程的反复中，我看到将它们收摄到同一主旨框架下的可能及其当代性。这些文字虽谈不上有事先规划的自觉或系统而为之，但无论是经验色彩浓郁的作品解读，还是那些在美学、形而上学维度跋涉的文字，看似散逸却也无非围绕这样的问题：文学、文学世界（文学本体及其所统摄的经验层面的广义文学），何为？又为何？而这完全同自己对文学奥秘的眷注、探寻及由此引出的困惑密切关联，很大程度上也与20世纪八九十年代文学理论界的关注相交叠。回望当年，在探问文学性、文学本体或文学奥秘过程中，文学世界借助形式、形象、语言等美学维度的显现而得以从庸俗文学社会学的遮蔽中还原、释放。可是，文学刚获文学性的澄明与自足，就接连遭遇去文学化、反文学化、非文学化。泛文学化的潮流，先有市场、资本、消费围堵，后有新媒介、网络技术、虚拟空间的卷入。流俗的相对主义、历史主义、后现代主义、泛意识形态权力论，则不断制造"文学没有本质"的神话。一时间，文学死亡、理论死亡、批评死亡等各种结论尘嚣日上；文学性，文学的神秘、神圣、灵晕，瞬间消失，文学动力急遽衰竭。大批文学研究者、批评家也信以为真，纷纷逃离或投诚文化领域；而仍坚守文学研究阵地、为文学辩护一下变得不合时宜，昔日之先锋不再，文学批评堕落为老调重弹，显得大而无当，或暮气十足，或远低于现实。正当终结论者与反终结论者在人文学科范式内厮杀、对决或者以一种淡漠、疏离心态不屑于这种二元对立框架下任一选项的时刻，文学、文学研究、文学理论遭到了以数字技术。基因工程、生命科学为主导的第四次工业革命的降维打击。人工智能3.0、工业革命4.0颠覆了现实、客观性、真实性，内在意识的外化、物质化、现实化不断成为可能，而坚固现实、当下生活则同样可能通过媒介的虚拟、有机化而不断内化走到意识内面。虚拟与现实、虚构与生活被篡改、颠倒、模糊了，其界限也随之灰飞烟灭。这对于整个文类而言，几乎是灭顶之灾，文学、文学理论被高度解密了，从先锋性、前沿性的最高层面看，它们没有未来。

正是文学内外及其周边环境的变化，文学、文学研究所遭遇的一系列误解、挑战以及它们何去何从问题的萦绕、造访，我内心深处已允许，甚至祈望书稿在束之高阁多年之后能够重新获得亮相。在这种情况下，文集命意所及关键词"文学性""本体""后本体""先锋""跨界""动力""批评"等作为司空见惯的能指，显然已无法自明，而另有其特定内涵、所指，这里有必要对此作些申说与引发。

"本体"作为本人对文学奥秘探问所趋以及治学之基，也是文集的主旨所在，"文学性""后本体""先锋""跨界""动力""批评"这些关键词的解释都当从这里出发、激活。从"文学性"到"后本体"是从文学本体、到本体自身以及本体与文学叠合的探寻过程。当然，在发生学意义上，整个过程并非高度自觉，文学性无论是雅各布逊的原初用法，即"使文学作品成为文学作品的东西"还是我最初在显性层面的使用，当时主要是基于认识论层面，更多地用它强调文学的自主性、独特性。待后来我通过康德学说达到本体的自觉时，也曾想从雅各布逊那里找到更多同本体学说的关联或者它同康德物自体之间的联系，从目前我所能掌握的资料以及所作的努力来看还是失败了。不过，这一过程却让我明白，即便对文学性探寻之初我的潜意识已悄然指向了主体哲学框架之外的本体，或者说已时不时地从隐喻层面在文学自身与世界本体之间作相应类比。对于康德学说的探问，我也经历了从主体哲学框架下的理解到最后摆脱这个框架回到自在本体这一康德学说的缘起、收摄支点的过程。物自体不可知以及人类对它的冲动。为神话、文学、艺术、哲学、宗教、科幻留下了空间与地盘。物自体及其诸多后形而上学本体变体，是一个美学资源极为丰富又十分奇异的地带；雌雄体、背反构件、浩漫黑夜、空而不空、外部即内部、不可穿刺的幻象、莫比乌斯带、事件例外、第三持存、异延、骇人客体等等都是其表征。人类对自在本体、自在之我的冲动以及本体所诉诸的拒绝、反向激发，审美理念朝向本体的把握以及相互抗拒，便是文学艺术生生不息的动力以及先锋派的本体之源。这是文学终结时代文学施展的始源性空间与动力，文学因之迎来了属于自己的本体时代。只有回到文学的始源本体，方能明白：文学性、虚构性、假定性无论遭遇怎样解构、撕裂拆毁、爆破、碎片化，正如那些后形而上学（后本体）文学经典（常被庸常化、化约为后现代文学）所展示的那样，却为何具有颠覆不破的神奇魅力；它是世界与文学再度灵晕化或复魅的可能。

　　"跨界"如今也变得如此陈词滥调，只有将其置于后本体的文学维度方得以澄清。德里达对"太阳隐喻"的解构一重构，在暴露哲学隐喻化、文学化的同时也意味着文学并不像哲学所欺世的那样，只是真理/本体显现的工具；继而德里达又宣称除了这个隐喻、喻体之外并没有所谓的太阳本身或所谓的本体/真理这样喻体与本体、文学与真理交叠了。这里，文学、哲学的跨界是对文类跨界最始源的葆贞与解释。跨界在本体意义上的可能与当代性，更在于当人类在趋近"物自体"这一端（面）没有获得突被情况下，它的另一端（面）"自在之我""心而上学""意识本体"的勘察借助神经影像等生命技术获得了进展。生命、基因、生物技术为灵与肉的情动和有机焊接、意识的肉身化与物质化、无机物的有机化与意识内化提供可能。这样，意识成为意识、人类成为人类、文学成为文学的问题重登了，意识的发生与文学的发生同主体成为主体、自我成为自我之间共时化了，它们具有了存在论的一致。只有上升到这一层面，所有有关商业、政治、消费、网络、媒介、电游、数字、广告、生活、文化等领域弥漫的文学性、广义的文学性、大文学方能得到收摄，隐喻、修辞、剧场、空间表演、视频行动、赛博格写作、超文本、接龙小说、IP话语场、去剧本化的演出等等，作为新的文学本体文类方能显示其先锋性与未来性。

"批评"，即"反思""否定""质疑""纠错""内省""审查""勘界""解毒"，便是"理论"的原初。正如我们通常所知道的，康德批判哲学为批评提供了"典范"：为理性能力勘定界限，成熟地应用理智，摆脱自我招致的不成熟，粉碎独断论，摆脱批判的自我关涉，实现经验主义与理性主义双重超越，等等。当前，批评的挑战在于，固定对象消失了，到处都是散逸、仿真、增殖幻象化、不确定、网络化、非现实化、无物之阵、同质化、沙漠化、信息爆炸，导致现实无法区分、把握以及判断短路与判断力丧失，批评已无从发力，它从自身内部急遽瓦解，退化为无关痛痒、自娱自乐、故作姿态的咆哮或哑炮。

无论将康德哲学、美学与批评关联起来，还是将本人对康德美学的一些研究同作为文类的批评联系起来，似乎都有些强制或疯狂。我得以自觉贯通这其间的动脉，完全要归功于朱国华老师。2018 年到朱老师那里问学，记得有一次我带着一摞有关康德美学、先锋派、批判美学的文稿请他指正，他快速而犀利地告我，你这是批评！这让我十分惊讶，自己的兴趣曾在康德领衔的批判美学，从当代学术建制看也是远离批评的。当然，这也令我莫名兴奋，或许因为某种无名的治学意绪获得了命名或自己身上某种存有却毫不自知的存在被道破了。究竟是我把康德学说批评化，还是康德学说根本上就蓄聚着大量批评财富？毫无疑问，康德学说所潜在的本体意义上的批评资源有待发掘：本体与现象的差异，作为他者的物自体，如何统摄无限大、无限有力，如何判断、统觉超感知，自在德性如何训练主体，审美理念与物自体对抗中所流溢出的未来性、先锋性，等等。学说为批评如何应对无限小、无限复杂、极度无意义、极限仿真、媒介帝国的庞大、极度无力感、绝对偶然性、符号游牧与隐匿、虚拟失重等提供了待开采的"美学矿石"。齐泽克正是将本体与现象的差异演译为"视差"而在电影、科幻批评中开展得如火如荼，列维纳斯的"他者"同样将为文学批评迎来新的转折与可能，等等。人类正遭到人工意识、仿生人的挑战，AlphaGo 致瞎、致盲了人类的判断力。如何应对后人类的挑战，康德学说所潜藏着的批评、判断潜能在后形而上学语境下正蓄势待发。借助生物技术，人类或许在神经元等区域所潜在而有待催生的生物判断力、有机统觉力、肌体综合力或许将不断被发现或延展，而康德学说则为后人类判断力、感受力、理解力、批评力的培育与施展提供了预示与方向。

我或许有些泛（惠）本体论了。这在同道、学生、坊间也多有流传，似乎陈开晟开口闭口离不开"物自体"，就像其QQ签名上"自在之物风情万种"那面时刻飘扬的旗帜。陈培浩、谢刚二位友人甚至戏地称我"本体晟"。有一次谢刚兄邀大家小聚，水煮理论、激扬批评，他笑嘻嘻、神神秘秘地跟我说，你就尽享食物表象，而不要食用美食本身了。这是非常有趣的提问，我当然不能、也不忍用康德对理性在判断本体与现象、先验与经验时的误用所进行的勘界加以回应，否则就显得有些无趣了。不过，我从这里再一次意识到，为康德、马克思所曾爆破、辨正、勘界过的本体与现象在技术媒介的催化下，二者之间的颠倒、越位、互访、媾和现象，不但变本加厉而且因其显现方式更其现实感而正变得更迷惑、危险。由此，我从现实层面更加确信了近年来自己不断确立、确信的判断，即在高度虚拟化、镜像化、媒介化的幻象时代开展批评的紧迫性、可能性及所当展开的主题、对象。当商品、消费、媒介、符号、病毒、智能产品盗取本体位置。而意识本体借助黑科技又能流窜、外化到经验、现象界；面对这所导致的二者混杂、难辨的几何级升级态势，只有借助源自本体域的批评方能避免批评堕落为虚假的意识或是同谋。"物自体"源自西方的康德，而我对于它的偏爱更多是深植于内心萌动。或许它是先在、附着于我，并在我治学催化过程中逐步突显，然后达到意识的自觉。最初，我作为中文的学生在创作、鉴赏等显性方面并没有什么可圈可点的，很长一段时间只觉得我是一个十分矛盾以及对矛盾有很多体验、甚至无解的个体，自己似乎也很难解释这种长久体验或者自己究竟适合于哪种门类的文学工作。后来，在做本科毕业论文深入了解恩格斯对歌德、列宁对托尔斯泰的批判后方知道，一方面这种矛盾是身上的感性浪漫主义与当时被庸俗化了的马克思主义之间的冲突，另一方面甚至也以恩格斯、列宁所揭示出的深植于这两位作家的矛盾而聊以自慰起来，即认为从事文学、创作、文字、思想的个体大多会"染有"这样的气质。回看过去，正是"物自体"的模糊召唤及它在我内心蛹动的体验，方是我治学的动力，也造就了治学的某种"捷径"。20多年来的探问，倘若还有所得，这所得不会是依恃家学熏陶，也并非圈外人所言的勤勉所能，尽管一路走来我还算用工。我想说的是，这种本体经验应该是某种生命情调或性状并非后天所可欲求。在这点上每个个体的差异是显然的，就像业师孙绍振先生多次所言，痴爱且擅长幽默的他，招收弟子无数却就没有能如他那般戏要幽默技艺的。是的，有人擅长"优美""审美"，有人独爱"崇高""审丑""荒诞""恐怖""无厘头""非虚构""经验主义""形而上学"，不一而足。其背后或许是生命构造、文化基因、地理环境的差异使然。这除了令人感到沮丧或绝望，更应该感到一种清醒的释然。第四次工业革命虽远未解密意识、精神、人性、心性、性命与肉身、感知、物性、物理、天道的关系，但已经有了非常有质量的小步飞跃。这绝非传统灵肉论、人性与物性归一的老调重弹，在生命科学、基因技术支撑下将意识、精神、人文、意志、伦理等还原到生命、基因层面，为现代文明现代性思维、因果关系、必然律以及各种高度内卷的功利性与目的性的本体反思、始源否定提供了可能。"物自体"不只是一个哲学概念、文化思维与观念，对它的朝向、倾注已不能斩断它同生命性状的关系。人类观念、精神、意识、伦理等传统的人文、文化主题将无法抛开心智构造、意识肉身而独断讨论，当然也绝非旧唯物论、唯灵论、万物有灵论的还魂。这已是后人类人文、伦理的主题，实现对生命、肉身与意识、精神的双重批判与超越，便是后人类人文批评新的维度与空间。

闽派批评于 20 世纪 80 年代悄然崛起，风骚全国，一时甚至与京派、海派呈三足鼎立之势。在我求学、化解人文困思过程中，有幸在孙绍振先生、南帆先生、王光明先生、刘小新先生、郑家建先生等诸多当代著名闽派批评家们的课堂上或著述、讲演、言谈中得到熏陶，从中受益良多；我在讲授《文学概论》时也每每以此告诫学生，文学批评当以切近、切己的闽派批评家及其著述、批评实践为学习范例。我虽闽籍，也从事着文学话语的行当，但却没有文学美少年之类的佳话，而更像后知后觉的猫头鹰在时空错序的节点方起飞觅食。闽文化注重经世器用，闽人好论但似乎不好形而上学，闽地好像也缺乏生养本体的文化土壤，从目前福建高校的哲学、美学、宗教等学科设置、发展情况以及学人治学兴趣也可见一斑。围绕"朦胧诗"论争而崛起的闽派批评家们以过人的禀赋著称，他们以独特的感性超越性发掘文学奥妙、触及文学本体，站在经验的大地、从认识论最高层面揽下本体论的重活，不过总体上本体并非其自觉或祈望。如此看来，诸如我这般对本体的冲动、醉心与眷注，就显得有些"异样""例外""别样"了。不过，我们不应该忽视的是，闽籍哲学家、思想家朱熹、李贽等不但崇尚形而上学且正好各自在心趣本体、理路本体上各执一端，有如康德、拉康在"自在之物""自在之我"的站位那样。我们很难证明李贽他们同闽派批评的关系，也应避免粗陋地将二者本质主义地化约，但这对闽派批评而言却是非常重要的视域。闽派批评成绩斐然，但那时那样的演历与辉煌已无法再现或复制。相比 20 世纪 80 年代，文学的言说对象与方式、人文与文化环境，都已不可同日而语，更何况批评家们的个体禀赋、天资不可传授、师承，但它所触及的问题朝向、超越性批判力、未来性及其先锋指向中对未来历史，社会维度的收摄与函纳能力却可以超越时间为不同时代的人敞开，共同触摸、怀抱与书写。

闽派批评再出发，是时候了，在后人类、后人文时代！

特别感谢海峡文艺出版社社长林滨先生，从再次起意、酝酿到交稿、付梓都离不开他的支持。特别要提到的是，由于本人自 2018 年以来为闽江学院中文一级学科行政服役，绵延杂事、俗事缠身，论文的选录、补充、完善、审校工作停滞、延后成为常有的事，海峡文艺出版社在出版市场发生变化情况下，仍坚持出版，令我十分感动。感谢任心宇、吴飓茉两位老师为本书所作的努力，尤其与通常的批评著述不同，本书涉及大量专有术语、外文注释、专业体例，无疑大大增加了她们的工作量，这让我十分惭愧，感谢她们的细心、专业、宽容与护航。

是为序。

2022 年 6 月 20 日，福州闽侯

自序

目　　录

第一辑　文学性探寻与批评

文学本体论的探寻、坚守与反思

　　——重读韦勒克·沃伦《文学理论》 ……………………………（3）

经典细读与速写篇 ……………………………………………………（10）

"一代人"的"诗歌化石" ……………………………………………（11）

民族性与现代性的张力 ………………………………………………（14）

"男人的一半是女人"：性与政治维度 ……………………………（17）

"活着就是一切"的旨趣 ……………………………………………（20）

《忏悔录》与"替补"现象 …………………………………………（23）

"人民公敌"：话语与权力 …………………………………………（26）

主体的凸显与消解 ……………………………………………………（29）

文学批评关键词二篇 …………………………………………………（32）

从叙述话语角度论荒诞审美

　　——20世纪八九十年代中国"荒诞小说"的话语分析 …………（38）

理论的"墙"与"桥"

　　——论孙绍振文艺理论思想的当代价值与意义 ………………（48）

第二辑　现代性视域与审美批判

论康德美学的现代性意义 …………………………………………………（67）

超越审美现代性的困境

　　——论法兰克福学派的审美现代性思想 …………………………（79）

"综合创新论"的系谱反思与场域批判

　　——以文论的知识状况为考察中心 ………………………………（94）

理论城堡、美学能量与细读大义

　　——通往孙绍振文学理论—文本解读学的解释之路 ……………（107）

审美中介与现代性批判

　　——缘起与转义：从康德到哈贝马斯 ……………………………（125）

功能主义批判的美学高度

　　——西奥多·阿多诺晚期美学思想再发掘 ………………………（145）

第三辑　后形而上学美学先锋与动力

康德美学：批判美学与先锋派的后现代脉动 …………………………（165）

德里达后文学性接受的批判与发掘 ……………………………………（178）

"本质"与"历史"

　　——雅克·德里达文学观辨正 ……………………………………（195）

叙事的突围与界限

　　——卡尔维诺《寒冬夜行人》的文本理论解读 …………………（211）

后文学性及言说方式的规范

　　——德里达《在法的面前》的跨越批判与发掘 …………………（227）

第四辑　后文学本体转向与跨界

空间转向与空间的文本表征

　　——以卡尔维诺《寒冬夜行人》的解读为中心 …………………（245）

"后文学性"论争迷误辨正

　　——遵循"文学性蔓延"的逻辑与建构方式 ……………………（256）

"幻象"的表征与规范

　　——齐泽克后本体电影理论的批判性构建 ……………………（270）

元电影、后电影与后人类药理学

　　——贝尔纳·斯蒂格勒电影理论的跨越性批判与发掘 ………（281）

理论之后，理论何为

　　——兼论后电影本体转向及其当代性 …………………………（299）

科幻文类的本体转向及其可能

　　——昆汀·梅亚苏形而上学批判与科幻虚构机制发掘 ………（313）

第一辑

文学性探寻与批评

文学本体论的探寻、坚守与反思

——重读韦勒克·沃伦《文学理论》

一

从"文学革命"到"革命文学"，再到"新中国文学"，文学似乎在政治、民族、阶级等大话语的挤压下陷入了结构单一、模式僵化的局面，理论界对"文学成其文学的东西"的思考一直处于休眠状态。20世纪70年代末，中国的文学理论界继"五四"以来再一次将视野转向了西方，开始大量翻译与借鉴西方文艺理论的批评术语和方法，日渐洞悉了20世纪中国文学在自身之外的庞大负荷，内省批评术语的贫乏。文学性、文学的自律、文学的内部研究以及文学的存在样式等问题被尖锐地凸显出来，一时成了批评的焦点与公共理论诉求。文学研究开始由意识形态、人民性、社会性与倾向性等构成的"外部研究"转向由言语、话语、修辞、叙述等构成的内部研究。"俄国形式主义""新批评"则成了他们批评展开的理论依据。韦勒克·沃伦（以下单称韦勒克）合著的《文学理论》成了1980年文艺理论教材的重要读本，在国内，童庆炳主编的《文学概论》（稍后修订的《文学理论教材》）刷新了以群《文学的基本原理》、蔡仪《文学概论》既定的编写和批评模式。但富有戏剧性的是，文学本体这一"重镇"没有坚守多久，就很快"礼让"给文艺人类学、文艺生态学、新马克思主义等研究方法。作为后现代主义谱系家族之一的"艺术终结"论，对文学的本体诉求无疑当头一棒，眼下文学研究与文化研究的争论愈演愈烈，其争论的焦点已经由原来"研究文学的方式"问题转化成"文艺研究要不要恪守于文学对象"的问题，文学研究似乎又溢出了它的半径、回到了外部。

这里笔者并不想对文学研究与文化研究间的争论展开过多探讨，反而认为正是以上的文艺批评观念与方法的运动方式为我们重读韦勒克的《文学理论》提供了新的契机与现实意义。关于该书和韦氏对文学和文学史研究方法的文章已很多，本文对书的内容也不打算全面展开，主要是立足于文本的核心问题——文学作品存在方式——透视主义进行阐释，把他同"新批评"派的其他成员追求文学存在的纯粹性区分开来，最后对韦勒克研究文学与文学史的方法的合理性与局限，在新的视域下进行重新审视。

二

韦勒克在提出文学作品的"存在方式"或"本体论地位"问题时，先分析、排除了"人工制品""讲述者或者诗歌读者发出的声音""读者的体验""作者的经验""创作过程作家有意识的经验与无意识经验的总和"等诸多可能，原因是它们都没能触及文学作品的"结构和价值"。这一提出和分析问题的方式，与海德格尔在《艺术作品的本源》一文中对艺术本源的探寻极为相似。不同的是，海德格尔以哲学为依傍，把对艺术本源的追问与对"存在"的探寻紧密关联起来。他最终把艺术的本源与真理的发生相提及，即艺术是真理发生的场域，艺术作品的存在就在"大地"与"世界"的争执过程中得以实现。而韦勒克则直接把文学作品的存在方式指向一个先于具体经验的"结构"与"价值"。

这样，如何理解韦氏所谓的"结构"与"价值"就成了解开"文学作品存在方式"的症结所在。韦勒克首先用了很大的篇幅来谈论结构问题。这个概念的用法直接来源于英伽登《文学的艺术作品》中对文学的艺术作品存在方式的分析。英伽登认为，文学作品一经产生就进入了它自己的生命史，作品的存在与作者、读者无关，作者与他的作品是两个异质的客体。韦勒克的看法大致相似，他认为文学作品有自己的"生命"，从诞生起就处在历史变化的过程中，还可能"死亡"。包括"新批评"的其他成员在内，虽然没有直接使用"先验"这一概念，但韦勒克所谓的"结构"多少移用了英伽登赋予"结构"的先验色彩或形而上维度。韦勒克认为，在朗诵一首诗时我们只能无限地接近这首诗本身，而始终不能抵达诗的本身，"一首诗不是个人的经验，也不是一切经验的总和，而只能是造成各种经验的一个潜在的原因"。① 就这点粗略地说，韦勒克的"结构"与柏拉图的"理念"、康德的"美的理想"与"鉴赏的原型"、黑格尔的"绝对理念"有些相同的理趣。但韦勒克并不赞同依傍哲学、科学、心理学等学科来阐释文学作品的本体存在，因为这样不但不能有所揭示反而掩盖了文学作品的本体性存在。韦勒克对这些具有强大阐释功能但未免玄奥的哲学概念似乎没有多大兴趣，他在借鉴英伽登对文学作品存在方式的结构分层时，试图去除英伽登理论中的先验色彩，并认为英伽登的"形而上性质"这一层面虽"可以引人深思"，"但这一层面也不是必不可少的"。于是他在阐述存在于文学作品中的"结构"时，并没有把"结构"上升到形而上的层面，使之先验化，反而赋予它更多的"实践性"色彩、"物质性"意味和历史感。

> 真正的诗必然是由一些标准组成的一种结构，它只能在其许多读者的实际经验中部分地获得实现。
> 我们所谓的标准是内涵的标准，必须从对作品每一个单独的经验中抽取出来，再将它们合成真正的艺术品的整体。
> ……这样，就可能为一件单独的艺术品的分析过渡到某一个类型的艺术品的分析打开通道，比如，从一件艺术品过渡到古希腊悲剧，再到一般悲剧，然后到一般文学，最后到所有艺术品都具有的包括一切的某种结构。②

韦勒克在对"结构"诸多层面进行分析时，采用了索绪尔和布拉格语言学派把"语言"和"言语"、"语言系统"和"个人说话行为"进行区分的"平行观念"。韦氏选择这一方法，并不是任意的，而是有他的深层用意。首先，韦勒克反对极端的唯名论和极端的柏拉图主义，前者过度强调差异，忽视同一性，是相对主义；后者把一切都归结为先验的"理念"的产物，是绝对主义。他试图把文学作品本体存在的方式同其他观念的本体存在方式区分开来，并不同意把文学本体存在上升到先验的高度，而赋予文学作品本体存在的独立身份：

---

① 韦勒克·沃沦：《文学理论》，第 157 页，三联书店出版社，1984 年。
② 韦勒克·沃沦：《文学理论》，第 158 页。

文学作品并不象一个三角形的观念，一个数字的观念或者"红"的特质那样具有相同的本体论地位。与这些"实体"不同，首先文学作品是在时间的某一点上创造的，其次，它是易于变化的，甚至易于遭到完全毁灭的。①

其次，用"语言系统"与"文学作品"对应，把"言语"与"个体对文学作品的体验与阅读"相提及，能够很好地克服文学作品的本体论与认识论之间矛盾。具体说来，就是解决文学本体论的封闭与僵化带来的绝对主义，克服认识论中因个体阅读的随意性带来相对主义问题，最终实现二者的统一。作为本体存在的"文学作品"，如同"语言"一样具有稳定性、连贯性和同一性，是一种自足的存在，长时间内不为经验、行为所改变。而单个人对作品的阅读与体验，则如同"言语"一样具有差异性、时间性与不完整性。后者在认识论层面上总是通过不断尝试而趋进前者，但最终无法达到完满境地，"我们作为个人永远也不能全面的理解它（指文学作品），正如作为个人我们永远不能完满地使用自己的语言一样"。②显然，前者制约着后者，后者是前者实现自身的途径。文学作品中的"结构"，尤其是"决定性的结构"始终规约着经验中个人对作品的体验与解读，使得个体对文学作品的具体体验不会变成"随心所欲的创造或者主观的区分"，从而避免陷入绝对的相对主义。同时，这个结构的本质虽然"经历许多世纪仍旧不变"，但是这种结构却是动态的，它在历史的进程中通过读者、批评家以及与他同时代的艺术家的头脑时发生变化。因此，艺术作品的"某些基本的本质结构"是"'永恒的'但也是历史的"。另一方面在韦氏看来，不同个体或者相同个体在不同时空下对作品体验与阅读而凸显的文学作品存在方式，并不是各自为阵，一直处于弥散、毫无关联的状态中，它们也会不断地互相比较、修正与整合的：

我们可以通过比较，通过研究各种错误的、不完善的"认识"或解释，判别对一首诗正确的或错误的阅读，判别对文学作品中包含的标准的正确认识与歪曲。

---

① 韦勒克·沃沦：《文学理论》，第 161 页。
② 韦勒克·沃沦：《文学理论》，第 160 页。

我们先前的那些具体化的意识（阅读、批评、错误的解释）将会影响我们自己的经验：先前的阅读可能教我们得到更深的理解，或者可能引起对有关过去流行解释的强烈反对。①

按照韦勒克的逻辑，笔者以为如果这里的"结构"确实区别于具有超验色彩柏拉图的"理念"、康德先验层面的纯粹"理性"，而更接近于作为"一系列惯例与标准的集合体"的"语言系统"，那么我们是不是有理由相信：历史上不同时期不同个体对同一件文学作品的体验，不同批评家对同一件文学作品的阐释与批评所积淀、形成的共识是否也要渗透到作为文学作品本体存在的那个"结构"，从而对这个"结构"有所改变（哪怕这种改变微不足道、不容易察觉的）呢？从反面举例说，我们能认为《伊利亚特》一诞生就自足存在的那个"结构"留存到今天而丝毫没有变动吗？这就说明，作为"本体论"的文学作品与"经验"的文学作品二者之间存在着一种辩证关系，尽管这种辩证关系可能不是极为标准与对称的。

这样，不难看出韦勒克从英伽登那里移用、改写了"结构"以抵达文学作品本体存在的方式，并借用语言学的平行观念加以改造与阐释，克服了英伽登把"文学的艺术作品本体论"与"文学的艺术作品的认识论"割裂的弊端，使得文学作品的"结构"成为更有机的概念。此外，就克服英伽登将本体论与认识论割裂这点看，韦勒克所尝试的与伊瑟尔阅读理论所谓的"文本的召唤结构"有异曲同工之处。

在讨论完"结构"问题后，韦勒克探讨了"艺术价值"的问题。在他看来，"艺术价值"同"结构"问题是同等重要的，他认为"在标准与价值之外任何结构都不存在。不谈价值，我们就不能理解并分析任何艺术品"。②韦勒克在艺术价值问题上，始终坚守文学作品存在的本体论诉求，反对英伽登把"艺术的价值"与文学作品本体存在的"结构"割裂开来的做法，他认为艺术价值不能是外在于艺术品的外在存在，艺术价值与结构不是一种二元对立的结构关系，而是一而二、二而一的本体关系。什么是艺术价值呢？"能够认识某种结构为'艺术品'就意味着对价值的一种判断"。韦勒克对艺术价值的分析，同对结构的分析是完全一致

---

① 韦勒克·沃沦：《文学理论》，第161页。
② 韦勒克·沃沦：《文学理论》，第164页。

的，韦勒克反对绝对主义与相对主义，而坚持动态的价值尺度标准：

> 绝对主义的论点是不完善的，与它相反的相对主义的论点也是不完善的，必须用一种新的综合观点取代并使它们成为和谐体，这种新的综合观点使价值尺度具有动态，但并不丢弃它。我们把这种综合称为"透视主义"，但这一术语并不表示对价值随心所欲的解释，和对个人怪诞思想的颂扬，而是表明从各种不同的、可以被界定和批评的观点认识客体的过程。①

三

从对"结构"的阐释、语言学平行观念的移用到"艺术价值"的讨论，这里，韦勒克"文学作品本体存在论"的衷曲昭然若揭：文学艺术的本质在其自身，文学艺术的价值在于文学性。在对待文学作品的存在方式上，"新批评"内部虽各有倾向，但坚持文学的本体存在是他们共同的旨趣。就这一点，韦勒克也不例外。但是，韦勒克在"切断文本与作者和读者的意识活动关系"，坚守文学作品本体存在的同时，没有回避问题，在不放弃自己立论的前提下，他没有绕过作者和读者问题，而是将它们纳入自己的理论体系，在体系中给它们相应的位置。较之"新批评"的其他成员，这种做法超越了绝对主义与相对主义，显得更有说服力、更有实践意义。韦勒克在后来转向文学史研究时，也力图保持文学本体与历史的动态平衡，既不放弃对文学本体的研究，又能兼顾文学的整体性与历史感。

浪漫主义批评家艾布拉姆斯在图绘"艺术批评的诸种坐标"时，将艺术家、作品、世界、欣赏者视为各种文学批评理论体系不可或缺的要素。他曾指出，"尽管任何像样的理论多少都考虑到了所有这四个要素，然而我们将看到，几乎所有的理论都只明显地倾向于一个要素"。② 借用艾布拉姆斯的理论，"新批评"应当归入"客观说"这一类，他们的批评倾向是"把作品视为一个自足体孤立起来加以研究，认为其意义和价值的确不与外界任何事物相关"，"只根据作品存在方式的内在标准来评判"。③ 这样看来，即便韦勒克在立足文学自身时能考虑到作者、读

---

① 韦勒克·沃沦：《文学理论》，第 165 页。
② 艾布拉姆斯：《镜与灯》，第 5 页，北京大学出版社，2004 年。
③ 艾布拉姆斯：《镜与灯》，第 24 页。

者因素，能兼顾到作品之间的关系，并注意到文学史研究的重要意义，但是只从文学内在标准（作品也罢，文学史也罢，透视主义也罢）来批评文学自身，这又如何能确保文学自身的丰富性与深厚性不受影响，如何确保文学自身定位的可靠性，又如何能确保文学批评在批评自身时不迷失方向呢？

韦勒克作为"新批评"的"集大成者"，显然超越了其他成员把文学的存在锁定在内部的封闭做法，也区别于马克思主义文艺批评所体现的决定论和反映论倾向，以及从政治社会角度展开的文艺批评。但是仅把文学的存在置于作者、作品、读者与文学自身学科的历史变化中，悬搁政治、经济、民族、意识形态等要素的参照，完全排除哲学、社会学、政治学等的研究方法，就有很大的局限性。文学的存在是一种共在，它同其他要素共在于同一个社会网络。文学不可能是一个封闭的存在，其身份的确认也需要将自己对象化，一定程度上是其他社会文化样式与观念塑形、合成的结果。在文艺批评方法上，我们当然不主张用其他学科的方法取代文艺批评的方法，但其他学科的方法不可能不影响到文艺批评的方法。相形之下，巴赫金的理论方法与文艺批评实践、新历史主义的方法以及皮埃尔·布尔迪厄的"文学场""惯习"的观念则更有可取和合理之处。在对待文学研究方法与对象问题上，当前我国一些学者主张把文学的存在放在自身之外更为复杂的政治、经济系统与意识形态系统进行观照，运用新的阐释方式包括吸纳文化研究的方法，来应对文艺研究边界的问题，① 显然比那种信奉文学本体神话和架空文本内部分析的做法显得更又说服力，更有实践意义更具有可操作性。但是，这仍然不意味着可以绕开或取代对文学本体的研究，抹除文学的先验维度与结构存在。

（原载《闽江学院学报》2005 年第 6 期）

---

① 可参见南帆《文化研究：转折的依据》，《中国社会科学》2004 年第 6 期；赵勇《关于文化研究的历史考察及其反思》，《中国社会科学》2005 年第 2 期。

经典细读与速写篇

作者按：

以下文本细读、速写源自余虹先生与高等教育出版社研发的"文艺学课程教学资源库"项目之《经典著作分析库》，这里选录的是由笔者撰写的部分篇目。包括后文的"文学批评关键词"，这些2000字左右的短文肯定有诸多可挑剔之处。我坚持辑录主要基于十余年来授课的系列触动与考量：学生在文本解读和论文写作过程普遍存在经验主义滑行、知识堆叠、思维平面化与同质化等问题；在批评写作中，文本内部与外在之间、形式与内容之间、理论与阅读经验之间容易出现彼此缺少关联的两张"皮"现象。他们没有经历文学高度工具化、庸俗文学社会学时代，但从中仍能看到流俗经验论和偏狭认识论影响严重，多有宏观独断却少有清新、微观发掘，这难免令人感叹！由此，权且让这些"半成品"作为他们文本阅读与批评写作的"梯子"以及师生教与学的对话媒介。"半成品"的好处在于文学的入口和门径始终是敞开的，它并不掩饰自己的稚嫩，从而能够避免在探得文学奥秘之后漂白整个探寻踪迹而导致只能在文学城堡面前彷徨之境地。这曾是笔者治学入门"学步"的两种"舞步"，并从中受益良多。即便在文学艺术终结、批评与理论死亡论盛行的后文学、后理论时代，我们相信这些文学批评的"半成品"仍能折射出其所应有的历史站位，有了它们，文学之门或许就不再戒备森严。

"一代人"的"诗歌化石"

　　《致橡树》的诗行中洋溢着对真爱的呼唤，饱蘸着对自由、平等和独立的新型爱情理想的执着。诗篇中诗人首先拒绝那种在爱的名义下，以牺牲自我价值和个人尊严的依附型恋爱观。诗人通过对一系列充满寓意的物象的否定，来揭示处于这种恋爱模式中双方的他者关系。无论是借高枝自我炫耀的"凌霄花"，痴情歌唱的"鸟儿"，还是能输送清凉的"泉源"，能给人衬托威仪的"险峰"，甚至"日光"和"春雨"，都无法与另一方建立真正的相互理解、相互尊重的和谐关系。紧接着诗人用一株"作为树的形象"和对方站在一起的木棉设喻托出她心目中的理想爱情。这种关系表里如一，外在上平等相处，"互相致意/说着别人听不懂的语言"，内里则紧密相连，共同分担，共同分享，一起坚守"足下的土地"。同时，这种关系是以保持"自我"的独立性与个性为前提的，"你有你的铜枝铁干/像刀，像剑/也像戟"，"我有我的红硕花朵/像沉重的叹息/又像英勇的火炬"。

　　"《诗》无达诂，《易》无达占，《春秋》无达辞"，对一首诗的理解与接受显然要受接受者个人的思想认识、价值取向和审美偏好的影响。按现代解释学的说法，就是文本的接受要受制于阐释者的"先行结构"，并与阐释者的"期待视域"相关。

　　一些评论者从女性主义理论出发，对这一诗篇作了这样的主题概括：女性主义话语对男性话语中心的挑战与颠覆。他们认为诗人批判了失去自我独立性的传统女性形象，拒绝男性对女性的塑造与书写，倡导女性尊严与话语的恢复。而诗篇中的这株"木棉"则被看作"双性同体"的原型。

其实，《致橡树》的主题未必是封闭而单一的。象征和意象手法的运用，大大增强了诗篇的概括力，从而使得"你—我"这组恋人关系式，还可以是其他诸多指涉。从诗篇流露出来的情感基调和话语指向，联系诗人写作的历史语境，这何尝不能视为刚从"文革"劫难中走出来的人们对"做一个人"的人道主义诉求呢？又何尝不能视为充满生机、充满"造血"活力的个人话语对僵化、单一的"大我"话语的一次反叛呢？

但是，不管是新型恋爱模式和女性话语的诉求，还是"做一个人"的渴望，或者是边缘的个人话语对集体话语的一次冲撞，都是在同一层面上展开的，它们互相补充，互相表征，而其最终都要归结到"一代人"境遇在诗行中的镜像书写。

"我必须是你近旁的一株木棉/作为树的形象和你站在一起"，"我站在这里/替另一个被杀害的人"（北岛），"黑夜给我黑色的眼睛/我却用它寻找光明"（顾城）……这就是"朦胧诗潮"中"一代人"对自我存在和个人尊严的捍卫与直白。其发轫者从现实生活的真实体验出发，深深意识到"民族""国家""人民"等主流话语与他们内心的本真话语间的隔膜与冲突，他们对现实充满忧虑，对人生与存在不免困惑与焦灼，最终从心底里迸发出了"在没有英雄的年代里/我只想做一个人"的呼告。基于这样的体验与思考，朦胧诗群并不盲从于被一些人盗用的空洞的国家话语和民族意志，但他们传承了传统知识分子的批判意识，对历史和现实作出了贴近他们内心的解释。

在诗歌的艺术表现上，朦胧诗群警惕 20 世纪 50 年代以来形成的刻板的赞歌程式，对当时诗歌创作存在的"形式危机"有自觉的意识与洞察。《致橡树》中，象征、意象、暗示、情绪、含混等表现方式的运用，极大丰富了诗歌的表现力。其实，像《致橡树》等大多朦胧诗并不像最初的一些评论所称道的那般"晦涩怪僻"。显然，这里所谓的"朦胧"是有其特定的历史语境，主要是将这些诗作所彰显的艺术张力同这之前的诗歌表现程式互相参照，从而显示其朦胧的特点。

朦胧诗一开始就在思想和表现形式上，显示出巨大的革命性，并在相继推出的一系列作品与评论互动中，确立了自己的地位，同时也总结出一套诗歌的写作程式。然而，正是这种"朦胧诗体"的形成，渐渐扼杀了其初始的革命性，从而陷入了这样的悖论：在反叛集体主义公共话语的同时，始终无法摆脱作为"一代人"共同经验的集体性。在诗歌表现上，虽有新的开拓与建树，但大多以情感和思想的倾诉代替了诗歌形式的自律探求；尤其是忽视了语言的自足存在，只是

"把诗作为情感的发射器"（王光明语），从而距离诗歌的本体性写作还有一定的距离。

"朦胧诗"始作俑者，在穷尽"中国现代诗歌写作的可能性"后，自身出现了新的转向；"朦胧诗潮"也在"后朦胧诗群"的造反下日渐隐没。舒婷《致橡树》作为"朦胧诗"的代表，也只能是"曾经轻信过的某种永恒价值秩序瓦解崩塌过程中留下的诗歌化石，是一代人情绪意识的'纪念碑'与'墓志铭'"。①

① 王光明：《现代汉诗的百年演变》，第547页，河北人民文学出版社，2003年。

民族性与现代性的张力

张承志笔下的"黑骏马"具有复杂而丰富的内涵，它是一匹奔腾在茫茫草原上"名扬远近"的骏马，是一首沉积民族记忆，书写民族繁衍、发展的民族古歌，它带出了一段美丽而忧伤的男女恋情，是一个民族面临传统与现代、古朴与文明的抉择关口的一次自我审视，它充满了焦灼与期待，是整个民族现代经验与情绪的表征。《黑骏马》引发了我们对民族、性别、现代性等问题的关注与思考。

人类学家通过大量的"田野调查"和个案研究表明，一些原始部落或古老民族的文化生活、宗教仪式、图腾崇拜与神话传说同与他们生活中的动物、植物、使用的器具有密切的关联。从人类学理论派生出的文化学研究和"神话—原型"批评，则能在这些纷繁复杂、形态各异的部落和民族文化形态中发现共同的"原型"或"集体无意识"。作为跟整个民族自身的生息繁衍有着直接联系的马匹，对于整个蒙古族来说，其意义已远远超过了其他非牧马民族对它的理解。文本中，关于这匹"前胸凸隆着块块肌腱"黑马的来历，就充满神秘的传奇色彩。它出生在一个风雪肆虐的天气里，"一口奶没吃的马驹子反而能从山坡上走下来，躲到蒙古包门口"，这不能说是一个奇迹，按老奶奶的话说是神打发它来的。如果说马匹是蒙古族崇拜的动物，那么作为一首歌，《黑骏马》则是整个民族文化的"原型"。在蒙古民族文化中，"几乎所有年深日久的古歌就都有了一个骏马的名字：《修长的青马》《紫红快马》《铁青马》等等"；[①]《黑骏马》是一首浓缩蒙古草原上男女真

---

① 文中引文皆源自张承志：《黑骏马》，长江文艺出版社，1993年。

挚感情的恋歌，它是对过去的记录，也是现在白音宝力格和索米娅恋情的铺写与抒唱。

青年男女从相爱到婚育的过程，在前工业时代对人类自身的繁衍扮演着举足轻重的作用。不同性别在繁衍和抚养后代上有着不同的分工；迫于繁衍的压力，在爱情和婚育之间，一些部落或民族显然更加青睐后者，甚至成为他们文化和心理的自觉意识。这在小说《黑骏马》中有着明显的体现。奶奶和索米娅较之父亲和达瓦仓，在抚养后代上，倾注了更多的心血，承担着更为重要的义务。行文中，女性的"母亲"形象极为丰满，而父亲和达瓦仓的"父亲"形象显然被淡化了，这是否暗示着该民族有着更多的母系氏族经验？额吉，是草原上美丽的名字，她是孕育与呵护生命的代名词。奶奶崇尚和敬奉一切生命，她像抚育自己的孩子一样抚育着黑骏马，用她的奶喂活的羊羔子可以拴成一排，当邻里牧人视勺子大的其其格为怪物，奉劝她将孩子扔了的时候，她训斥道："这是一条命呀！命！我活了70多岁，从来没有把一条活着的命扔到野草滩上。不管是牛羊还是猫狗……"在黄毛希拉奸污索米娅这件事上，她不但反对"我"去复仇，反而认为知道索米娅能生养是件让人放心的事。索米娅是额吉"母亲"形象的延续。在她眼里，生育和抚养的责任淹没了她同白音宝力格的爱情。被强暴后，她虽感委屈，却不向自己的情人倾诉衷肠，为了呵护未出生的孩子她咬伤了"我"；之后她把全部的心血投入到保护和养育孩子方面上。事隔九年，与离别的恋人第一次见面，她没有"哭"，也没有"扑"，"丝毫没有流露对往事的伤感和这劳苦生涯的委屈"，反而苦于自己不能生育，对白音宝力格的唯一请求就是想替他抚养孩子。在这里，生育和繁衍几乎成了女性生命意义的全部，"要是没有那种吃奶的孩子，我就没法活下去"。

共同的地域、语言、文化、历史、宗教、种族、心理结构等是一个民族成为民族或者区别于另一民族的重要因素。小说中，牧民们对马匹的敬奉，对传统古歌精神的坚守，女性对生育、繁衍的独特理解，男女社会分工的特征等，都彰显了蒙古民族自身的民族性。但是，民族不是一种自然的存在，本·安德森发现它只是近代社会的一种人为建构。"民族性"是随着文艺复兴，尤其是19世纪以来，近现代国家政权的确立而不断凸显的，是现代性进程的一个重要组成部分。

"民族"概念虽然是近代社会的一个人为的社会性建构，但是一旦产生，它就会协同国家权力和现代性话语，对原有的世界与秩序重新划分与界定。从此，人们不断寻找各自的民族归属感，对自身身份的确认渐渐多了一份民族身份意识。同时，民族性以及构成民族性的一系列因素（如文化、观念、生活方式、掌握的技术等等）都有意、无意地被区分出优劣与高下，并由此派生出"先进/落后""愚昧/文明""传统/现代""边缘/主流""民族性/现代性"等一系列区隔性范畴。《黑骏马》中，额吉与索米娅并没有自觉的民族身份意识，谈不上对自身民族性的自我审视与评价，他们只是按照自己认可的节奏、方式与价值取向自足地生活。而白音宝力格则完全不同，由于无法接受奶奶和恋人对恶棍希拉的纵容，立志结束古老草原"比比皆是"的"丑恶"，一种渴望在召唤他，驱使他"去追求更纯洁、更文明、更尊重人的美好，也更有事业魅力的人生"。他离开自己的家乡后，接受先进文化与文明的洗礼，完成了自己的夙愿，但是现代文明却具有它虚假与欺骗的一面："在喧嚣的气浪中拥挤；刻板枯燥的公文；无休的会议；数不清的人与人的摩擦；一步步逼人就范的关系门路。"离开九年之后，白音宝力格重新回到家乡，他对当年"愤慨和暴躁"的出走深感内疚，对当年"挥霍和厌倦"的一切流露出了眷念。

白音宝力格面对两种民族文化与文明的选择，内心充满矛盾、困惑与痛苦。小说所表现的蒙古族文化有其落后、愚昧的一面，但不乏淳朴与本真；汉民族文化有其先进、现代的一面，但也有喧嚣与虚假。那么，对落后、愚昧的离弃，是否意味着以牺牲淳朴与本真为代价？文明与现代是否必然具有虚假与欺骗的特性？这就是白音宝力格内心困惑与焦虑的原因，根源于民族性与现代性的矛盾与紧张。现代性的获取是否意味着对民族性的否定？坚守民族性是否意味着现代性的丧失？其实，人类文明的推进不是简单地以一种文化取代或否定另一种文化，不同民族文化之间不是处于简单的二元结构关系；但是要实现"越是民族的就越是世界的"，显然需要时间去整合，需要平等的交流与对话，这是小说《黑骏马》给我们留下的思考。

"男人的一半是女人"：性与政治维度

　　张贤亮在 19 世纪 70 年代末复出时创作了一系列回看、反思历史，挖掘与表现"伤痕美"的作品。小说《绿化树》和《男人的一半是女人》是他"唯物论者的启示录"系列中的前面两篇，冲破了当时的写作禁区，直面"欲望"这一人性中最为隐蔽又最为基本的存在。前者围绕饥饿主题展开，后者从"性爱唯物主义"角度出发揭示极"左"政治对人性的摧残与践踏。

　　《男人的一半是女人》讲述了男主人公章永璘和女主人公黄香久，从 8 年前的偶然相遇到 8 年后的结合、离婚的过程。小说也像是在演绎一段男欢女爱的恋情故事。章永璘在一次寻找野鸭踪迹时，却在芦苇丛中意外地发现一个正沐浴的女劳改犯。8 年后的第二次相遇，他颇有思慕已久的慨叹，"从那时以后，我知道，只要我一想到女人，我马上就会想到她，而不是别人。"当他在同事的奉劝下考虑结婚时，仅一面之缘的黄香久就成了他铁定终身的首选对象。这里多少像是才子佳人小说类型中男女主人公一见钟情、相见恨晚的叙事圈套。但小说显然不是叙述关于爱情的故事，而是一段对性的本能、性的欲望与冲动的写照。在"三反""五反""大跃进"和"文革"极"左"政治的持续冲击下，小说中情爱主题已不再像五四时期相关小说那样充当革命的旗帜，相反谈论男女恋情成为公共话语的奢侈品。在这种高压的政治氛围中，大多的事物都被政治话语等同划一，男女外在的性别差异、女性的性别特征几乎消失殆尽："她们的囚衣也是黑色的，头发一律剪得很短""宽大的、像布袋一样的上衣和裤子，一股脑儿地掩盖了她们的女性特征。她们成了男不男、女不女的动物，于是比男犯还要丑陋""她们没有腰、没有胸脯、没有臀部；一张张黑红的、臃肿的面孔上虽然没有'劳改纹'，但表现出一种雌兽的粗野。"①

爱情在这里要么将受到政治话语的染指而处于"失语"状态："一个没有女人的男人"和"一个没有男人的女人"除了"申诉""平反"似乎就无话可说；要么被视为一种禁忌，并萎缩为性的本能："纯洁的如白色百合花的爱情……全部被黑衣、排队、出工、报数、点名、苦战、大干磨损殆尽，所剩下来的，只是动物的生理性要求……于是对异性的爱只专注于异性的肉体；爱情还原为本能"，"这里没有爱情，只有欲求""爱情被需求代替"；以致章永璘在向黄香久求婚时是以"一种购买者的眼光"审视对方；直径 5 毫米的铁丝也挡不住女囚犯们扑向男自由犯的冲动。

在这种使人"见了母猪都是双眼皮""任何女人都能够作为妻子"的性禁忌时代，爱情的渴慕与性欲望的释放主要通过这样途径来实现：借助与异性相关的事物，通过想象来实现替补。男囚犯们编了许多黑囚衣下的风流韵事，欣赏电影的接吻镜头，甚至把吊死的女鬼当作"精神上的慰藉"；掉在路上的一根唯一能作为女性标记的橡皮筋就能"引起男犯的遐想，编造出一个故事"。除此之外，章永璘还通过同想象中的黄香久展开柏拉图式的恋爱使性压抑得到缓解；而女犯有的则向隔着铁窗的警卫人员调情。但是从心理和文化上对异性的臆想始终无法代替生理上的需求，这样只有通过压抑的方式来克服这种本能的冲动；而长期压抑的结果则可能导致性无能。章永璘由于长期是专政的对象，"憋来憋去"，时间长了就成了"废人"。

尽管政治运动的迫害使得章永璘成了"半个人"，但是性本能作为一种欲望只是转移了却是不可能被取代。精神分析学表明，对性冲动的压制会使得这种本能潜藏在无意识层面，它或者通过伪装的、象征的形式得到满足，或者郁积起来随时可能冲撞、反叛意识层面的禁锢。在弗洛伊德看来，正是这种无意识（主要是性冲动）构成了"人的行为和愿望的内在动力"。正是居于这样的性质，性冲动就不再是一个纯粹"性"问题，而被经常赋予更多的社会学和政治学意义。"无意识频繁地为反抗性的政治理论所援引"，"性的持续暴动隐藏了不可忽视的政治意

---

① 引文皆出自张贤亮：《男人的一半是女人》，四川文艺出版社，1986 年。

义"。① 马尔库塞则改造了弗洛伊德的无意识理论，认为现代工业社会本质上是对"爱欲"的管制与压抑，其后果只能是助长了性本能的攻击性。

《男人的一半是女人》发掘了性本能与政治激情之间的暧昧关系，从另一侧面看章永璘的性欲渴求是他政治欲望的隐喻，而且二者之间显示出惊人的一致。性的欲望和政治欲望对于章永璘，犹如套在马车上的两个轮子。"政治的激情和情欲的冲动很相似，都是体内的内分泌。它刺激起人投身进去：勇敢、坚定、进取、占有、在献身中获得满足与愉快。"章永璘身上，政治行动是随着性功能的丧失、恢复而消长起伏的。在生理需要无法得到满足、性功能出现障碍阶段，他只能通过对异性的梦幻、臆想得到释放；相应地在社会政治层面上，他大多时间浸泡在《资本论》的"精神营养素"里，秘密地写作，从不写"申诉"和"平反"材料，甘愿处于边缘地位，喜欢同"哑巴"到山上过冬、放羊，自觉地远离政治旋涡。与黄香久结婚却初夜无能，面对妻子的高傲和冷眼，他只能顺从，面对黄香久与曹书记的偷情，他只能忍受煎熬，顶多是从心理上进行消极的抗议，这里他的性欲冲动和政治诉求陷入了最低点。在一次抢险救灾中，他的性功能意外地恢复了，于是他利用自己的理性和文化优势对妻子展开了"文明"的报复，马上想到的是同她离婚。随即他的政治欲望也苏醒过来，他说："我要走了！我渴望行动，我渴望摆脱强加在我身上的羁绊！费尔巴哈长期蛰居在乡间限制了他的哲学思想的发展；我要到广阔的天地中去看看！"并"要在离开之前发作一次政治性的歇斯底里，表示一点可怜而又可笑的愤怒"。虽然在领导面前要做出真正的男子汉的举动，还需要一个过程，但已粗具抗衡的力量。

在章永璘成为真正的男人过程中，女人起了巨大的催化作用，这里女性的创造既是生理的，也是精神的，"女性如同挑起他政治欲望的春药"（南帆语）；而《资本论》代表的人类文明在其反叛和政治行动过程中赋予他更为自觉的意识。

① 南帆：《文学、革命与性》，《文艺争鸣》2000 年第 5 期。

"活着就是一切"的旨趣

　　小说《活着》讲述了"一个人和他的命运之间的友情，这是最为感人的友情，因为他们互相感激，同时也互相仇恨；他们谁也无法抛弃对方，同时谁也没有理由抱怨对方。他们活着时一起走在尘土飞扬的道路上，死去时又一起化作雨水和泥土"；讲述了"人如何去承受巨大的苦难"；还讲述了"人为活着本身而活着，而不是为了活着之外的任何事物而活着"。这是作者在《韩文版自序》中对"活着"内涵的概括与解释。余华在这里重复了一个关于人类自身存在的话题：人为什么活着？人怎样活着？并以小说的形式（区别于哲学）作出了自己的阐释与理解：活着就是一切。

　　那么，人为什么活着？这更像是一个哲学话题。人自从"被抛到这个世界"以来，世界就已按照不同的尺度规约着人自身的存在。一直以来，人为心目中不同的意义而活着。从"类"的角度上说，这个意义在不同的人类文明中则以不同的面目呈现。在西方，大而言之有古希腊的诸神，之后有上帝，启蒙运动后主要是理性与精神等；在中国有儒家的"仁"，道家的"道"等。西方哲人为穷尽神的奥秘、理性之外的上帝、存在者之外的存在而不断地追问；中国儒士也为心目中的"仁"与"义"积极入世，忧黎元、济苍生，杀生取义、舍身成仁。在意义惯性的挤压下，人类学会了与生命抗争，懂得了虚设命运并与之搏斗，西西弗斯神话中那个推石头的人和贝多芬《命运交响曲》中与命运抗争的旋律就是经典的佳话。但是人们在追寻意义的同时，却更少去关注作为个体存在的生命能否承受意义的重压。在尼采看来，肉体的消亡并不意味着生命的结束，灵魂在我们生命的每一秒不断地重复着，我们只能生活在意义的轮回中，而就是这个"永劫回归"的世界给予生命无法承受的重荷，沉沉压着我们的每一个行动。为意义活着，这本是无可厚非的。但是，在为着外在于自身的意义而活着的时候，我们经常忘记了自身本真的存在，包括死亡的本真，也忘记了一旦诸神退去、上帝陨落、理性遭到质疑，甚至建构起的所有意义突然消失，人还可以活着，甚至是"活着就是一切"。正是在这个层面上，小说《活着》很大程度上做了这样的思考与尝试：还原和回归活着与死亡本身，让它们回到是其所是的地方去。

《活着》贯穿首尾的是关于"死亡"的主题，并通过对死亡的讲述折射出"活着"的本真。主人公福贵的一生就是不断地去体验和面对死亡。在战场上，他九死一生，最终捡回了一条命，这是他对自身生命临近死亡边界的临界体验。到家里，龙二在"土改"中成了他的替死鬼，按照福贵的逻辑，要不是因赌博把几亩地输给龙二，那么说不定被"毙"的就可能是他自己，这里他在龙二的死亡中又一次在精神上体验到自身的死亡。在遭遇这样两次濒临死亡的不幸之后，他暗暗地感到命运之神垂青，在自家的祖坟上对自己说："这下可要好好活着了。"但对他来说，人生不能按照理性的思维方式去设计。因年少轻狂气死老父之后，家人一个一个地离他而去。母亲、妻子因积劳成疾而死，儿子有庆因献血无辜而死，女儿凤霞因难产而死，偏头女婿被水泥板夹死，外孙苦根被豆子噎死。面对亲人一次次令人的意外与死亡，福贵老人不可能有庄子葬妻式的超脱，但也没有常人呼天抢地式的痛不欲生，有的只是大悲大喜后的更加宁静。面对生命的脆弱与命运的多劫，他隐忍着，坚韧地活着，既不被过去囚禁，也不龟缩于未来的虚幻。他不需要虚设的慰藉，也不需要外在的救赎。不争朝夕，只争当下，活着就是一切；但这不是对残留生命的苟且偷生，而是对生命有更加通脱的理解。他对自己将来的死亡是坦然的："我是有时候想想伤心，有时想想又很踏实，家里人全是我送的葬，全是我亲手埋的，到了有一天我腿一伸，也不用担心谁了。"① 如果说常人是因为希望而活着，而福贵则是经过了绝望而活着，然而绝望中他全然不感到绝望。

小说在还原"活着"与"死亡"本真状态的同时，也一道带出了围绕生存与死亡周边的善良与美好、真实与幸福的价值尺度的原始状态，也从生命个体的角

---

① 文中引文出自余华：《活着》，南海出版公司，1998 年。

度重写了个人与社会、主体与历史之间间长期被遮蔽的关系。

"世界"是对事物意义的显现，也意味着对原初的离去；而"大地"则是自然原始状态的发源地，它以自己的神秘呵护着事物的原初与本真。"离别大地亦即离别真实的生活"（米兰·昆德拉语），大地就是对本真存在的召唤。小说的结尾写道："我看到广阔的土地袒露着结实的胸膛，那是召唤的姿态，就像女人召唤着她们的女儿，土地召唤着黑夜的来临。"

在充具意义和价值尺度的现实与世界中，面对"生存"与"死亡"，可以有多种的理解与选择，我们不必也不能把福贵老人直面生命与死亡的态度视为全部，但倘被生活的"虚妄"与生存的"绝望"困扰时，这里提供了直面生命的另一种可能。

《忏悔录》与"替补"现象

"替补",一般字面的意思是"使完整或者补充",就是指对原有事物或情况进一步地完善。而卢梭在他的作品中建构了一个作为范畴意义上的"替补"现象,或被理论家称之为"替补体系"。以下就是摘自《忏悔录》中几处很能说明其"替补"现象的段落。

我觉得自己一年一年的大了,我那不安定的气质终于显示出来,这最初的爆发完全是无意识的,使我对自己的健康感到惊慌。……不久,我这种惊慌消除了,我学会了欺骗本性的危险办法(现在一般译为"危险的替补",笔者注),这种办法拯救了像我这样性情的青年人,使他们免于淫逸放荡的生活,但却消耗着他们的健康、精力,有时甚至他们的生命。

这种恶习,不仅对于怕羞的人和胆小的人是非常方便的,而且对于那些想象力相当强的人还有一种很大的吸引力;换句话说,就是他们可以随心所欲地去占有一切女性……而无须得到她们的同意。

当我想到她曾睡过我这张床的时候,我曾吻过我的床多少次啊!当我想起我的窗帘,我的房里所有的家具都是她的东西,她都用美丽的手摸过时,我又吻过这些东西多少次啊!甚至当我想到她曾经在我屋内的地板上走过,我有过多少次匍匐在它上面啊![1]

---

① 卢梭:《忏悔录》,黎星译,人民文学出版社,1980年。

卢梭从小就就有浪漫主义情怀，又不乏完美主义的幻象。以上前两处是描写他在青春期来临时，通过"自体性行为"和具有诱惑力的想象来排解对性的恐慌与渴求，即通过"自体性行为和想象"来替补生理上对性的需求。第三段写的是青年时期他对华伦夫人的爱恋。华伦夫人比卢梭大 12 岁，他一生对她至死不忘。在卢梭心目中，她几乎是母亲、情人、益友的混合体。而这里是对华伦夫人缺场时的再现，他通过"床""窗""家具""地板"等一系列与华伦夫人在场时有紧密联系的事物的出场，来实现对华伦夫人的替补。综观《忏悔录》，其实卢梭一生都存在着这样的替补，自体性行为一直存在着；如果华伦夫人可以视为早逝的母亲和缺场的情人的替补，他的妻子泰蕾兹又是华伦夫人的替补。

但是，这样理解卢梭的"替补体系"是不够的。他的整个"替补体系"，是与他对真实与再现、思想与表达等问题的思考紧密相关的。在这一点上，卢梭总体上与西传统的观点是一致的，即重语言、轻文字，认为语言可以不通过中介就能直接再现思想与真实。因此他轻视写作，把写作仅视为言语的一种补充。既然写作这么无足轻重，那卢梭又为什么要不断写作呢？其实，他试图通过写作这一手段来弥补言语的不足和缺漏，纠正现实生活中由于言语自身局限而造成的错误。《忏悔录》第一卷至少有两个典型的例子可以佐证他这种观点：一是卢梭少年时偷了维尔塞里斯伯爵夫人家的一条小丝带，却诬陷厨师玛丽永；二是在一次社交场合，女主人由于胃不好要服鸦片剂，而这时卢梭却语惊四座地说："我想就是这种药也不见得有效！"卢梭对这两件事的回忆目的，在他看来并不能简单理解为他在为自己辩解。他认为这种错误的发生完全在理性之外，连他自己都不可思议。他对诬陷无辜的原因解释道，当时偷东西被逮住时心中正想念玛丽永，本想把偷到的东西送给她，当由于一时窘迫才出现言不由衷；而他在社交场合之所以说出那句有伤大雅的尖刻言语，他归咎于自己的笨拙，当时想献殷勤无话找话，才导致口误。这确实道出了言语的有限性，大有"是话说人，而不是人说话"的意味。

解构主义鼻祖雅克·德里达在对卢梭"替补"现象的考察与分析，却走了一条与卢梭完全相反的路线。在卢梭的逻辑里，言语是对真理、真实或思维的再现，而写作就是对言语的替补。这样替补最终是为思想、真理服务的，即服务于形而上学。而德里达却在对卢梭的替补现象的推论中，将"替补"作为解构形而上学的工具。我们说卢梭通过床、窗帘等事物来实现对华伦夫人不在场时的替补；而德里达发现即使华伦夫人在场时，这种替补同样存在。以下是德里达和一些批评家常提及或引用的细节：

> 有一天吃饭的时候，她（华伦夫人）把一块肉刚送进嘴里，我便大喊一声说上面有一根头发，她把那块肉吐到她的盘子里，我立即如获至宝地把它抓起来吞下去。

在德里达看来，即使华伦夫人在场，卢梭也不能真正得到她。而要拥有她就必须通过补充物或替代物等中介才能实现，这样才会出现吞下从她嘴里拿出的食物。德里达认为这样的"替补"可以不断地进行，这样就出现了所谓的"替补之链"。延续这种逻辑，最终势必形成这样的幻象：事物之所以存在正是因为中介符号、标记或其他补充物的存在。最后，德里达在他的解构主义文本阅读理论中，宣称"不存在外在文本"，即文本之外并无他物。

"人民公敌"：话语与权力

　　戏剧《人民公敌》的情节概括起来说的就是：科学家兼医生斯多克芒发现本城镇的浴场矿泉里含有多种非常危险的传染病菌，因而他坚持全部工程必须进行改造；而他的哥哥彼得作为市长兼浴场委员会主席则坚决反对这一改造计划，其理由是改造浴场需要二三十万克罗纳，且要停止经营两年，这既损害了资本筹集者的利益，也不符合城镇市民的利益。我们完全可以把这看作两个不同的阶级围绕各自不同利益而展开的一场冲突与斗争。也可以在这基础上，把斯多克芒医生最后的失败原因，一方面归咎于他个人缺乏斗争经验和群众觉悟的有待提高，另一方面可以把失败的原因归咎于官僚势力和资产阶级势力的勾结及其狡猾的本性。

　　但有趣的是，这场涉及不同阶级利益的冲突与斗争，完全没有以暴力或革命的形式出现，也避开了经济利益分配的焦点问题；而是转移到一系列诸如民主、真理、责任、义务、自由和正义等问题的论战。一场斗争冲突变成一场话语的争夺与阐释，更是一次从不同角度展开的修辞活动。最终斯多克芒被审判为"人民的公敌"，以失败告终。这样我们要问的是，"人民公敌"这一显然不合情理的宣判为什么能以合乎情理方式展开？的确，易卜生笔下的彼得市长确实与被脸谱化的反面人物大有不同之处：他对斯多克芒医生可谓晓之以理，动之以情。一方面他并没有完全拒绝弟弟的发现，而是认为对存在的问题"可以用委员会的财力的办法来补救"，为了照顾地方利益，可以想出私下解决的办法；另一方面他教导其弟弟要懂得人情世故，并警告他如果执意坚持改造计划，他就会遭到解聘，最终一无所有。相反，斯多克芒的缺点暴露无遗，显得极为"固执""冲动"和"鲁莽"，他直接冲撞市长，甚至夺过他的官帽和手杖，多少显得有点"不合时宜"。但这显然还不是不合情理的宣判之所以能够以合情合理的形式演绎、发生的关键所在。那么，究竟谁是"人民公敌"？谁赋予这一宣判的权力？看来文本中所展开的这场冲突和斗争比我们想象的来得复杂，其方式更为隐蔽。米歇尔·福柯的话语权力理论将为我们揭示外在的对立与斗争背后，一场隐蔽的话语争夺和"微观权力"较量在这里是如何进行的，我们也能从中找出那个不合乎事理的宣判之所以能以合理的形式进行的支撑点。

话语原来属于语言学范畴，用来指构成一个具有相对完整的语言单位。而在福柯的谱系学理论中，话语则是一个富有文化、社会和历史内涵的概念。"能指"和"所指"这对源于索绪尔语言学的概念，在福柯的话语理论中显得极为重要。能指就是一个音响形象或它的书写对应物；所指则是指实物和意义。而这二者的关系是一种任意的关系。比如，"猫"在英文中被书写为"cat"完全是任意的。那么我们在现实生活中之所以能够捕获话语的意义，完全受益于能指和所指在历史和文化上的特定语境下的约定俗成。但是，能指和所指的约定关系在权力的作用下会出现断裂、错位或位移；能指在脱离约定的所指后，有可能具有至高的权威性、压迫性和统治性。权力在福柯那里是一种微观权力，它不是一种外在的暴力干预或否定力量。因而，他认为权力无处不在，同时它与话语有一种共谋的特性。在福柯看来话语是权力运作方式的最好藏身之处，话语的巨大作用就是转移权力和危险；而权力和欲望借助话语实现自身时，又在实现过程中掩盖了自身的实际存在。我们来看看《人民公敌》中，漂移的能指是如何发挥其威能作用，话语又是如何转移了权力并与权力共谋的。

文本中有关"真理""自由""民主""责任"等能指以及由其构成的话语，是斗争双方都不断重复的，也是交锋的重点。这样，一个关于是否要改造浴场的问题就悄悄地转移到一个是否要坚持真理或者是否要自由、民主等这样的问题。而"自由""民主""公敌"等这些能指大多产生于西方启蒙运动，或在启蒙运动过程中被重新赋予新的意义，因此在人类近现代的文明视域中它们应该有其相对的客观内涵。但是，这些能指以及由它们构成的话语的使用是受制于使用的主体的。福柯曾告诫我们，那些标榜着真理的话语形态需要分析和警惕。这样我们就不难看出，代表官僚势力、资产阶级利益的彼得市长、阿斯拉克森等和科学家兼医生斯多克芒在使用这些能指和话语时是完全不同的，他们是各有"所指"：前者通过人为地操纵与隐蔽的权力运转，使得这些能指和话语的内涵趋向他们的利益和价值取向；后者在使用"真理""自由"等能指和话语时，其出发点虽试图使之贴近当时历史语境下的约定意义，从而使之符合市民大众的利益，但是由于自身知识分子的"精英主义"立场，赋予这些话语诸多不切合实际的乌托邦色彩，因此他并没有得到大众的理解和支持。

福柯曾精妙地指出，话语控制的方式之一就是通过言语禁忌来完成的。也就是说，话语使用者可以以理性的名义将一些话语打成非理性话语和疯癫话语加以拒斥，或者以真理的名义将一些话语判为谬误。文本中彼得代表的官僚和资产阶级就是以"民主""自由""真理"的代言人身份，认定斯多克芒医生是"不受理性支配的"人、"疯子"，最终宣判斯多克芒为"人民公敌"。权力的运转和能指的威能、话语的暴力就是这样结合得天衣无缝。

通过以上分析，究竟谁是人民的公敌就昭然若揭了。

主体的凸显与消解

爱伦·坡《失窃的信》《毛格街血案》等一系列短篇小说，开创了侦探推理小说的先河，其本人也被奉为近现代侦探小说的鼻祖。批评的介入，一种被冠之为"爱伦·坡模式"的侦探小说理论模式得到凸现与奠基。这之后的侦探小说家虽另有作为，但始终处在这一模式"影响的焦虑"之中。

那么所谓的爱伦·坡模式的内核与魅力在哪呢？概括起来大致有三个方面。

一是通过精心编织、苦心经营而建构起来的故事情节。其情节通过搁置与转移来不断突破读者的阅读成规，对阅读主体形成压迫感，从而收到跌宕起伏、出奇制胜的审美效果。亚里士多德的《诗学》，把情节看成悲剧的根本和灵魂，而突转和发现是构成了情节的两个重要元素。《失窃的信》是怎样设置来实现"突转"和"发现"功能的呢？文本的开始提供的信息是一封无法知晓其出处、内容的信件，但这封信引出了王室里一对贵人（暂且视为国王和王后）的紧张关系；随着大臣的掉包，这对关系就转移到大臣和警察厅长身上，但是警长的介入并没有带来更多的关于信的信息，反而使得信的去向变得越发模糊；这样就转入了私人侦探杜宾与大臣的较量，最后杜宾通过推理得出大臣藏信的方式并没有什么独到之处，只是与贵夫人一样"把信放在昭彰的地方，免得任何人看到"。小说就是这样通过不断更替焦点又在不同层面上不断重复的方式来捕获读者兴趣的。二是私人侦探杜宾形象的塑造。文本中的杜宾博览群书、才智出众，通晓心理学和数学，具有很强的逻辑推理能力，同时不乏想象的鬼才，行动起来显得洒脱、干练与果敢，因此在多重关系的角逐中他都占据了上风。显然这一人物形象的彰显还得益于愚钝、平庸但不乏认真、耐心的警长的反衬和案情分析的倾听者"我"的正面衬托。三是作者以虚击实的叙述和对叙述有效的抑制策略。作者叙事的表层上并没有始终对杜宾聚焦，同时叙述的频率和跨度也是不均衡的。对展示警长侦破无能的叙述时，显然放慢了叙述的速度从而写得滴水不漏；而对叙述杜宾分析案情时经常东拉西扯，即便在一些关键处也显得漫不经心。这种叙述时通过对主要人物的适当抑制和对次要人物的叙述延长，反而显示杜宾的惊人之处，从而制造了色彩斑斓的传奇，切合侦探小说的审美内核。

我们发现以上三个方面的共同点是它们背后潜藏着一个巨大的"主体"，它们之所以能奏效完全仰仗于"主体"这只无形的手。展开说就是，无论是情节的设置、人物形象的塑造还是叙述的抑制策略都源自一个强大的叙述主体的介入与干预。而在爱伦·坡侦探小说的模式中，离奇的情节固然重要，但一般都被看作是服务于人物这一核心的。一些研究爱伦·坡侦探小说的专家认为杜宾就是爱伦·坡理想的化身，研究者并在这二者间找到了一系列的契合点。因此，叙述主体的介入与干预无非是要突出私人侦探的个人魅力。而这种魅力的折射不管是文本之内的杜宾还是文本之外的爱伦·坡都来自对自身的自信，即源于对主体的自信。其背后是建立在自笛卡尔以来主客体二元对立的认知范式的基础上。在这一范式中主体被赋予了至高无上的权力，它完全能控制自身，完全能穷尽客体奥秘。这样作者爱伦·坡相对于文本、叙述者相对于叙述的对象（情节设置、人物塑造等）、杜宾相对于案件和其他人物都是三个独立的主体。

但是"主体"果真能那么纯粹、那么密不透风吗？它真的可以随意地呼风唤雨吗？我们的理性和意识果真能有效地统帅我们的主体，并为自己的行动负责吗？精神分析学家弗洛伊德对"无意识"的发现颠覆了主体的神话，消解了外在的主体。在他看来，与其说人受制自己的理性与意识，不如说是受控于本能的冲动。在弗洛伊德这里"本我"还要受到"自我"和"超我"的制约；而拉康则更进一步，他认为抵达无意识的唯一途径只能是语言。在他看来，主体是分裂的而且主体中包含着他人，人的主体被一系列的"能指链环"包围着，因此主体并不属于它自身。最后拉康论断"无意识就是他人的话语"。他对《失窃的信》的分析，体现了他对主体的这种看法。

拉康不是从历时的角度线性地排列文本中的情节；而是将它处理成一个共时性的重复结构，并根据人物性质与功能的不同把它们归属于三个不同的主体类别。

他把国王和警长归为第一个主体，他们对发生的事情什么也没看见；把王后和大臣归入第二个主体，他们手中掌握着显然比第一主体更多的信息，他们看到了第一主体没看到的对象；杜宾则属于第三个主体，他看到了全面两个主体所没有看到的东西。至于那封信的出处和内容，在拉康这里并不重要，它只是一个被抽空了意义的能指符号。但这个能指符号却驱使并控制主体的"位移"，酿成了各主体之间的紧张关系。拉康又补充到，即使第三个主体也不是全知的，杜宾在拿到信之后，无意识中流露出他的欲望结构，他与大臣一样也卷入了这场复杂的权力纷争，为"信"这一能指所控制与驱使。

然而消解并没有结束，德里达又对拉康的解读进行了一系列的批评。

文学批评关键词二篇

荒　　诞

英语和德语中，"荒诞"作为形容词都为 absurd，法语为 absurde；作为名词在英语中为 absurdity，法语为 absurdité。[①] 从词源上看，"荒诞"来自拉丁文"聋的"（Surdus），原本用来描写音乐上的不和谐。[②] 美国当代文学批评家阿诺德·P·欣奇利夫著《论荒诞派》（1992 年，昆仑出版社）引用《简编牛津词典》（1965）给"荒谬"（有的译本为"荒诞"，据译者李永辉称，absurdity 在该书中有"哲学含义"和"用来描述一种文学表现方式"两层意思，分别用"荒谬"和"荒诞"与之对应）下定义时表明，该词除了指（音乐）不和谐，还指"不合乎理性或不恰当；现代用法中明显地悖于情理，因而可笑，愚蠢。"

"荒诞"从一般词汇学意义的"语词"上升为 20 世纪西方文学批评的一个重要术语，这其中与英国戏剧理论家马丁·埃斯林有直接联系。马丁·埃斯林在《论荒诞派戏剧》（1961）用"荒诞"指称塞缪克特、阿瑟·阿达莫夫、尤金·内斯库等剧作家在其作品中所体现的共同倾向："存在的异化与意义的缺席"的主题同"反情节""反主角"的艺术形式相结合。该术语的出现在当时影响很大，引起

---

① 参见王小明：《荒诞溯源与定位》，《西北师大学报》（社科版）1999 年第 6 期。
② 袁可嘉：《现代主义文学研究》（下），第 640 页，中国社会科学出版社，1989 年。

批评界的重视，从而引发人们对"荒诞"背后潜在的哲学美学含义的思考及对"荒诞"词源的追溯。

有的论者在阐释"荒诞"时，常要提及希腊的喜剧、但丁的《神曲》与荷兰的画家博斯，其实这其中所蕴含的只是"荒诞"的因子，它不同于现代意义上所指称的"荒诞"范畴。美国批评家大卫·盖洛威说"第一个像我们已认为它所包含的现代用意那样使用'荒诞'这个术语的人是索伦·基尔克戈尔。"[①] 在这里基尔克戈尔并不用它指"人类存在意义"层面上的荒谬，而是指基督教存在的荒诞。欣奇利夫认为"荒诞"（哲学层面）是在加缪的哲学随笔《西西弗斯神话》（1942）中出现的。盖诺威也认为该著作是迄今为止有关"荒诞"含义最丰富的作品。"加缪在书中将荒诞定义为一种紧张关系：人类决心在世界上发现目的和秩序，然而这世界却不提供这两者的例证。"[②] 加缪作品中出现的"荒诞"对马丁·埃斯林提出"荒诞派戏剧"这一术语有一定启发。

在埃斯林发现"荒诞"这一术语之前，"荒诞"作为一种观念在法国和德国的存在主义著作中反复出现，马丁·海德格尔将其用于描述基督信仰，里埃尔·马塞尔用它象征生命神秘性，让－保尔·萨特将它用在"生命与存在"方面。"荒诞"这一概念的内涵与以萨特和加缪为代表的存在主义哲学（尽管加缪否认自己为存在主义者）有紧密的关系。1883年尼采在《查拉图斯特如是说》中宣告"上帝"的死亡，意味着宗教的衰落、传统价值的瓦解；世界大战又使人们对科学理性产生怀疑，并深感绝望，整个世界具有"偶然、非本质、无中心、非逻辑"特点，人类的存在意义无以附着。面对这样的哲学、科学、政治文化危机，存在主义试图想超越主客体的对立与分裂，回归到一元范畴。"存在先于本质"就是在这种情况下对"生命存在及其意义"的思考；对"绝对自由"的追求，就势必带来焦虑、孤独、隔膜的心理体验。存在主义哲学中的荒诞观念"具有不可名状，难以用逻辑推理的特点"。[③] 因此，它更多地为文学作品所描述，如萨特的《恶心》（1938）、加缪的《局外人》（1942）就是哲学中"荒诞性观念"的形象注释。

在西方"荒诞"大致有哲学、审美、文学风格三个层面的含义，可以宽泛地

[①] 袁可嘉：《现代主义文学研究》（下），第641页。

[②] 福勒：《现代西方文学批评术语词典》，第1页，袁德成译，四川人民出版社，1987年。

[③] 龚翰熊：《现代西方文学思潮》，第238页，四川大学出版社，1987年。

的追溯到表现主义和超现实主义早期詹姆斯·乔伊斯、弗朗茨·卡夫卡的作品，甚至用它涵盖整个现代派作品的创作风格。但这样泛化"荒诞"的概念，将模糊对其作为"术语"内涵的界定，埃斯林在《荒诞戏剧》的修订时，就很注意这一点。

在汉语词典中，"荒诞"一般作"不真实，不近情理""虚妄，不足凭信"解，指"没有根据或无稽之谈"，与西方之"荒诞"有不一致之处。相形之下，同存在主义哲学相关的"荒诞"范畴显然更具形而上的意味。在中国语境，当提及古代一些具有"荒诞"因素的作品时，如《山海经》《西游记》，通常用"怪诞"（"怪诞"区别与"荒诞"，英文为 grotesque，源于意大利语）一词。

西方荒诞派对中国新时期的小说创作产生了深远的影响。"最先把'荒诞'引入中国文学的是女作家刘索拉。"[①] 从思想层面上说，新时期荒诞小说主要源于对"文革"十年浩劫的痛楚体验，如宗璞的《蜗居》、谌容《减去十岁》。较之西方荒诞派，一些作品也涉足"人的存在和社会存在"层面，但更多是对"人性弱点与传统文化弊端"的评判（如洪峰、残雪的一些作品）。由于社会基础的差异，荒诞派进入中国反响较大的并不在其哲学的形而上层面，而是作为一种创作风格与技巧为作家所模仿，作为一种美学范畴为文学批评界所阐释。周来祥《荒诞、丑、荒诞》一文，把"荒诞"确立为"崇高""丑"之后的一个审美范畴。[②] 他认为，"崇高""丑""荒诞"是近代美和艺术发展的三部曲，"丑"把"崇高"中有限的对立推到相互排斥的极端，而"荒诞"又是"丑"的进一步极端。

（原载《东南学术》2003 年第 2 期）

白 话 文

"白话"是指"汉语书面语的一种。它是唐宋以来在口语的基础上形成的，起初只用于通俗文学作品，如唐代的变文，宋、元、明、清的话本、小说等，及宋元以后的部分学术著作和官方文书。到'五四'新文化运动以后，才在全社会上

---

① 吴亮编：《荒诞小说》（序言），时代文艺出版社，1988 年。
② 参见周来祥：《崇高、丑、荒诞》，《文艺研究》1994 年第 3 期。

普遍应用"①。白话文相对于文言文（文言文是以先秦口语为基础，视秦汉经典著作为返点后，并随封建主流意识形态的不断强化而形成的一种书面文体），是用白话写成的文章，也称为语体文。

对于"白话文"的渊源，一般可以追溯到唐代。一些敦煌史料研究者"基本承认变文是一种（白话）文学，认同变文是通俗（白话）小说的肇始"②。胡适称"由唐初到晚唐，乃是一段逐渐白话化的历史。敦煌的新史料给我添了无数的佐证"③。为确立"白话文"正宗的书面语地位，他极力寻找"历史的依据"。因此，在他那里"白话文"是极为宽泛的概念，它指与"官方文学""庙堂文学"相对的歌谣、语录、弹唱等形式的"民间文学""平民文学"，"一千八百年前的时候，就有人用白话文作书；一千年前，就有许多诗人用白话作诗作词了……"④ 一言蔽之，在胡适看来，每个朝代都有"白话文"的存在，"中国文学史就是一部白话史"。周作人则认为"现在的用白话的主张也只是从明末诸人的主张内生出来的"⑤。首届"公安派文学"讨论中，许多学者认为"公安派推崇白话文学可视为'五四新文学之前驱'"。⑥ 一般地，我们认为从北宋到清末是"白话文"潜伏、蓄势、发展的重要阶段，其作品有宋元的话本、明代的话本和拟话本、明清的小说如《水浒传》《金瓶梅》等。

"白话文"作为一个"口号"与"术语"出现，与晚清白话文运动有紧密联系。"新诗派"的先行者黄遵宪提出"我手写我口，古岂能拘牵"；梁启超、夏曾佑、谭嗣同等力主"诗界革命"；南社主将柳亚子主持《自治白话报》，文章以白话文为主。这期间"有裘廷梁等呼吁提倡白话文"。⑦ 1887年出现了近代最早的白话报——《申报》的副刊。"根据现今能找到的资料，清末最后约十年间，出现过一百四十份白话报和杂志"⑧ 晚清白话文运动开启了"五四"白话文运动的先声，

---

① 罗竹风主编：《汉语大词典》（第8卷），第203页，汉语大词典出版社，1990年。

② 孙步忠：《敦煌藏卷中的白话小说是中国白话小说的源头》，《敦煌研究》1999年第3期。

③ 胡适：《白话文学史》，自序第10页，岳麓书社影印，1985年。

④ 胡适：《白话文学史》，第2页。

⑤ 周作人：《中国新文学的源流》，第102页，上海书店影印，1998年。

⑥ 参见《文汇报》（沪），1987年6月18日。

⑦ 钱理群等：《中国现代文学三十年》，第3页，北京大学出版社，1998年。

⑧ 陈万雄：《五四新文化的源流》，第134页，三联书店，1997年。

但其性质不同于"五四"的白话文运动。它仍属古代白话文的范畴。"晚清的白话文和现在的白话文不同，那不是白话文学，只是因为想要变法，要使一般国民都认些字，看报纸，对国家政治都明了一点，所以认为用白话文写文章可得到较大的效力。"① "现在白话文是'话怎么说便怎么写'。那时候却是由八股翻白话……"②

"白话文"作为中国现代文学的一个语体范畴，其最终取代文言文成为主要的书面表达方式，是"五四"的白话文运动。1917年1月，胡适在《新青年》发表的《文学改良刍议》中提出"八不主义"，倡导"活文学"，是整个白话文运动的滥觞。同年12月，陈独秀在《新青年》发表《文学革命论》，提出"三大主义"与之呼应。随后，胡适又有《历史的文学观念论》《建设的文学革命论》等文章，提出"作诗如作文"，"一时代有一时代之文学"等主张。其间李大钊、鲁迅、周作人、刘半农、钱玄同等纷纷撰文阐明自己对"文学革命"的观点。胡适作为白话文运动的首倡者，他深谙思想内容与文体形式的关系，"我也知道有白话文算不得新文学，我也知道新文学必须有新思想和新精神"。③ 但限于传统观念的漫长历史及客观条件的复杂，他强调白话文与文言文间对立、分裂的一面，不遗余力地倡导"白话文"之工具性。"'白话文学工具'是我们几个青年学生在美洲讨论一年多的新发明。"④ 较之胡适的激进、偏执、决绝的姿态，周作人略为冷静，他在强调文字改革的同时，更重视思想的改革与转换，否则虽用了白话"思想仍然荒谬，仍然有害"，"古文与白话没有严格的界限，因此死活也难分"。⑤ 刘半农也认为文言、白话"各有所长，各有不相及之处"。"1920年1月，依当时的教育部颁令，凡国民学校年级国文课教育也统一运用语体文（白话）。"⑥ 这标志着"五四"白话文运动的初步胜利，但是"白话文"内部也面临着严重问题：美学意蕴的缺乏；思想内容与文字表达的脱离。对此胡适早就有所意识，"若今后之文人不能为

---

① 周作人：《中国新文学的源流》，第96—97页。
② 周作人：《中国新文学的源流》，第103—104页。
③《建设理论集导言》，《中国新文学大系》（理论建设卷）第19页，上海文艺出版社影印，1981年。
④《中国新文学大系》（理论建设卷），第58页。
⑤ 周作人：《中国新文学的源流》，第103—104页。
⑥ 钱理群等：《中国现代文学三十年》，第11页。

五四造一可传世之白话文学……绝无以服古文家之心也"①。就此而言，白话小说《狂人日记》，诗集《尝试集》、周作人"美文"系列、"冰心体"小说无不具有开创或奠基的意义。新文学第一个十年，白话书面语创作在各种体裁——展开，并在实践中接受了检验。其中争论最大的是白话诗歌（新诗）。胡适的创作打破了传统诗歌的格律，却带来了"非诗化"的倾向；郭沫若的《女神》则能较重视诗歌本身的规律（尤其是意象）；新月派创作是前二者的反拨，使诗歌走向"规范化"，并在"新""旧"的联系中，确立了白话诗的现代美学原则。

纵观"五四"白话文运动，它广泛吸收了西方的词汇资源、语法结构，在语言、文字、思想等多层面展开，这场运动不只是"语言内部的自足变革"，它同整个思维观念的革新及国家现代化运动紧密联系。"白话"与"文言"的较量，很大层面上也是两种不同价值体系与社会意识形态的碰撞。

"白话文"与大众口语有紧密关系，"大众语不是白话之外的一种特别语言文字，'大众化'，即是能够把白话做到最大多数懂得的本领。"鲁迅认为"提倡大众语，就是要做'更浅显的白话文'"。② 一些论者认为白话文运动是大众化运动的前奏。其实这两者的概念内涵是有区别的，不能盲目地把"白话义运动"等同于"大众化"。此外，白话文运动也是 20 世纪 30 年代"左联"时期"大众文艺"20世纪 40 年代解放区"文艺为大众服务"的理论起点，后者是对前者的延伸与凸显，同时随之即来的是概念内涵的窄化。"白话文"作为现代文学的一个范畴确立之后，时至今日，仍有一些争论与阐释，主要集中在"反思"层面，如钱谷融的《反思白话文》等。

（原载南帆主编：《二十世纪中国文学批评 99 个词》，浙江文艺出版社，2003 年）

---

① 《中国新文学大系》（理论建设卷），第 58 页。

② 参见姜义华主编：《胡适学术文集》，《总序》第 18 页，中和书局，1993 年。

从叙述话语角度论荒诞审美

——20 世纪八九十年代中国"荒诞小说"的话语分析

一、问题的由来与辨析

20 世纪 70 年代末以来，在创作和批评领域相继出现了一系列直接用"荒诞"命名或间接地与"荒诞"观念相关的作品和文章。关于荒诞小说、荒诞审美的批评与争论成了当时文艺批评界的一个焦点。纵观当时就"荒诞小说"而发表的批评文章，大多涉及小说中荒诞审美类型的划分问题，概括起来较有代表性的大致有以下几种情况。

1. 与中国传统的"怪诞""怪异"观念相联系，将一些体现这一特点的神话、神魔等小说样式统称为荒诞小说。① 2. 不区分"荒诞"在哲学、社会学与文化用法上的区别，在划分荒诞审美类型时直接移用哲学、社会学用语，以作品表现的内容对象来划分，诸如政治法律荒诞、精神文化荒诞、语言荒诞、生存荒诞、文化的荒诞、人自身的荒诞等类型。② 3. 参照西方荒诞派文学，把荒诞按时间的线性进行量化，认为中国的荒诞小说有一个不断发展成熟的过程，如现实主义框架下的荒诞因素、局部细节荒诞、整体性荒诞；荒诞意识、小说中的荒诞、荒诞小

---

① 林辰：《中国的荒诞小说及其特征》，《复旦学报》（社会科学版）1990 年第 4 期。
② 李裴：《荒诞意味在新时期小说中的渗透与深化》，《上海文论》1988 年第 3 期。

说。① 4. 参照当时主流的现实主义表现风格与技法，把与现实主义风格相异的具有现代性特点的或运用"变形""意象""悖论""错位"等技法的小说笼统地纳入荒诞文学的范畴，如现实主义荒诞小说、现代主义荒诞小说、文化寻根荒诞小说。②

不难看出以上这些划分方法存在的主要问题：没有从荒诞内涵的本体性意义出发，具有很强的随意性，存在着划分标准不统一和标准交叉与重复的严重缺陷。这样，"荒诞"在西方语境下作为一个从哲学用语到艺术审美、创作技法层次相对清楚的术语，到了中国语境下其所指却变得模糊而混乱。具体说来，在第 1 种划分类型中只掠取浮现在西方荒诞小说表层的外在技巧形态，忽略了荒诞是与现代存在主义哲学紧密相连的一个"现代性"范畴。第 2 种划分类型，经常是把哲学、社会学、现实生活中的"荒诞"术语对等于文本中传递的荒诞审美，这种分法显得较为粗糙而臆断，缺乏内在的逻辑规定性，最终无法触及荒诞审美的实质，容易造成"荒诞审美类型"的批量生产。第 3 种相对第 1、2 种划分方法，一定程度上触摸到了与"荒诞"紧密相关的"生存""存在"主题。但是，遗憾的是它们没有从文本的内部做更充分的辨析与论述，并不能给出划分的内在依据。从传统内容与形式的关联来看，第 4 种划分方法正好与第 2 种相反相成，也将导致划分类型的无限延伸，同样无法揭示荒诞审美的内核。然而正是这一组分法的对立与关联昭示我们：在荒诞小说文本解读中，如果割裂内容对象与形式技法，单纯地从事件内容，或者纯粹的叙事层面都不可能整体地理解荒诞审美。一方面，那些未经形式美学转化的社会现实中或材料阶段中的荒诞事件与对象并不必然会产生荒诞审美；另一方面，单是"变形"等技法也并不必然带来荒诞审美。文学中的荒诞审美要产生，需要两个重要的前提条件：首先，与哲学上的"荒诞"构成一样，要基于二元结构关系中两个不同价值向度的紧张冲突，同时离不开主体对其中一价值向度的信奉与体验，并且与主体对"在""存在"与"自我"等问题的思考紧密相关。在前现代和后现代中，荒诞的这种结构都不可能成立，诚如 P·欣奇利夫就"荒诞"存在的可能性时指出："荒谬（有的译成"荒诞"，引者注）要存在，

---

① 参见张兴劲：《荒诞——作为一种创作现象》（载《北京文学》1988 年第 9 期），李晓宁：《论中国荒诞小说》（载《漳州师范学院学报》（哲学社科版）2000 年第 1 期）

② 尹鸿：《外来影响与中国新时期荒诞小说》，《当代文坛》1992 年第 1 期。

上帝就必须死掉，而且在意识到了这一点之后，还必须不抱任何想以一个超验的'他我'来作代替的企图。"① 其次，荒诞感的传递与文本如何展开叙述也紧密关联，必须考虑二元结构关系中的两个价值向度分别在虚构域的哪一层面。同时，荒诞感的产生与主体体验的真实感有很大的关系，因此作者、叙述者如何参与、介入叙事将直接影响着荒诞审美的性质。

这里我们将运用叙述学话语分析理论立足于文本，围绕叙述的方式、叙述的视角、叙述的人称等话语方式，并结合经杰姆逊改造的格雷马斯"符号矩形"分析法对"荒诞小说"的文本展开分析，我们将看到因叙述方式的不同，所带来荒诞审美效果的差异，并根据荒诞感传递的不同层面与方式，对荒诞审美类型重新划分为：观念与技法的荒诞、条件性情境荒诞、本体性荒诞。这样，就可以很大程度地避免从外围对荒诞审美类型进行切割所带来的不足。

二、荒诞审美的类型

（一）源于虚构域内外的观念与技法的荒诞审美

该类荒诞审美源于虚构域之外的接受者阅读"荒诞小说"时，将虚构域内的文本所蕴含的思想观念或形式技法的"异质"性，与传统向度或当时历史语境下主流的思想观念或技法相互参照而构成一种二元对立关系，并借用西方"荒诞"之名指称。

1. 虚构域内外的思想观念互相参照的荒诞审美

在对 20 世纪七八十年代"荒诞小说"评论中，一些论者不顾及"荒诞"一词背后所承载的现代性意义与历史内涵，把一些中国源远流长的志怪和神魔小说作为判断荒诞小说的参照标准，并将"荒诞"追溯到《穆天子传》《南柯太守记》《西游记》等。诚如一些研究者借用刘半农的话指出"荒诞小说"这样的显著特点："'荒荒唐唐乱说鬼'，亦即故事游离于现实生活之外的荒诞性"。② 宽泛地说，在中国与西方的一些前现代文本中会有某些相同的"荒诞"因子，但是作为一个范畴，我们显然不可以把中国传统志怪、神魔小说与存在主义哲学紧密相关的西方荒诞小说中的"荒诞"等同。这里，我们注意到了他们之所以把志怪、神魔小

---

① 欣奇利夫：《论荒诞派》，作者序言，李永辉译，昆仑出版社，1992 年。
② 林辰：《中国的荒诞小说及其特征》，《复旦学报》（社会科学版）1990 年第 4 期。

说命名为"荒诞小说"，主要是把文本中所体现的思想观念和人物形象与现实维度的思想观念和传统现实主义创作中的人物形象进行参照见"异"而命名的。对于这种类型的小说中的怪诞人物或观念，对于当时处于文本之外的接受者而言，会带来一定荒诞感；我们姑且称之为虚构域内外的思想观念互相参照的荒诞审美。这种做法在 20 世纪 80 年代荒诞小说批评时颇有代表性，一些论者在提及荒诞小说时，一般锁定冯骥才《神鞭》《阴阳八卦》、王兆军《不老佬》、林斤澜《十年十癔》、王安忆《小鲍庄》、韩少公《爸爸爸》等文本。

2. 虚构域内外的形式技法互相参照的荒诞审美

当时一些评论文章在提及中国荒诞小说时，一般要列举宗璞的《我是谁?》《蜗居》《泥沼中的头颅》等。它们之所以把这几篇小说列入"荒诞小说"主要是：作者直接提到卡夫卡创作对她的影响，[①] 并在创作中运用了"变形"的写法。论者一般会以作者以下说法为据："我自 1978 年重新提笔以来，有意识地使用两种手法写作，一种是现实主义……一种姑且名为超现实主义的，即透过现实的外壳去写本质，虽荒诞不成比例，却求神似"。[②] 这样，小说通过对人物进行"变形"技法的处理，打破了读者的阅读常规，从而唤起对荒诞年代的荒诞感意识。显然，这一荒诞审美构成的契机是通过将文本中的形式技法与虚构域之外主流的表现形式和阅读成规相互参照。

从叙述话语层面看，这些文本的叙述者与作者几乎是重叠的，"变形"的驱动力主要源于作者的强行介入。尽管这些文本所运用的人称与视角略有差异，但实质上都是采用传统全知视角。这样，作者就始终控制着人物的行动，人物要么完全失去对自己的价值判断与对问题的意识能力，要么其价值指向完全等同于叙述者和作者。行文即便有一些差异，最终都统摄于作者这一无所不知的上帝。因此，尽管作者受西方荒诞文学的影响，试图通过采用与传统现实主义叙述方式不同的叙事技法，但总体上没有打破时序结构的时间规则，最终只是共享了西方"荒诞"的一些外在形式（如变形、夸张、情境的虚设）。叙述的内容对象，虽也涉及人性、人的生存问题，但归根到底还是在"伤痕""反思"系列模式所体现出的理性启蒙思维的框架内。为此，这些文本所传递的荒诞感只能是文本内部的"变形"

---

① 参见谢莹莹：《卡夫卡的作品与现实》，《卡夫卡文集》第 14 页，译文出版社，2002 年。
② 宗璞：《给克强、振刚同志的信》，《钟山》1982 年第 3 期。

形式与当时语境下的传统形式相比较而产生荒诞审美效果。此外，为一些论者所称道的其他"荒诞小说"，如《减去十岁》《脸皮招领启事》《走失了的模特》《美女岛》等，大致也基于这样的判断。

（二）源于叙述者层面的条件性情境荒诞审美

形式的革新会带来对问题的重新审视，对创作材料的重新组织。80年代初对西方荒诞小说形式技巧的借鉴，唤起人们对当时处境与问题（包括体制、观念、物化等等）的强烈意识与独到发现，并在小说文本中反映出来，如邹月照《第三十三个乘客》、张贤亮的《冬天的话题》等等。在这些小说文本中，叙述者有意地设置了人物所在的情境。就其对人物的挤压功能而言，这与萨特存在主义小说或戏剧中对情境的理解与取法有很大的相似。这里我们取法萨特对情境所作的限制，并根据二者间的相似性与不同点，把那些人物大多还缺乏自我意识，必须借助叙述者才能传递对问题的意识，从而构建不同向度价值与意义冲突的荒诞小说称之为条件性情境荒诞小说。

这类小说传递荒诞审美的二元结构的两个向度都处于同一虚构域内，荒诞感的传递是叙述者的介入与干预使然。根据其在虚构域内的具体状况，我们根据叙述者在价值与意义的取向上是否一致又将其区分为两类。

1. 虚构域内统一的叙述者层面的荒诞审美

在列数20世纪80年代荒诞小说中，大致可以把孙旭光的《彩票》、邹月照《第三十三个乘客》、亚丁《眼镜》、张贤亮《浪漫的黑炮》、邓刚《关于仔猪过冬的问题》《疯狂的君子兰》等归入此类。

在这些文本中，其荒诞审美的二元结构关系大致呈现出这样的模式：人物在叙述的起点被赋予某种动机与价值取向，但由于一些外在因素的影响与干预，在情节发展的中间或最后会出现了与原先完全相反的结局与价值向度，从而出现价值的悖谬。这种类型荒诞审美的发生之所以可能，除了人物附着的价值起点与结局悖谬之外，情境的设置是荒诞审美产生的重要条件，它为维系叙述者赋予人物不同价值判断间的冲突提供了平台，是两种不同价值逆转、悖谬的关键所在。

毋庸置疑，这些情境的有效设置都在于叙述者的策划与干预下展开的。该类型的荒诞小说一般采用有限的全知视角或第一人称外视角，其故事层面与叙述层面间的层次区分很明显。这就会形成这样的审美效果：当人物在某种荒诞处境时，叙述人、读者或非主人公对此是极为清楚，而主人公缺乏对自我的意识，谈不上对这种处境的意识与反抗。这样该类型小说的荒诞审美形成的内在结构昭然若揭：从历时角度看，人物在叙述的起点所附着的意义、价值与叙述的终点时被赋予的意义、价值相反，从而构成一对二元对立关系；从共时角度看，叙述者对被叙述的对象清晰的、富有理性逻辑的叙述声音，与暂时放弃叙述者眼光从主人公的眼光叙述的声音构成另一对二元对立关系。

2. 源于虚构域内分裂的叙述者层面的反讽荒诞审美

以上所涉及的文本中，尽管叙述者与人物处于不同的话语层次中，但他们之间有一种价值的认同感，叙述者对事件态度是认真的，对人物充满理解与同情。这时如果叙述者进一步向所设置的情境施压，叙述话语就会不堪承受挤压之沉重，发生分裂，从而进入反讽的荒诞审美，最终在叙述层面上出现"言在此而意在彼"的两种声音。

在 20 世纪 80 年代对反讽技法运用得最娴熟的当属王蒙与王朔。王蒙善于驾驭政治辞令与言语，他除了经常用夸大陈述的方式、克制陈述与戏仿人物的言行与心理外，就是把不同语境下的用语随意的移植，如把"文革"时期的用语移到 20 世纪 80 年代、把白话文与文言文混用等。这里我们可以把王蒙的《冬天的话题》《莫须有事件》《风息浪止》《说客盈门》《火宅》，王朔的《顽主》《一点正经都没有》等列入情境反讽系列。在王蒙的这些具有类型化、模式化倾向的文本中，由叙述人导演的一系列的荒诞闹剧清晰可见。

如果暂且撇开文本的话语叙述情况，只从主要人物来看，大致和前一类型的文本一样，体现出如下的叙事模式：叙事的起点在外在的干预下，使叙述终点并不是人物开始的初衷，从而产生悖谬。但从叙述的话语看，则有很大不同。由于这些文本采用情境反讽，而情境反讽的叙事目标就是叙述者"剪除种种无关的枝节，通过综合、组接、映衬显露出事件表象与事件内涵的分裂"，[①] 这样叙述者干预的声音就无所不在，而且是堂而皇之。人物在文本中的地位，完全低于叙述者和读者，几乎退缩为叙述者表意的一个能指符号。这样，人物与隐在的叙述者间的二元对立关系，就被叙述人"言在此而意在彼"的二元对立关系所代替。叙述人隐在的这一向度所附着的价值意义始终是表层价值意义的潜在标尺，从而构成一种参照关系。这样，符合叙述人这一隐在价值尺度标准的就是正常的，反之则

---

① 南帆：《文学维度》，第 126 页，三联书店，1998 年。

是"古怪和荒诞"的。正是这种二元的相互参照，尤其是反讽背后所拥有的这一隐在的价值尺度时不时地起作用，"也许事件的每一个局部都十分正常，但是观察者的位置却能看到局部与局部都相互配合所产生的荒诞结果。"[①]

（三）源于人物层面的本体性荒诞审美

从叙述层面看，本体性荒诞的产生就要求人物从叙述者的调控与直接干预中摆脱出来，这要求叙述者从叙述层面上要尽可能隐退。巴赫金在对作者与主人公的分类中，"主人公控制叙述者"这一类型，作者的介入程度最弱。这种情况下，人物拥有自身的生命，"主人公不是'他'，也不是我，而是不折不扣的'你'，也就是他人另一个货真价实的'我'（自在之你）"。[②] 总的看来，由"叙述者＞人物的视角过渡到叙述者＜人物"的过程，是人物在虚构域内的主体自我意识逐渐苏醒的过程。本体性的荒诞审美的结构关系源于人物层面，并体现为人物所意识和信奉的价值意义与不同人物之间或者与客体之间的冲突与对抗。这样荒诞感的传递就不必借助于（或较低限度地依赖）叙述者的干预。这里我们依据人物附着价值意义方式的不同——人物内心意识和人物行动——把它分为两种类型来阐述。

1. 源于文本内部人物内心意识的荒诞审美

意识流的出现，"是自然主义以后对更为严格的真实性与科学性的追求，促使文学尝试抛弃那种由作者出面来概述或描述人物内心活动的编排性、虚假性，而转向直接呈现人物意识活动的新的艺术途径。"[③] 李陀《七奶奶》《自由落体》、张辛欣《我们这个年纪的梦》（以下简称《梦》）、残雪《天窗》《苍老的浮云》《公牛》《旷野里》、余华《四月三日》等"荒诞小说"，大多不同程度地采用心理意识、内心独白、意识流话语方式来叙述人物。由于叙事干预的隐退，文本中的人物由内心意识流动所附着不同价值意义或与客观环境在多向度展开对抗。

《七奶奶》《自由落体》《梦》都采用第三人称叙事，但是叙述者在大量的叙事单位里最大限度地放弃叙述者的眼光，站在人物的视角上进行大段内心意识的释放，这时人物的话语隐没了叙述者的角色，因此虽然用的是第三人称，却有第一人称叙述的现时效果。从叙述话语的层面看，我们在阅读时还是能比较明显地感

---

① 南帆：《文学维度》，第 126 页。
② 董小英：《再登巴比伦塔：巴赫金与对话理论》，第 117 页，三联书店，1994 年。
③ 柳鸣九：《意识流》，第 6 页，中国社会科学出版社，1989 年。

受到叙事的边界与限制。而在残雪的一系列中短篇小说里叙述者的隐退则更为彻底。《苍老的浮云》《公牛》《天窗》《旷野里》《山上的小屋》等文本中叙事的一大特点就是梦幻叙事，通过说梦幻、呓语等显现人物的内心意识。这些文本中人物内心的意识流露，有时直接使用自由间接体、甚至是直接独白。由于叙述者的这种旁观与隐退，文本中所描绘的"非人"的丑陋世界，甚至会引起我们怀疑人物思维能力是否健全。叙述主体干预隐退与缺席使得残雪对存在主题的观照较之前者更具形而上的本体性意义。

概括地说，这类荒诞小说大多涉及人物主体对"在"或"存在"的思考。文本中传递的是作为主体的人或者内心意识与自身、客体的物或外在于内心的客体存在之间的关系，是未被规定的或者"不能被规定的"主体在"被规定的"客观存在中"不能不感到这种一切必须被自我之外的社会关系客观地规定着的'现实'本身的荒诞"。[①]

2. 源于文本内部人物行动的荒诞审美

相对于前者对人物内心意识的聚焦，《你别无选择》《无主题变奏》《十八岁出门去远行》《离婚指南》等荒诞小说则更侧重于通过行动来实现人物对自我价值的选择与判断。这里我们可以参照杰姆逊改造的格雷马斯的"符号矩形"来阐释人物、行动、价值意义三者的关系，[②] 具体说就是人物是否参与附着着不同价值取向的事件，这种行动是否带来价值意义，并区分这种意义对主人公而言是正面的、反面的，还是虚无的。他在分析康拉德的《吉姆爷》时，发现文本中从叙事一开始就有某种对立：行动←→价值。行动是指做事取得成功，做事是否有意义；价值则指这种行动具有意义。显然，荒诞感的产生则源于"行动←→非价值"这一轴，或者是这一轴与"行动←→价值"这一轴的剧烈对抗。这里还必须注意的是我们发现"行动←→价值"维度已发生明显的裂变，"行动←→价值"轴上的价值对于不同人物而言是不同的，不妨用 A、B 字母区分开来。以下我们仅以《你别

---

① 毛崇杰：《新时期文学存在主义循迹》，见柳鸣九编：《"存在"文学与文学中的"存在"》，第 292 页，社会科学文献出版社，1997 年。

② 杰姆逊这一方法的阐述与运用主要见其著作《后现代主义与文化理论》（陕西师范大学出版社，1986 年）中《文化研究——叙事分析》一章，这里同时参考了王一川在《中国形象诗学》中用这一方法对小说情节所进行的分析，具体可参见王一川《中国形象诗学》（上海三联书店，1998 年），第 329－367 页。

无选择》和《离婚指南》为例来分析该类荒诞审美是如何构建的，我们可以将两个文本中人物与意义之间的关系表示如下：

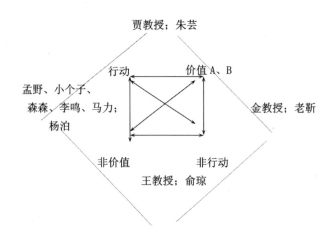

参照杰姆逊的符号矩形，文本《你别无选择》在"行动←→价值 A"轴上的是贾教授，他对自身的教条理论模式缺乏自省、怀疑与批判的意识，他所体现的价值是稳定而不可动摇的。与贾教授对立的金教授则在"非行动←→价值 B"轴上，在文本中具体表现为金教授已接受了西方现代派，从价值意义上他与贾教授的价值维度正好相反。金教授并没有实际参与学生和贾教授的对抗中去，同时金教授由于持有新的价值尺度，不像学生们充满荒诞感。在行动←→非价值轴上主要有两类人物，一类是孟野、森森、小个子、李鸣和马力等代表的对贾教授机械、刻板的教条理论的反叛，同时又深感意义和价值的虚无与荒诞。最后不妨把王教授等次要人物放置在非行动←→非价值的轴上。

再看看苏童的《离婚指南》，这貌似讲述一个简单的"第三者"的陈旧故事，但是小说主要探求了人生活在一个貌似符合因果逻辑、符合伦理道德常识的环境下，除了恶心没有其他可能的荒诞事件。参照杰姆逊的矩形符号，在"行动←→价值 A"轴上的是朱芸，他认为杨泊要同她离婚一定有第三者插足，其遵循的逻辑是结婚以来待丈夫不薄，丈夫不应该同她离婚，……这一切在她的价值尺度中是天经地义的事，丝毫不能被质疑的。主人公杨泊则处于"行动←→非价值"轴上，他深受存在主义的影响，莫名其妙地想离婚，对妻子感到厌恶，对情人俞琼感到可怕，在他看来离婚跟第三者没关系。最后他为了人道地回避朱芸与俞琼的械斗场面，别无选择，在建筑工地的水泥圆管里过夜，落得被警察当小偷逮住的荒谬下场。可以说他是反理性、反因果逻辑的积极行动者，在与"行动←→价值"轴上的价值标准的参照中，他是十足的荒诞人。处在"非行动←→价值 B"轴上的是老靳，他不再信奉哲学这些理论体系，已经转向形而下的事——卖西瓜，因此他已接受了不同于朱芸等的价值。在"非价值←→非行动"轴上的是俞琼。俞琼看似扮演了第三者的角色，其实在文本中她作为传统叙事中"第三者"的身份已被消解，而只是"行动←→价值轴"与"行动←→非价值"轴上人物对抗的一个道具与符号，从价值意义上看，她不参与任何一方的行动，她的出现和退出都带有戏剧性。

三、结语

以上的分析与论证显示，通过将荒诞内在结构与文本的叙事状况结合起来，使我们能清晰地洞悉小说中荒诞审美传递的方向、方式以及需要的条件。我们从观念与技法的荒诞审美到情境荒诞审美，再到本体性荒诞审美，层层逼近荒诞审美的内核。这样就能克服以前撇开文本自身对"荒诞小说"进行外围切割而始终无法触及荒诞审美内质的弊端。当然，对我们所作运用的方法与分析必须做以下说明：首先我们把选取的文本，置于共时平面上进行解读，就无法照应到具体小说在时间上的变化关系，以及所抽取的文本与具体作家的创作追求、作家创作的其他文本之间的动态关系。这恐怕是新批评和结构主义叙事学等所有主张对文学进行内部研究可能存在的不足。其次每一具体的作品都是一个复杂的综合体，其形式、风格、叙述视角与方式一定程度上具有不可化约性。同时任何归纳、划分具有一定的相对性。首先表现在层次的区分，比如在"源于接受者层面的观念与技法荒诞"中两种类型的区分就具有相对性。其次所纳入每一层次的具体文本的归属也具有相对性；最后从叙述者介入的程度而言，即使同一层次内的文本也是有差异的，如《无主题变奏》与《十八岁出门去远行》之间是有区别的。因此我们在将荒诞审美类型划分和具体文本归属时主要是根据其表现出的倾向性作为依据。这样，通过荒诞审美类型的重新划分，就中国"荒诞小说"中的荒诞审美内核作了本体性的阐释，从另一个角度突破了批评界就此所遗留下来的问题。

（原载《辽宁师范大学学报》2006 年第 4 期）

理论的"墙"与"桥"

——论孙绍振文艺理论思想的当代价值与意义

在我看来，中国当代文艺理论大致经历了这么三个阶段：政治话语与意识形态垄断阶段；文学本体性的探求阶段；文化视角的多元转向阶段。概括地说，就是由外到内再到外的一个运动过程。孙绍振先生参与并见证了当代文艺理论的解构与建构过程，其文艺理论思想则在这一进程中不断地拓展，获得提升与自洽。从 20 世纪 80 年代初的"新的美学原则在崛起"的宣示，到当下"文学性"与"文本细读"思想的再度掘进，孙先生不断穿行于文学理论与文学现象、理论构建与审美经验的张力之中。他从文学创作与鉴赏的体验出发，着手构建自己的理论体系，又反过来以此批评当下的文学创作现象，审视与检讨当前文艺理论存在的种种弊端，也包括对自身理论中可能存在的局限的自觉预见与反思。

孙绍振的文艺理论思想与当代文艺理论的重大问题之间始终处于一种深层的勾连、互动与衍生状态之中。中国当代文艺理论的内在问题直接构成了孙绍振理论运思的逻辑起点。他正是以自身理论的"原创性""前瞻性""历史感""超越性"的特质同当代文艺理论的问题域发生了联结，并从中获得了自我确证。作为一位擅于架桥的能手，他所有的理论突围就是要不断去翻越相继迎来的诸多灰色理论"墙"的围堵。孙绍振文艺理论思想之于当代文艺理论问题的这种特殊关系，决定了对其文论思想的任何研究与考察不再可能是一种个人的行为与事件。

一、理论的原创性

美与真、善的结构错位，文学形象的本体探寻及其对文学性的独特价值之坚守与捍卫，构成孙绍振文艺理论思想的重要内核。较之20世纪80年代，现在已不难看出，他的这一运思与康德的美学体系，以及韦勒克代表的"新批评"等的文学本体论观点存有诸多相通的理趣；但孙氏理论全然不是直接来源于对这些西方理论家的现成体系的移植、挪用，或间接地通过借助这些体系的现有概念、判断与观点进行推理、演绎加以建构而成；相反这一做法是他极力反对的。其思想的入口，主要源于对文艺理论与文学活动、审美经验的脱离所致的紧张以及理论话语以傲慢的姿态试图征服文学奥秘时所表现出之"无能"的思考。其第一部理论专著《文学创作论》正是这一思考的产物。在《文学创作论》1986年初版的《后记》以及2000年修订版的《前言》中，他都用很大的篇幅来说明其理论建构的出发点，即当时主流的文艺理论无法揭示诸如"形象是怎样构成的""文学的奥秘是什么"的问题。他诊断的结果是"理论出了大问题"，具体说来主要表现为三个方面：首先，在当时以政治意识形态挂帅的文艺理论模式中，"政治""民族""阶级""社会""生活"等大话语的阐释模式无法抵达文学本身的特质。车尔尼雪夫斯基的"美是生活"成了当时美学的金科玉律；但在孙氏看来说"美是生活"就如同说"酒是粮食""花是土壤"一样，或是荒谬，或是大而无当。其次，通过直接移用西方美学、哲学、社会学的观点，甚至是自然科学的方法，成为当时构建中国文论的主流，这样文论常因缺乏自身的逻辑起点而沦为社会科学、政治理论与科学话语的附庸。再次，运用从概念到概念的逻辑演绎法去研究文艺现象在当时相当普遍。这种方法的最大特点是，将所要推导的结论隐含在命题的大前提中，其最大局限在于既定的概念、判断已造成对经验、现象的抽离与放逐。依此建构的文艺研究方法容易架空文本，导致对文学特殊性的遮蔽与盲视。

文学的特性是不可能从既定的理论成规、哲学体系的直接演绎中获得澄明。孙先生很早就意识到，文学奥秘的揭示必须建基于对传统的研究模式的彻底变革，需要寻求新的原创性方法，而不应只是停留在对原有套路的修修补补的层面上。

为此，他认为"唯一可行的办法就是回到事实"，"回到形象的本体的体悟中去"。① 孙绍振在后来总结自己的文学研究方法时称，"我的许多文学观念并不是首先从某种文论中得到的，而是从作品的欣赏、解读中慢慢体悟到的"。② 既然通过现有的理论模式去寻求文学的特性不可得，那么通过从具体文学作品的体验或创作的感悟中进一步提升或许反而开掘出文学的特性。这一思路的置换颇具有老康德在当年发动的"哥白尼式的革命"之妙。长达 65 万字的《文学创作论》，就是依此展开的：先以文学与生活的矛盾性为突破口，提出文学的假定性，即第一章。第二章为文学形象论部分，形象作为一个胚胎是"客观生活"和"作家主观情感"新的结合，是区别于"客观生活"与"主观情感"新的有机体。但它只是为"美"提供了一种可能，还不一定是美的，因此需要借助"假定性"的催化，最终通过"审美规范形式"把假定性征显出来，这构成了第四章形式论的内容。显然，文学成其文学，形式是关键，论著接着从诗歌的形式、小说的形式、散文的形式深入到具体文类的研究，最后运用黑格尔的正反合模式将其统摄于"风格"。

在文本体悟的基础上形成自己的理论话语，是孙氏理论原创性的重要体现。这正如他所概括的，即"直接从文本中洞察文学的奥秘，抽象出观念来，形成自己的话语，这种直接抽象的功夫，正是一切理论原创性的基础"。③ 正是有了对文学文本体悟的坚实基础，以及建基于对创作经验的归纳，使得孙氏理论饱蘸鲜活的内躯，具备了独特的阐释力。这里，不妨以他对辩证法改造运用为例加以说明。黑格尔作为辩证法的集大成者，他从"存在"（潜在的概念）到"绝对精神"的终点，依靠的是"正反合"的层层演绎与强制，从而构建起他庞大的思辨哲学体系。但正是这个包罗万象的体系，引发了西方哲学史上辩证法的一个转折点——由于彻底地逻辑化与抽象化，辩证法陷入了独白的境地，从"对话的形式"转向了"思辨的形式"④——以致他的批评者尤其新康德主义者，发出要"回到康德"的召唤。这种从概念到概念的强制推演使得黑氏的美学在对具体的艺术形式的言说

---

① 孙绍振：《审美形象的创造：文学创作论》，《修订版前言》第 8—9 页，海峡文艺出版社，2000 年。

② 孙绍振：《审美逻辑结构与情感逻辑》，《自序》第 11 页，华中师范大学出版社，2000 年。

③ 孙绍振：《审美逻辑结构与情感逻辑》，《自序》第 11 页。

④ 何卫平：《通向解释学辩证法之途》，第 266 页，三联书店，2001 年。

有效性方面要比康德美学来得逊色得多。据孙绍振的说明，黑格尔的正反合的模式是他构建文论的四大方法之一；但是，他对于把辩证法直接移植到文学的阐释可能存在的问题是有足够的预见和防备的。就此孙先生称道，"其最大的悖论在于，号称辩证唯物主义，却违反了唯物主义的基本原则：不是从形象本身出发，也无视形象本身的内外部矛盾，而是从观念出发"。[①] 因此，从形象本身出发，文学形象的奥秘在正反合模式的螺旋上升过程中不但没有被抽离，反而得到更为充分的揭示。显然，他对黑格尔正反合方法的运用已不只是纯粹地单维演绎，而是融入更多具有灵动性与可靠性的归纳，且将二者有机地汇合起来。在我看来，对正反合推演方式的创造性运用，在辩证法范围内具有两方面的重要意义：第一，由于孙先生尊重问题的矛盾性，其正反合方式的展开不是一味地依靠概念和逻辑的强制，从而避免造成对矛盾的人为地扬弃，这样他的辩证法同流俗的辩证法——辩证法的教条主义与虚无主义——有着本质的区别。第二，由于更多地重视文学研究对象的特殊性，对文学形象秘密的小心看护使得他的辩证法更具阐释活力。如果更广泛地看，这与西方马克思主义萨特、阿多诺他们对教条的辩证唯物主义的批判有着异曲同工之处，尽管孙绍振与他们的问题出发点不尽相同。阿多诺所建构的否定辩证法的批判矛头指向了黑格尔辩证法的思维"同一性""总体性"与"宰制性"，并把原因归结为黑格尔忽视了作为"中介"的概念与被中介的事物之间的差异性，作为"中介的概念"残暴地欺凌"被中介事物"，"并且轻率地达到任何非概念物都不能阻止的概念的总体性、即主体的绝对统治"。[②] 就此看来，当代中国文艺的研究何尝不是一度在辩证法的名义下把文学的特性与差异性"神秘地拐走"呢？

从有限的系列文学作品中抽象出一个理论体系，其结果可能存在先天的不足，即不可能一下到达理论的自觉与周圆。孙绍振正是在具体的研究过程中对这种方法的缺点变得不断了然、清晰。首先，理论提升的过程没有演绎来得明晰，带有着诸多的不确定性与可能性。孙先生称自己对朦胧诗的认识，刚开始虽然意识到它的独特价值，但却"不能从艺术上回答它究竟是什么价值"；在酝酿《文学创作论》时，最初对审美的三维结构并不明确，直到写到下半部时，才有一种体系的

[①] 孙绍振：《审美形象的创造：文学创作论》，第 5 页。
[②] 阿多诺：《否定辩证法》，第 170 页，重庆出版社，1993 年。

感觉。其次，抽象出来的东西是否具有真正意义上的原创性，则有待检验。当人民文学出版社的李昕指出孙先生的文艺思想属于康德体系，他"不禁大吃一惊"；当他的学生道出其理论的结构主义内核时，给孙先生的震动，完全不亚于前者；当孙绍振在研究小说的内在结构时，从一个精通法语的学者那里得知托多罗夫时，他"不禁兴奋莫名"。① 孙先生之所以如此受触动，我想倒不在于西方理论可以为他赢得多少话语权，而完全在于他的理论越出了他私人的狭小领域而获得了公共的命名；在于他发现（这更多是无意的）自己的文艺思想与西方文艺理论之间的可会通性；其实质在于他所抽象出来的理论体系的原创性得到了检验与佐证，而且同较之西方理论的异质性相比，他的理论显然更具本土性，更切合中国文学的阐释实践。在这种情况下，孙先生对自己的文艺思想便有了更为自觉的认识，进而在坚持自身理论的独立性前提下与西方文艺理论之间展开对话。这样，他在构建自身理论体系的运思方式就由原来的单向变为双向，即自己构建出来的体系与西方理论之间相互"融合"。但孙绍振不一般之处在于他始终坚守着自己的问题的重心与本土意识，而对西方理论的"他性"随时保持警惕。以对康德学说的接受为例，孙先生一方面用自己的文学体验与解读经验去消解康德美学体系中不适合解释文学现象的地方，即他所说的"公然采取六经注我的方法"；另一方面通过对康德学说的接受又进一步使他的错位理论等获得"系统的自洽"，而这种接受与那种对西方理论采取直接移植的做法则全然不同。

二、前瞻性与历史感

20世纪70年代末、80年代初，当整个文艺界大多还在享用着政治的权威话语与思想体系时，孙绍振的"新的美学原则在崛起"横空出世；当80年代中期，文艺理论界热衷于借助西方理论话语以及非文学的其他学科的方法来探求文学本体性时，一个更具本土底蕴的形象理论得到了历史的奠基；在90年代，西方理论再度大量引进，一度造成话语生产过剩与理论知识无效地堆积局面时，孙先生以作家的气质和批评家的敏锐及时地捕捉了问题的症结；当文学研究发生文化转向，文学研究被边缘化时，他的文学性观念则再度突现。正是基于对问题的有效预见

---

① 孙绍振：《审美逻辑结构与情感逻辑》，《自序》第6—9页。

与判断，孙绍振文艺理论思想所具备有的原创性同那种在学院体制内对西方和中国古代资源作纯粹理论加工与整合的流俗创新论划清了界限。

崛起的青年"不屑于作时代精神的号筒，也不屑于表现自我感情世界以外的丰功伟绩"，这是对神圣权威的挑战；诗歌"为什么不可以说是一种典型化的情感？为什么只有在炸弹与旗帜的境界呐喊才是美的呢?"，这是对传统审美成规的质问。这种对传统问题的挑战和历史性责问显然不是源于他后来自觉的"错位"理论，而是源于他长期以来对文艺理论与文学活动严重脱节之积弊的捕捉，源于文学创作实践与经典作品鉴赏所带来的巨大触动，即从文学创作的直觉及其对作品的体悟中意识到"文学的特殊价值和政治的、实用理性价值的区别"。后来，文艺界曾就"新的美学原则""朦胧诗"问题开展了四次大讨论，朦胧诗体与新的美学原则从被主流话语斥为"异端"，直到到最后获得历史的认可与正义的"公决"，这无不标示着这是中国当代文学史与文艺理论史上无法忽视的一桩"事件"和不可抹去的一段"记忆"。在朦胧诗潮刚出现时，谢冕就站在历史的高度盛赞其"富于历史感"，"表现出战略眼光"；在朦胧诗 20 周年上，孙绍振称"历史庄严地证明了当年朦胧诗的大论战，在中国新诗的艺术探险的转折关头竖立了一座辉煌的里程碑"，"取得胜利的不仅是中国当代诗歌艺术，而且也是历史的权威"。[1] 尽管在朦胧诗被总结出一套诗歌的写作程式，即"朦胧诗体"形成后，它原有的巨大变革能量已日渐消退；在表现形式上，也大多以情感和思想的倾诉代替了诗歌形式的自律探求，尤其忽视了语言的自足存在，只是"把诗作为情感的发射器"（王光明语）；在今天看来，朦胧诗已不再"朦胧"，在"后朦胧诗群"的造反下，人们的注意视线转移了；但是，情况可能正如 20 年后孙绍振先生所作的"裁决"那样，"那过早地宣称到达彼岸的，也许不过是错觉，那被宣布已经'PASS'了的，也许将葆有永久的青春"。[2] 显然，不管是对朦胧诗还是对关于朦胧诗新的美学原则的评价，如果荡开当代文学史的总体视域那将是不再可能。孙先生在"新的美学原则"滥觞的 20 年后之所以能作这一"历史裁决"，也仍然是站在历史的视角而不是依凭于纯粹的理论推演。在我看来，不管将来学界对这段文学史和文艺理论史如何"书写"，朦胧诗和新的美学原则作为一个"历史事件"，无疑是绕不

---

① 孙绍振：《审美逻辑结构与情感逻辑》，第 11 页。

② 孙绍振：《审美逻辑结构与情感逻辑》，第 24 页。

开的。

　　孙绍振先生对文艺理论作自觉的体系建构，始于 20 世纪 80 年代中期的《文学创作论》写作。回溯到当时的历史语境，这当属于 20 世纪 80 年代对文学领域独特价值探寻的诸多理论谱系的一元。当时在解放思潮的推动下，文艺理论界上下掀起了一股文艺研究的"方法热"；如何运用包括自然科学在内的诸多方法去揭示审美的特性，成了当时理论界探讨的一个焦点。自然科学的系统论、控制论、信息论、热力学的"熵"等都被尝试着运用到美学与文艺的研究领域中去。皮亚杰的发生认识论对主体认识心理的突破对当时文艺研究影响很大，集中表现在运用心理学的方法对"审美结构"的心理开掘上。因此，公允地说，孙绍振先生并不是第一个意识到问题症结的人，同时他也受到了其他学科研究方法的影响，最明显的就是皮亚杰的心理学；但他的研究路径却全然不同于当时理论界通常采用的单维的演绎方法，即我们在前面所指出的，避免直接从现有的或可移植的理论出发，而把重心落在文学作品感受与体悟上。当时的文艺理论研究存在着用哲学、科学，尤其是心理科学的思维直接套用到审美领域中去的倾向。这种方法最终并没能实现预期的目标，即揭示审美自身的独特性。以同样借助康德美学以揭示审美奥秘的著作为例，当时劳承万所著的《审美中介论》（上海文艺出版社，1986 年版）影响颇大。他试图借助皮亚杰发生论所包含的"中介"理论，以及经过心理学改造后的"审美判断力"中介，去开掘文艺审美心理方面的奥秘。其尝试在当时是具有一定积极意义，但却存在着把康德美学心理化与科学化的严重不足。其研究尽管意识到审美的认识不同于科学的认识，但总体难于荡开自然科学范畴的束缚。因此，无论是运用自然科学的方法去研究审美，还是把审美看作自然科学研究对象的一种属性；不管把这种属性归属于客观的世界，还是归到人的生理或心理官能，都难于真正"直捣"审美奥秘的"铁笼"。孙绍振文艺理论思想的意义不只在于对审美不同于科学认识这一问题的了然意识，关键在于当他发现直接移用这些方法无助于揭示文学奥秘的事实之后，另择路径，自己做了一系列的尝试。《文学创作论》作为"一本审美形象本体论专著"所设定的目标是，"揭示作家创作的特点，着重在和一般哲学社会科学家、自然科学家创造过程的矛盾"。① 尽管当时也受到文艺心理学的冲击，但孙绍振对那种"只满足于将文学作为心理学的

----

① 孙绍振：《审美形象的创造：文学创作论》，第 4 页。

例证，例子虽然是文学的，但原理仍然是普通心理学的"做法是极力抵制的。

20世纪90年代是继20世纪80年代之后西方理论话语全面涌进、"篡权"的新阶段：从符号学到语言学，从结构主义到解构主义，各路西方话语英雄纷纷上阵；新的"标签"天花乱坠，新名词、新概念与形形色色的"主义"纷沓而至，一度形成话语膨胀与过剩的局面。孙先生在他的文艺理论体系草创之初，与一些西方理论精华曾有着惺惺相惜之感；但或许是受益于前期对文学本体艰难探寻的经验积淀，以及在此基础上奠基的原创理论，他在西方话语的盛宴背后又一次发现了西方理论话语与文学现象的严重脱节以及理论范式的僵化问题，就此他称"20世纪90年代引进的西方文论的语言化，符号学、结构主义、解构主义、话语学说，甚至连拉康的所谓话语革命，尽管在哲学理念上和传统文学理论南辕北辙，但是在方法上和正统文学理论是比较一致的：不是从文学形象和创作过程本身，而是从文化哲学的大前提出发，向文学作单向的演绎"。① 撇开文学艺术的活动实践，从概念到概念进行抽象演绎的做法，将经常导致在阐释文学艺术时不断出现言说扑空的尴尬。这种情况在西方理性主义的美学体系中并不少见，阿多诺曾就无不带有偏见的指出，"黑格尔与康德可谓最后两位对艺术一无所知但却能够系统论述美学的哲学家"。②

在文学与非文学学科（包括心理学、社会学、哲学，甚至美学等等）的关系上，孙绍振的观点是一以贯之的：尽管这些学科的理论有助于激活与构建文学理论话语，但从来只能是间接的，它需要一个弹性派生的过程，需要经过本土文本的检验基础上不断调整、内化的过程。在文艺理论界对西方话语趋之若鹜的情况下，这一诊断无疑是具有前瞻性的。就我所知，西方纯粹的与专门的文学理论远远少于中国，而且它们的一些美学或文论往往是与哲学、社会学体系等密切不可分的。因此，把从属于整个体系的美学与艺术理论单独剥离出来去阐释文学艺术时，就必须非常谨慎，特别用它来阐释中国的本土文学时，尤其如此。孙绍振对文学与其他学科间所存在的差异性的敏锐，体现了其深刻的文类意识。

新近，孙绍振先生的文学本体论的观点再度出场，主要的论著有《文学性讲演录》与《名作细读》等系列论著。他这一时期的思想一定程度上是20世纪八九

---

① 孙绍振：《审美形象的创造：文学创作论》，第7页。

② 阿多诺：《美学理论》，第559—560页，四川人民出版社，1998。

十年代观点的延伸，但又是新的问题与历史语境的催促使然。理论与审美经验、阅读实践的冲突，文学研究的文化转向使得文学研究再次遭到"悬搁"与"转移"，文艺理论界又形成新的话语"崇拜"，这是孙先生重提"文学性"观念和"文本细读"方法的历史和现实依据。客观地说，文学本体视角与文学的文化视角，文学的内部与外部，文学与政治、社会、历史、宗教、意识形态等的纠缠关系是一个复杂而有待进一步深入讨论的问题。当然，特定的理论都有自己的"视角"与"站位"，并要受到与它相对位的批判对象与历史语境的挤压。因此，对一个理论的评价不能把它从具体的历史维度中抽离出来，不能不考虑与它共在的对立面因素的影响。当下，孙先生之所以重提与拓展文学性的观念，很大程度上在于他对文艺理论界存在的问题所作出的这样判断，即认为中国当代文论在吸收西方文论与其他人文学科的研究方法上仍然显得不够成熟。《文学性演讲录》的第一章，就把文学理论无法有效言说本土文学现象的问题尖锐提出来：艺术理论成了"哑巴"，诸多学者"写了许多学术论文来谈文学"，可不少人还是"艺术的外行"。因此，孙先生的"文学性"观念的再度"出场"，并不是过去提法的简单重现，它将从新的历史视线中折射出其新的历史感来。

三、方法论的超越性

孙绍振的文艺研究方法是在对文学性这一核心命意的思索过程中不断孕育、总结而成型的，其最大特点就是：从求异思维出发，锁定文学成其文学的特性；在对文学作品感悟与鉴赏的基础上进行归纳，并通过演绎使自己的思想上升到理论的高度；最后再回到具体文学现象，使得文学理论与文学作品之间构成互动相生的关系。孙先生不但把文学现象作为自己的研究对象，对研究文学艺术的方法也做了深入的探究。他不断检讨不同研究方法的局限，对批判的武器进行元批判，双重超越了研究方法的客观主义与相对主义的倾向，彰显了他对自己的方法论和研究成果的深刻自省性。

求异、矛盾或证伪等的相关提法，在孙先生的文艺理论思想中，大致是相通的。这种方法是文学性在遭到传统权威、西方理论话语以及哲学、心理学等非文学学科的遮蔽，进行有效"爆破"与"去蔽"的武器。孙绍振文艺理论思想大致发轫于对车尔尼雪夫斯基"美是生活"这一大而无当的命题的质疑。这一命题作为当时政治话语主导下文学理论的总体缩影，尽管还谈不上是一个错误的判断，但是对"什么是美"而言，"说了也等于没说"。孙绍振先生认为之所以如此，在于把"美"与"生活"等同起来，没能在方法上从矛盾入手去寻求二者间的差异，结果"美"的特性在二者的同一性中被人为地取消了。这样，尽管"尊重艺术本身的规律性的愿望被反复申说，但由于艺术与生活的矛盾被忽视，总是不得要领，甚至连所谓'形象思维'的讨论也流于空谈，公式化、概念化的批判成为不治的顽症"。① 在 20 世纪 80 年代中期，文艺理论界相当自信地通过借助非文学学科，尤其是心理学的研究方法来探求文学艺术的特性；但经常引致这样的悖论：其出发点是要找出文学艺术的特殊规律，可结果仍然不得要领，使得文学性继续尘封于意识形态的共同规律或人文学科的共性之中。孙绍振先生认为这仍然是求同而不求异的方法使然，《评陈涌〈文艺学方法论问题〉》一文就集中体现了他的这一思想。陈涌先生在《文艺学方法论问题》一文中反复指出，过去的教条主义忽视了文艺的特殊规律，其不足在于更多地去注意文艺与其他意识形态的共同规律。陈涌的初衷与提法无疑是正确的，它有利于去探求文艺的特殊性；但问题是他只是在坚守"生活是文学艺术唯一的源泉"的基础上，进一步考虑到个人心理素质、经验、民族特征、社会心理等因素对文艺的特殊影响。在孙绍振眼里，这看起来是求异，但实质仍是求同。这些"特殊"因素并不是文学艺术本身特有的，而是一切社会科学所共有的。孙先生就此反驳道，"哪一个哲学家、历史学家、心理学家、经济学家、军事学家、政治家的学说不受到他个人心理素质、经验、教养、民族特征、社会心理、传统乃至地理环境的影响呢?"② 因此，只有从作家的心理情感、艺术的形式等入手，求文学艺术之"异"才有可能。一旦文学有了自己的审美目的，文学与政治、文学与道德，文学研究与心理学、社会学、哲学之间简单求同的思维将遭到彻底的瓦解。"求异"在孙氏的文艺理论中是至关重要的，它将直接关系到理论的本土性、创造性是否可能，以及理论是否具有生命情调与阐释力的重大问题。在《西方文论的引进和我国文学经典的解读》一文中，他从理论史的角度通过对 20 世纪西方文艺理论引进的两个阶段的考察进一步申说了"求异"思维的重要性。20 世纪 30 年代到 20 世纪五六十年代，革命文学理论的引进

---

① 孙绍振：《文学讲演录》，第 499 页，广西师范大学出版社，2006 年。
② 孙绍振：《审美逻辑结构与情感逻辑》，第 196 页。

是西方文艺理论资源进入中国文艺理论界的重要方面。以"阶级论为核心的文学认识论和革命工具论"由于无法囊括文学的复杂性引发了文学理论与文学现象之间的紧张冲突。孙绍振通过考察发现，当时革命文论为消除这一矛盾，通常的处理办法就是去求同，"硬性歪曲"，用革命理论话语来消除不可消除的矛盾，从而造成"理论的生命遭到极大的威胁"。在这种情况下，开明的革命文论家采取了"核心话语求同，派生话语求异"的策略，从而使得简单求同与弹性求异之间构成了一种不断较量的态势。孙先生认为正是这种派生话语或有弹性的求异推动了革命文论的发展。到了 20 世纪 80 年代，理论话语的禁忌开始松动，理论家对西方异质话语的寻求不再需要"躲躲闪闪"；但问题却不幸地走向了反面，大致在 20 年的时间内中国文论汇聚了西方从现代性到后现代一个多世纪的话语。这种生硬移植的做法实质上是在中国文学现象与西方理论之间求同，结果导致了引进的文艺理论与文学现象之间在时间、语境、言说的对象上造成了一系列的错位，传统性、历史性、本土性、现实性、文学性等诸多差异性在这种求同思维的驱动下被驱逐了。在求同思维的主导下，文学现象的阐释则成了对西方话语的盲目印证，也就谈不上自觉地去检讨西方理论话语的局限性。孙绍振就此指出，"光是求同，充其量不过是验证了外来文论的有效阈限的"，这从根本上不能称之为理论创造。孙先生认为扭转这种情况的出路在于求异，为此他主张"证伪高于证明"，并称"坦然地求异，是发展我国的文论的历史要求"。①

演绎与归纳作为逻辑学的两种基本方法，在文学艺术的研究当中如何把二者有机地结合起来显得相当重要。"光凭演绎，是不可能有原创性的"，从非文学的理论话语或概念出发，抽象地演绎、思辨或推理，尽管这样操作起来"方便而且省力"，但终与文学的奥秘无缘；同样，从西方现有的文艺理论话语去演绎中国的文学现象也无法抵达文学特性的内核。而在当下的文艺理论研究中这种"省力"的、缺乏"原创性"的操作却相当的普遍。孙绍振称，"就其总的倾向来说，目前文学理论的主流方法是演绎。引进的西方文论，大体属于文化哲学理论，其外延包含文学，但其普遍性的内涵并不包含文学的特殊性，仅仅凭其普遍性大前提并不能演绎出文学的特殊性质，只能从经典文学文本（包括西方文学的经典文本）

---

① 孙绍振：《审美逻辑结构与情感逻辑》，第 279 页。

的解读中进行第一手的直接抽象"。① 鉴此，孙先生主张从具体的文学现象、文学形象出发，在阅读和研习的基础上加以归纳与提升。当然，归纳的方法也有局限，其不足在于它的不完全性和经验主义的色彩。因此，如果只是停留在对文学艺术的感性经验与直觉体悟层面上，一味地依赖归纳，而不借助演绎的方法，理论将缺乏"逻辑的气魄"与"历史的深度"。鉴于归纳方法的这种局限，孙绍振的文艺理论体系则以归纳为突破口，并在此基础上通过演绎的方法使自己的理论清晰与周延起来，进而用具有原创性的理论去解释文学现象，并使理论向不断变化的文学实践开放，不断接受检验。有意思的是，孙先生的主要理论著作大致也呈现出"具体——抽象——具体"的运动轨迹：《新的美学原则在崛起》是在感悟与鉴赏文学作品的基础上所作的宣示；《文学创作论》形成了"错位"的核心观念，到了《美的结构》等就更为自觉地把"错位"上升为范畴，形成体系；而最近的《文学性讲演录》和《孙绍振如是解读作品》等则更倾向于把理论回归到具体的文学经典与现象。

对自己所运用的研究方法与研究成果，甚至小到一个判断加以反思与审查，是从事学术研究的重要品格。当年，康德为批判独断的形而上学，防止理性的僭越，非常重视反省的作用。他认为"一切判断，甚至一切比较都需要一个反省"，知识的来源、条件、能力等等都不能例外。康德甚至把这种反省（当然他强调更多的是先验反省）视为一种没有人能够放弃的义务。② 这里，我无意把康德与孙先生相提并论，但纵观孙绍振先生的方法论，着实体现出一种清醒的"反省"意识。演绎与归纳的方法，作为逻辑的基本方法都有它的局限，这一点是孙绍振针对文学研究方法不断申说与强调的。归纳不可能从零开始，并且具有先天性的不足；演绎的方法中，其大前提将直接影响到结论的可靠性，一旦错误地将它们视为"全面"、无所不能的，就可能是独断的。因此，单向度地强调演绎或归纳，都将陷入思维的悖论，前者容易走向绝对主义，后者容易走向相对主义。孙绍振在他的理论著作中，大凡涉及研究方法的问题时，无不强调这两种不同研究方法的局限性，"任何文论的逻辑本身，不论是归纳法还是演绎法，不可能满足周延和完全

---

① 孙绍振：《文学讲演录》，第 504 页。
② 康德：《纯粹理性批判》，第 236－237 页，邓晓芒，人民出版社，2004 年。

的要求"，"所以，一切文论话语本身澄明性与障蔽性是相互依存的"。① 就文学性而言，单从概念演绎或从文学经验中归纳其特性都不可能得到充分的揭示。在西方近代美学史上，笛卡尔、莱布尼茨、沃尔夫等代表的理性主义美学与洛克、休谟、柏克等代表的经验主义美学曾就"美"的属性进行了长期的争论。前者主要运用演绎、推理，容易走向独断论，后者主要运用归纳、试验与观察，容易陷入怀疑论，二者都不能最终揭示美的奥秘，美学本身也始终处于依附的地位。直到康德，才通过审美的先验形式超越了美学的理性客观主义与主观心理主义的倾向，第一次赢得审美的自律与独立。固然，我们仍无须在西方近代美学史上对"美的奥秘"的探寻，同孙先生对"文学奥秘"的探寻之间做简单的比附；但其研究方法所带给我们的启示是一致的：不管对美的奥秘，还是文学艺术的奥秘的成功揭示，并不是通过对美的感性与理性的成分之间或在演绎与归纳方法之间的平面挪动或加减，使其达到量的均衡就可以实现的；而需要一个全新的思路，才能使其成为一个有机的整体。因此，在我看来，孙先生在理论上反复强调对文学奥秘的揭示要将归纳与演绎、逻辑与历史互为补正，这还不是最难或最具意义之处。其最具创造性和有说服力的还在于通过自己的文学实践与理论研究构建了一套有效的阐释体系。正是在这意义上，孙绍振先生的文学创作论、错位理论、文学性观念等的构建，对于当代中国文论的建设而言，无疑是一次重要而有价值的实践。

① 孙绍振：《审美逻辑结构与情感逻辑》，第 276 页。

四、"错位理论"的现代性维度^①

"真""善""美"三维"错位"的结构，即对美与真、善关系的重新厘定，它将审美判断与科学认知、道德判断作了基本的甄别，标示着审美领域的独立与自律。在西方近现代哲学观念史中，审美的独立无疑是一个现代性事件。当然，孙绍振不是为理论而理论的，其理论建构的目的在于为更有效地去理解、贴近、言说与鉴赏文学。因此，在孙绍振的理论体系中，对"审美"维度的开掘就不曾是作为理性哲学内部分化的一个产物，而是建基于对文学艺术的鉴赏与体验基础上

---

① 孙绍振本人始终反对在经中国经典文本、本土经验的激活与修正之前，对西方理论术语的直接运用与移植。依照这一逻辑，他显然也反对运用西方的术语或体系直接去阐释他的文艺思想，这也包括"现代性"在内。当然，在与孙绍振的交谈过程中他也认为这些术语或视角有时也能带来一些有意义的阐释，但不是直接的套用。看来问题还不在于这些术语的身份或来源，而在于如何使用。这里，我们引入"现代性"问题并不在于说孙绍振与现代性有多大的直接关系，或笨拙地用现代性对孙氏理论进行裁剪或比附，而目的在于充分展示孙绍振在当下进行文本细读、重提文学性问题所处的更大的文化背景。值得一提的是，新近由吴励生、叶勤著的《解构孙绍振》（福建人民出版社，2008年）引发了一些内部争论，涉及如何阐释孙氏文论的问题。潘新和先生认为吴励生他们"走错了路子"：尽管可以将孙绍振的思想与西方流派的理论做比较，但不必通过将孙氏理论纳入西方的理论体系来显示孙氏理论的价值，孙氏理论的价值在它本身，不能用西方的解读理论去套。而蔡福军先生在肯定潘新和的观点基础上，则认为用西方理论去考察孙氏理论是必要，"绝对不是走错路"，尽管这"也许不是最好，最恰当的路"。（以上涉及争论的观点主要源于内部的书信交往）。我认为对孙绍振理论的考察应以他本人的思想为本位，必须防止借助西方的理论体系作系统的阐释与知识化的整合，孙绍振的文艺理论的活力确实没有必要借助西方理论来提升，这样做反而可能造成对孙氏理论的遮蔽与固化。当然，孙绍振的文艺思想自20世纪80年代初以来，从康德到后现代的德里达等西方理论家的观点又确实构成孙氏理论发展的背景。因此，对孙绍振文艺理论的解读确实无法荡开西方文化背景的视域。但西方这些理论到孙绍振这里它是要经过无数中介的，首先是融汇了孙绍振本人生命化的体验与阅读积淀。这样，寻求西方一些流派的理论与孙绍振文艺理论之间的契合点则是更为关键的，在孙氏理论与西方理论之间如何把握"度"的问题非常重要：过于偏向前者可能对孙氏理论的阐释会就事论事；过于偏向后者，可能阐释的就不是孙氏理论而是转向其他问题，那将使得孙氏理论不堪重负。因此，对孙氏理论阐释还取决于阐释者的目的：是阐释孙绍振文艺观点，还是借助孙绍振的文艺观点在阐释自己的观点，或是二者的结合，即在阐释孙绍振文艺观点的同时又去发现、补充、拓展孙氏理论中沉默、空白的地带。我认为孙氏理论一直在边缘处监护着当代中国文论的主流，因此若站在孙绍振文论本身的视角来看，《解构孙绍振》将孙绍振的文论思想规范化、知识化、公共化的拓展反而可能削弱孙氏理论的活力。

归纳、综合而成；但是一旦"审美"作为一个独立的领域在孙绍振的理论视界中获得确证之后，他显然自觉地用它来作为辨识"文学"——作为一种独立的文类——身份，更是将其用作坚守、拓展"文学奥秘"的理论依据。

近年来，不管是审美的自律、文学性的观念、文学的边界等现代性家族观念正遭到来自后现代主义的强劲挑战。对这些观念的消解已成了后现代主义颠覆传统文学观念的重要策略。哈贝马斯就后现代主义这种解构行为可能造成的后果指出，在"恣意妄为"的解构实践中"哲学与文学之间的文类差异显得十分的微弱。最终所有的文类差别在一种无所不包的文本语境中消失得无影无踪"。① 解构主义者极力把与语言相关的科学、哲学、史学等彻底修辞化、隐喻化与文本化，从而导致文学性观念呈现出"散播"与"弥漫"的征象。这不但使哲学、科学失去了自足的空间，也改变了文学的现代观念。当哲学、科学、史学等都被文学化，文学在成为一个超文类的"巨无霸"时，却也在扩大自身的边界、获得更大权力的过程中因丧失了自身的内在规定而变得虚无。在这种情况下，文学与艺术似乎可以表现为任何一种形式。其实，这一事件背后在西方有着更为深广的文化背景与历史渊源。自黑格尔在他的庞大美学体系中对"艺术终结"的宣告之后，"终结"的余音就没终止过。20 世纪三四十年代，法兰克福学派从批判理论的视角敏锐发现，艺术正前所未有地遭到来自大众文化、工具理性与消费社会的胁迫而危机重重。20 世纪五六十年代西方理论家对美学与艺术终结的宣告达到了新的顶峰。这后一次的"艺术终结论"并不是过去"终结论"的简单重现，它呈现出一系列新的特点：现代美学与艺术的矛盾问题已不再被追问，现代艺术与审美批判的不安与躁动相继消失了，"平淡感""离散化"、政治与日常生活的审美化等构成了艺术新的立命根基。其实质就是后现代主义对现代美学与艺术终结的宣告。这一系列急迫的终结宣告浪潮，自然殃及现代文学与艺术的自足存在，以及审美领域的自律原则。对于西方社会，如何更细致地辨析后现代主义的多面性与复杂性，从而更客观地去评价后现代主义思潮的积极意义与负面作用，或许需要更多"时间距离"和"综合的视角"。对于中国文艺理论界而言，可能更需加考量的则是后现代主义思潮对文学艺术研究的影响：系于后现代主义谱系家族之一的"艺术终结"论对文学的本体诉求无疑当头一棒，理论界的争论焦点已由原来"如何研究文学"

---

① 哈贝马斯：《现代性的哲学话语》，第 222 页，曹卫东等译，译林出版社，2004 年。

问题转化为文艺研究的对象要不要恪守"文学对象"的问题。

孙绍振显然"不屑于"去卷入现代性与后现代性的这场浩大的理论纷争与复杂纠缠，也无意去参与中国文艺学界关于文学边界问题所展开的从理论到理论的争论。而这里我们将审美的独立上升到现代性的范畴，并历数了后现代主义对包括文学性、审美自律在内的现代性家族观念所带来的种种冲击，并不在于说明孙绍振文艺理论如何现代性云云，或者说他如何地抵制后现代主义，或者如何地坚守现代性的价值与范式，等等。我们的目的在于揭示孙绍振最近重提文学性问题所共处的世界文化背景、理论潮流与中国文论的现状。我之所以不断提到西方的理论话语，这也完全鉴于这样的事实：尽管从康德到后现代德里达等西方理论并不直接构成孙氏理论的起点，但正是包括康德、德里达等在内的西方理论对中国文论界的正面或反面影响所引出的问题使得关注中国文艺本土问题的孙绍振不能置身其外。

后现代主义之于西方社会，很大程度上是西方文化内部发展的逻辑使然；而它在中国的出场与光大，并不是中国本土文化催化的结果，而更大程度上是延续了 20 世纪 90 年代移植西方话语的路数，或者只是学院体制内知识生产的一种结果。就像孙绍振自我调侃的那样，他"并不是聋子"。他对国内外理论的这种当下流动与走向显然有着足够的视听。他已捕捉到了后现代解构主义对文学性以及文学——作为一种具有特殊审美价值的文类——的消解意图。孙先生当然不能接受西方理论对文学性终结的宣判，但他更多的是对"我们国土上此起彼落的几乎是没有任何保留的响应"之现状的极大不满。正是这种情况下，他继 20 世纪 80 年代对文学特性的探寻之后重提并拓展了"错位"理论和"文学性"观念。《文学性讲演录》便是在文学性遭到挑战以及再次被遮蔽的情况下的产物。他在该书的《自序》中很清楚交代它的研究背景与著述契机，即他是在文学性日渐遭到"背时""落伍"的贬损以及西方理论家，诸如乔纳森·卡勒、雅克·德里达等，对"文学性"的质疑与消解的情况下，再次"讲演""文学性"的。[①] 在论著中，20

---

① 尽管我在阐释孙氏文艺理论时多处用到"文学性"概念，孙绍振在近期也直接运用该西方术语（在 20 世纪 80 年代他更多地使用"文学奥秘""文学的特殊性"等），但必须指出，孙绍振对"文学性"的使用虽然同俄国形式主义与英美新批评有一定的关系，但却有他自己的"所指"，即在阅读、体悟与鉴赏文学经典的基础上归纳、抽象出来的形象理论以及相关的审美规范等等。

世纪 80 年代所建构的形象理论与"真、善、美"错位理论奠定了整个论说的基础，成为他在新的历史语境下坚守文学性价值的理论基石。在《文学性讲演录》中，孙绍振拒绝对"文学性"作客观主义的定义，并悬搁了关于"文学性"有无的本质主义争论，转而从"文学作品中最为普通、最为常见、最为一般或者说是最纯粹的现象：形象"出发，给出自己对"文学性"令人可感的解释。这样，读者在阅读到论著的最后一讲，定能意识到关于"文学性"是否存在以及就文学性的定义作虚无主义的争论已经变得奢华与多余了。他的《名作细读》《孙绍振如是解读作品》则是对文学性观念做更丰厚、细致的展示与本土实践。

从反抗政治意识形态对文学性的遮蔽，到对那种直接套用西方理论模式或哲学、科学、社会学等研究方法的自觉疏离，再到对后现代的各种"主义"遗弃文学研究做法的抵制，在孙绍振身上有某种东西是一以贯之的：文学的特殊性或文学性。从《文学创作论》到《文学性讲演录》无不延续着这一个母题。正是这种对文学独特价值追问的执着以及对探寻文学之特殊性方法进行自觉维护的态度，使得孙绍振的文艺理论思想始终在中国当代文艺理论的"边缘"处，自觉抵制着所有可能引发与审美阅读实践为敌的理论。孙先生始终眷注于中国本土文论的培育，随时准备着去化解任何试图僭越文学之奥秘的理论冲动，以此警示着当代中国文艺理的走向。

在新的历史语境下，特别是受到后现代主义思潮冲击的当下，如何重新思考与理顺文学性的本土观念与政治、经济、历史、民族、意识形态等外部因素，以及文学与其他人文学科和文化样式的关系，对于孙绍振的文艺理论而言或许是一个有待进一步开掘的问题。① 而在我看来，这极为可能是一些优秀的文艺理论家——因内在并受制于"中国当代文论的创造""从幼稚走向成熟"的整个艰难历程的总体局面，必然要受到中国文论当下亟待解决问题的牵引与挤压——在文论的建设过程中所必须承受的历史损失。

（原载《福建师范大学学报》2009 年第 1 期）

---

① 必须指出孙绍振的文本细读并不局限于审美内部，在具体的文本解读过程中大多贯注着历史、政治、文化等外部因素，只是他对文学与文学外部的问题始终较少做理论的研究与专门的论述，更多的是将其内化到文学或通过文学性的阐释而折射。

第二辑

现代性视域与审美批判

论康德美学的现代性意义

一

关于康德美学的研究论文与专著已不可胜数，那么我们再次论及康氏美学的意义何在？我们认为康德美学具有重要的现代性意义，并不想用当下时尚的（审美）现代性观念去圈定康氏的美学，将它作现代性的某种类型的公约，从而得出康氏美学如何现代性云云。同时，在与康德遥距 200 多年的今天，我们重新论及康氏美学，也不可能是对康氏先验美学的简单"回归"，"回看"必定要带上我们的"前理解"与"问题视界"。因此，对康德美学的现代性意义的揭示，是当下的美学问题与康德美学之间的一次碰撞与交融，是古人与今人在特定问题域下所展开的一次对话。一方面康德美学的深邃性、经典性与立法性，有着超越历史时空，向未来敞开的潜能。在现代与后现代主义语境下，康德美学继"新康德主义"之后就不断被"重提"与"书写"；另一方面当下美学与艺术方面所遭遇的难题——现代美学的矛盾性、后现代主义对美学与艺术终结的宣判——回到康德这里，当能获得一些启发。康德美学的内涵十分丰富，它包括：审美具有独立于知识与道德的立法原则，它拥有自身的表征与言说方式；鉴赏活动具有区别于逻辑判断与道德命令的潜在的普遍性与共通感，它蕴涵着不同主体间的交互关系与交往潜能；鉴赏判断关涉着自由，调节着感性与理性的关系，具有潜在的和解功能。这种潜在的审美独立性、交往性、中和性质，从三个维面彰显了康氏美学的现代性意义。

康氏美学的这三个向度，在他之后的席勒、阿多诺、马尔库塞与哈贝马斯的美学现代性思想中得到了延续与转化。借助康氏美学，我们将更清楚地看到，席勒缘何能借助审美的王国，去"中和"自然王国与道德王国的分裂，并试图通过审美活动以寻求感性与理性的和谐、人的解放；阿多诺与马尔库塞等为何以美学为武器去抵制工具理性的肆虐，从而展开全面的审美救赎；哈贝马斯为何一度从康德出发，在警惕后现代审美主义的同时对批判美学展开反思，在揭示理性潜能的可能性同时，进一步开掘文学艺术的交往能力。席勒、阿多诺、马尔库塞与哈贝马斯等的美学思想，尽管整个视线都转移到社会现实的维度，但他们无法绕开康德在审美问题上的洞见，各自在试图克服所遭遇的问题过程中，从历史转义的层面上回应了康德在先验向度上的思考。

  尽管《判断力批判》的运思起点不在于审美问题，但康氏美学在西方美学史上是最具开创意义的，它超越了前康德美学的客观主义与心理主义的长期纷争，首次为审美领域赢得了真正的独立。就此，恩斯特·卡西尔称，美的现象"一直被弄成最为莫名其妙的事"，"直到康德的时代，一种美的哲学总是意味着试图把我们的审美经验归结为一个相异的原则，并且使艺术隶属于一个相异的裁判权。康德在他的《判断力批判》中第一次清晰而令人信服地证明了艺术的自主性。"①

  整体地看，康德的兴趣在于构建一种"先验人类学"，其整个哲学的重心必然在道德领域。从纯粹美到依存美，到崇高论，再到"美是道德的象征"的论断，最后到目的论批判，整个过程的设置在于通过判断力将自然领域渐续地引向道德向度。因此，"与其说康德对美学本身感兴趣，不如说他对美学的中介作用感兴趣"，②审美判断力只是"桥梁""摆渡者"。如果没有意识到这一点，我们将与康德美学无缘。但我们同样要清楚地认识到，审美领域不但没有在这一过程中为道德领域所遮蔽而丧失自身；相反，美学正是因着康德对审美判断力的精心构置而在西方近代美学史上"第一次"获得自身的独立性。因此，我们说审美判的问题最终要指向人的德性向度；但，如做这样的转换也是成立的：审美之所以能将自

---

① 卡西尔：《人论》，第 216 页，上海译文出版社，2003 年。
  ② 古留加：《康德传》，第 190 页，商务印书馆，1981 年。

然领域引向自由领域，恰恰在于它自身的独立性而不是相反。其实，在康德这里，就美或艺术与道德的关系中所潜藏的玄机很值得玩味。康德在审美与理性之间的关系上，常有"好像""象征""宛如"等一些具有类比性的用语，这些用语尽管为后人各取所需留下可能，但其措辞并不暧昧。我们对其用语的审慎与苦心，反需加揣摩，比如他用"象征"来关联"美"与"道德"的关系，但始终没有在二者之间画等号，审美与道德的界限是清晰可见的。为此，在康德这里尽管审美最终是要指向道德向度，但我们不能因此忽视审美领域具有自律性的丰富内涵。不管人们是否将《判断力批判》视为一部美学著作，一个不可忽视的客观事实是：《判断力批判》所牵涉的重要问题，往前回溯，它与近代美学史上经验主义美学与理性主义美学之间的纷争遥相呼应；往后展望，它对之后关于美学问题与艺术理论的探讨影响巨大，其潜在的能量并未因时空的转移而削弱少许，反在先验维面上启示着当下的美学困思。如此看来，审美判断力就不仅仅是"摆渡者"或"桥梁"。"中介"与"审美判断力"不是互相派生的，而是一种具有本体性意味的一而二、二而一的整一性关系。也就是说，在《判断力批判》中，审美即意味着"中介"，而"中介"不是外在于审美的，二者是一体的。审美的独立性并不意味着审美的自我封闭，它同时还关联着其他领域，正是审美与自然、自由领域的相互关联，它才成其所是。就审美的独立性而言，在审美判断力与目的判断力之间，康德也更强调前者，他称，"在一个判断力的批判中，包含审美判断力部分是本质地属于它的，因为只有这种判断力完全先天地用作它对自然进行反思的基础原则"。[①] 在康德这里，审美之所以能获得独立，在于他发现了"审美判断力"同知性与理性一样具有先天立法能力。审美判断力不同于规定判断力，它拥有一个属于自己的基地（territorium），即具有先天立法性。尽管它不拥有属于自己的领地（ditio），其先验原则只是调节性的而不是构成性的，但它的独立性与自律性反而从这里凸显出来，诚如有论者指出，"审美判断力批判虽然没有自己的'领地'，但这反而在某种意义上成了它的优势，正因为如此才能不受认识和道德的束缚，而具有了自己超越于一切领地之上的更高的自由度或'自律性'"。[②] 康德通过对美的四个契机的界说，使得审美的独立性与自律性获得了自身的言说与表征方式。

---

① 康德：《判断力批判》，第 29 页，邓晓芒译，人民出版社，2002 年。
② 邓晓芒：《康德哲学诸问题》，第 177 页，三联书店，2006 年。

第二辑　现代性视域与审美批判

在审美判断的四个契机中，康德不断强调审美愉悦同快适、道德的善之间的差异，渐进地把审美判断从知性判断与理性实践中区分开来，在凸显审美自律性的同时，也突出了审美与知性、理性的某种勾连：判断力不像知性那样借助于概念，但它却好像具有知性的普遍性；它不像理性一样通过理念而趋向目的，但又好像具有理性的性质，能提供某种合目的性；它是主观的但又像是客观；它不像知性判断一样具有规律性，但又好像具有某种必然性；它不是道德实践，但又与自由相关。

美学的独立是审美的自律性与中介性的统一，正是这一独立性使得审美的批判成为可能。康德对审美的独立性与中介性如何联结的问题的思考，从历史转义的层面上为应对美学的现代性困境提供了重要的启示。美学现代性的主要问题集中表现为它在坚持自身的独立性与体现其批判职能之间存在着剧烈的冲突。具体说来就是，美学或艺术在坚守自律的情况下则可能走进自我封闭的"象牙塔"，从而丧失"任何实用价值和社会功能"；相反，它在介入社会现实的过程中，则将要面临技术理性、大众文化等的威胁，完全可能被体制与意识形态收编。这一典型症候引起理论界的普遍关注，哈贝马斯、比格尔、伊格尔顿等都从不同视角作了分析。其实，在这之前法兰克福学派的阿多诺与马尔库塞已对现代美学的两难困境以及其对策做了深入的思考。就现代美学的两难困境，阿多诺曾做了如是的概括：

> 今天，在与社会的关联中，艺术发觉自个处于两难困境。如果艺术抛弃自律性，它就会屈就于既定的秩序；但如果艺术想要固守在其自律性的范围之内，它同样会被同化过去，在其被指定的位置上无所事事，无所作为。①

摆在阿多诺面前的问题是：面对工业文化的威胁，艺术既要避开肯定性文化（古典美学与艺术）虚假独立的诱惑，又要在介入现实过程中避开技术理性与工业文化的宰制。他受辩证哲学的"中介"启发，认为美学必须利用这一中介思想，艺术的两难困境才能得到克服：

> 美学最深层的两难抉择困境似乎如此：既不能从形而上（即借助概念），

---

① 阿多诺：《美学理论》，第 406 页，王柯平译，四川人民出版社，1998 年。

也不能从形而下（即借助纯经验）的角度将其聚结为一体。在此情境中，辩证哲学的一个信条理应有助于此。该信条认为事实与概念并非截然对立的，而是互为中介的。美学务必将这一洞识据为己有，加以利用。①

借着"中介"来解决哲学层面的矛盾问题，这是辩证法通常的做法；但美学如何利用中介，如何防止这种解决不走向相对主义或折中主义，即所谓流俗的辩证法（人为地消除矛盾寻求统一），则成了问题的关键。阿多诺和马尔库塞就是通过"艺术中介"这个环节来化解这一矛盾的；而只有把"艺术中介"成功地转化为艺术的形式问题，美学才能最终从困境中摆脱出来。这就是阿多诺所提出的"新美学""反艺术"，马尔库塞的"形式之维"、艺术的"再异化"等策略。阿多诺的"反美学"的实质是一种"形式美学"，它通过对传统艺术自律观念和艺术形式的变革，使得现代艺术能够穿行于自律性与社会性、瞬间与永恒、审美维度与现实维度之间。在马尔库塞看来，面对社会的异化与工业文化的控制，艺术要发挥其真正的批判功能，只能对异化的社会现实"再度异化"，把社会的矛盾通过艺术的形式凸显出来。他称，通过艺术的"再异化"，"创造出一个并不存在的世界，一个'显现'、幻象、现象的世界。然而，正是在这种把现实变为幻象的转化中，也只有在这个转化中，表现出艺术倾覆性之真理"。②

尽管阿多诺与马尔库塞有时把康德美学纳入肯定性文化范畴，对其有诸多批评；但除开历史的语境和（美学）体系因素的差异，康德的思考恰恰在阿多诺与马尔库塞对现代美学困境的克服过程中得到了延伸，从而释放出康氏美学的现代性意义。康德为克服理论理性与实践理性的矛盾，引入了审美判断力中介，通常因导致美学的二律背反而被认为失败了。这种批评并没有看到美学二律背反的积极意义。其实审美的这种二重性与矛盾性并不是康德美学的弱点，反而是康德美学最为丰富的部分。因为审美判断不同于知性判断，它的互为"背反"的双反，"实际上并不是相互矛盾的，而是可以相互并存的"。③ 可见，康德美学思想中的辩证思想是相当有动感的，它区别于黑格尔通过让矛盾服从于绝对理念而将矛盾任

第二辑 现代性视域与审美批判

① 阿多诺：《美学理论》，第431页。
② 马尔库塞：《审美之维》，第157页，李小兵译，广西师范大学出版社，2001年。
③ 康德：《判断力批判》，第187页。

意地扬弃的做法。就此，阿多诺认为在黑格尔美学中，通过共相与殊相的演绎或归纳使之获得统一，并没有真正贯彻他的辩证法精髓，反而是康德把这种矛盾性"整合在美学之中"而具有更多的参考价值。① 因此，康德对美学的运思虽然更多的是落在先验层面，并从属于整个"批判哲学"的体系，但他所作的预示在阿多诺和马尔库塞这里恰能找到美学理论与艺术形态的现实依据。康氏美学所凸显的审美独立以及在先验层面上为美学批判所预留的可能性成了康氏美学现代性意义的第一向度。

三

从理论的影响来看，康德的《实践理性批判》与《判断力批判》较之《纯粹理性批判》受到了更大的关注。尤其是"第三批判"，利奥塔、阿伦特与哈贝马斯等都从中汲取灵感并将之运用到自己所关心的政治、社会领域中去。"第三批判"之所以得到如此的重视，其主要原因就在于它在先验层面上所蕴含着的现代性潜能——交往性。

康氏美学的交往性潜能具体说来主要表现在美的第二契机——美在愉悦中能够传达普遍性，还有第四契机——美的共通感，以及"美的艺术"思想，等等。审美普遍性的最大特点就是不以概念为前提："在一个鉴赏判断中表象方式的主观普遍可传达性由于应当不以某个确定概念为前提而发生，所以它无非是在想象力和知性的自由游戏中的内心状态"，它"必定对于每个人都有效，因而必定是普遍可传达的"。② 这种普遍性不具有强制性，它区别于知性的普遍性与道德律的命令，并为不同的主体共同分有。康德在第 40 节的一个不显眼的注释中，明确用"审美的共通感来表示鉴赏力"，用"逻辑的共通感来表示普通人类知性"，并认为共通感对于鉴赏，较之理论理性与实践理性都更加名副其实，他称"比起健全的知性来，鉴赏有更多的权利可以被称为共通感；而审美［感性］判断力比智性的判断力更能冠以共同感觉之名"，"我们甚至可以把鉴赏定义为对于那样一种东西的评判能力，它使我们对一个给予的表象的情感不借助于概念而能够普遍传达"。③ 正

① 阿多诺：《美学理论》，第 576—578 页。
② 康德：《判断力批判》，第 53 页。
③ 康德：《判断力批判》，第 137—138 页。

是情感的这种普遍性传达，"构成了与人性相适合的社交性，通过这种社交性，人类就把自己和动物的局限性区别开来"。① 因此，康德的鉴赏判断力所涉及的主体已不是单个主体，而是作为一种"类"的存在，其中涵纳着"主体间性"的深意，诚如有论者指出：

> 从字面意义上看，"审美"的确指的是感性。实际上，审美只有在既不是道德的也不是概念的情况下才属于感性的范围。然而，审美还由于对所判断的美的物质的无利害性才不是单纯个体的，并且只有这样才不仅仅是感性的。因此，我们也可以这样来表述结论：尽管有些表象具有主观性，但它们仍然不是感性的，也不是有利害的，不是个体的。所以，你们可以理所当然地要求主体间的有效性。康德把这种主体间的有效性称为"普遍有效性"，目的是让它与认识判断和道德判断那种严格的普遍性形成对照。（着重号为笔者加）②

康德美学所聚集的交往能力还体现在"美的艺术"的思想中，他以"流落到一个荒岛上的人"为例，来说明艺术的社会性与交往性。席勒曾在《审美教育书简》中发挥了这个观点，他认为在缺乏人性的原始阶段，美是难以发展的：只有"走出小屋"同所有的人交谈，"美的可爱蓓蕾才会开放"，"唯有美，我们是同时作为个体与族类来享受的"。③ 康德关于审美普遍性、感性共通感，"美的艺术"的论说所潜藏着主体之间的交往关系的思想，通常被作为构建一种具有交往性质的"感觉社群"来解读与运用。J·卡斯卡迪就此指出，"康德希望祈求的社群是'感觉'的社群，而不是'概念'的社群"，"愉快源于对鉴赏判断的普遍的可传达性的认识，那看来标示一种不受任何概念规定的交社群性质"。④

康德在先验层面上揭示了艺术的交往能力，席勒则把这种潜能引向社会现实领域。不过，随着消费社会与后工业时代的到来，由于工具理性与大众文化的胁迫，艺术的交往功能受到了前所未有的挑战。在霍克海默、阿多诺看来，现代艺

---

① 康德：《判断力批判》，第 204 页。

② 弗兰克：《德国早期浪漫主义美学导论》，第 54—55 页，聂军等译，吉林人民出版社，2006 年。

③ 席勒：《审美教育书简》，第 213、237 页，冯至、范大灿译，上海人民出版社，2003 年。

④ 卡斯卡迪：《启蒙的结果》，第 186 页，严忠志译，商务印书馆，2006 年。

术不具有康德意义上的交往性，拒绝交往反而是它摆脱意识形态控制的先决条件。但他们都认为艺术本质上具有潜在的交往性质，霍克海默称，"最后的艺术作品仍然沟通着交往，它们痛斥作为毁灭性工具的现行交往形式，谴责作为衰败之假象的和谐"；① 而阿多诺则把真正的交往赋予了"模仿艺术"。"模仿"作为阿多诺美学中一个重要的范畴，显然不同于柏拉图与亚里士多德的"模仿说"，也不是我们所熟悉的现实主义的模仿理论。阿氏的"模仿"潜藏着这样的观念：模仿者（人）与被模仿者（自然）存在着一种非主体暴力的亲和关系，自己的存在并不必以他人为敌。在阿多诺看来，在启蒙过程中，人们不断遗忘了模仿，而今只有"艺术是模仿行为的避难所"，② 是模仿的唯一葆真者。模仿艺术的作用在于提醒人们在启蒙过程中已经丧失的"以模仿的方式或以友善的方式对待自然的能力"；它能够消除那种具有"强烈控制愿望""想要客观化他者"的冲动，具有"对于极其祛魅的社会总体性的返魅"的功能。③ 阿多诺借助艺术的模仿功能对不可一世的主体发出警告：不要忘记主体自己也是客体本身，不要忘记"自己是怎样构成和依靠什么构成的"。④ 在模仿艺术中，主客体之间、主体与他者之间始终处于一种自由的交往状态中，这样主体才能获得更多的主体性。这一思想与他在《否定辩证法》中提出的"客体优先"的原则是一致的。尽管霍克海默与阿多诺都看到审美现代性所潜在的交往潜能，但他们都认为主客体之间自由交往的和谐状态只是指向未来的"一种可能"，"在今天只是个谎言"。

作为现代性最有力的捍卫者，哈贝马斯认为"现代性"（包括审美现代性）是"一项未完成的工程"。他一方面试图避免马克斯·韦伯的社会合理化理论中只看到工具理性的合理性，而忽视了审美与道德理性的潜能的观点，另一方面极力反对后现代主义以无限夸大审美作用的方式宣告"美学终结""艺术死亡"，以避免美学越界，进而与政治或现实调情。为此，哈氏试图从康德的理性传统中汲取合理性，释放出审美的交往潜能。就哈贝马斯的交往理论与康德美学思想之间的潜在关联，伊格尔顿毫不隐讳地指出，"在哈贝马斯理想的说话共同体中，可以看到康德的审美判断共同体的现代翻版"。康德美学表达的是一种"无目的的目的"，

---

① 霍克海默：《批判理论》，第 263—265 页，李小兵等译，重庆出版社，1989 年。
② 阿多诺：《美学理论》，第 95 页。
③ 沃林：《文化批评的观念》，第 123—125 页，张国清译，商务印书馆，2000 年。
④ 《法兰克福学派论著作选辑》（上卷），第 209、219 页，商务印书馆，1998 年。

哈贝马斯的共同体则是一种"有目的的非功利",可以把哈贝马斯的交往理性看作"把康德的第二批判和第三批判联系起来的因素"。①

对从康德到阿多诺的主体哲学的批判与反思,构成了哈氏交往行为理论的重要来源之一。面对后现代主义对审美现代性的挑战,哈贝马斯非常看重康德以及阿多诺等美学思想中所涵纳着的交往思想。不过,在他看来如何把他们美学思想中的交往潜能力从先验的层面或乌托邦的向度中转移到现实的维面,是美学现代性"重建"的重要环节。为此,哈氏一方面从现实的维度上去揭示艺术交往的重要作用,另一方面通过语言哲学范式的转化,把审美问题纳入他的交往行为理论加以规范"重建"。在《公共领域的结构转型》中,哈氏从历时与共时相结合的视角,揭示了具有中介地位的文学艺术在公共领域的结构转型过程,以及公共领域结构内部所发挥重要功能——交往。他从兼具交往性与私人性的信件、书信体等小说样式以及具有公共舆论性的报纸、杂志等媒介切入加以考察发现,文学艺术的交往活动在催促资产阶级公共领域的形成,进而取代代表型公共领域过程中起到重要作用。无论是简单的书信交流,还是大量的"书信体小说",通过讨论与价值批判,文学锻造了成熟的"主体性"与具有自律性的私人领域,培育出新的"私人领域"和公共价值观念。在资产阶级公共领域结构内部,文学公共领域始终沟通与调节着私人领域与公共领域、私人领域的私人性与公共性、公共领域的公共权力与个人性之间的矛盾关系,并催生出政治公共领域这一重要的调节机制。到了从语言学角度去建构"交往行为理论"阶段,哈贝马斯正式将审美批判(ästhetische Kritik)作为现代性的一种重要话语进行规范性重建。相对于实践话语与理论话语,审美批判可以被视为一种间接的交往媒介,而这种间接性未必是它的短处,反而标示着它的非强制的交往特性:"文化价值的出现和行为规范有所不同,它们不带有普遍性要求。必要的时候,文化会争取成为解释的候选对象,从事使相关者尽可能地描述和规划出一种共同的兴趣。围绕着文化价值,形成了主体间相互承认的圈子,但这绝不意味着文化要求具有一种普遍性,或者说要求得到了广泛赞同"。②

---

① 伊格尔顿:《美学意识形态》,第 403、400 页,王杰等译,广西师范大学出版社,1997 年。

② 哈贝马斯:《交往行为理论》(第一卷),第 20 页,曹卫东译,上海人民出版社,2004 年。

尽管康德在论说审美判断与艺术的交往功能时，他主要在于肯定这种交往性能够促进人的道德修养，其宗趣仍是在于"至善"向度上，但康氏美学中的交往思想为摆脱现代美学的困境毕竟在现代性的缘起之处为后人提供了诸多启示。

四

鉴赏判断是内心诸能力一种和谐一致或游戏状态，它之所以是审美的，"正是因为它的规定根据不是概念，而是对内心诸能力的游戏中那种一致性的（内感官的）情感"，它是想象力与知性之间的自由协调；而"崇高"，则是"把诸内心能力（想象力和理性）本身的主观游戏通过它们的对照而表象为和谐的"。① 在康德看来，纯粹的鉴赏判断只能是自然美，即自由美，它不凭借任何目的概念，而艺术虽要依附于某个目的概念，但它不像"技艺"那样受到外在目的的强制，相反它能够把诸如像劳动这样具有强制性的活动转化为"单纯的游戏"。由于康德美学总体上归属于整个"批判哲学"体系，他对自由美与艺术美的界说，通常也被认为前后有些矛盾，但二者在"美的艺术"的层次上还是获得了统一了："自然是美的，如果它看上去同时像是艺术的；而艺术只有当我们意识到它是艺术而在我们看来它却又像是自然时，才能称为美的"。② 审美判断，包括美、崇高、自由美、美的艺术，浸透着丰富的自由观念，但由于在《判断力批判》中"自由"始终没有作为一个命题被提出来，甚至在康德那里，相对于道德律所带来的理性自由而言，在审美判断中由"反思"引出的"自由感"不是真正意义的自由概念。但事实上"自由感在《判断力批判》中有多种表达方式"，如"自由的愉悦"，"自由游戏"，"各种表象力的自由活动"，等等。③

审美判断中所蕴涵着的"自由"观念，具有潜在的和解与解放的功能，这成了康德美学现代性意义的又一重要向度，它对席勒与马尔库塞尤其具有吸引力。席勒在继承康德美学的同时从两个方面跨越了它的界限：首先，把康氏美学加以客观化，将其引向现实维度。审美鉴赏（包括美与崇高）在康德那里只是对知性、理性的调解，而在席勒这里，审美则成了具有化解感性冲动与理性冲动间冲突的

---

① 康德：《判断力批判》，第 97 页。
② 康德：《判断力批判》，第 150 页。
③ 邓晓芒：《康德哲学诸问题》，第 200 页。

能力。其次，跨越了"象征""类比"的界限，"美是道德的象征"，也就成了"美是自由的表现"。这样，美与自由之间的关系较之康氏就更为直接，经过"美"浸润的自由王国则取代了康德道德王国的位置。这也是席勒美学具有浓厚的浪漫主义色彩和乌托邦倾向的真正原因所在。

通过对自身所处的时代的考察，席勒认为现代文明并没有相应地带来人性的自由与解放，现代人反而因受制于感性冲动或理性冲动，造成了人格的分裂与人性的丧失。《审美教育书简》这部被哈贝马斯誉为"现代性的审美批判的第一部纲领性文献"，[①] 其前十封书信就集中描绘了现代人陷入感性欲望所带来的焦虑与折磨的种种困境。他通过对现代人与希腊人的比较，认为现代人的不幸首先在于感性冲动的支配，以及自然法则的强制，从而导致人性的退化与糜烂。现代人所遭受的另一种强制，则源于理性本身，尤其是对理性的偏狭理解或误用，从而导致理性的专制。席勒认为审美作为"第三种冲动"——游戏冲动，具有消融感性与理性矛盾的能力；艺术具有一种"中和心境"，它具有区别于感性与理性又涵纳这感性与理性的要素，因此能够摆脱感性与理性冲动的强制："在这种心境中，感性与理性同时活动，但正因为如此，它们那种起规定作用的力相互抵消，通过对立引起否定。在这种中间心境（即"中和心境"引者注[②]）中，心绪既不受物质的也不受道德的强制，但却以这两种方式进行活动，因而这种心境有理由被特别地称为自由心境。如果我们把感性规定的状态称为物质状态，把理性规定的状态称为逻辑的和道德的状态，那么，这种实在的和主动的可规定性的状态就必须称为审美状态。"[③] 因为感性冲动与理性冲动具有不同的原则与性质，且二者之间可能同时都处于紧张关系，也可能同时处于衰竭状态，具有调解功能的美，就必须具有双重的能力与职责。就此，席勒将美分为"溶解性的美"与"振奋性的美"，让它们各司其职，分别担负着"松弛"与"紧张"的双重作用。

马尔库塞的"新感性"思想直接来源于他对席勒解读康德美学方式的认同，

---

① 哈贝马斯：《现代性的哲学话语》，第 52 页，曹卫东等译，译林出版社，2004 年。

② 席勒美学的术语 Mittlere Stimmung，冯至、范大灿将其译成"中间心境"（参见《审美教育》，第 159 页，上海人民出版社，2003 年）；徐恒醇将其译为"中间状态"（参见《美育书简》，第 107 页，中国文联出版公司，1984 年）；曹卫东则译成"中和心境"（参见哈贝马斯：《现代性的哲学话语》，第 55 页）。笔者以为翻译为"中和心境"比较符合席勒美学的内在性质，从冯至、范大灿与徐恒醇译本的上下文来看，译成"中和心境"也是没问题的。

③ 席勒：《审美教育书简》，第 162 页。

以及自己对康德美学的席勒式解读。新感性意味着对感性与理性的双重革新，是通过审美对人的"高级机能"与"低级机能"的一种调节机制，它能够使感性与理性的冲突趋于和解。马尔库塞非常看重康德的"第三批判"，在他看来尽管康德受限于先验的方法，但"他的思想仍然是全面理解审美的最好指南"。康德的审美中介在马氏看来不仅仅是中介，而是核心，他称"对康德来说，这个审美方面乃是感觉和理智的会合的中介"，"也是自然与自由会合的中介"。由于文明的进步产生了"高级机能与低级机能之间的广泛冲突"，所以"使得审美方面的这种双重中介变得必不可少"。新感性就是对一种没有压抑的新型文明的寄望，马尔库塞在康德美学中找到了依据："根据康德的理论，当审美功能成为文化哲学的核心论题时，它被用以证明非压抑性文明所具备的种种原则。在这种文明中，理性是感性的，而感性则是理性的"。[①] 他从康德美学中找到了溶解感性与理性冲突的重要武器——想象力。正是凭着想象力的创造性，自由的王国才成为可能。相像力的巨大作用，不仅仅是停留于理论上的调节，"当它成为实践的东西后，就是'生产性'的东西了"，而要将想像力释放出"生产性"的效应，就是"让想象力成为沟通以感性为一方与理论理性和实践理性为另一方的中介"。[②] 因此，他十分赞同席勒对康德美学的改造，认为席勒"从康德思想中得出一种关于新的文明方式的观念"，并继承了席勒《审美教育书简》中通过审美的训练能够恢复人性，实现自由的这一"训诫"：在异化的时代，人的感性已经变得迟钝了，知觉的变革已成为时代的迫切需要，人们必须学会去发展"生活的新感性"，从而对生活和事物，产生"新的感受"。

(原载《江汉大学学报》2008 年第 5 期)

---

① 马尔库塞：《爱欲与文明》，第 134、138 页，黄勇、薛民译，上海译文出版社，2005 年。
② 马尔库塞：《审美之维》，第 104、109 页。

超越审美现代性的困境
——论法兰克福学派的审美现代性思想

矛盾性是现代性（包括审美现代性）的一个重要特征，或者说现代性就是由一系列矛盾构成的。斯科特·拉什将这种矛盾性称为"自反性现代性"，齐格蒙特·鲍曼更直接地把"矛盾性"作为"现代性"的代名词，马歇尔·伯曼、戴维·弗里斯比等则更多地从矛盾性的体验角度去描述现代性，马泰·卡林内斯库、伊夫·瓦岱依据矛盾两种倾向分别将它区分为"启蒙现代性"与"审美现代性""肯定的现代性"与"否定的现代性"，等等。[①] 现代性的矛盾性，即现代性的困境，概括起来大致包含着这样三个层面：工具理性的驱动引发了启蒙现代性的内部矛盾；审美从现代性进程中分离出来并与启蒙现代性构成对抗关系；在对启蒙现代性的矛盾性诉诸审美批判的过程中，引发了美学与艺术自身的分裂，构成了审美现代性的难题。

法兰克福学派对由工具理性所催生的西方现代文明的诸多矛盾进行了彻底的披露与总体批判，同时赋予现代美学和艺术同启蒙现代性相对抗的巨大能量。他们深入地思考了现代美学与艺术在肯定性文化的双重夹击下的存在可能与存在样式，并由此引发了学派内部在美学问题上的分歧。法兰克福学派运思的本身征显

---

① 可参见乌尔里希·贝克等《自反性现代化》（商务印书馆，2001 年），齐格蒙特·鲍曼《现代性与矛盾性》（商务印书馆，2003 年），马歇尔·伯曼《一切坚固的东西都烟消云散了》（商务印书馆，2003 年），戴维·弗里斯比《现代性的碎片》（商务印书馆，2003 年），马泰·卡林内斯库《现代性的五副面孔》（商务印书馆，2002 年），伊夫·瓦岱《文学与现代性》（北京大学出版社，2001 年）。

了现代性的局限与潜能。就法兰克福学派与现代性的关系而言，近年来因着现代性话语的凸显，国内理论界将审美现代性问题与法兰克福学派批判美学并举的研究不在少数，但由于通常用外在的政治、社会话语强制地演绎审美内部的问题，而架空了美学与艺术的形式，最终与法兰克福学派审美现代性思想无缘。这构成了笔者再度观审法兰克福学派审美现代性思想的重要契机。我们将具体论述法兰克福学派的主要成员在现代性矛盾性及其应对策略的问题上所作的思考，由此上升到对学派内部在审美问题上的分歧进行反思，进而指出由这种分歧所构成的现代美学的二重性非但不是一种真正的对抗关系，反而凸显了法兰克福学派审美现代性思想的丰富性。

一、启蒙现代性的困境

尽管启蒙是一个复杂而多面的问题，但从哲学层面上说，理性、主体的构建与批判是其核心问题。康德的三大"批判"细致地考察、划分了理性的能力与界限，奠定了启蒙哲学的根基："由于康德的成就，由于他的《纯粹理性批判》一书所完成的思想革命，要回到启蒙哲学的问题和回答是再也不可能了"。① 从康德的三大"批判"来看，启蒙就是把主体从宗教神学与自身无知的控制中解救出来，最终实现主体的自我确立、自我解放、自我批判与反思。康德在《什么是启蒙？》一文中进一步申述了对启蒙的理解，启蒙就是摆脱"自我招致的不成熟"，成熟地、有勇气地运用自己的理智，即理性的合理运用。何为"理智"，何为理性的合理使用？伽达默尔继此解释道，"有理智就在于自己意识到界限"，"理性就在于，不要盲目地把理性作为真的举止，而是要批判地对待理性"。② 可见，康德对启蒙的界说与伏尔泰、狄德罗等对启蒙观念的理解是不同的。当然，康德主要从先验与理想的层面去构建理性和启蒙观念，通过实践理性的自我要求——借助道德自由意识与自律来克服先验理性内部，以及纯粹理性与经验理性之间的矛盾。但是西方资本主义的现代进程中，康氏体系中先验理性的三分格局并没有得到平衡的发展，不仅没有趋向融合，反而在现实社会层面表现为分裂与对抗，理性的丰富

① 卡西尔：《启蒙哲学》，序言第 7 页，顾伟铭等译，山东人民出版社，1988 年。
② 伽达默尔：《赞美的理论：伽达默尔选集》，第 62 页，夏镇平译，三联书店出版社，1988 年。

内涵也日趋萎缩。伽达默尔就这种反差指出，"它在 18 世纪由于康德而得到解决，然而到了 20 世纪则以灾难性的方式变得尖锐起来"。[①] 在现代化进程中，理论理性具有了优先性，科学技术——理论理性的实际运用获得了统治权，并将自己的实用与计算原则强制地扩大到审美与道德领域，从而导致人与社会的"异化"局面。

对"异化"的批判成了近现代社会批判理论的重要"母题"。法兰克福学派继马克思、卢卡奇之后延续了这种批判，并形成自己特定的批判视角，即科学技术与工具理性对人的统治与征服。他们将技术的统治归咎于启蒙，进而走向对启蒙与理性文明的总体批判。对理性、启蒙与文明的批判，揭示了启蒙现代性自身无法克服的矛盾：启蒙走向了自身的对立面，文明与理性陷入了怪圈，知识与进步陷入重复循环、同义反复的虚无与困境之中。

霍克海默与阿多诺在《启蒙辩证法》中揭穿了启蒙的秘密，将启蒙的结果通过系列的"启蒙辩证法"效应加以征显：启蒙在自我解放过程中却一步步走向自我毁灭；它把人类从恐惧与野蛮中解放出来，却陷入更大的恐惧与野蛮的折磨当中；它消除了旧的不平等与不公正，取而代之的是不平等与不公正的"长驻永存"。缘何如此？他们以"经验科学"之父培根为起点，将分析导向近代科学的诞生以及科学技术在启蒙过程中所扮演的角色。"对启蒙运动而言，任何不符合算计与实用规则的东西都是值得怀疑的"，他们发现在近代启蒙的过程中数学与数字成了启蒙精神的准则。在数学的抽象性原则里，自然、精神、"物自体"都难逃被客观化的厄运，科学抛开了康德的"圣谕"——纯粹理性批判所约束的范围，直接导致形而上学的衰弱与哲学思维方式的变化，并为此付出了代价："世界对自然的支配反过来与思维主体本身发生了对抗；主体除了拥有必然伴随着自我的所有观念的那个永远相同的我思之外，便一无所有"；理性也在科学驱动下萎缩为"万能经济机器的辅助工具"，"成了用于制造一切其他工具的工具一般，它目标专一，与可精确计算的物质生产活动一样后果严重"。[②] 最终，"禁忌主宰了禁忌的力量，启蒙主宰了启蒙精神"，科学则沦为比"形而上学更为形而上学"的话语。通过对古代巫术、神话与科学、启蒙的比较分析，霍克海默与阿多诺以古希腊史诗《奥

---

① 伽达默尔：《赞美的理论：伽达默尔选集》，第 94 页。

② 霍克海默、阿多诺：《启蒙辩证法》，第 23、27 页，渠敬东、曹卫东译，上海人民出版社，2003 年。

德赛》中奥德修斯为抵制海妖诱惑而用绳索自缚的形象来作为启蒙困境的隐喻，归结出科学、启蒙与神话的辩证法：科学把神话变成虚妄图像的同时，却也制造了新的神话；神话实现了启蒙，而启蒙则深深地带上了神话的烙印。

如果从弗洛伊德文明与压抑的关系来看，在《奥德赛》中不管水手所受到的奴役，还是奥德修斯的自我牺牲与克制，都是人类文明进步所必需的，因为这种压抑在文明的推进中具有决定性作用。如此看来，压抑或负罪感在文明进程中似乎就有某种合理性。当然，弗洛伊德主要是从生理与医学的角度进行解释，这本无可非议。马尔库塞却试图将其引入社会领域，找出文明与压抑的社会与历史根据，并对弗洛伊德把压抑中立化的做法进行批判与质疑。依照弗洛伊德的原理，现代科技的进步应该不断把人类引向非压抑的社会。马尔库塞却发现，在发达的工业社会中异化非但没有得到缓解，反而加剧了，且丝毫看不出异化劳动与爱欲的关系；技术与生产的提高本可以作为"设想一种非压抑性文明"的依据，但"正是这些成就在为相反的目的服务，即为维持统治者利益服务"。随着技术的扩张与文明进程的加速，爱欲与文明之间的紧张关系不是消除了，而是日趋复杂与隐蔽，"统治变成了一个无偏见的管理制度"，劳动分工的发展使得统治具有了合理性。文学已不再关注"不幸的爱情"，取而代之的是性道德的松弛；"较之清教徒时期和维多利亚时期，今天的性自由无疑是更大"了；"否定与肯定、黑夜与白天、梦想世界与工作世界、幻想与挫折，都被协调起来了"。[①] 但这不是爱欲的实现，而是"压抑的反升华"。马尔库塞提醒人们，对立的消除带来的却是自由的虚假与个性的矫情，与性自由相伴随的是性关系的社会化与利益化。在技术集权主义的统治下，人处于被总体性奴役的状态中，反抗似乎也变得困难起来，"这种抗议变成了安定和顺从的工具，因为它不仅根本没有触及罪恶的根源，而且还证明了人的自由可以在一般的压迫框界内实现"。[②] 这就是马尔库塞所揭示的文明辩证法，它与霍克海默、阿多诺所揭示的"启蒙辩证法"遥相呼应。启蒙辩证法这个怪圈深深地折磨着法兰克福学派的主要成员，他们对现代启蒙与文明尤为悲观，特别是阿多诺，他甚至认为"奥斯威辛集中营之后的一切文化、包括对它的迫切

---

① 马尔库塞：《爱欲与文明》，第 71、72 页。

② 马尔库塞：《爱欲与文明》，《1961 年版序言》第 2 页。

的批判都是垃圾"，"甚至沉默不语也不能使我们走出这个怪圈"。①

二、美学现代批判的矛盾性

"自启蒙以来，美学便是哲学通往具体世界的最便捷的桥梁，它对西方马克思主义理论家始终具有经久不衰的特殊吸引力"，② 法兰克福学派延续着这一传统，试图借助美学的武器对启蒙现代性进行不遗余力的批判以摆脱其宰制性。但阿多诺与马尔库塞发现，与启蒙现代性的统治相一致的是，肯定性文化的包围，且二者之间构成一种深层的共谋关系。

肯定性文化的根本特性就是"认可必须无条件肯定的永恒美好的更有价值的世界"，它通常给人这样的信念，"以往所有的历史只是行将来到的生存之黑暗和悲剧的前史"。马尔库塞认为这种对幸福、自由与普遍人性的承诺，只能在停留在人的内向度上，人人平等观念是通过现实中具体的不平等来实现的。在这种情况下，艺术具有明显的息事宁人与抚慰功能，"出色的资产阶级通过把苦难和忧伤变为永恒、普遍的力量"的方式，把"今生今世织入人和事物美妙的、来世的幸福"。③ 他发现，就肯定性文化的征显与表达方式而言，灵魂明显优于精神，艺术则优于哲学与宗教。精神容易被"看作某种不可信的东西"，精神批判难于平息非理性冲动与现实中的矛盾；而灵魂可以逃避现实而不否定自身，因此较之精神则更具隐蔽性与吸引力。艺术则可为现实提供避难所，它（而不是宗教或哲学）则成了灵魂的最佳表征方式。因为艺术善于塑造高贵的"人格"，这样"文化即使在个体没有摆脱他实际上的卑微处境之条件下，也能让他欢呼雀跃。文化谈着'人'的尊严，而从不关心对人类来说更加具体的尊严地位"。④ 马氏不满肯定性文化对个人幸福与自由的抽象化，以及资产阶级文学艺术对人的慰藉与欺骗，他称"出色的资产阶级艺术作品中，即使当它们在描绘天堂的时候，都出现一种世俗的快乐。个体陶醉于美丽、善良、辉煌、安宁以及胜利的喜悦中，他甚至还沉醉于痛

① 阿多诺：《否定辩证法》，第367页，张峰译，重庆出版社，1993年。

② 安德森：《西方马克思主义探讨》，第100页，高铦译，人民出版社，1981年。

③ 马尔库塞：《审美之维》，第7—10页。

④ 马尔库塞：《审美之维》，第14页。

苦与难受、残忍与罪恶"，^① 尽管受雇佣的身体成为有产者获取更多利润的手段，他却要看护着抽象的自由。

古典美学或艺术是肯定性文化的典型形态，它与社会现实存在着巨大的距离，总体上具有非真实性、虚幻性与欺骗性，对启蒙现代性的统治与困境已无法进行有效的批判。阿多诺从通常得到很高评价的古希腊艺术中发现艺术与生活实际根本脱离的本质，他指出"实际上，古时的真正野蛮行径（如奴隶制、种族灭绝、对整个人生的蔑视等）自古代雅典时期以来一直未在艺术中留下任何痕迹。艺术将所有这些东西拒于其神圣的领地之外，这一特征在激发对艺术的敬重方面无所作为"，^② 而今这种古典艺术在文化产业的"庇护"下，正成为与意识形态一样的东西。阿多诺对肯定性文化的批判，主要从美学角度指出传统美学同现实经验和现代艺术的冲突与不可兼容性。阿氏认为传统美学已经"废退"了，他甚至作了不无带有偏见的深刻断言，"直截了当地说，黑格尔与康德可谓最后两位对艺术一无所知但却能够系统论述美学的哲学家"。^③

肯定性文化的另一副面孔是大众文化。它看似与古典艺术相去甚远，但在对大众的欺骗与意识形态的塑造方面，无不较前者更胜一筹。马尔库塞早在《肯定性文化》中，就注意到随着工业文化与消费社会的到来，传统文化的肯定性向大众文化的肯定性转化的迹象。自由资本主义时代，所构建的尊贵的自由与平等观念已不断瓦解，具有理想色彩的"自我"日趋消亡，文学艺术已无心构建具有慰藉性的、虚幻的灵魂。当然，现实中的对立与矛盾丝毫没有消失，只是转移了，即由"抽象的内在联合体"转化为"抽象的外在联合体"。大众文化背景下传统自律艺术与现实的距离被消除了，艺术中的一些反叛形象也被改头换面了，"荡妇、民族英雄、垮掉的一代、神经质的家庭妇女、歹徒、明星、超凡的事业界巨头，都起着一种与其文化前身不同，甚至相反的作用"，"他们是对已确立制度的肯定而不是否定"。^④ 阿多诺对文化工业与大众文化的批判最为彻底与坚决。从传统载体的小说、剧本，到现代的流行音乐、电视剧、广告等电子文化与传媒，无不在他批判的范围之内，就是马尔库塞与本雅明对大众文化与技术的乐观态度也遭到

---

① 马尔库塞：《审美之维》，第 30 页。
② 阿多诺：《美学理论》，第 278 页。
③ 阿多诺：《美学理论》，第 559—560 页。
④ 马尔库塞：《单向度的人》，第 55 页，刘继译，上海译文出版社，2006 年。

他的抵制。

文化工业首先促使文化成了一种商品，"它完全遵守交换规律"，"被盲目地使用，以至于它再也不能使用了"。过去，"伟大"的艺术所遵循的是"无目的的合目的性"，而今这个原则却倒转成了"有目的的无目的性"（以商业利益为目的，却又要装饰得像无目的一样）。在交换原则与商业利润的驱动下，艺术完全可以被批量复制、生产，以满足大众虚假的需要。这种文化的最大特点就是审美的贫乏，"电影一开演，结局会怎样，谁会得到赞赏，谁会受到惩罚，谁会被忘却，这一切就都已经清清楚楚了。在轻音乐中，一旦受过训练的耳朵听到流行歌曲的第一句，他就会猜到接下去将是什么东西，而当歌曲确实这样继续下来的时候，他就会感到得意"。① 因此，大众文化的目标就是对大众个体的塑造，通过"自身完美形象"驯服大众，使其丧失判断力，从而进行有效的控制。这种欺骗与蒙蔽，自有大众文化自身的策略，许诺与欺骗同时进行，让大众不断地重复着"跳入苦海，再跳出苦海"的体验；它以表面的繁荣掩盖事实的真相，在启蒙现代性的宰制下，它与古典艺术一样提供了一种虚假的幸福：工人和他的老板享用着相同的电视节目，打字员打扮得和她雇主的女儿一样漂亮。许诺与欺骗同时进行，让大众不断地重复着"跳入苦海，再跳出苦海"的体验。

肯定性文化的特质凸显了启蒙现代性的审美批判的困境：现代美学或艺术如不介入异化的社会现实，像古典艺术一样保持自身的独立性与纯粹性，那么它在工业文化、技术理性、实证主义等面前将无所作为；相反，它在介入现实的过程中，就可能被大众文化同化与收编，或者以更隐蔽的方式——诸如，反升华、虚假的反抗等形式——进行虚假的否定。现代美学与艺术的这一两难境况，即审美现代性的困境，在当下的现代性批判中受到普遍关注：哈贝马斯指出，一方面现代性使得现代艺术的自主性获得彻底的独立；另一方面"只有当艺术放弃了自己的独立地位时，它才渗入使用价值的总体性"，而当艺术放弃自己的自律时，就可能"堕落为宣传性的大众艺术或商业化的大众艺术"。② 彼得·比格尔对艺术的自律性也无不担忧，他称"仅仅在19世纪的唯美主义以后，艺术完全与生活实践相

① 马尔库塞：《爱欲与文明》，第140页。

② 哈贝马斯：《合法化危机》，第109、110页，刘北成、曹卫东译，上海人民出版社，2000年。

脱离，审美才变得'纯粹'了。但同时，自律的另一面，即艺术缺乏社会影响也表现出来"。① 伊格尔顿则从"左派"的意识形态批判角度指出，"自律的观念"是"无能为力的"，艺术一方面"极易避开其他社会实践而孑然独处，从而成为一块'飞地'，另一方面它"提供了资产阶级意识形态的核心要素"。②

其实，阿多诺、马尔库塞等法兰克福学派成员对审美现代性困境问题都有非常自觉的意识。马尔库塞称"美学领域本质上是'非现实的'，因为它为保持不受现实原则支配而付出的代价是在现实中无能为力"；③ 而阿多诺对问题的概括则更为直接、全面：

> 今天，在与社会的关联中，艺术发觉自个处于两难困境。如果艺术抛弃自律性，它就会屈就于既定的秩序；但如果艺术想要固守在其自律性的范围之内，它同样会被同化过去，在其被指定的位置上无所事事，无所作为。④

三、审美现代性的形式言说

要摆脱审美现代性的两难困境，就意味着艺术在保持自律的情况下，必须能够实现对启蒙现代性控制下的社会现实的真实反映与有效批判，从而避免被边缘化；而艺术因介入社会现实而沾染着大众文化的因子时，必须能够保持自身的自律性以避免被同化。这如何可能呢？阿多诺指出了应对的方法：

> 美学最深层的两难抉择困境似乎如此：既不能从形而上（即借助概念），也不能从形而下（即借助纯经验）的角度将其聚结为一体。在此情境中，辩证哲学的一个信条理应有助于此。该信条认为事实与概念并非截然对立的，

---

① 比格尔：《先锋派理论》，第88页，高建平，译商务印书馆，2002年。
② 伊格尔顿：《美学意识形态》，导言第9、10页。周宪是国内理论界比较早就审美现代性矛盾性问题以及哈贝马斯他们对这一问题所持观点加以阐释的，具体可参见周宪《审美现代性的三个矛盾命题》（《外国文学评论》，2002年第3期）与《审美现代性批判》（商务印书馆，2005年）的第九章。
③ 马尔库塞：《爱欲与文明》，第133页。
④ 阿多诺：《美学理论》，第406页。

而是互为中介的。美学务必将这一洞识据为己有，加以利用。①

　　阿多诺告诉我们可以运用辩证法来克服这一困境，这也是哲学上解决矛盾问题通常运用的方法；但美学如何利用中介，如何防止在消除矛盾的过程中走向相对主义或折中主义，即所谓流俗的辩证法（人为地消除矛盾），则成了问题的关键。哲学上的中介是"概念"中介，具有抽象性、思辨性。因此，矛盾是否真正得到克服并不容易被察觉。艺术的表现形式则是具体的、形象的。因此，它对解决这一矛盾问题有着自身的优势，阿多诺所言的中介就是"艺术中介"，更精确地说就是艺术的"形式"中介。阿多诺与马尔库塞都认为美学与艺术不可能直接地介入社会现实，而需要经过"中介"，并通过艺术的形式来实现这种中介功能。因此，艺术只能以自己的方式介入现实，而不是相反。

　　阿多诺美学思想最为深邃之处就在于它穿透了黑格尔的"艺术终结论"，分析了现代美学与艺术的可能性与存在方式，从而构建"新美学"——反美学——其实质是一种"形式美学"。阿多诺认为，艺术不是终结了，但也不可能像古典艺术那样和谐地存在了，它必须成为现代社会的"反题"。这样，启蒙现代性的矛盾性必须在艺术的内部通过艺术形式反映出来。其最终只能把这种矛盾引向艺术自身，把自己"扭曲为自我矛盾"，"或者彻底地破坏自己"，而成为"自我矛盾的状态"。② 这种矛盾性构成了美学现代性的表征方式，它决定了自身具有自律性与社会性的双重本质：一方面，"艺术本身割断了与经验现实和功能综合体（也就是社会）的关系"，另一方面，"它又属于那种现实和那种社会综合体"。③ 艺术的二重性，通过艺术的形式中介得以联系，并在具体的艺术样式中融合成一个有机的整体。现代艺术的自律性不同于传统艺术静态的自律性。这种新的自律性并不意味着构建一个纯而又纯的神话，在现代社会中它不可能不受到商品气息的沾染，甚至也可能充满罪恶，因此只有通过"异化"自己来表达它对社会的反抗。阿多诺曾以波德莱尔的诗歌创作为佐证指出，"在一个充分发展的商品社会里，艺术是无能为力的，只能眼看着商品社会放任自流。然而，艺术能够超越资本主义社会异

① 阿多诺：《美学理论》，第 576—577 页。
② 伊格尔顿：《美学意识形态》，第 348 页。
③ 阿多诺：《美学理论》，第 430—431 页。

化的唯一方法，就是使艺术本身的自律性充满商品的社会的意象"。① 他坚持现代艺术必须以介入的姿态应对社会的矛盾与异化，而不能像古典艺术那样逃离现实，在象牙塔中发出纤弱的声音。主张"为艺术而艺术"的唯美主义，虽然也构成与生活经验的一种对立关系，但在阿多诺看来，这种对立具有抽象性与柔顺性的特征。相反，他非常推崇贝多芬把社会矛盾转移到自己作品中，通过音乐表达对社会愤怒的做法。因此，"形式"问题不但是颠覆古典美学，重构现代美学的突破口，而且关系到艺术能否发挥其社会批判功能。就此他称，"无论艺术作品在任何地方发动自我批评，都是通过形式进行的"。②

马尔库塞的美学内部充具着矛盾性，他对大众文化的革命潜能与反叛性，和本雅明一样曾有过乐观的估计，同时他的内心深处始终延续着肯定性文化批判时期对大众文化的质疑态度："艺术的野性反抗，总是一种短命的冲击"，黑人文化的反升华"仍然是简单、初级的否定"，它"并不能有效地迫使传统艺术与虚幻的文化溃散"，这些没有棱角的反抗艺术"必须放弃掉它们的直接的呼吁，放弃掉它们所表现的粗糙的直接性"。③ 马氏的美学不断穿行于大众文化的肯定性与否定性的张力之间，不断深进对自身美学的反思，最终在摆脱审美现代性的矛盾性问题上与阿多诺美学思想相遇。他敏锐地意识到，当下的艺术正处于一种复杂的矛盾结构中，其四周弥散着意识形态，古典艺术与大众文化都以不同的方式在为现存的秩序辩护。在这种情况下，我们不可能也没必要去重新构造一种纯而又纯、毫不沾染着肯定性因子的新的艺术类型。马尔库塞坚持在不可能之可能性中穿行，他发现哪怕在肯定性文化中，艺术的肯定与否定功能共生，革命与同谋兼在，关键是如何把它们剥离出来，进行有效的转换。他提出了"再异化"策略，通过对异化的社会现实中的艺术"异化"，即"再次异化"，就像卡夫卡的小说一样，开拓出有别于现实的另一个现实世界（艺术世界），从而使处于异化中的人们能够从异化中摆脱出来。"再异化"是在工具理性统治下，艺术反抗社会现实的一种独特言说方式，艺术通过"再异化"，"创造出一个并不存在的世界，一个'显现'、幻象、现象的世界。然而，正是在这种把现实变为幻象的转化中，也只有在这个转

① 阿多诺：《美学理论》，第 38 页。
② 阿多诺：《美学理论》，第 251 页。
③ 马尔库塞：《审美之维》，第 113、118 页。

批评的先锋、跨界与动力

化中，表现出艺术倾覆性之真理"。①

　　"再异化"作为艺术对抗异化统治的策略，最终必须借助于"艺术的形式"。只有通过艺术形式的表征，艺术对社会的批判与颠覆才有可能。正是艺术的形式使得资产阶级产生了反资产阶级的能量。在《作为现实的一种艺术形式》与最后完成的《审美之维》，马尔库塞正面阐述了他的艺术"形式"观。他认为艺术的政治性与革命性，只有当它是艺术时才有可能，只有"让政治内容受制于作为艺术内在必然性的审美形式时，艺术才能表现出革命"。那种认为取消审美形式可以实现艺术的革命能量的看法是"虚假的和压抑的"。② 可见，尽管马氏对美学的现代性困境的思考比阿多诺来得曲折，但二者的运思自有相同的旨趣。在艺术的自律性与社会性关系问题上，他的断言与阿多诺的观点如出一辙，他称"艺术作品只有作为自律的作品，才能同政治发生关系"，艺术只有作为"现存存在物的一部分"，"它才能对抗现实存在物"。③ 马氏尽管对艺术的介入问题比阿多诺有着更大的热情，但他无不矛盾地意识到，在"单向度的社会"，艺术的政治介入，最终只能是一个"艺术技巧"问题，即便艺术家本人是革命家，"革命"在他的作品中"也许照会付诸阙如"。

四、超越审美现代性的二重性

　　阿多诺与马尔库塞通过艺术形式的转化，改变了古典艺术介入现实的方式，从而实现对启蒙现代性的有效批判。显然，这只是对肯定性文化的一个维度——古典美学与艺术——进行了革新。另一方面，大众文化的兴起则是一个无法回避的事实。那么依据阿多诺克服审美现代性矛盾性的方法，大众文化是否也可以通过类似的中介形式的转换，以便同充具着蛊惑性的意识形态的社会现实拉开距离，进而发出批判的声音或者体现出真正意义的反叛性呢？由于阿多诺始终坚持艺术的自律原则，彻底地否定大众文化的否定和批判功能，这使他看不到大众文化的复杂性，也就忽视了艺术形式可以拆散大众文化主导的社会元素并重组新的生活实践的可能性。在该问题上，阿多诺与本雅明之间存在着很大分歧，并就此展开

---

　　① 马尔库塞：《审美之维》，第 157 页。
　　② 马尔库塞：《审美之维》，第 163－166 页。
　　③ 马尔库塞：《审美之维》，第 217、255 页。

了长期的论争，而马尔库塞则始终徘徊于本雅明与阿多诺之间。他们美学观点的分歧构成了法兰克福学派美学现代性独特的二重性特点。那么，这种二重性究竟是一种对抗的关系还是一种可以共存，甚至相互成全的关系呢？

阿多诺所持的大众文化观点，显然包含着对大众文化的想象与虚构，显示出他对大众文化的隔膜；他试图通过凭借艺术的自律形式来抵制大众文化的兴起，只能是一种消极的防守。因此，阿氏对大众文化的总体否定尽管不乏历史的厚重与主观的真诚，但毕竟未能令人十分信服。正是在这点上，凸显了本雅明以及本雅明式的马尔库塞（非阿多诺式的马尔库塞）的大众文化理论的积极意义。与阿多诺对大众文化的精英意识以及强调科技对艺术的负面作用不同，本雅明对艺术的技术性所可能带来的意识变革持乐观态度。本雅明相信，借助艺术的技术革命以及古典艺术去"光晕"过程所释放出的"震惊"体验能够克服古典艺术的审美净化，能够摆脱消费文化的"整一化"宰制以及大众文化对人的原初感觉和记忆的控制。发达资本主义借助技术通过对视听官能与意识思维的不断震惊，使人们在这种震惊过程中失去与原初自我的本真联系。要摆脱这种控制只能就地取材，运用诸如蒙太奇手法、技术元素的重新组装或者普鲁斯特式的回忆，使其产生陌生化，从而促使因震惊而板结的意识再度"震惊"、警觉。本雅明以城市垃圾的"捡拾者"、大众文化的"收藏者"隐喻诗人的形象或暗示自己的身份。在他看来尽管城市到处是充具着商品、妓女、醉汉与大众，但不必游离于他们之外，而应在他们之中，从艺术的层面上将其抽离、转化为现代文明的一系列"寓言"与充满诗意的结构。可见，较之阿多诺的观点，本雅明的艺术理论更具有实践性与建构性。当然，夸大技术所能带来的艺术的变革能量，也可能导致对它的操纵性没有足够的意识，容易丧失对其反升华、虚假的反叛以及美学和政治的调情的警惕。这也是马尔库塞在对大众文化的颠覆功能的反思之后，趋同于阿多诺美学思想的原因。本雅明在申述自己的艺术观点时对艺术的宣泄功能也确实流露出天真的一面，他称"一般大众看了毕加索的绘画，会有很保守落伍的反应，可是看到卓别林的电影又变得十分激进"。在他看来，法西斯主义把美学引入政治生活，把战争美学化，几乎完美地实现了"为艺术而艺术"的口号，因此共产主义应当针锋相对，以"艺术政治化"相回应。① 而这在阿多诺看来，只能是地道的幼稚的浪漫主义。其实，本雅明最后也意识到这个问题，并促成他与早期的无政府主义思想倾向决裂。这样看来，阿多诺对本雅明的批判也在情理之中，体现了他对大众文化欺骗性的深刻洞察。

可见，阿多诺与本雅明对现代性的审美批判理论都存有合理的一面，又各有盲视之处。实质上，他们各自只是在强调同一个问题的不同侧面，这"意味着两人的观点表面上看似乎势不两立，但实际上却是一种互补的关系"。② 甚至，阿多诺自己也认识到与本雅明之间的观点并没有构成真正的冲突，而是另有原因，即不希望本雅明与布莱希特靠得太近。阿多诺在给本雅明的信中就此写道，"实际上，我感觉我们在理论上的争执，并不是真正地不一致，我自己的任务是牢握你的手臂，直到布莱希特的太阳最终沉落到异国他乡的水域"。③ 总体来看，阿多诺始终坚持艺术的自律性，其艺术观潜藏着更多的现代派艺术的底色，而本雅明更多地强调技术对艺术实践能力重构的重要性，与先锋派艺术有着更为直接的关系，诚如有论者所指出的，阿多诺与本雅明的论争"实际上是两人在现代主义美学观念和先锋派美学思想支撑之下的一次交锋"。④ 如与肯定性文化的两种形态相参照，阿多诺的艺术观点显然与传统的古典艺术形态存有更多的亲缘关系，本雅明则与新兴的大众文化形态之间距离更近一些，而相同的是他们都分别从两种不同的肯定性文化形态中汲取积极的要素。如在现代性的视域内观之，他们则各执"审美现代性"观念的"一端"。本雅明的尝试恰恰使得阿多诺试图借着美学"中介"的转化以摆脱审美现代性的矛盾性的设想更为完满，而阿多诺对自律观念的坚守也对本雅明是一个必要的提醒：大众文化的反叛性必须通过艺术中介形式的转化，其革命性才能彰显出来。

法兰克福学派美学二重性的统一问题，在彼得·比格尔和哈贝马斯的分析中，

---

① 本雅明：《迎向灵光消失的年代》，第 84、102 页，许绮玲、严志明译，广西师范大学出版社，2004 年。

② 赵勇：《整合与颠覆：大众文化的辩证法》，第 176 页，北京大学大学出版社，2005 年。

③ Theodor W. Adorno, Walter Benjamin. *The complete correspondence*：1928－1940, edited by Henri Lonitz, translated by Nicholas Walker, Cambridge, Massachusetts：HarvardUniversity Press，1999，p.132.

④ 赵勇：《整合与颠覆：大众文化的辩证法》，第 180 页。

也能得到进一步印证。比格尔在《先锋派理论》中将自律的艺术与先锋派艺术做了基本的区分：自律艺术的最大特点在于它同生活实践相脱离，并以此构成了自律艺术发挥其社会功能的前提；而先锋派艺术则是要打破自律艺术所依存的体制，以拓展新的艺术—生活实践。尽管比格尔强调先锋派对艺术自律体制反叛的重要性，但他并不主张完全取消艺术的自律性，否则艺术"将丧失批判生活实践的能力"。对阿多诺与本雅明的艺术观点，他也是各有褒贬：本雅明的尝试，容易导致"在解放或对解放的期待与工业技术之间""建立起直接关系"；而阿多诺"只关注新的艺术类型，而非先锋派运动使艺术重新与生活实践结合的意向"。①

哈贝马斯在《瓦尔特·本雅明：提高觉悟抑或拯救性批判》一文中，就阿多诺、马尔库塞与本雅明美学思想的差异与纠缠关系做了细致的比较。他将阿多诺、霍克海默、马尔库塞与本雅明的美学观点的差异区分为"提高觉悟"与"拯救批判"两条路线：阿多诺他们旨在揭穿工具理性与科学技术所带来进步的虚假性，以及大众文化的欺骗性；与一味地揭露或批判的做法相反，本雅明则更倾向于拯救，在他眼里，不管是艺术中的"寓言""光晕""模仿"，还是艺术作品中潜藏着的"语义潜能"都集聚着拯救的能量，有待去"翻译"与"重建"。哈氏从交往理论的建构意义出发，倾向于这样的美学观点：理想的审美理论应该是解构与建构同时展开。这样，以否定为核心的阿多诺美学显然要遭到他的批判："艺术的光晕消失之后，只有那些大众可望而不可即的形式主义艺术作品还顶着压力"，这种"冬眠性质的策略，其明显的弱点在于其防卫的特征"。② 相反，本雅明艺术理论中潜在的交往性对哈贝马斯具有更大的吸引力。在本雅明看来，光晕的消失所带来的"震惊"，能唤醒人们对主体与自然、他者之间亲密交往的能力与体验："那个被我们观看的人，或那个觉得自己正被观看的人，也先后在看我们。能够看到一种现象的光晕意味着赋予它回看我们的能力"。③ 哈贝马斯十分认同这一观点，他称"在此，事物与我们也在一种脆弱的主体间性结构中相遇"，在这种交往状态中，"对幸福的神秘体验变成了共有和普遍性的体验，因为只有在将自然视若兄

---

① 比格尔：《先锋派理论》，第 96、116 页。

② 郭军、曹雷雨编：《论瓦尔特·本雅明：现代性、寓言和语言的种子》，第 417 页，吉林人民出版社，2003 年。

③ Water Benjamin. *Illuminations*，edited by Hannah Arendt，NewYork：Harcourt，Brace&World，Inc. 1968：188.

弟、似乎重又使之挺直腰板的交流语境中，人类主体才能看见自然回眸的目光"。①
但是，在先锋派艺术、技术对艺术的影响以及大众文化等问题上，哈氏显然又倾
向于赞同阿多诺对艺术自律性的坚守。他担心艺术的自主性一旦被彻底取消，艺
术将"变得琐碎不堪"，并可能导致政治的艺术化，即带来"作秀的政治"与"诗
意的政治"。哈贝马斯对本雅明与阿多诺的双重批判与肯定，进一步说明法兰克福
学派美学思想的分歧并不真正构成一种对抗关系。

　　最后，我们如果将阿多诺、本雅明、马尔库塞的美学现代性思想与不断被理
论界所强调的波德莱尔对（审美）现代性的界定——"现代性就是过度、短暂、
偶然，就是艺术的一半，另一半是永恒和不变"②——做个比较，则会惊人地发现
法兰克福学派的美学二重性问题在波氏的经典界说中完全能够会通起来。在波氏
的现代性观念中，"短暂"的一半与"永恒"的一半互为征显、互为规约，二者构
成一种复杂的张力关系。首先，"永恒"的一半离开了"短暂"的一半，"美"就
可能像离开伊甸园之前的夏娃一样，"圣洁"的表面背后是空洞与抽象。在异化的
现代社会现实中，因到处都是"垃圾""铜臭味"，具有抽象性与永恒性的古典美
学或艺术就不可能对它进行有效的批判，因此现代艺术必然要成为"反艺术"，这
就是阿多诺始终坚持的"一半"。在波德莱尔看来，尽管现实是"粗俗"的，是
"腐朽"的，尽管文明是"野蛮"的，但我们不要拒绝现代，而要积极参与，主动
地去追求"时尚"，创造与体验"时尚"。这一思想则可以看到阿多诺美学在大众
文化面前的被动性与防守性缺点，却又凸显了本雅明艺术观点的实践意义。其次，
瞬间的"一半"不能离开永恒的"一半"，否则美就有可能因失去自身的规定而迷
失方向，为此波德莱尔认为必须从"流行"中提取"诗意"的东西，从"过渡"
中抽出"永恒"。只有这样艺术才能与商品消费、大众文化、社会政治之间保持距
离。这又可将其视为是对过分强调大众文化的反叛性以及技术对艺术的积极性的
本雅明的一种警示。

（原载《广西大学学报》2009 年第 1 期）

---

　　① 郭军、曹雷雨编：《论瓦尔特·本雅明：现代性、寓言和语言的种子》，第 420 页。
　　② 波德莱尔：《1846 年的沙龙：波德莱尔美学文论选》，第 424 页，郭宏安译，广西师
范大学出版社，2002 年。

"综合创新论"的系谱反思与场域批判
——以文论的知识状况为考察中心

一、问题的提出与回溯

"综合""创新"以及二者和合而成的"综合创新论",作为一种主流而宏大的文化建设策略几乎成为文论界有意、无意的"崇拜",并在巨大的追求冲动和欲望催唤下不断被演化为定论。遗憾的是,无论是倡导者还是响应者都没能对该理论的局限性及背后所深蓄着的文化意味做必要的考究与反思,结果它终成为一种不言而喻、似是而非的命题为历临困境的文论界"频频出招"且"屡试不爽"。

"综合论"是"20世纪80年代以后在文艺理论和批评界流行的说法"。[1] 据倡导文论综合创新的谭好哲先生考察,20世纪80年代一些论者曾提出在苏联和欧美文论之间寻求文学研究之"综合"主张。钱中文先生是较早提出"综合论"的学者之一。[2] 1984年,他针对文论界将自然科学方法,运用到文艺研究的这一现象,在历数从国外纷纷介绍过来的系统分析等不同研究文学的方法之后,作出了"综合研究看来是必由之路"的论断。[3] 1985年,钱先生在同法国结构主义理论家托多罗夫的一场谈话中重点提到了托氏对综合方法的看法,并对其十分赞赏,即

---

① 殷国明:《20世纪中西文艺理论交流史》,第238页,华中师范大学出版社,1999年。

② 谭好哲:《走向文艺理论研究的综合创新》,《文史哲》2003年第6期。

③ 钱中文:《文艺理论的发展和方法更新的迫切性》,《文学评论》1984年第6期。

"现在是综合使用各种方法的时代，新的方法已不占统治地位，各种旧的方法也并未被否定，原因是各种方法的好的方面都已被普遍接受……所以现代文学理论研究，从方法论看正走向综合"。① 文学研究的"综合论"在当时颇受关注，批评界名噪一时的刘再复先生、吴亮先生等都曾有过积极的倡导。在 20 世纪 80 年代末 90 年代初，狄其骢先生提出"面向新的综合""走向综合一体化"的主张，并在其主编的《文艺学新论》中做了编写尝试。鉴此，谭好哲先生认为狄氏在"学理和理论创造"两个层面上对"综合论"有较大推进。② 之后，文学研究的"综合论"不断得到系统化和理论化，并在一些个人论著中得到正式的阐释与命名。

20 世纪 90 年代中期以后，中国文论继 20 世纪 80 年代中期以来进一步趋向多元化。随着后殖民主义和后现代主义的全面出场，文论界又引发了"失语症""古代文论的现代转换""文学研究边界的移动"等一系列论争。在热闹的论争面前，"综合论"也不甘寂寞，它不断出入于这些争论场域，并在表述上更为自觉地把综合和创新等同起来。同前一时期相为一致的是，综合创新论延续了文论"由多元到综合是一种必然"的基本判断。有论者在谈到这种趋向时宣称"如果说 20 世纪是侧重于分析的时代，那么 21 世纪则可能是、必然是，或者有必要是侧重或走向新的综合的时代"。他将这种必然归因到那些 20 世纪 90 年代以来从西方大量引进的各种"学""论""主义""中心""批评模式"。③ 另一些论者则把这种多元综合后的理论称之为"大文学理论"或"大文艺学理论"。④ 纵观这期间的"综合创新论"，倡导者除作多元必定通过综合走向一元的宣断之外，还呈现了这样的特点：一方面在关乎文论的差异和矛盾之处似乎就有它无处不在的踪迹；另一方面则在"古代文论的现代转换""中西文论的比较""马列文论的建设方面"表现得特别突出。这三方面的论者一般都会强调通过古今之间、中西之间、传统与现代

---

① 钱中文《法国文艺理论流派印象谈》，《文艺研究》1985 年第 4 期。

② 谭好哲：《走向文艺理论研究的综合创新》，《文史哲》2003 年第 6 期。

③ 陆贵山《文学研究的综合与创新》，《马克思主义美学研究》2005 年第 8 辑。

④ 张婷婷：《中国 20 世纪文艺学学术史》（第四部），第 246 页，中国社会科学出版社，2007 年。

之间的会通、融合等方式实现综合、创新。^①

文论的"综合创新论"确实不是空穴来风，它是在西方文论打破之前苏俄文论一统天下而出现多元格局之后，作为一元整合诉求的文化心理出现的。其最大特点在于不从中国本土文学经验出发，而把自身建基于本有待得到更多检讨的西方文论的介入所引发的二元对立的论争基础上。这可以说是一切"综合创新论"因自身前提的含混而可能裹挟着诸多弊端的根源所在。尽管有论者提及"综合创新论"的出场更多是受到苏俄文论之"综合论"的影响，^② 但我们如果看到欧美代表的西方文论在 20 世纪 80 年代中期以来的强劲势头以及中国文论界对苏俄文论之冷漠事实来看，这个论断几乎就不能成立。该论断除不太符合事实之外，其最大的问题可能还在于它把文论作为一个孤立的现象，同 20 世纪 80 年代中国文化，甚至同中国知识分子大半个世纪以来对中国文化出路问题的思考割裂开来。只要我们进一步看看"文化综合创新论"的出现和演变就能更为清晰地看到文论"综合创新论"是如何共享着更为广泛的中国文化自近代以来就存在着的问题的历史语境。

"文化综合创新论"是张岱年先生重要的哲学命意之一，也可以说是他大半生的哲学旨趣。作为一个确切的术语，它是 1987 年张先生在北京等召开的两次学术会议上正式提出并加以反复论证的。^③《综合、创新，建设社会主义新文化》一文对"综合创新论"作了立法性的阐释：

> 根据我国国情，将上述两个方面（中国传统文化和西方文化，引者注）的优点综合起来，创造出一种更高的文化。什么是创新？创新意味着这种文化与中国传统文化和近代西方文化都不相同。……近几年，针对文化问题，我写了一些研究文章，自己撰写了一个名词："文化综合创新论"。^④

---

① 20 世纪 90 年代中后期以来，这方面的著述表现得特别突出：有论文集《中国古代文论的现代转换》、代迅《中国古代文论现代转换的历史回顾》、顾祖钊《中西文艺理论融合的尝试》等多部；论文方面据中国期刊网初步查询，1997 至 2007 年期间与此直接相关的就不下 20 篇。

② 参见谭好哲：《走向文艺理论研究的综合创新》，《文史哲》2003 年第 6 期。

③ 刘鄂培：《论张岱年的文化观——"综合创新"论》，《中国社会科学院研究生院学报》1997 年第 2 期。

④《张岱年文集》（第 6 卷），第 490 页，清华大学出版社，1995 年。

"文化综合创新论"在当时并没有引起理论界的关注，他本人为此感到困惑和失望。对张岱年"综合创新论"的阐发，除了他身边的一些学人之外给以有力响应的恐怕要算方克立先生。据方先生回忆，1990年春他的一次谈话对当时文化讨论的三大流派（"全盘西化"派、保守主义的"儒学派"派、马克思主义的"综合创新"派）做概括时第一次论及。之后，他又把"综合创新论"概括为"古为今用，洋为中用，批判继承，综合创新"。据方先生的回忆，他的谈话引起了张岱年先生的关注，并来信希望他多作阐发。① 自此，方先生对"综合创新论"的论说更为自觉，先后写了《大力宣传我们的主张——"综合创新"论》《批判继承 综合创新》等文，并提出作为"综合创新论"研究之深化的"马魂、中体、西用"论，即"马学为魂，中学为体，西学为用，三流合一，综合创新"。20世纪90年代中期以后，关于"综合创新论"确实有更多的关注，这除了方先生所提到的"标志性事件"——1995年"综合创新文化观"研讨会的召开外，理论界还围绕张岱年和方克立的"综合创新论"进行了大量阐发。遗憾的是这些论述主要停留在语义的阐释层面，对"综合创新论"可以说少有推进。究其原因我们认为首先在于对"综合创新论"缺乏必要的质疑。

这里有必要对张岱年在20世纪80年代提出"综合创新论"的历史语境稍做回溯，即当时出现了"儒学的复兴"论、"全盘西化"论、新的"西体中用"论等，中西文化的论争再度兴起。张先生正是有感于这种争论似乎是50多年前中西文化论争的延续而再次提出"综合创新论"的。因此，这基本上可以视为他在20世纪30年代所提出的文化"综合创造论"的进一步申说。"综合创造论"的提出缘于1935年1月陶希圣等10位教授在《文化建设》杂志上发表了《中国本位文化建设宣言》一文。张先生参与了这场由"中国本位文化"宣言所引发的新一轮的文化论争，先后撰写了《关于中国本位文化建设》《西化与创造》等文，阐释了他力主"综合创造"的文化主张，即"兼综东西两方之长，发扬中国固有的卓越文化遗产，同时采纳西洋的有价值的精良的贡献，融合为一，而创成一种新的文化，但不要平庸的调和，而要做一种创造的综合"。②

---

① 方克立：《综合创新之路的探索与前瞻》，《哲学动态》2008年第3期。
② 《张岱年文集》（第1卷），第256页，清华大学出版社，1989年。

可见"综合创新论"的出场一直同中国文化道路的论争相互萦绕，它不但同20世纪80年代的文化论争有关，还可以上溯到五四时期的"东西文化"之争和晚清的"体、用、学、源"之辩。借助张先生在20世纪90年代对涉及这场文化论争所作的一个概括性论断，不仅能够更好地洞悉近代以来这场关系到中国文化道路何去何从的问题论争之整体脉络，还能从中看出张岱年等对"综合创新论"的"器重"：

　　16世纪以来的文化论争，各家观点虽纷纭繁杂，但大体不出四种类型，一是国粹主义的，二是全盘西化论，三是在这两个极端之间持调和折中立场的，四是主张发扬民族的主体精神，综合中西文化之长，创造新的中国文化。我们认为，这四种类型的主张，唯第四种是正确的。①

二、哲学基础与文化深意

　　"综合创新论"的提倡者极力将自身同"复古派""西化派""折中派"区分开来，又试图寻取它们的长处，力求辩证综合，以实现"综合"与"创新"内部间的辩证统一，即所谓"创造性的综合和综合中的创造"。可见，支撑"综合"、"创新"的关键词是"辩证"，"综合创新"论的哲学基础便是"辩证法"。寻求差异、优点、特殊、新异的辩证综合以及实现对立、矛盾、多元的辩证统一，这无论是现实的文化建构还是理论企望的理想而言都足够令人神往。问题是，这种辩证统一如何可能？我们且先看看"综合创新"论者们如何谈及其可操作性的。有倡导"文论综合创新"者称，"怎样进行综合？综合也要多层面、多方位和多视角地进行。比如，对马学文论、国学文论和西学文论之间的综合，对文论的民族性、世界性和当代性之间的综合，对科学文论、诗学文论和神学文论之间的综合，对文艺领域中的人的认知关系、价值关系和虚幻关系之间的综合，等等"。② 又有论者在谈到文化综合创新的"具体方法和可操作程序"时称，"在综合创新过程中可以运用归纳、演绎法以至理性直觉等多种方法，也可以借鉴西方的解释学方法、现

---

① 张岱年等：《中国文化与文化论争》，第255页，中国人民大学出版社，1990年。
② 陆贵山：《文学研究的综合与创新》，《马克思主义美学研究》2005年第8辑。

象学方法和中国传统的经典诠释方法，但是要充分发挥认识的能动性，真正做到'创造的综合'而不是'平庸的调和'，最重要的还是要善于运用辩证法"。① "不是平庸调和而要辩证统一"这或许不错，但假若我们的眼光更为挑剔些则不难看出以上二者涉及如何辩证统一问题上在循环界说、转移问题上所犯的错误竟是如此相似，而这种说法与思维方式在诸多"综合创新"论者中，可以说比比皆是。按照这种逻辑，只要论者愿意，这种综合便可无限延伸，它似乎拥有一种无所不能的"武功"：各种对立、矛盾的问题只要通过综合就能化解；几乎不相关的方法、领域，只要论者愿意，通过综合就能够关涉起来。"综合创新论"的问题也就在这里，诚如有论者所言，"这个模式表面上包罗万象"，但事实上又"在基本的概念和逻辑层面上回避了问题的核心。就是说，在命题中，人们看不出中西文化关系的基本矛盾，也看不出论者的基本立场是什么，充其量也只能理解为'一切都要好的'这样一个立意"，"看来，回避中西体用，只讲抽象的'综合创新'，尽管有着全面性的外表，但由于不得要领，难以使人们找到明晰的真正出路"。②

其实，一定要谈"综合"的话，那些在文化领域有所"开新"的经典又何尝不是在前人积淀基础上加以综合呢？这几乎是一个常识，这种方法也未必是"辩证综合论"所独有。这是连主张"综合创新"的论者也知道的。正如方克立所说的，一些海外华裔学者在中西文化等问题的思考上有诸多"富有创见性的构想"。③可见，问题并不在"综合"或"辩证"本身，"辩证法"也不像"综合创新"论所倡的那样不证自明。

毋庸置疑，辩证法在中国文化、国家的现代进程中起着举足轻重的作用；但它在绽放灼耀光芒的同时，不断地遭到了规律化、知识化、教条化以及几乎不受约束的泛化："辩证法似乎是一个没有边界约束的论域。人们可以随意把任何东西都称为'辩证法'，可以把任何现象都归于'辩证法'的名下。辩证法成了一个硕大无比的筐，什么东西都能往里装"。④ 尽管倡导"辩证法"者极力避免"折中""调和"，但我们不无在日常生活或理论研讨层面经常要遭遇到一个"似是而非"的警告："对任何事物和现象，都既不能全盘肯定又不能全盘否定；对任何事物和

---

① 方克立：《综合创新之路的探索与前瞻》，《哲学动态》2008 年第 3 期。

② 黄力之：《先进文化论》，第 79、80 页，上海三联书店，2002 年。

③ 参见方克立：《评"中体西用"和"西体中用"》，《哲学研究》1987 年第 9 期。

④ 姚大志：《什么是辩证法？》，《社会科学战线》2003 年第 6 期。

第二辑 现代性视域与审美批判

99

现象的全盘肯定或否定，都是形而上学而不是辩证法"。[1] 正是这样，我们常发现许多论者号称从唯物辩证法出发，结果却是与唯物辩证法相违背。"辩证法"的这种困境，究其原因可以说同曾经的"极左"政治相关，而当下导致理论知识化的学院体制更难辞其咎。当然，这也同"辩证法"本身的两面性特质有关。

"辩证法"在西方可追溯到苏格拉底、柏拉图；而黑格尔是"辩证法"的集大成者——他借此建构了包罗万象的哲学体系，并引发了辩证法的转折——由于彻底思辨化以及逻辑主义的泛化，辩证法陷入了"独白"的境地；马克思则实现了辩证哲学从"天上"到"地上"、从"形而上学"到"唯物主义"的转向。可以说，"辩证法"不断发展的过程，也是它同自身所遭到的"误用""庸俗化"进行斗争的过程。这其中包括马克思、恩格斯等"辩证法"的建构者，也包括西方马克思主义者萨特、阿多诺等"阐释者"以及之后从解释学、现象学层面对辩证法进行"还原"、拯救的西方论者。

马克思是通过对黑格尔辩证法的批判来构建与黑氏"截然相反"之辩证法的。辩证法在黑格尔这里首先是反对、否定形而上学的，因为通过辩证的演绎就能够消除对（康德意义上的）理性而言所存在的"物自体"之不可知性；另一方面黑氏又通过辩证法将概念、范畴等作肯定性的彻底逻辑化从而建立了庞大的形而上学体系。当黑氏辩证哲学被当作"死狗"被批判时，马克思自称是"这位伟大思想家的学生"并肯定了黑氏辩证法的合理内核；但马克思认为黑格尔的"辩证法"是"倒立"的，其哲学是"颠倒"的、"形而上学"的"改装"。马克思进行了双重的批判与拯救，首先从其辩证体系的"普遍化""客观化"中还原出"否定""革命""批判"面向：

> 辩证法，在其合理形态上，引起资产阶级及其夸夸其谈的代言人的恼怒和恐怖，因为辩证法在对现存事物的肯定理解中同时包含对现存事物的否定理解，即对现存事物的必然灭亡的理解；辩证法对每一种既成的形式都是从不断的运动中，因而也是从它的暂时性方面去理解；辩证法不崇拜任何东西，按其本质来说，它是批判和革命的。[2]

---

[1] 周林章：《一个似是而非的"辩证法"命题》，《学术界》2007 年第 1 期。
[2]《马克思恩格斯选集》（第二卷），第 218 页，人民出版社，1972 年。

其次，马克思把黑氏依辩证法而构建的"形而上学"体系"倒过来"，将哲学建基于现实的人、现实的社会和实践基础上。这个转向狠狠地翦除了"思辨哲学"桀骜不驯的"翅膀"，至少给我们带来如下启示：第一，事物的矛盾性、对立性、多元性是不能被人为地消除或仅做理论的主观整合，哪怕是在所谓"扬弃"的名义之下。正是在此意义上，马克思说，"理论的对立本身的解决，只有通过实践方式，只有借助于人的实践力量，才是可能的"。① 第二，事物的差异性、非概念性、非同一性等不能任意地被主体构建的概念、理论欺凌或放逐。就此，阿多诺说，"哲学真正感兴趣的东西是黑格尔按照传统而表现出的他不感兴趣的东西——非概念性、个别性和特殊性"。② 这既是对黑格尔的批判，也可以视为对热衷于"辩证""综合""创新"论者的一种警醒。

在勘查辩证法基础之后，我们还必须从情感层面去面对这样一个事实，即百余年来围绕中国文化道路方向问题的论争为何如此这般地周而复始地发生？各种体用之争以及西化、复古、折中、综合之论，不管我们赞成也罢，反对也罢，不管我们认为它可以泽启后世，还是不甚高明，不管它是否在我们的期待之内，还是与我们的愿望相忤逆，这场纷争不仅是历史事实，而且还演历得如此真切。这意味着任何有志于对中国文化之现代道路思考的学人都无法绕开。为此，我们转向了这样的追问：这场论争意味着什么？其背后蕴含着论者怎样的文化心态？何种观念在左右着这场论争的运动轨迹？"综合创新论"倘是"唯一正确"的选择，那么它为何不能终结问题的论争？就文化现代进程的事实层面而言，我们并不少有享用中国文化的传统资源或承受西方文化积极面向的熏染，为何要特别鼓吹"国粹"或"西化"？我们或许正在中西、古今文化的对话与交融过程中有所裨益，为何"综合创新论"变得如何迫切与激越？我们似乎从鸦片战争以来几经周折地探寻中国文化道路的知识分子身上感同身受地体察到他们史无前例地深受着某种煎熬与折磨，其背后弥漫着一股巨大的欲望冲动与无限绝望的意绪。正是这种欲望、绝望的巨大强力，迫使中国文化现代进路的各路论者不能轻易地排开对方的挤压，冷峻地审视对方的合理性，更不能稍具超越的目光与智慧去反思自身的局限性。

---

① 马克思：《1844 年经济学哲学手稿》，第 88 页，人民出版社，2000 年。

② 阿多诺：《否定辩证法》，第 6 页，重庆出版社，1993 年。

结果，它们相互纠缠、交错、联结与共谋，在逻辑延展上形成了双向的"多米诺骨牌"效应。这对任何试图想展开对中国文化现代道路思考的论者而言，都是一种欲罢不能的圈套：每次怀有急切而真诚欲望去摆脱困境的尝试，可能将面临更深的焦虑；每次激越的反抗，稍有不慎都可能掉入一种无解的深渊。

这是文化身份的焦虑，确切地说，就是现代性的焦虑，是中国现代化进程在文化领域的一种表征。19 世纪中叶以后，西方的船坚炮利致使中国"神圣天朝"的塌陷。西方文明对中国文化的觊觎，引发了国人从"技"到"政"，再到"教"的反省。自此，中国文化何去何从则构成了一个前所未有的难题，它始终处于一个纵横交错的"棋局"：纵使西方能够为封闭的中国提供方向性的指引，但西方对中国的长期进犯与僭越，不可能没有来自民族认同的阻力；纵使能理性地荡开情感体认的纠缠，我们却也发现在心仪西方价值模式的同时，西方更在检讨他们的文化道路；甚至试图借着东化文化的模式来缓解他们的困思，这对我们是否又构成一种新的诱惑？中西、古今之间究竟哪些成分可以分判为"新""旧"，哪些因素构成我们文化现代进程的阻力与动力？中国文化现代进程的后发性与被动性以及启蒙、救亡等外在因素的介入无不加剧了问题的复杂性。我们似乎还未从这一"结穴"的困扰中幡然醒悟，而后现代主义和后殖民主义的鼓噪，更容易使我们迷离于古今、中西、自我与他者的驳杂缠绕之间。可以说，中国文化的现代道路上，一开始就同传统、西方处于"相即相拒"的矛盾状态，它的周围有澄明也有遮蔽，有冲动更有蛊惑，这或许是一个内外交叠、时空错位、多重力量挤压下所编织的文化"死结"。①

三、反思、重估与探寻

"复古""西化"以及"调和论"或许当在"责问"之列，在现实中它们确实也遭到更大拒斥而日渐隐匿。"综合创新论"则幸运得多，它曾得益于主流意识的强大支撑，更为我们的"常识"默许与接纳，而当下它又成了学术体制化的"优胜者"。而正是这种"受益者"的地位使它在反思层面上可能沦为最大的"受制者"。由此，"综合创新"论更当在反思之列，这种反思必然是当代性的，即 20 世

---

① 关于近代文化难题之性状的这一说参考了黄克剑先生的有关提法，可参见黄克剑：《东方文化：两难中的抉择》，第 23—25 页，江西人民出版社，1992 年。

纪 90 年代以来学院体制背景下再度"中兴"的"综合创新论"的多方叩问与全盘审查。

首先,"综合创新论"的首要问题是如何综合的问题。"综合创新"是否可能在于它能否把"什么"的命题有效地转化为更具有信服力的"如何"问题,否则它就同调和或拼凑论相去不远,综合而成的可能是一系列不伦不类的知识或"逻辑杂种"(卡西尔语)。其次,综合创新必须从急功近利地超越"他者"的欲望和焦虑的心态中松解下来,以便将自身及其他论者置于历史化的语境中加以考量。一旦荡开历史语境的管约或将具体文化样式之生成语境作粗暴的逻辑抽离,它将在错失的方向中"扑腾"。即便这种综合是"有机的""辩证的",到头来或许也只能为我们增添些更为精致而不免贫乏的理论修饰或摆设。再次,"综合创新论"的反思必须自觉地意识到可能因为自身的站位所致的视角局限。任何一种理论周围都可能有权力的"埋伏",它不仅身陷于不同力量的纷争与制衡的复杂场域,而且必然同外部的社会、政治、经济、体制等构成一种"闪烁不定"的纠缠。稍有不慎,则可能致使论者滞沉于偏见的"谜阵"中还振振有词。

遗憾的是,一方面"综合创新论"自我反思之可能性正遭到自 20 世纪 90 年代以来日渐体制化的学术建制方式的挑战;另一方面新的"综合创新论"的兴盛又几乎可以反过来视为学术体制化的产物与征候。学术学科化、学院化背后的推动力是国内的市场经济转轨同西方的工具理性现代性、后工业社会消费主义的相互杂合。其特征首先表现为是学科设置的不断密集化、系统化、整合化以及因知识批量生产而致的"话语膨胀"和"理论过剩"之繁荣景象;其次表现为学术研究之评价尺度的悄然改变,即以数据、数量的可计算性为原则,以知识增值效率的获取为最大目标。其典型的功能则为"抽离""脱域""切割"与"分化"。它借此阻断了学科内部的联系,切断了学术同公共领域、历史领域间的关联,人为地制造了知识、理论同研究对象、社会实践、生存体验之间的隔膜。纵观 20 世纪 90年代以来,大批人文知识分子从令人费神的公共领域中撤到安全、绝缘的体制大院,并逐步转化为"技师""学者"与"专家"。他们擅于从抽象的概念、原理出发进行烦琐的系统构建和逻辑演绎,热衷于符号的提炼、语义的分析、文字的游戏,并为虚设的诸多"主义"展开无关痛痒而不免奢华的争吵。对于一场历经近一个世纪的文化论争而言,最为致命的恐怕莫过于学术体制化所致的历史意识、价值尺度的缺席。"综合创新论"也可说是对的,但理论一旦脱开历史的维面,切断自身同外部的联系，那么它极为可能是短视的。这诚如有论者所指出的，"没有联系历史和社会而进行的文学和哲学分析是武断的。即使这种分析是'正确的'（从某种意义上说）或'符合'其对象的"。① 正是历史意识和价值倾向的失落以及对学院之外社会变动的呆钝，当前"文化综合创新论"只能更加"专心致志"地"为创新而创新"。

文论"综合创新论"以强劲的姿态出场于 20 世纪 90 年代以来中国文论的多元趋向以及文论的古今、中西维度的比较、论争之后。文论"综合.创新论"的弊端较之综合创新论在其他领域有过之而无不及：这种综合而成的知识"大杂烩""力图用一种主义将所有的主义统一起来，或者干脆将所有的主义一锅煮。这种'大一统冲动'能有效地制造融贯中西，会通古今的体系化形象，但也只是形象工程而已"，"更糟糕的是这种一体化制造了一种黑格尔式的假象，仿佛任何对立冲突的历史性知识都可以在更高的层次统一起来似的"。② 这种理论的综合除了给我们辩证统一的幻觉，它还常借助马克思主义的权威，来宣示自己的合法性，诚如有论者所指出的，"多年来，我们的文学理论、法学理论、哲学概论、伦理学理论等就是这么做的"，"从马克思等人的著作中抽取一些概念，然后将这些概念孤立地变成分类学概念而延伸、演绎出来"。③ 其实这种在学院体制内进行抽象综合、演绎的"嫁接术"不仅是违反马恩本人的初衷，而且是他们不遗余力地要批判的。我们知道，马恩在《神圣家族》《德意志意识形态》等系列文章里集中批判了"青年黑格尔派""真正社会主义"者布鲁诺·鲍威尔、M. 施蒂纳、卡尔·格律恩等人把现实问题、历史人物进行抽象演绎的形而上学做法。恩格斯更是以形象的比喻、嘲讽的口吻揭示了卡尔·格律恩所贩卖的思辨"炼金术"："在歌德身上发现'人'的功劳正是应该归于格律恩先生的，但这个人不是男人和女人所生的、自然的、生气勃勃、有血有肉的人，而是在更高意义上的人，辩证的人，是提炼出圣父、圣子、圣灵的坩埚中的 caput mortuum（即'骷髅''废物'的意思，引者注），是'浮士德'中的侏儒的 cousin germain（堂兄弟）"。④ 近年来文论的综合

---

① 比格尔：《先锋派理论》，《序言》第 40 页，商务印书馆，2002 年。

② 余虹：《理解文学的三大路径：兼谈中国文艺学知识建构的"一体化"冲动》，《文艺研究》2006 年第 10 期。

③ 吴兴明：《"审美意识形态"与批判理论的学科化》，《四川大学学报》2007 年第 2 期。

④《马克思恩格斯全集》（第四卷），第 254 页，人民出版社，1958 年。

论便是在学院化背景下力主对古代文论、西方文论、文论的多元性进行知识综合、逻辑演绎的，其最大的问题在于综合之逻辑起点的脆弱性。由于"综合创新论"缺少对被综合对象的甄别与批判，结果综合而成的就完全是不古不今、不中不西、非一元也非多元的知识堆叠。由于彻底放逐了文学成其文学的"文学性"、主体的审美体悟、文本的阅读体验，糅合而成的文论将因远离自身所必须建基的文学"大地"而变得虚妄不堪。

面对"文论"如此尴尬的境地，我们不禁发问：理论为什么可以肆无忌惮地抛弃自己的对象而不是一种看护？理论对象之历史性存在为何如此容易被抽离，而这甚至是在"历史学"的堂皇名义之下？理论权威为什么压过它的"现实性力量"，而后者却总是付诸阙如？文论的多元性为何要匆匆走向一体化的综合？看来，文论的当下建构亟待我们开启新的思考路径。

第一，回归文学文本，在阅读、感受、审美与体验基础上加以归纳、抽象，形成自己的话语和观念，并将提炼出的理论接受文学经典的检验，在新的文本细读实践或理论构建中使理论和文学文本的阅读之间相互提升与成全。[①]

第二，西方文论和中国文论的当代或本土使用，必须对它们进行历史性考察与批判。它们作为具体历史时空的产物，必定同相应的文化生态、社会样式以及特定的生命体验相互关联。文论的历史化不应是知识的编串或旁观者的叙述，中西文论的比较并不是两种文论之间的理论归并，古代文论的现代转换或西方文论的引进并非一件从事术语、命题移植的"活儿"。当代文论的构建必然为因当下人的类体验而生的真切需要所催生，而不是一味地对知识好大喜功般地欲求。

第三，文论的自我确证有待于理论"现实性力量"的释放和"衍生能力"的解救，它的当下构建是一个实践而非理论问题或被高度知识化了"实践"问题。学科化和体制化所致的文论同文学的分离、研究者同研究对象的距离、理论对历史和价值的遗忘以及文论自身同外部的绝缘，其实质是言语之"衍生能力"和理论之"行事力量"的彻底丧失。这只有通过实践加以统摄与激活，而我们所祈向的"实践"则全然不囿于知识的认知向度，它要求蘸含着价值的贞定、情感体验

---

① 在这方面的细践与理论构建可以孙绍振先生为代表，具体可参见陈开晟：《理论的"墙"与"桥"：论孙绍振文艺理论思想的当代价值与意义》，《福建师范大学学报》2009 年第 1 期。

的真切、历史感的睿智，并同实践律令的践行程度相互维系，这意味着实践者与实践对象之间需要构成一种对象性的、相互占有又各成其是的关系。我们所期许的实践所迸射的现实性力量将在为文化创新体制注入新肌质的同时，必然会对文论的综合与创新有所养润与馈赠。①

四、结语

"批判"并不意味着粗率地"否定""拒绝"，更不是极端政治层面的"武斗"或"攻击"，而在于对定论的"审查""勘定"。不管是康德还是福柯都曾是在此意义上界说"批判"。康德的三大"批判"就是对理性的各种能力进行辨析、限定，确立它们的运行原则和范围，以消除理性的形而上学"迷雾"。福柯则将"批判"定位为对知识来源、条件以及所依赖的权力体系等的揭示，以消除做事的鲁莽"勇气"或对知识的简单"服从"。就像康德、福柯无意否定理性和知识本身一样，我们对"综合创新论"的"批判"不在于否定作为方法的"综合"本身以及因之而可能的"创新"，或者怀疑倡导者的良好初衷，甚至也不否定经综合实践而成的已有文化命题的价值与参照意义；而全然在于审查"综合创新"之可能性，特别是引发我们对"综合创新论"在学院化、体制化语境下所存在诸多盲视的自觉体认与反思。

（原载《江汉论坛》2010年第4期，刊发时有删节，这里全文收录）

---

① 当下学科化与体制化所致的最大问题在于理论缺乏"行事能力"，即把实践的问题加以非实践化的消解。这里，有必要对"实践"内涵稍加申说，以促对理论知识化、学科化的反思："实践"是马克思当年批判思辨哲学等形而上学的重要武器，他还从本体论层面上将"实践"视为人成为人的本质；西方当代社会学家布尔迪厄为克服学院体制下主观主义与客观主义理论的长期对立，构建了"实践感"；而孔子、康德等则通过自身生命践履来养润学说的方式对"实践"作了另一种生命化诠释。尽管他们学说各异，但共同理趣在于从不把"实践"简单地看作知识的问题。遗憾的是，我们长期以来只从认识论的偏狭层面来界说实践，即把实践视为一种与价值、情感、自由、生命情调无关的工具性活动。

理论城堡、美学能量与细读大义

——通往孙绍振文学理论—文本解读学的解释之路

孙绍振的言说激情、写作能量、思维速度以及记忆力都十分惊人。他以自己的方式构建了一个独特的文本世界。相对于学院派佶屈聱牙的语体，其文本给人的第一印象是通俗易懂。不过，孙绍振文学理论—文本解读学的阐释，并非易事。孙绍振本人及其文本总是流露着属于他的优越感。稍有不慎，阐释的平庸将暴露无遗。孙绍振的文本理论是一个自足系统，任何外在的拆解都可能造成对原装的损坏。他的诸多中学语文界的粉丝团们因无力统摄其散逸表象背后庞大隐性结构，大多要败下阵来。最为致命的是，所作阐释恰是孙绍振所反对的，即只看到成品而无视其建构过程。[①] 即便经过科班训练，也并非诉诸一些主义、公式、结论（即便出自孙绍振自己的）就能套牢。孙绍振是在挑剔文坛与理论弊政中展开理论构建的，而这挑剔自然也就指向阐释者。孙绍振文本理论自带"解毒剂"，一旦遭到曲解或攻击，就会启动纠错功能与自反性。这意味着对它任何褒扬与批评有时几乎难以展开。近年来，对孙绍振文本理论的阐释达到了新的高度，有学术专著、学位论文、研究论文，有的堪称权威。[②] 不过，越发浓厚的学院气息，越发专题

① 如，将孙绍振已克服的中西文化问题撤退到前孙绍振状态，在孙绍振文化主体的中西归属上，制造新的困惑，颠倒了孙绍振的路子。可参见马臻：《月迷津渡，有路可循?》，《名作欣赏》2017 年第 1 期。

② 如，《福建师范大学学报》2016 年第 2 期以"孙绍振诗学思想"为专题刊发的系列论文。

化、知识化、程式化的阐释，似乎又过于清晰与确定，它无法容纳孙绍振的幽默、谐趣、歪理包袱，要命的是削夺了其文本理论的灵气。孙绍振的生命情调，其文风格自成一体，如何以一种更加趋近孙绍振及其文本真趣的方式展开批评，这是值者得思考的问题。应该说，散文体、随笔散文、学术体散文或许更能趋近孙绍振更为内在的韵致与风情。[①] 当然，散文体自有其不足，其局量似乎难以与孙绍振的思想网络、理论抱负配称。面对孙绍振文本，阐释甚至只有一种可能，显露便是遮蔽。

孙绍振文本理论的阐释需要适当的距离。距离太近，容易就事论事，出现他深恶痛绝的对"一望而知"的重复或论证；距离太远，要么将偏离孙氏理论，要么将使它不堪重负。[②] 孙绍振文本理论的特质，对阐释提出了最低（也是最高）的要求，即不能重复已知的东西而必须有所发现。要实现这一点，还需一定的理论视差。[③] 这样才能发现孙绍振有关自己的那些断语也不能离开其言说视角而照单全收，比如，他极力反对"文学本体论"而倡导"创作论"，但不要误以为孙氏文本理论就与本体无涉。正是基于在阐释者与阐释对象无法克服的视差间所作的移动，我发现了孙绍振文本理论的奇异现象以及进一步阐释的价值：孙绍振反对文学本体论但却在认识论的最高水平上触摸了本体；他反对西方理论，倡扬本土经验，却以自己的个性触及并展开了中西文化对话；他寸步不离创作与细读，但正是那看似充具经验色彩的创作或十分不起眼的细读包蕴着文学能量与文化大义。孙绍振文本理论所及问题同当代理论构建，始终处于一种勾连、衍生状态，戳中了晚清—五四以来中西文化难题的"死穴"。

---

① 这方面有：唐松《旁观孙绍振》（《当代作家评论》1996 年第 4 期），颜纯钧《和孙绍振聊天》（《文学自由谈》1986 年 12 期），余秋雨《猜测孙绍振》（《光明日报》2003 年 2 月 20 日），南帆《孙绍振：一个坚定的审美主义卫士》（《南方文坛》2018 年第 1 期），谢有顺《孙绍振老师并不幽默的一面》《南方文坛》2018 年第 1 期），等等。

② 吴励生、叶勤的专著《解构孙绍振》引发了一系列争论，可参见陈开晟：《理论的"墙"与"桥"》，《福建师范大学学报》，第 66 页脚注，2009 年第 1 期。

③ 认识论在认识本体时容易出现幻象，这一幻象具有无法取消的先验客观性。"视差"主要就是为通过视角间的移动，以捕捉幻象之"现实"。这个概念是柄谷行人阐释康德、马克思的重要概念，也是齐泽克《视差之见》的重要范畴。"视差"既能注意到孙绍振理论本体自身的视角盲点，又能避免阐释者视角的强制。

一、文学的奇异世界及弱式本体还原

孙绍振或许就是为文学而生，文学就是他的女神，惹得他无限神往或烦扰。文学世界的诱惑，这是具有世界普适性的话题。德里达对文学本质（本体）反复兴叹，毫不吝啬用"迷人""奇异"赋予它。他对文学有持久兴趣，这兴趣甚至早于哲学，或许他最后将哲学文学化也同这兴趣有关。尽管孙绍振对解构多有批判，但他对德里达少年时代对文学的奇异经历与体验当会惺惺相惜。他在《文学创作论》中曾讲述了作为"一个天真的少年"如何"被文学震慑"，如何"心醉神迷"。孙绍振的志业就是要解开文学艺术的奥妙，而这也就催生了同文学世界一样奇异的孙绍振文本理论。要从孙绍振的秘籍中获得一二招式并不难，但要整体统摄与领悟并加以分解、迁移则实属不易。直面其隐性的庞大，就像康德所言理性面对无限那样，会有不适与紧张。

孙绍振对自身理论价值的确证与他对理论（尤其西方文论）无法攻克文学城堡的批判同时展开。他每每对无能理论发难时，常引用李欧梵同是批判理论顽症的武侠寓言："话说后现代某地一城堡，无以为名，世称'文本'，数年来各路英雄好汉闻风而来，欲将此城堡据为己有，遂调兵遣将把此城堡团团围住，但屡攻不下"，最后"文本城堡竟然屹立无恙，理论破而城堡在"。[①] 用这个寓言形容理论无法攻克文学城堡的情形十分绝妙。不过，这除了暴露理论无能，是否还昭示着文学的特殊、文学世界的奇异？文学性或文学奇异本质不就是文学本体吗？文学本体难以被捕捉或定义，这不也昭示着认识论无法抵达文学本体的某种局限吗？寓言结构的这一指涉在文学和文论中都能得到印证：在作品方面，诸如卡夫卡《城堡》《在法的面前》，都讲述了一个人类难以攻克"城堡"（本体）故事。在理论方面，诸如乔纳森·卡勒对文学性或文学本质的探问。卡勒列数了多种文学定义的不足，并宣告文学本质就像"杂草"一样抓不住。在国内文论界卡勒的观点经常被用以声援反本质主义而不幸染上相对主义色彩。实际上，卡勒对文学本质的否定，除了从历史化向度否定文学的普遍本质，更是从本体层面展开否定的：

---

① 李欧梵：《世纪末的反思》，第 274—275 页，浙江人民出版社，2002 年。

"从某种意义上说，文学深层的永恒的主题即文学的不可知性；对于绝对的文学追求而言，作品标志着某种程度的失败"。① 文学面对的是不可知的"绝对""本体"，理论又怎么能抓住它呢？两相参照，卡勒所及的那些探问文学本质的理论家，就形同李欧梵笔下那些攻克文学城堡未果的各路英雄；而孙绍振的文本理论世界则有如难以攻克的文学城堡一样拒绝阐释。这绝非只是隐喻，我们将证明孙绍振文本世界的坚固本体以及将之作本体还原的可能与必要。②

乍一看，将孙绍振文本与本体论关联，相当疯狂。孙绍振不是一直反对文学理论的本体论基础吗？这不是强制演绎、强制阐释吗？不过，无论阅读其文本还是遭遇其本人，我们又着实直观地感受到一个自足理论本体的某种在场。那么，其本体为何？在将孙绍振理论文本的本体还原之前，有必要对"本体"及其用法做些澄清：首先，"本体"通常指宇宙本体，对本体的把握在中国有"道"、在西方有"逻各斯"，对"本体"的言说则有宗教、哲学、艺术。其次，理性认知无法就范本体（依照康德的规范批判），但借助反思本体又是如此真切。通过领会不但能感悟到它的存在，且能意识到它是唯一、自在、不可替代的。鉴于本体的不可知，意味着它只能被隐喻。无论柏拉图的"太阳隐喻"，还是亚里士多德的"隐喻"界说，都是基此用法。宇宙本体的隐喻，是文学的本体之源。再次，本体论与认识论的关联及中国语境的误用。本体论与认识论并非水火不容，认识论从本体论祛魅而来，本体则有待认识论的言说与趋近。本体论尽管在认识论推进中看似不断萎缩，但认识论不可能取消本体。本体论（形而上学）林林总总，康德对本体的批判最为规范，代表认识论措置本体的最高水平。"自在之物"（本体）是"可思而不可知"的，它不是一个"实体"而是一个"X"。本体构成了认识的否定本源，认识论层面上任何定义将是不完善或有欠缺的。这个 X 对认识论既否定，也激活，避免认识论濒临教条与封闭。用认识论去言说本体，就是"使某物成为（是）某物的东西"。国内大多阐释者因本体视域的缺乏，容易将这个"……的东

---

① 昂热诺：《问题与方法：20 世纪文学理论综论》，史忠义等译，百花洲文艺出版社 2000 年版，第 39 页。

② 吴励生、叶勤曾在他们合著的《解构孙绍振》中提出了这一说法，见《解构孙绍振》，第 15 页，福建人民教育出版社，2008 年。遗憾的是他们只是一笔带过，对孙绍振文学本体究竟是一种怎样情形付诸阙如。

西"实体化，将 X 凝固化，这样"本体"就被强制裸露为"本质"，也误将"本质"混同或僭越为"本体"。① 还需指出的是，本体对认知的否定区别于经验层面的不确定性，它形似"万有引力"统摄着本体对各种认识的否定而不会滑向相对主义。由于"本体"难以言说，"空""无""空无"常是其代名词，但绝非虚无主义。由此，我们说"文学本体"或"文学本体论"，除了指向涉及"（宇宙）本体"的文学，实际上依据隐喻相似性原则，更多的是针对文学的自在性、唯一性、独特性而言的。

孙绍振对文学本体十分着迷，文学世界之于孙绍振，有如本体之于哲学家，他对文学唯一性、特殊性的眷注有如哲学家对本体的执着。孙绍振正是在发掘文学奥妙的过程构建了自身独特、自在的文本理论世界，即孙氏文本理论之本体。孙绍振拒绝本体命题，却又在开展文本解读、考究文学定义过程中以独特方式触及了"本体"："空白不空""空白"对读者的"召唤"；② 贾宝玉的"无爱"；③ "从严格意义上说，一切事物和观念，都有不可定义的丰富性"，"加上语言作为声音符号的局限性，所谓定义更是不能穷尽事物的属性"，"静态的内涵定义的绝对全面是不可能的"。④ 孙绍振对试图套牢文学的定义或理论几乎具有一种与生俱来的怀疑。这种本源的否定与质疑几乎成为孙绍振理论的气质。

本体之城难以攻克，这几乎逼疯了艺术家、哲学家，驱使理论失范，要么抽象、晦涩，要么神秘玄奥，要么呆钝无能，要么欺世而独断地宣告占有真理。文学本体犹如是，常是理论破而城堡在。孙绍振是发掘文学本体的能手，其过人之处是在认识论范围内触摸本体，并以几近参透玄机之后的质朴方式言说，而丝毫不借力于玄奥概念、生冷话语或权威调门。他站在认识论的制高点揽下发掘文学本体之重活，却又举重若轻、优游不迫。就言说本体的方式而言，可将其纳入了康德、马克思、波普尔、爱恩斯坦一脉，以区别于尼采、海德格尔、荷尔德林以诗艺或神秘方式触及本体的阵营。如何避免用抽象、玄奥概念言说"本体"，这考验言说者的领悟力与表达力。康德的第一批判是认识论层面触及本体的最高典范，爱恩斯坦散文《我的世界观》堪称经典。他在行文中决不出现"本体"及相关的

---

① 参见赵毅衡：《新批评文集》，序言第 19 页，百花文艺出版社，2001 年。
② 孙绍振：《月迷津渡》，第 51 页，上海教育出版社，2012 年。
③ 参见孙绍振：《贾宝玉：从痴爱、泛爱到无爱》，《名作欣赏》2017 年第 1 期。
④ 孙绍振、孙彦君：《文学文本解读学》，第 15、107 页，北京大学出版社，2015 年。

玄奥概念，但又时刻都在暗示、意指着它，即"某种为我们所不能洞察的东西存在"、引发"最美好的经验""奥秘的经验"的东西；他否定了"上帝"的存在又说自己是"一个具有深挚的宗教情感的人"。[①] 爱恩斯坦几乎是以更为通俗的方式表达出康德"赶走上帝又请进上帝"的宗趣。孙绍振在勘察文学本体时同样做到了，他不想沾任何抽象大概念、玄奥理论的便宜，而几乎是以大白话、口语式、演讲体趋近文学本体，既避免了独断或庸俗认识论的贫乏又避免了本体论的玄奥。他也正是在趋近文学本体的过程中构建起自己的本体世界，我们可以称之为"弱式本体"或"没有本体的本体"。正是这个本体引发我们对它的长久兴趣，感受其中的奇异与生趣。

二、本体视域及理论城堡之面容

孙绍振在勘察文学这座城堡的同时构建了自己的理论本体，这意味着必须带上本体视域方能进入其理论之城。本体域并非孙绍振的理论自觉，而是在认识论层面探究文学奥妙所触及而潜藏着的。不过，孙绍振始终"不曾""不愿"向"本体"作"一步之遥"的跨越，而将更"宝贵的热情"投向认识论层面对文学奥妙的发掘。这就造就了孙绍振文学理论本体的特殊性：本体域着实内在于其理论文本，但又十分隐性以致容易被忽视。它最为集中的栖居地是在系列著述的"前言""自序"以及它们与正文间的关联地带。

读孙绍振的文本总十分"过瘾"，其"序言"更是如此。不过，孙绍振文本阐释者却几乎不细究其"序言"背后的意味及其同"正文"的关系。从《文学创作论》（1986）到《文学文本解读学》（2015），那些序言始终围绕两大主题：一是对文学存在、文学本体的信念及由此而作的捍卫；二是讨伐无法抵达文学城堡、攫取文学秘密的理论。从中不难看到，相对于抽象理论、演绎法、学院派话语、本质论，孙绍振更加偏爱创作论、归纳法、中国诗话、假定论。他在序言中反反复复的辩驳，似乎是为即将出场的、自己的文学创作论辩护。不过，这一切只是显性的，其"看得见的"只不过是"看不见的"某种显露。孙绍振并没有滞停于对庸俗认识论、西方理论的一味批判，而是在肯定西方理论、演绎法长处的同时，

---

① 《爱恩斯坦文集》（第三卷），第42—47页，许良英等译，商务印书馆，1979年。

反思了归纳法、经验论、历史方法的不足。到这，读者可能会说孙绍振是一个辩证的理论家，何况辩证法是孙绍振手中的"自由鸟"（舒婷语）！如果仅限于此，就淹没了孙绍振的理论格度与个性。实际上，孙绍振对各种文学研究方法的辩驳中始终围绕这一问题：什么是文学（自身）？如何披露文学的秘密？孙绍振的众多序言，似乎还弥散着悖论、虚无、否定、胶着、缠绕、无奈意绪，而这并非普通的情绪，而是在趋向文学真相（本体）的艰巨过程、深感人类局限而作的感叹。以《文学创作论》（2000年版）、《文学性讲演录》为例，孙绍振正是在辩驳文学性的有无、批判各种文学性研究方法的那些节点上触及了本体而带出本体域：在批判演绎法探问文学奥秘的局限后，他随即称这是人类思维本身的悖论，"人类一切文化积累"在"进步""澄明"的同时又是"遮蔽""僵化"；西方理论的长处是"质疑一切"，但这"质疑一切"也就包括"质疑一切"的言说；一切都是相对的，但"一切都是相对的"却是绝对的，等等。孙绍振知道，这种悖论完全可能将自己牵连进去。尽管他对各种文学定义无不挑剔，尽管在认识论层面对文学性的揭发十分从容，但他绝没有独断宣称自己找到了文学的定义或真理。文学定义的不可能以及这些悖论都在昭示着本体的踪迹。在康德那里二律背反以及幽灵般的扞格，都源于理性对本体所作判断而引发的效应。它不同于一般的矛盾，在现象域（康德）是无解的。对二律背反，康德通过将背反项分别置于本体（不可知）与现象（可知）两个层面而将其错开（不是取消）。显然，孙绍振没有作这样的调节，但从这里或许也可以解释矛盾的各种美学张力（错位）为何在他的文本中随处可见的缘由。

孙绍振的自序在趋向文学本体过程中充满了质问、否定，甚至略显虚无，通常是稍做肯定之后又将其否决。这在《文学性讲演录》中最为典型：他为文学性的存在不断辩护，也不断质问；各种发掘文学性奥秘的方法无不在质疑之列，可正当读者期待孙绍振在质疑之后会提出自己的定义之际，不料他却称自己所说的一切是"废话"。他正是在这种迂回与缠绕中触及了本体，这种否定、质疑的虚无是不折不扣地源自本体的。依照孙绍振的细读法，在通读整个自序基础上对其文末的这段话加以发掘，有助于进一步把握其理论的本体世界。孙绍振写道：

　　谈到这里，我突然感到，这一切近于废话，与那些讨论女人能不能生孩子相差无几。其实"孩子"就在下面四十讲中，我给起了个名字，叫作"文学性"。我想，如果有人认为我讲的这一切都不是文学性，那我只能报之于迦叶尊者的微笑……

　　细究起来，其所触及的本体及寓意十分丰富：其一，"废话"不废。从认知或实用理性而言，这或许是废话，因为说了半天也没有找到所谓文学本质；但从存在论或本体论而言，情况则大不一样，正是这些"废话"看护着何为文学的本源，显露出文学的踪迹。这些有关文学的徒劳之问恰恰是对文学本体之暗示，就像卡夫卡笔下的人物 K，正是通过无法进入城堡而构建了城堡，通过"道路之无""踟蹰之道"，来显露城堡、引发文学。尽管孙绍振对李欧梵寓言多有引用，以讨伐理论攻克文学城堡之无效，而他却比李欧梵更早地讲述了文学这个并不在场的城堡（本体），并演示了形色的攻城套路。其二，"隐""显"两种文学性及其结构关系。在孙绍振那里，隐性文学本体无法攻克，并不阻碍文学的研究与探秘。他置换了直捣本体的路线，悬搁本体，而转向文学经验、文学现象、文学作品、文学形象等认识论所能囊括的文学性研究以触摸本体，从而构建其文学理论与文本解读学。孙绍振文学本体研究的这一思路置换，若以对他有较大影响的康德、黑格尔、马克思为参照，其运思情况便是：在文学本体不可知、不确定方面是康德式的；从文学的事实与经验出发的转折几乎是马克思式的，即不是"从天上降到地上"而是"从地上升到天上"。在孙绍振那里，文学定义（本体）同他所讲述的"文学性"（那些"孩子"们）之间的关系，恰恰是反黑格尔的：不是文学定义、本体、理念显现、演绎经验的文学性，而是通过经验文学性触及文学本体世界。其三，这个无法捕获的文学本体对于孙绍振文本理论的构成是不可或缺的。尽管孙绍振把更多精力献给他认为值得奉献的经验向度上具有"相对稳定性"的文学性，也尽管孙绍振甚至称那些不能证明也不能证伪的本体命题，没什么意义；但奇异的是，文学的定义、文学本体（本质）的问题几乎是幽灵般地缠绕着他的思考。如果文学本体真是可有可无，从《文学创作论》到《月迷津渡》再到《文学文本解读学》，为何三番五次地申说何为文学的问题？为何反反复复地大战文学定义之城堡？实际上，在孙绍振那里文学"本体""定义"的追问并非偶然而是越发自觉。这完全可从他所作的序言及其与正文章节关系的申说密度中得到确证：早期《文学创作论》涉及文学定义、本体的自序，更像是著述的背景介绍，总体游离于整个正文内容。这种情况到了后来《文学性讲演录》已经发生很大变化，序言所涉及文学定义的探讨更多地移到正文第一章；而在《文学文本解读学》则构成正文的重要内容，尤其第三章已占很大篇幅在探讨定义的临时性或准定义的问题，即从认识论层面更自觉地触及文学定义之城堡。可见，其自序绝非正文之外的一个摆设，而就是正文。总体地看，这些序言及其所及不可确定的文学本体，在整个著述中所占的比例或许不高，但其重要性不言而喻。文学之城堡、文学本体因其不可知而看似赘物，对它的探讨几近废话，但反过来说正是本体的不可知极大激发了孙绍振的理论建构。我确实从孙绍振的文字中读出了他在文学奥妙与本体之前的好斗、韧性与执着。这就像不可知的"自在之物"（本体）在康德那里并非只有消极意义，它将反过来激起激情与勇气去拓展理性疆域。

正是对不可被终极定义的文学本体的叩问，奠立了孙绍振理论的气质、视野与格度，避免了偏狭认识论所致的僵化与封闭，而处于动态、开放、超越状态。确实，孙绍振文本理论具有浓厚的经验和历史色彩，但他所构建的理论之内在特质或许只有上升到它所触及但又未曾主动跨越的本体域方能得到最终说明：其一，自带"解毒剂""预警系统"的特质。孙绍振的理论始终贯注着"否定""质疑""批判""内省""自反性"，它指向一切权威、教条与常识，审查知识的来源、条件、限度与理论迷误，对空话、大话、套话零容忍，而一旦自己有共谋嫌疑，就会有"心慌""脸红"的预警。这种理论气质，并没有因它主人的人生劫难或低谷而生变，这已非经验、生理向度所能够解释。所谓"测不准的孙绍振"（吴励生语）所可能包含着的神秘色彩或相对主义嫌疑，只有在否定性本体处方能得以澄清。其二，"道"在实践中的言说特质。孙绍振的理论始终与他的生命体验、阅读感受、写作经历、鉴赏判断互为内里，其重要概念、范畴、形式规范，都高度栖居于文学现象、文学经典、文学历史，并在对象化、细读实践、文学批评中打磨、呈现与低限度定型，而不是一种抽离、静态、知识化建构。这一独特的言说方式，往近处说同他集作家、理论家于一体有关，远点说是秉承了中国诗话、词话与创作高度融合的特点，但根本上则源自在实践、经验、现象中言说不可言说的"道"的东方智慧。正是文学本体难以彻底本质化，孙绍振在发掘文学奥秘中所作的理论就会出现既建构又解构的典型矛盾体或既写作实践又理论界说的雌雄体。其三，不可化约的真正多元。孙绍振在朝向不可被套牢的文学本体而展开的理论建构，就像一个拳击手朝向并不在场的幽灵而施展一系列冲击，而由此衍生的范畴或建制必然呈现为复调、块茎、多重奏、星丛状、多元性。它丝毫没有学院派的条清缕析，一切都不是现成的，而在矛盾与张力中保持活力。由此，对孙绍振的阅读与阐释，需要共时思维、立体视镜，并随他一起去行动、冒险与游历。

三、文学公共力量及其美学本源

孙绍振及其文本除了给人风趣、幽默、活脱、雄辩的印象，还有暴躁凌厉、不怒而威的一面，尤其1980年南宁会议上"放一炮"以及"新的美学原则在崛起""炮轰四六级考试""摇醒北大中文系"，等等。这不同于学术体制内的言说，它缺少安全栅栏的保护。回看他身处20世纪60年代至20世纪80年代初的那些场景，足以令旁观者如履薄冰、心有余悸，而这些经历一旦转换为文字，读起来又何等痛快淋漓，何等销魂、解气！依照从优命名法，不妨将这种震撼性称之为"崛起"的能量。

"崛起"将孙绍振推到了风口浪尖上，他为此承受巨大压力，但也因之发生重大转折，其因个人兴趣、天性而引致的对社会政治的私人承担一下子演变为全国公共事件。不过，这一切似乎来得太快，还来不及上升到理论层面，又出现了一个纵横交错的大变局：肩负"崛起"的朦胧诗，遭到后新诗潮的造反；历史赋予"崛起"地位，而它却被作为令人瞩目的文献而告别舞台；主导文学的政治权威让位给资本逻辑，人文与人道骤然空疏与没落。在这一变局中，孙绍振一方面坚持"崛起"的过去性远未到来，另一方面反对后新潮诗、私人化写作及西方理论演绎之泛滥。他的这一立场难免令人困惑，即出现了典型的"刘登翰之问"：① 在"崛起"中曾倡扬"个我"的孙绍振，却大力批判"后新潮"的"个人化"写作；在为"朦胧诗"辩护时曾尖锐批判那些"看不懂"的"左派"，可他对"非非派"却不宽容地声称自己"看不懂"。这迷离的表象背后有太多节点与经纬需要进一步钩沉与追问了：个人、公共的内在关系如何？"崛起"的未完成性究竟在文学层面，还是在社会文化实践层面？在市场、资本主导的时代，如何重新思考这一问题？"崛起"前后，孙绍振的文化逻辑是一脉相承还是断裂？这些问题的关键还是要厘清"个人""公共"的内涵以及它们同文学之间的美学关联。"个人"，不同于私人感觉、私人兴趣、私人欲望，它具有超越私人色彩的潜在普遍性。但现实中的

---

① 孙绍振：《新的美学原则在崛起》，第62页，语文出版社，2009年。

"个人"又不可能荡开私人性，总是与私人相互交错。个人虽不与私人为敌，但决不受制于私利，具有超越私人性而趋向公共的内核。"公共"，总体与私人、少数相对立而表现为多数人、群体利益与共识；但是，公共性并非个人利益、权利在数量上的相加或多数人的众意。当然，它并不必然排斥个人利害与权利，尤其离不开"个人"，甚至需以"个人"为前提。它们在正常情况下则构成错位关系，倘出现二者高度重叠就可能是个人对公共的占有或公共对个人的吞噬，而一旦二者彻底分离，同样意味着其内涵的萎缩。文学艺术则是个人、公共内涵及其关系的最好葆真。之所以出现"刘登翰之问"的现象，在于孙绍振的文学思想在短时间内既要应对公共对个人的高度征用，又要应对公共的高度私人化或个人与公共的脱节。

"崛起"一下将孙绍振之前那些与文学有关的个人言行与文字上升到公共维度。不过，其公共性的最大特点恰是十分个人化。孙绍振对此并非不自知。他对自己"口无遮拦""嘴爽"嗜好、"舌根发痒"与"私想"冲动可谓刻骨铭心。孙绍振的可爱或许就在于他对自己的私人性并不掩饰，在行文中他对自己"小私心"多有袒露：为了保护自己吞食了"纸捻"，在被批斗中"狡猾地编造谎言"，等等。[1] 即便在很正式的表达中也能见到个人情绪，就是"崛起"这样的雄文，他也称是"想出一口鸟气"。孙绍振坦承做过的违心事、说过的违心话，说起自己的"不坚强""不识时务"，也总那么自然。公共表达的私人化色彩显然容易在私利层面被歪曲与利用，"崛起"被怀疑为"为了自己崛起"也就不意外。那些个人化的表达，在"崛起"前后，显然不为"权威"见容，而攻击则少不了要假借公共的名义。经过时间的淘洗，今天看来孙绍振这种个人化的公共表达反而益发真切与盈实。对公共吞噬个人的揭发以及对"个人优先"的伸张，是孙绍振"崛起"最为核心的命意："普遍性只能是特殊性的一部分"，"个别才是一般的父亲"，[2] 等等。对于"普天之下莫非王土"那种私权缺席、公权私用的传统，这无疑是异端。不过，放眼中国文化的现代进程，这种"个人本位主义"并不陌生，其源头在于"晚清""五四"：章太炎"蹈死如怡"的"自性"，鲁迅的"任个人而排众数"，字字都在申说着个人的自觉。孙绍振将"崛起"定位为"启蒙主义个体价值论"，与

① 孙绍振：《"铁嘴"沉浮记》，《厦门文学》2005 年第 6 期。
② 孙绍振：《新的美学原则在崛起》，第 111 页。

之遥相呼应。这种"个人本位"并非个人的寡头化，而是内在地勾连着"他人""群类"，即章太炎之所谓"大独必群，群必以独成"是也，周作人之"利己就是利他"是也！其中个人与他人、群体之辩证处处彰显"个人"的第一要义。孙绍振正是基于这种"个人本位"对"非非派"作出"败家子"的宣判。不过，细细读来，孙绍振的"个体价值论"并非移植晚清、"五四"学人，而有自己的美学来源。

孙绍振的"个人本位"源自文学经验的鲜活现场，他是在审美直觉、个人禀赋同写作、阅读、批评相互砥砺过程中抵达个人、公共的内核。孙绍振这一独特的衍生方式真正触及了个人与公共的美学本源，并在他身上绽放出文学的公共能量：首先，其方法论是真正"美学的"。孙绍振历来主张从文学特殊性出发衍生出普遍性（美学范畴），而极力反对从现成概念出发，对文学经验强制演绎。孙绍振的"崛起"虽以美学冠名，他却称"当时根本来不及想到什么美学"；可奇异的是，它却比那些自觉的美学论者触及更多美学内涵。这种神奇，形同康德不从艺术经验出发，但其先验美学却道破了审美的奥秘：究竟从特殊性去寻找普遍性，还是普遍性"原理"在先而后将特殊归摄到普遍之下，是审美与知性最为根本区别。[①] 孙绍振虽将康德美学作为其审美价值论的基础，但其文学的美学运思则是在绝对反康德中与康德的审美立法殊途同归。其次，从文学实践中衍生个人、公共是对它们原初内涵的真正葆真。康德美学是当代公共性、公共理论的本源，他对审美判断的界说将是对以下问题最为原初的澄清：为什么真正的"个人"能够摆脱利害而具有非强制的普遍性？"个人"为什么即是"他人"？公共、群类为什么必须以具体的个人为前提？个人、公共一旦遭到扭曲为何要回到其美学本源？再次，孙绍振同文学的恩怨与交情展示了文学的奇异力量，即锻造审美主体、批判主体、创造主体及培育公共意识的能量。孙绍振从小嗜爱文艺，在北大很快就成为诗社活跃青年，后因"崛起"而"黑旋风式"地响彻文艺界。不过，正像他所坦言，这"崛起"绝非"冷锅子里爆出的热栗子"。孙绍振经历了从文学与政治高度重叠，到文学从实用价值中疏离而实现文学特殊性确立的过程。其主体自主性、免疫力在这个过程中不断提升，但过程十分曲折与胶着：一方面是民歌体、文学主流风尚对他构成包围；另一方面其内心涌动着的现代派艺术趣味及蔡其矫、舒

---

① 《康德著作全集》（第5卷），第188—189页，中国人民大学出版社，2007年。

婷等诗作的鼓动，不断衍生了防毒抗体。在这方面，洪子诚围绕"《新诗发展概况》写作"、张伟栋围绕"朦胧诗论争"所作的访谈，是不可多得的文献。它们真实地还原了"崛起"光环褪去之后孙绍振的真实裂变，从中难得一睹"半成品""炼狱"中孙绍振的面容。孙绍振的命运与当代文学扭结一起，他因文学承受了本不该承受的，却也因文学而崛起。孙绍振经常说，在那个年代自己"差一口气"就成为"右派"。这或许正透露了他的文学机缘。从狭义政治角度看孙绍振或许并不是好的候选人，但对于文学而言又十分幸运。孙绍振的居间角色使他一定比"左"或"右"更能体味、感受、施展文学。文学超越了政治的"是"与"非"、"左"与"右"，而孙绍振则在这种超越中怀系公共使命。

都说 20 世纪 80 年代文学是"五四"的延续与再出发，其承载的人道激情与人文理想是几代人挥之不去的情结。不过，现实并没有为之提供太多施展空间，一度高涨的人文运会很快退潮，随后资本逻辑扼住了人文咽喉。这一变局在孙绍振那里就体现为，从"朦胧诗"到"后新诗潮"断裂引发的苦闷、激愤，即刚从"正统诗坛的假大空"中摆脱出来却又为"新诗的眼花缭乱所迷惑"。其中的滋味不是那些非崛起的正统派或不曾受僵化正统派毒害的年轻一代所能体会的。孙绍振虽肯定"新诗潮"存在权利，但还是遵从内心经验与文化逻辑决绝地宣判其"堕落"：蜕化为私人化写作，切断同外部关联，对现代化进程不能有效介入；远离本土经验，用西方理论强制演绎，造成创作的虚假及个我的丧失。由于缺乏符合其美学理想的文学对象，孙绍振选择在静默观察中悄然转向文本细读实践。这一转向无疑是孙绍振式的，其美学逻辑也在这一转向中获得自洽。不过，转向又绝非私人化的，它向我们提供一个有价值、待会诊的文化征候：文学自律如何可能？这种可能除了美学，还需要什么现实条件？在当时，刚从高度依附政治的局面中摆脱出来的文学在资本面前确实显得措手不及，它不可能像波德莱尔那样直面资本而抒情。面对这一急遽变化，文学已不仅限于要不要承担现实书写问题，关键还在于书写如何可能。私人化写作、后现代话语固然不能有效地介入现实，而延续 20 世纪 80 年代诗性母题的人文主义同样无力承担书写重任。格非《春尽江南》便是文学在时代重压下书写失败的寓言：面对急剧的市场化，诗人颓势不可阻遏，作为诗歌研讨圣地的"花家舍"不堪一击地沦为"高级会所"。这固然是一种现实写照，但却只提供一种略显老掉牙的常识，尽显人文之毒性。至于其笔下的那些商场欺诈、房产黑道则远低于生活。当生活演绎得比文学更为精彩、震撼时，我们为何还要阅读文学？格非之所以象有论者所言，只写出"乌托邦里的荒原"而没能写出"荒原里的乌托邦"，① 绝非其个人叙事能力问题而是受制于自律型"精神主体"之现实基础的总体缺乏。这种缺乏完全可以上溯到五四文学。"五四"所开创的文学，其艺术形式已经达到现代性美学高度，但正是文化的未完成性或其所奠立现实基础的阙如严重制约了文学的深度。② 在这种情况下，自律文学应在时代的高度自我批判：应该告别浓厚审美主义、深度乌托邦，它无力承担整个社会问题；文学同资本、市场、技术之间并非天然对立，关键是如何有效地介入复杂场域。自律型文学在缺乏现实主体、现实基础又面临资本围堵情况下，供其选择的空间并不多：要么带着低限度的自律冲到文学外部，要么抛弃幻象，放下精英主义身段，转向更加日常、更具大众基础的新主体培育。在我的阅读与理解视域中，孙绍振一定是带着这种清醒转向文本细读这一草根活儿的。

四、中西文化问题与细读文化大义

"崛起"退潮之后，孙绍振几乎远离宏大理论论争，而默默躬耕于文本细读。不过，也不时打破沉默，对理论之病疾力呼告。先后推出了《西方文论的引进和我国文学经典的解读》（1999）、《从西方文论的独白到中西文论的对话》（2001）、《文论危机与文学文本的有效解读》（2012）、《学术"哑巴"病为何老治不好》（2017）、《文学批评"西方霸权"的终结》（2018）等重量级文章。他披露理论与文学现象、阅读体验的严重脱序，批判西方文论对中国本土经验的强制，倡导"中国特色""中国立场""中国方法"。我们发现孙绍振的批判声音随着文本细读的展开而越发强劲，文本细读与西方理论批判的交汇也越发明显。由此，孙绍振的意图与文化逻辑越发清晰：文本细读并非"不务正业"，而怀揣着本土理论构建的抱负以及同西方文化对话的雄心；从崛起期的文学理论到转折后的文本解读学，其间或许有迷离与停滞，但它们在审美经验的本土祈向、理论－话语本土构建之大义伸张上则一脉相承。

毫无疑问，孙绍振的文学创作论、文本解读学触及了中西文化的重大问题。但这绝非说，因所触及问题的重大就能显示其重要性。若仅就所及问题而言，孙

---

① 王德威：《乌托邦里的荒原——格非〈春尽江南〉》，《读书》2013 年第 7 期。
② 参见刘纳：《嬗变》，第 422 页，中国社会科学出版社，1998 年。

绍振绝非始作俑者，也非最为显耀的那个。无论上个世纪末就大力鼓吹的"本土经验""失语症""古典的现代转换"，还是当下更为主流的"强制阐释"，都要比源自细读层面的呼告来得响亮。更何况，中西文化问题及其变种（古今问题）的缘起并非首先发生在文论界，而是19世纪中叶以还西方对中国的觊觎所引发的中西文化道路论争。这一问题已困惑国人一个多世纪，幽灵不散，稍稍沉寂又死灰复燃。孙绍振文本理论在中西文化问题上的重要性完全在它如何触及、推进的层面，而中西文化视域则能更直观显露孙绍振文论建构的价值。

求异思维的眷注及直面中西文化差异。求异最显孙绍振个性的思维，也是其理论构建的动力。孙绍振为显露独特的文学性，碾碎了同一性与求同驱动，深掘文学与认知、政治、道德的差异；在文论的当代构建上也着力与古典、西方求异。在孙绍振看来，求异而非求同，理论才有生命力；只有在西方话语面前坦然求异，中国文论才有出路。仅求异这点而言，孙绍振在中西文化问题的思考已达到全新高度。中国近代，面对突兀而至的西方文化，我们很长时间没有勇气直面这种差异，除了用"体用""源流"之类临时安置中西文化的差异之外，更多的是依靠求同遮蔽差异来消除焦虑。具有慰藉性的"西学中源"、比附式贯通中西文化范畴、理论上急功近利的"综合论"，等等，都是在重压下急切求同而导致原创缺乏的病灶。在这点上，要特别提及熊十力、牟宗三等新儒家的文化志业。他们在西方文化重压下，以维护中国文化的身份尊严为己任，对中国文化进行开创性重构：贯通中西文化的命意与范畴，用西方哲学印证中国学说的合法性，用西方的体系、框架提升中国学说，使之能与西学比肩。新儒家在措置西方文化问题上达到了前人所未企及的高度，但遗留给我们的问题仍然是如何直面中西文化的差异问题。在中西文化的求异上，孙绍振的文本理论可谓独树一帜。在他看来，无论用西方理论来演绎中国文学现象，还是用中国文学现象印证西方理论，绝非中国本土理论的创造。承认并直面中西文化差异，这是文化成熟与自信的表现。何况这种差异可能是不同文化类型不可化约的，那么认真探究这种差异的重要性就远超出了狭隘的身份认同。

"错位""三分法"为打开中西文化差异所致的文化死结提供了可能。西方主流理论体系的特质是二元对立或统一，黑格尔的"正、反、合"是其集大成者。这种方法论对中国理论的现代性进程影响最大，其危险性倒不在于对立性，而是马克思所批判的粗暴取消对立。正是对合题之和谐的热衷，容易无视正、反题的差异性。对差异、矛盾的倚重或对不可化约的特殊性的痴爱，是孙绍振发掘文学性的独特利器，也是其理论构建的不二法门。孙绍振的核心美学范畴"错位"就是对特殊、矛盾、差异的极好葆真。这是孙绍振文学理论或文本解读学展开的基石，也是最为丰富的地带。他由此衍生出形象结构、幽默逻辑与变异结构，基此批判庸俗文艺社会学、西方理论对文学特性的漠视，挑剔英美新批评扁平的二元思维，直击中学文本解读的低效。孙绍振的"错位"是典型的"三维"，文学形象结构是"生活""情感"和"形式"三维，文学文本结构则由"意象""意脉""形式规范"三维，等等。"错位"不只是美学范畴，孙绍振还自觉地将其构建为方法论。"三分法"不过是"错位"在方法论层面的延伸。构建"三分法"同样是为了理论范畴如何更好涵纳事物的特殊性，以弥补二分法的不足。实际上，三分法并非辩证法之外的一种方法，而是对辩证法的激活与还原。辩证法在蜕变为"高度形式思辨"之前，则根植于对话、实践；在康德那里辩证法始终没有闭合而呈现为交错的开放性；伽达默尔解释学、哈贝马斯交往理论都旨在恢复辩证法的三维结构。孙绍振深受黑格尔影响，却出奇地没有中绝对统一之毒，不能不感叹文学经验给他所提供了的惊人免疫力！三分法或错位思维，有助于抛弃文化复古主义或全盘西化的幻想，培育中国传统文化、西方文化的双重合理化观念，避免中西文化之间强制杂合而人造死结。这样，能够化解因文化差异而致的中国文化主体的焦虑以及在中西文化之间盲目一锅煮的文化现象，从而更为理性直面中西文化的差异、共通性以及互补问题。

中西文化难题，无论是理论还是现实的对立，只有通过实践方能解决。孙绍振理论所奠立的文学创作、阅读、批评实践预示着中国本土话语建构方向。中西文化问题已发酵了一个多世纪，今日之情形已非悲情的晚清所能比拟，大而无当地谈论中西文化问题已不合时宜。正像有论者所言，当前中西文化难题在于这样的尴尬，即"本源文化"（精神之学）与"实用文化"（形质之学）龃龉不入：① 一方面日常实用、技术应用层面西化程度高，在利用吸收方面体量惊人，但这些实用文化脱离了西方文化母体且与中国本源文化难有化合，暴露出实用的寡头化，影响到实用的质量与进境；另一方面中国本源文化的老大难在于无法从自身文化

---

① 这方面分析可参见王南湜：《中西思维的差异及其意蕴析论》（《天津社会科学》2011年第5期），等等。

内蕴中开出具有竞争力的实用文化，从而暴露出文化主义的暮气，甚至酿成病态的乡愁。如果权且用"内圣""外王"这一对概念，那么问题已由原来的"内圣"开不出"外王"难题，变成"内圣"与"外王"之间的掣肘或脱序。在这一问题上要警惕当前学院派用理论解释转移问题的做法以及文化怀旧主义的毒药，它们根本上是不能直视复杂性、无力解决问题而滋长的文化病。中国本源文化与实用文化脱节问题的化解，关键在于通过实践锻造创造主体，解放创造力。这也是晚清－五四学人卓越探求所企及的高度以及留下的遗训：王国维、刘师培诸人曾警告不要在中西、古今、有用无用方面作无谓之争，倡导学无关中西、无关古今；章太炎、鲁迅诸人"主己"等思想伸张了自立文化主体的重要性。依此方能不为西学、国粹所惑而能化西成中、回古向新。只有在实践中相互撕扯、激荡、化合与循环，本源性的传统文化方具有造血能力，实用性文化方得升格而有大格局。

孙绍振总体秉承了晚清－五四学人这一脉曾经的探求及未竟志业，又以自己的个性破解问题。正是文学创作、文学批评、文学教学、文本细读实践为孙绍振"叫板"西方理论提供了本钱，丰厚的实践积累为其倡扬本土话语提供了根底，从而较之盲目的非西论者更显胸襟与气魄。毫无疑问，孙绍振深受西方理论思维、概念演绎、逻辑法则的影响，但令人惊奇的是他由此对中国诗话、词话、小说评点的重构却彰显了中国经验、中国特质。正是古典的熏染，创作、批评经验的尊崇，在避免西化的同时具有了强大的化西能力，在文学实践的催化下，确保了其理论构建的"中国式"：概念、范畴始终栖居于实践，它们与分析、阅读、归纳、体验、现象、具体共生，二者雌雄一体，相互叠合，而不像西方形而上学传统那样，理论、范畴、定义是通过剥离现象、特殊、具体、经验、实践而寻求其背后的普遍或本质。孙绍振从对文学特殊性的眷注与发掘，到对中国理论之中国特性的彰显，整个过程一以贯之。直面中西文化差异，突显中国经验，以此为前提在特殊性中深掘中西文化的共通性，才是中西文化对话的正轨。这是对西方中心主义或狭隘民族主义的双重超越。文化主体的成熟是文化创造力的根本。从文学特殊性到中国经验特殊性的发掘，便是感受力、思考力、鉴赏力、判断力、想象力综合施展，是对具有创造力的文化主体的培育与锻造。中西文化差异之所以会成为国人挥之不去的问题，根本上在于中国文化自身的创造力。客观上这是个复杂而庞大工程，而一旦创新不幸成为不堪的焦虑则容易轻信理论神话。晚清以来，确实走了太多的弯路，典型的迷误就是，对大理论的贪念，对纸上蓝图的崇拜，对大话、空话、胡话的热衷。在这种文化氛围中，又有谁愿意将中国文化创造同大学教授一个微观的文本解读关联起来？孙绍振却冷峻地宣告，"细微处见功夫"，"越是细微，越是尖端"。在孙绍振的理性天平中，宏观与微观、理论与经验各有长短、互为连理，但天性与禀赋让他毫不犹疑地拥抱细节、特殊与经验，选择"一滴水见大海""一粒沙见世界"的进路。这就是孙氏的微观哲学，文本细读的文化大义：小细节大视域，小儿科大学问，经验背后足见理论的深度与恢宏。如果说文本细读能够担负起文化创造力和中西文化难题破解的重任，或许多少披挂着文化理想主义色彩。可是，反过来说这一文化抱负的实现，必须立足细节，展开微观分析、微观实践、微观创造，则着实显示了这一思路的现实主义/唯物主义光芒。

（原载《海峡文艺评论》2022年第1期，刊发时有删节，这里全文收录）

审美中介与现代性批判

——缘起与转义：从康德到哈贝马斯

对康德、席勒、阿多诺、马尔库塞、哈贝马斯等美学思想所蕴含的中介理论进行个案研究的，或许并不在少数；但对康德的"先验中介"、席勒的"中和中介"、阿多诺与马尔库塞的"形式中介"、哈贝马斯的"交往中介"之间独特的缘起与流变关系，审美中介内部的复杂纠缠以及它同现代性、后现代主义批判的关联问题，却有待进一步勘察。它将为我们重新考量后现代审美主义提供了合理性契机。

从康德到哈贝马斯，其间跨越了古典哲学、批判理论与交往理论等不同的思想视域与话语范式，彼此之间存在着难于被忽视的"时间距离"与"语境差异"。为此，我们将从历史转义的层面上，把错落于不同语境下的"审美中介"，置于同一个平台，既注意它们之间的共性与勾连，又兼顾其差异性。通过避免将它们作程式性的比附或化约，促使中介的不同倾向之间互动、互看，相互征显，以寻求其不可通约的可通约性，在可通约处警惕其不可通约性，从共性中征显其总体倾向，在差异性中折射出审美中介的层次感与历史感，从而彰显审美中介对现代性批判的独特价值。

一、"审美中介"的现代蕴蓄

康德美学内涵十分丰富，其先验运思包含着这样的向度：首先，它通过自身的表征与言说方式引领了审美的独立与自觉；其次，它关涉着愉悦与自由，具有调节感性冲动与理性冲动的潜在能量，及其化解矛盾的和解能力；再次，涵纳着作为类的主体的间性关系，并指向非强制的共同性与普遍性，潜藏着主体的交往与沟通潜能，从而催发不同主体间的相互理解以生发共识。因此，"审美中介"会聚着审美的批判、否定、反思、中和、调节与交往、沟通的功能。

康德美学是近代美学的总结，又是现代美学的开始。它超越了前康德美学长期存在着的客观主义与心理主义之间的纷争。对后世美学的影响而言，最具开创性的，莫过于审美领域因拥有了自己的"立法能力"与言说"疆域"，而赢得了真正的独立。恩斯特·卡西尔就此称，"在哲学思想史上，美的现象却一直被弄成最为莫名其妙的事"，"直到康德的时代，一种美的哲学总是意味着试图把我们的审美经验归结为一个相异的原则，并且使艺术隶属于一个相异的裁判权。康德在他的《判断力批判》中第一次清晰而令人信服地证明了艺术的自主性。"[①] 审美的独立与自律是现代审美批判成为可能的前提。不过，由于康德美学运思的起点与终点，都不曾落在审美向度上，而从知性开始最终导向德性，并借助审美的中介沟通这两大领域。因此，康德美学所开启的审美独立性常遭到"矮化"，甚至"误解"：首先，一些哲学中心论者，基于康德整个批判哲学的道德祈向以及美学的先验人类学宗趣，得出了《判断力批判》不是美学的结论；其次，从偏狭的认识论出发，抛开康德美学的真趣，将审美中介简化为工具性的"桥梁"与"摆渡者"；再次，过多纠缠于康氏美学的"先验性""形式性"，将其"阉割"为纤弱的"形式主义"。这些解读这直接削弱了康德美学所能给予现代美学的批判能量。面对如是误读，我们作这样的思路转换与追问就变得十分必要：在康德那里，审美判断力之所以能够扮演"中介"的角色，将自然领域引向自由领域全然在于审美的独立而不是相反。这正是康德美学之所以能够超越前康德美学的独到之处。在康德那里，审美判断力就不仅仅是工具性的"桥梁"。"中介"与"审美判断力"不是互相派生的，而是一种具有本体性意味的一而二、二而一的整一关系。在《判断力批判》中，审美即意味着"中介"，而"中介"则不在审美之外，它们各成其是又相互成全。同时，审美的独立性并不意味着审美的自我封闭，它还勾连着其他领域。正是审美与自然、自由领域的相互关联，它才成其所是。其先验美学的"形式"观，并不意味"形式主义"的落单，而具有衍生、建构与沟通能力。这是

---

① 卡西尔：《人论》，216 页，甘阳译，上海译文出版社，2003 年。

康德美学能够释放现代意义、向未来开放的第一向度。

审美判断中所包蕴的"自由"观念，具有潜在的和解与解放功能，这是康氏美学又一重要向度，它对席勒与马尔库塞的美学构建极富吸引力。鉴赏判断是内心诸能力的和谐一致或游戏状态。它之所以是审美的，"正是因为它的规定根据不是概念，而是对内心诸能力的游戏中那种一致性的（内感官的）情感"，它是想象力与知性之间的自由协调；而"崇高"，则是"把诸内心能力（想象力和理性）本身的主观游戏通过它们的对照而表象为和谐的"。① 在康德看来，纯粹的鉴赏判断只能是自然美，即自由美。它不凭借任何目的概念，而艺术虽要依附于某个目的概念，但它不像"技艺"那样受到外在目的的强制。由于康德美学总体上归属于整个"批判哲学"体系，他对自由美与艺术美的界说，通常也被认为前后有些矛盾，但二者在"美的艺术"的层次上还是获得了统一了："自然是美的，如果它看上去同时像是艺术的；而艺术只有当我们意识到它是艺术而在我们看来它却又像是自然时，才能称为美的"。② 审美判断，包括美、崇高、自由美、美的艺术，其中饱蘸着丰富的自由观念；但在《判断力批判》中，由于"自由"始终没有作为一个命题被提出来，甚至在康德那里，相对于道德律所带来的理性自由而言，在审美判断中由"反思"引出的"自由感"不是真正意义的自由概念。不过，后来的席勒和马尔库塞却从这里把审美与自由作了更为密切的联系。

康德美学的第三个重要向度是交往潜能的蕴蓄，它主要表现在美的第二契机——美在愉悦中能够传达普遍性，还有第四契机——美的共通感，以及"美的艺术"思想，等等。审美普遍性的最大特点就是不以概念为前提："在一个鉴赏判断中表象方式的主观普遍可传达性由于应当不以某个确定概念为前提而发生，所以它无非是在想象力和知性的自由游戏中的内心状态"，它"必定对于每个人都有效，因而必定是普遍可传达的"。③ 这种普遍性不具有强制性，它区别于知性的普遍性与道德律的命令，并为不同的主体共同分有。康德在第 40 节的一个不显眼的注释中，明确用"审美的共通感来表示鉴赏力"，用"逻辑的共通感来表示普通人类知性"，并认为共通感对于鉴赏，较之理论理性与实践理性都更加名副其实，他

① 康德：《判断力批判》，第 97 页，邓晓芒译，人民出版社，2002 年。
② 康德：《判断力批判》，第 150 页。
③ 康德：《判断力批判》，第 53 页。

称，"比起健全的知性来，鉴赏有更多的权利可以被称为共通感；而审美〔感性〕判断力比智性的判断力更能冠以共同感觉之名"，"我们甚至可以把鉴赏定义为对于那样一种东西的评判能力，它使我们对一个给予的表象的情感不借助于概念而能够普遍传达"。① 正是情感的这种普遍性传达，"构成了与人性相适合的社交性，通过这种社交性，人类就把自己和动物的局限性区别开来"。② 因此，康德的鉴赏判断力所涉及的主体已不是单个主体，而是作为一种"类"的存在，其中涵纳着"主体间性"的深意，诚如有论者指出：

> 从字面意义上看，"审美"的确指的是感性。实际上，审美只有在既不是道德的也不是概念的情况下才属于感性的范围。然而，审美还由于对所判断的美的物质的无利害性才不是单纯个体的，并且只有这样才不仅仅是感性的。因此，我们也可以这样来表述结论：尽管有些表象具有主观性，但它们仍然不是感性的，也不是有利害的，不是个体的。所以，你们可以理所当然地要求主体间的有效性。康德把这种主体间的有效性称为"普遍有效性"，目的是让它与认识判断和道德判断那种严格的普遍性形成对照。（着重号为笔者加）③

康德美学所聚集的交往能力还体现在"美的艺术"的思想中，他以"流落到一个荒岛上的人"为例，来说明艺术的社会性与交往性。席勒曾在《审美教育书简》中发挥了这个观点，他认为在缺乏人性的原始阶段，美是难以发展的：只有"走出小屋"同所有的人交谈，"美的可爱蓓蕾才会开放"，"唯有美，我们是同时作为个体与族类来享受的"。④ 康德关于审美普遍性、感性共通感，"美的艺术"的论说所潜藏着主体之间的交往关系的思想，通常被作为构建一种具有交往性质的"感觉社群"来解读与运用。⑤

透过康德美学的视线，我们方能更加真切地体悟到席勒缘何能借助审美的通

---

① 康德：《判断力批判》，第137、138页。
② 康德：《判断力批判》，第204页。
③ 弗兰克：《德国早期浪漫主义美学导论》，第54、55页，聂军译，吉林人民出版社，2006年。
④ 席勒：《审美教育书简》，第213、237页，范大灿译，上海人民出版社，2003年。
⑤ 参见卡斯卡迪：《启蒙的结果》，第186页，严忠志译，商务印书馆，2006年。

道，去"中和"自然王国与道德王国的分裂，化解人性分裂与社会冲突；阿多诺与马尔库塞等为何以美学为武器去抵制工具理性的肆虐，抗拒人性的异化，以寻求感性与理性的和谐、人的解放；哈贝马斯为何在警惕后现代审美主义与政治美学化的同时对批判美学展开反思，并从康德再度出发，进一步开掘文学艺术作为交往的能力。

二、审美中介的歧出与转义

康德美学的"先验中介"蕴涵着的丰富内涵为之后现代美学化解危机、实现重建提供了可能。在历次的社会与美学危机中，无论是席勒、阿多诺、马尔库塞，还是哈贝马斯，都从康德那里获得灵感与启发，在不同的侧面回应了康德的思考。

1. 中和中介言说方式的比较

席勒于 1791 年，即康德完成《判断力批判》写作的第二年，就开始了对康德美学的研究。他沿着康德对理性考察的思路，措置了同康德理论理性、审美判断力与实践理性的分置相对应的三个"王国"；"美是自由的表现"，是对"美是道德的象征"的领悟与重置；"游戏冲动"说是对康德"游戏"因无关利害而关涉自由的进一步发挥；"溶解的美"与"振奋的美"的分判方式也类似于康德对"美"与"崇高"的区分。

不过，席勒所遇到的问题毕竟不同于康德所要面对的哲学困思。除了受康德影响之外，促发席勒着实构建美学的动力，始终是文明所致的野蛮"伤害"以及社会价值观念的失衡。社会进程的模式完全乖离了康德式的先验设计。席勒正是对康德美学的"形式化"与"主观性"的质问中，转向了对美"客观性"的眷注：

> 美怎么能够把自己的形式赋予完全板滞的质料呢？我至少深信，美只是形式的形式和那必定应该定形的质料，即所谓形式的质料。完善是质料的形式，美则是这种完善的形式，因而这种完善从属于形式，正如质料从属于形式一样。①

---

① 席勒：《秀美与尊严：席勒艺术和美学文选》，第 35、36 页，张玉能译，文化艺术出版社，1996 年。

席勒对知性判断、道德判断、目的判断等也大致取法康德，他非常赞赏康德对逻辑判断与审美判断的区分，并认为"美""自由"与"知性"无缘，而只能潜藏于实践理性中。不过，席勒认为适用于意志行动的实践理性的绝对命令并适用于自然，因为自然活动并不有待于实践理性而存在。因此，实践理性只能对自然提出"希望"而不是"要求"。当然，席勒没有就此剥夺实践理性对自然的判断资格，而是认为实践性可以采取一种类似于它对意志行动所作判断的判断；但是，因这种类似判断所牵出的自由则区别于道德的自由，而只是"好像的自由"。就自由的这种区分而言，它同康德对审美层次与道德层次上对自由仍有一致之处。不同的是，席勒不像康德那样从道德层面上去体认自由，而是更看重这种"好像的自由"，并将它赋予自然与现象。因此，席勒对美作了如是界说："现象与纯粹意志或自由的形式的类似是（最广义的）美"，"美不是别的，而是现象中的自由"。①席勒对美的这一界说，无疑想昭示：美是一种客观的、现象的属性；美是自然的自我规定，即自由；美区别于理论理性，并与道德的强制几乎不相容。

在席勒看来，现代文明的病根在于现代人受制于感性冲动与理性冲动以及二者的分裂。他要寻找的就是这样的一种东西：它被要求既区别于感性与理性，又涵纳着感性—理性的要素，以便消融感性与理性的矛盾及其强制。因此，席勒将在康德那里通过反思方能凸显的审美的调节性功能肯定性地赋予了"美"，并在现实化中加以简化，以凸显它的"中和"底色。"美"在席勒那里又称"第三种人格""活的形象"等等，这种调节的功能有时又被称为"中和心境""中间状态""自由心境"："在这种心境中，感性与理性同时活动，但正因为如此，它们那种起规定作用的力相互抵消，通过对立引起否定。在这种中间心境中，心绪既不受物质的也不受道德的强制，但却以这两种方式进行活动，因而这种心境有理由被特别地称为自由心境。如果我们把感性规定的状态称为物质状态，把理性规定的状态称为逻辑的和道德的状态，那么，这种实在的和主动的可规定性的状态就必须称为审美状态"。②因为感性冲动与理性冲动具有不同的原则与性质，且二者之既可同时都处于紧张关系，也可同时处于衰竭状态，具有调解功能的美，就必须具有双向的能力。席勒就此将美分为"溶解性的美"与"振奋性的美"，让它们各司

---

① 席勒：《秀美与尊严：席勒艺术和美学文选》，第 35、45 页。
② 席勒：《审美教育书简》，第 162 页。

其职，分别担负着"松弛"与"紧张"的双重作用。

席勒对康德"游戏说"的继承，也终因对"美"界说的差异而显露出不同的韵味。"游戏"在康德那里主要指审美因无利害而关涉自由，是想象力与知性的和谐状态；而席勒分外看重的是"游戏"对感性冲动与理性冲动的"中和"。这种感性或是自然与理性的和谐的诉求，确实像有论者所指出的那样，在康德那里是相当的陌生；把在康德那里只能象征性地进行的美与自由的关系加以客观化之后，席勒最终陷入了"浪漫主义的狂热"。[①] 不过，席勒对康德美学歧出的过程中，在美的自律以及在现实运用所可能引发的矛盾等方面仍一定程度上延续着康德的审慎与清醒。[②] 这是席勒不同于把政治、生活、欲望等直接审美化的做法。

席勒的美学思想对马尔库塞影响很大，审美的中和思想成了马氏晚期美学思想的重要维度。当然，马尔库塞回到席勒这里，不是简单地重复自己前期的思想，而更多附着着经他转化过的弗洛伊德理论爱欲理论与马克思感性美学。爱欲理论是源自弗洛伊德的性欲理论。马尔库塞对弗洛伊德性欲理论的改造，正像詹姆逊所指出的，它形同席勒对康德批判哲学的改造。[③] 在弗洛伊德那里，性压抑主要是一个解释精神病的诊断用语，是一个至少并不包含理想色彩的中性概念。马尔库塞在两个方面拓展了这个术语的内涵：首先赋予它具有类似于艺术的功能，并与自由相为关涉；其次，把它运用到社会问题方面上，用于如何化解异化所带来的压抑。

马尔库塞在 20 世纪 60 年代"文化风潮"结束，带着造反无望的心绪，回归到早期心仪的席勒美学。马尔库塞不满于感性长期以来所遭到的理性压制以及将感性灵魂化的做法，他试图还原出美学的感性本义。他的新感性即对感性与理性的双重革新，并被视为调节人"高级机能"与"低级机能"的一种机制。这种思想直接来源于他对席勒解读康德美学的认同以及自己对康德美学的席勒式解读。马尔库塞非常看重康德的"第三批判"。在他看来，康德的审美中介不仅仅是中介，而是核心："对康德来说，这个审美方面乃是感觉和理智的会合的中介"，"也

---

　　① 参见弗兰克：《德国早期浪漫主义美学导论》，第 90 页。

　　② 可参见席勒对"审美假象"的相关论说，具体见《审美教育书简》第 129、215、219、220 页，《秀美与尊严：席勒艺术和美学文选》，第 243、256 页。

　　③ 参见詹姆逊：《马克思主义与形式》，第 95、96 页，李自修译，百花洲文艺出版社，1995 年。

是自然与自由会合的中介"。由于文明的进步产生了"高级机能与低级机能之间的广泛冲突","使得审美方面的这种双重中介变得必不可少","想在审美方面调节感性与理性的哲学努力就表现为企图调和为被某一压抑性的现实原则所分裂的人类生存的两个方面",而履行这个调节功能的正是"审美机能"。其新感性就是对一种没有压抑的新型文明的寄寓,并在康德美学中找到了依据:"根据康德的理论,当审美功能成为文化哲学的核心论题时,它被用以证明非压抑性文明所具备的种种原则。在这种文明中,理性是感性的,而感性则是理性的"。① 他从康德美学中找到了溶解感性与理性冲突的重要武器——想象力,并赋予它"生产性"与"创造性"的特质。② 此外,马尔库塞也继承了席勒通过审美训练以恢复人性、实现自由的这一"训诫"。他认为在单向度时代人的感性已经变得迟钝了,知觉的变革已成为时代的迫切需要,人们必须学会去发展"生活的新感性"从而对生活和事物产生"新的感受"。③

"新感性"的另一个来源,是对马克思 1844 年《手稿》的错位解读。在马克思那里,人的真正解放在于感性的全面丰富,在于感性的解放。马克思把主体的、人的感性的丰富性,诸如"有音乐感的耳朵"等,视为人的本质的自我确证。人只有占有自己的感觉,即把自己对象化才能真正获得自身的内在本质。人的本质的对象化依赖于自然的人化。人的本质对象化也依赖于他人的成全,即"别人的感觉和精神也成为我自己的占有"。④ 马尔库塞显然没有理解马克思对"占有"的阐述,或是有意的误读。他就此指出,"马克思关于对自然属人的占有思想,保留了某些人的统治的'自傲'的成分。'占有',无论怎样具有人情味,都不免是一种主体对另一种(活生生的)客体的占有"。⑤ 其实,马克思的"占有",便是指"人""他人"与"自然"的相互"对象化"。马尔库塞同时把马克思关于"感觉在自己的实践中直接成为理论家"的观点,直接用来阐述感性的解放与颠覆力量。他还把人与自然的"解放"作为马克思《手稿》的重要主题。显然,马尔库塞为

---

① 马尔库塞:《爱欲与文明》,第 134、138 页,黄勇、薛民译,上海译文出版社,2005年。

② 参见马尔库塞:《审美之维》,第 102、104、109 页,李小兵译,广西师范大学出版社,2001 年。

③ 参见马尔库塞:《审美之维》,第 110、195 页。

④ 马克思:《1844 年——经济学哲学手稿》,第 86、87 页,人民出版社,2000 年。

⑤ 马尔库塞:《审美之维》,第 129 页。

急切地阐述他的"新感性"的解放功能，而把马克思对共产主义条件下的对人的"感性"展望，错位地运用到他所处的社会现实来。在马克思这里，感性并没有像马尔库塞那样担负着解放的如此重任，相反只是在异化消除与解放实现后，人的一种理想的感性（即审美）状态。通过感性能够消除异化，实现解放，在马克思的思想体系里显然是极为荒谬的。因此，马尔库塞明显地颠倒了马克思观点中的因果关系。尽管马克思认为理论的矛盾只有通过实践来解决，但他的实践观不应该简单地被理解为感性的行动，更不同于马尔库塞所寄望的 20 世纪 60 年代造反派的新感性实践。马尔库塞对马克思的感性实践论的解读，与席勒对康德的解读方式如出一辙。

马尔库塞跟席勒一样，不只是对美与艺术本身感兴趣，它只是政治变革所要假道的中介。马尔库塞在《新感性》的开篇宣称，"新感性已成为一个政治因素"。① 新感性所潜在的变革能量的现实依据，仍是源于 20 世纪 60 年代兴起的那场艺术潮流与学生运动。尽管他作如此判断时，这场运动已经基本结束，但他仍然没有从这场运动的巨大震动的"余震"中摆脱出来，对造反青年用"迷你裙"反对官僚机构的懦夫，用摇滚音乐冲击"苏联的现实主义"的举动仍难于割舍。他把这种造反视为新感性培育的最好实践，它正预示着"崭新的道德和文化""根本变革的新维度和新方向"。

这里还必须指出的，席勒与马尔库塞美学背后的政治寄寓，或许也能在《判断力批判》对情感与意志自由的探讨中找到渊源。在第 83 节，康德在强调"文化"重要性的同时涉及艺术对文化的陶冶作用。但在康德那里，审美所关涉着的自由只是人类实现最终目的的一个准备与过渡，审美作为一种教化并不必然促进道德上的完善。审美判断所牵出的自由，更多是借助内向度的反思与自省，它纵然对外向度的自由会发生影响，但没有必然会带来外向度自由的实现。这与席勒、马尔库塞试图借助审美操练以实现人的自由与解放的思考存在着本质的区别。

此外，马尔库塞与席勒之间的差异也是不能被忽略的。在席勒时代工业文明刚刚开始，他对文明所持态度的底色总体是乐观的，其美学乌托邦具有向未来开启的积极意义。马尔库塞所处的时代，人类所遭受的控制已远不是席勒时代所能比拟，他对非压抑性的自由的实现，多少弥漫着感伤与怀旧，在他这里找不到可

---

① 马尔库塞：《审美之维》，第 98 页。

以信任的坚实的"主体"力量，或者说这种主体力量始终是模糊、摇摆不定的。这或许是其美学思想比席勒来得更加复杂、立体与多面的原因。

2. 形式中介言说方式的比较

如果说康德所面对的问题是经验主义与理性主义的哲学矛盾，席勒遇到的是感性与理性的现实冲突，那么马尔库塞与阿多诺所要面对的则是具有肯定性质的古典文化与大众文化的双重夹击：在大众文化的统治下，古典艺术容易沦为现实匮乏的补偿，美学在坚守自律的情况下因将步入"象牙塔"而无所作为，而在介入现实的过程中则可能面临被意识形态同化、收编的危险。

阿多诺所提出的"新美学""反艺术"，马尔库塞的"形式之维"、艺术的"再异化"等策略，都是通过审美形式中介的构建实现对传统艺术自律观念和艺术形式的变革，促使现代艺术能够穿行于自律性与社会性、审美与现实之间；通过对异化的社会现实"再度异化"，解救美学的社会批判功能。同马尔库塞相比，阿多诺在这点上更具典型性。我们重点考察阿多诺在克服美学的现代困境过程中如何从历史转义的层面上如何转化康德美学中介的现代潜能。

康德对美与崇高的分析之后，提出审美判断力的"二律背反"问题：

（1）正题。鉴赏判断不是建立在概念之上的，因为否则对它就可以进行争辩了（即可以通过证明来决断）。

（2）反题。鉴赏判断是建立在概念之上的；因为否则尽管这种判断有差异，也就连对此进行争执都不可能了（即不可能要求他人必然赞同这一判断）。[1]

康德认为要解决这个矛盾只有一种可能，就是不要把审美判断的这两个准则置于同一个意义来理解。正题中的"概念"是指"知性概念"，而鉴赏判断"针对的是感官对象，但不是为了替知性规定这些对象的一个概念"，因此它不是认识判断。愉快的判断不同于概念判断，它经常是一个"私人判断"，[2] 因为不同的个人都有自己的鉴赏。反题中的"概念"是一个理性概念，属于"超感官之物的纯粹

---

[1] 康德：《判断力批判》，第185、186页。

[2] 康德：《判断力批判》，第186页。

理性概念"，即"理念"。它不可能通过直观来规定，也不为认识提供任何信息，不能够给鉴赏判断提供任何证明。但这个理性概念，是不可或缺的，否则鉴赏判断的有效性就无法保证。审美判断的共通感，就是在不断趋近理念的过程中获得的。与在《纯粹理性批判》中所提到的一样，康德认为这个辩证幻象是不可克服的，并不是因为被欺骗或犯错误而引起的，它根植于人类理性深处。因此，审美判断的这两个原则"实际上并不是相互矛盾的，而是可以相互并存的"。①

康德本为沟通知性与理性而引入了审美中介，却导致美学的二律背反，通常被认为失败了，因为审美的二律背反而要通过道德领域来解释。这种看法，有的是源自形式逻辑或概念推理的角度的批评，因为在逻辑或概念判断中矛盾是不被允许的。这种指责，很大程度上可以不必重视，因为康德一再强调鉴赏判断是不能与认识的概念、认识的判断相混淆的。他在解决二律背反之后，担心有人引起这种误解，又特别作了说明：如果把鉴赏判断的两个原则，设定为快意（区别于愉快）与完善原则，那么这种二律背反是不可以如此调节的，只能说明二者之间不是矛盾而是对立，因为相互对立的两个命题只能同时都是假的。② 有的则是从美学角度来加以指责，比如有论者就审美二律背反指出，"在康德那里，固有的矛盾不仅仅没有因审美中介而消除，反而成了审美自身的二律背反得以解决的理论前提。为了消除一些矛盾而诉诸一个更大、更深刻的矛盾，无异于饮鸩止渴"。③ 显然，这种批评没有看到二律背反的美学意义，审美的这种二重性与矛盾性并非康德美学的弱点，反而是康德美学最为丰富的部分。康德通过审美二律背反的辩证，加固了他对美的几个契机分析的合理性；反之，美的契机的诸规定④作为审美的"形式中介"，联结着其矛盾的两端。康德美学思想中的辩证思想颇具动感，它不同于黑格尔通过让矛盾服从于绝对理念而将矛盾任意地克服。就此，阿多诺认为

---

① 康德：《判断力批判》，第 187 页。

② 参见康德：《判断力批判》，第 188 页。

③ 戴茂堂：《超越自然主义：康德美学的现象学诠释》，第 212 页，武汉大学出版社，2005 年。戴茂堂先生在这里主要从现象学角度将康德美学定位为"准现象学"。他从现象学视角去批判康德因审美"中介"的存在而导致还原的不彻底性，则有其合理性。

④ 康德对美的四个契机的分析，无不离开审美情感与审美形式，但各有侧重。第一、第二契机对美的说明在于关联着"形式"强调情感，第三、第四契机对美的说明在于关联着"情感"强调形式（参见黄克剑：《美：眺望虚灵之真际——一种对德国古典美学的解读》，第 78 页，福建教育出版社，2004 年）。

在黑格尔美学中，通过共相与殊相的演绎或归纳使之获得统一，并没有真正贯彻他的辩证法精髓，反而是康德把这种矛盾性"整合在美学之中"而具有更多的参考价值。①

康德在先验层面对美学问题的思考在阿多诺这里得到了延伸与回应。诚如前面所提到的，阿多诺所面临美学问题，在于他发现现代艺术处于新的自律与他律的悖逆冲突。他最终借着"辩证中介"的启发所构建了"形式中介"使得美学的从两难困境中超拔出来。②当然，我们不必将阿多诺作康德主义的某种化约，或将康德与阿多诺的美学之间简单比附。相反，康德批判美学在阿多诺时代所体现的肯定性也在阿多诺批判之列。因此，总体上阿多诺对传统美学的转化，与其说是移植，不如说是在消解之后的一种重建，就像他自己所意识到的，"现代美学只能采取一种形式，那就是要对传统美学范畴实行合理的消解"，"如此一来，它会从这些范畴中释放出一种新的真理性内容"。③阿多诺在美学的重建过程中，深谙美学肯性的危害与虚妄，从而自觉地使自己的美学理论同审美经验与艺术现象之间发生更多的联系。他从对卡夫卡和波德莱尔的作品找到了同反美学相契合的艺术形式。

外在地看，阿多诺对康德的评价显得相当矛盾。一方面，他对康德把审美问题搁浅于先验层面，忽视艺术的现实源泉与内容的做法感到不能满意："康德从不关涉对立意义上的艺术源泉和艺术的内容"，"他的美学表现出一种遭到阉割的享乐主义的自相矛盾，成为一种没有快感的快感学说"，"不能公正评判有形物质的利害关系"。④另一方面他非常看重"审美无利害"对摆脱工具理性宰制的巨大潜能："康德率先提出自此从未忘忽的一个洞见：即：审美行为不掺杂直接的欲望。于是，他将艺术从敏感而贪婪的、一直想要触摸和品赏艺术的魔爪中解放出来"。⑤其实整体地理解康德美学，审美的"无利害"并不必然导致与"利害"无涉。阿多诺也清楚这一点，他只是想通过将审美的自律引向现实维度，使之获得"再自律"的能力："艺术不会停滞于无利害关系之中，而是在继续发展。这样，艺术便

---

① 阿多诺：《美学理论》，第 578 页。
② 参见阿多诺：《美学理论》，第 431 页，王柯平译，四川人民出版社，1998 年。
③ 阿多诺：《美学理论》，第 574 页。
④ 阿多诺：《美学理论》，第 20 页。
⑤ 阿多诺：《美学理论》，第 18 页。

以不同的形式再生出内在于无利害的利害关系"。这"无利害的利害关系"颇有老康德"无目的的合目的性"的真趣。其实，阿多诺并不是为评价而评价，而是在对康德美学解释的过程中展开自己的美学思路。他正是从看似充具着矛盾的康德美学中体味到其中辩证张力的魅力，并把它贯注到对反艺术存在方式的界说上："艺术只是为了幸福而戒绝或否定幸福"，这样艺术才可以生存。①

阿多诺对康德的传承、转换还体现在这方面的关注，即康德对崇高、自然美与物自体方面的处理方式。阿多诺从康德的崇高论中找到"不和谐"这一现代主义艺术的核心的因素；看到康德美学中通向现代艺术存在的可能性："康德的一系列思想表面上似乎对客体视而不见，实则阐述了现代艺术最深层的各种冲动，这一切发生在现代艺术尚未问世的150年前。这是一种在无止境性和无安全感的框架中探寻客观性的艺术"。② 阿多诺还从康德的自然美、物自体中看到了现代艺术的征兆。自然美不同于艺术，它抵制着人的界说与"有意人化"。正是这种特性，"自然美长期以来一直连续不断地为艺术提供着有意义的冲动"。③ 同样，物自体（第一自然）划出了界限，拒绝"人"的规训。自然的拒绝同人的僭越冲动构成了两种力的冲撞。这种强力之间的对抗情状预示了现代艺术存在方式的某些"面相"。阿多诺从两种强力的相互"推－挡""抗－拒"过程所流溢出的崇高感中汲取灵感并将其引向对现代艺术对同一性思维统治的反抗。相反，黑格尔由于放逐了自然美，不给"物自体"预留空间，也就预先取消了现代艺术的基本可能性。

3. 交往中介说方式的比较

康德的"第三批判"对现代社会理论的影响远远超过了"第一批判""第二批判"。利奥塔、阿伦特与哈贝马斯等都从中汲取所需，将其运用到自己所关心的社会领域中去。利奥塔曾从康德的判断力批判这里将美学引向政治领域，以构建美学政治学。阿伦特认为"康德未完成的《政治判断力批判》"已隐含在"第三批判"中。④ 哈贝马斯的交往共同体很大程度上可以视为对康德后两大"批判"的一种转义改造。尽管我们不难在康德的"第三批判"中找到一些通向政治领域的论说，利奥塔、阿伦特他们对康德的"第三批判"也可作或此或彼的发挥；但从康

---

① 阿多诺：《美学理论》，第 22 页。

② 阿多诺：《美学理论》，第 576 页。

③ 阿多诺：《美学理论》，第 112 页。

④ 卡斯卡迪：《启蒙的结果》，第 192 页。

德思想本身来看，他毕竟没有就审美判断力与政治社会领域之间作更进一步联结。在将《判断力批判》同政治、伦理等广泛联系的现象中，值得进一步追问的倒是，"第三批判"为什么会被不断地联系到政治领域？恐怕还在于其中所蕴含着的更多交往元素或是存在着通向交往、对话的路径。哈贝马斯的交往理论，同康德美学的关联处也在这里，诚如伊格尔顿所指出的，"在哈贝马斯理想的说话共同体中，可以看到康德的审美判断共同体的现代翻版"。① 正如前文所提到的，康德除了在判断力判断的契机说明中涉及审美的交往性之外，还曾生活在荒岛上的人为例，谈到艺术的社会性与交往性。哈贝马斯则从席勒对这一观点解读中带出"交往结构"来。② 当然，康德在提到艺术的交往中介时，与席勒、哈贝马斯都不尽相同。康德的用意在于肯定艺术的交往性能提升道德修养，但并不像席勒、哈贝马斯那样关注它的现实功用。

语言学范式转向之后的理论家，通常要从语言视角来贬抑传统的主体理论。康德美学对语言媒介的忽视，就遭到了保罗·德曼、G.哈曼、本雅明等的非难。他们认为语言的缺席构成了康德美学的局限，不利于康德美学的现代转换；而如果借助语言哲学，"一个具有康德式追求的人必将大有收获"。③ 哈贝马斯对普遍语用学的吸纳，使得交往行为理论与传统的交往理论区别开来。这在一定意义上也可以视为他从语言媒介层面上对康德理论的拓展。哈贝马斯把在康德那理性的不同能力改造成不同的话语类型，使之规范化，并通过论证的方式，以实现沟通与交往，从而构建理想的会话共同体。这样，哈贝马斯所涉及的交往性同康德就有很大的差异，前者主要基于语言维面，后者主要源于审美判断。就像有论者所言，"哈贝马斯的交往行为与阿伦特提出的基于康德的第三《批判》的政治理论类似，用逻辑的共通感略去了康德提到的审美的共通感。于是，哈贝马斯和阿伦特两人都将社群理论理解为以概念为中介，而不是——像康德所说——以审美为中介的"。④

---

① 伊格尔顿：《美学的意识形态》，第 403 页，王杰译，广西师范大学出版社，1997 年。
② 参见哈贝马斯：《现代性的哲学话语》，第 57 页，曹卫东等译，译林出版社，2004 年。
③ 参见沃特斯：《美学权威主义批判》，第 185－187 页，昂智慧译，北京大学出版社，2000 年。
④ 卡斯卡迪：《启蒙的结果》，第 186 页。

《公共领域的结构转型》集中体现了哈贝马斯在对交往行为理论规范化重建之前的审美"交往中介"思想。他从历时与共时相结合的视角考察了文学艺术活动在公共领域结构内及其在公共领域的转型过程中的中介地位。哈贝马斯重点比较了文学艺术在不同的公共领域类型中的不同情况。在代表型公共领域阶段，文学艺术未获得独立，文学公共领域处于萌芽与孕育状态；但它在公共领域结构转型过程中逐渐施展着重要的中介作用。在资产阶级公共领域阶段，文学公共领域已非常成熟，文学艺术获得了真正的独立，并在公共领域结构内部具有重要的调节性功能。到了国家资本主义阶段，文学公共领域受到冲击与挑战，资产阶级公共领域名存实亡。哈贝马斯推崇的是具有自律性的资产阶级公共空间。他通过对兼具交往性与私人性的信件、书信体等小说样式以及具有公共舆论性的报纸、杂志等媒介的考察，说明文学艺术在现代公共领域的形成过程中所扮演的重要角色。文学艺术交往活动催促了资产阶级公共领域的形成。无论是简单的书信交流还是大量的"书信体小说"，通过讨论与价值批判锻造了成熟的"主体性"与具有自律性的个人，培育出新的"私人领域"和公共观念。在资产阶级公共领域结构内部，文学公共领域始终沟通与调节着私人领域与公共领域、私人领域的私人性与公共性、公共领域的公共权力与个人性之间的矛盾关系，并催生出政治公共领域这一重要的调节机制。《公共领域结构的转型》固然不是一部纯粹的美学论著，作者更多的是做社会历史领域的考察而不是美学分析；但倘若不拘泥于具体言说的对象与细节，从历史转义层面看，我们不难发现其中所涉文学艺术的部分，与康德、席勒、马尔库塞与阿多诺等的美学思想之间存在着结构性的隐喻性关系。可以看出，文学中介所处的公共领域结构的格局，大致以康德、席勒思想体系的"三分"措置为原型；文学公共领域，因自身的独立与自律而彰显出来的批判、教化、调节功能，同康德、阿多诺、马尔库塞他们的美学思想也构成了某种呼应关系。

　　阿多诺与霍克海默的艺术交往观念，同哈贝马斯之间有很大的差异。虽然他们认为艺术本质上具有潜在的交往性质，但现代艺术不具有交往性；相反，拒绝交往反而是它们摆脱意识形态控制的先决条件。霍克海默将艺术的交往性指向了未来，而阿多诺则把真正的交往赋予了"模仿艺术"。"模仿"作为阿多诺哲学、美学中一个重要范畴，是指人对自然的模仿，它与自然存在着一种非主体暴力的亲和关系。它对不可一世的主体发出警告，不要忘记自己也是客体本身，不要忘记"自己是怎样构成和依靠什么构成的"。① 模仿艺术的作用在于提醒人们在启蒙过程中已经丧失的"以模仿的方式或以友善的方式对待自然的能力",是"对于极其祛魅的社会总体性的返魅"。② 阿多诺、哈贝马斯因所面对问题以及理论构建的整体差异而导致在看待艺术交往观念上不同,但不能忽视了哈贝马斯在交往行为理论的建构中对阿多诺交往理论的重视。

三、审美中介与现代性批判

"主体""理性""文明""启蒙"、审美独立等维面的现代发生,显然是近代的事件,但它被作为"现代性"术语与观念的书写则在后现代主义所发起的颠覆情况下所进行的回溯性建构。现代性的困境,实质上就是现代理性的危机与启蒙的困境。现代性的危机首先是其内部的矛盾与弊端。它从近代发生时就裹挟着这一症候,即感性主义与理性主义的冲突。感性相对主义与理性独断主义是这种冲突的极端表现。这种危机,在康德的批判哲学中得到反思与检讨,并在先验层面上得到调节。但是,在现代性的实际进程中却是对康德所精心规划的版图的反动:知性理性、审美判断力、实践理性,这"三驾马车"并没得到平衡的发展,可以"量化"与"形式化"的知性获得了优先的地位。现代性的资本主义进程,就是价值与理性分化、祛魅的过程,也是各个价值领域的独立与合理化的过程。依据合理化原则,现代性进程最终体现为目的理性彻底战胜价值理性,人类从而受困于工具理性所构筑的"牢笼",现代性就是"异化"与"病态"。这一情况,在 19 世纪末以后的晚期资本主义中达到极致,理性完全被工具理性代替,科学堕落为技术,启蒙走向了反启蒙,文明即是野蛮,主体意味着暴力,霍克海默与阿多诺把这种矛盾性概括为"启蒙的辩证法",马尔库塞称之为"压抑辩证法"。后现代主义在现代性危机四伏的情况下兴起,它从外部对现代性加以攻击。后现代主义放弃了对现代性的疗救,彻底放逐了所有与主体、理性、文明、启蒙相关的价值与范式。

审美现代性批判,即现代性的美学批判。它主要包含着这么三个向度:首先,审美现代性开始涵纳于现代性之中,与现代理性、主体观念的确立密切相关。历

---

① 《法兰克福学派论著作选辑·上卷》,第 209、219 页,商务印书馆,1998 年。
② 沃林:《文化批评的观念》,第 123、125 页,张国清译,商务印书馆,2000 年。

经文艺复兴、古今之争、启蒙运动与主体性哲学的建构等事件，主体逐渐从基督教神学的束缚中解放出来，而获得自身的独立与尊严。理性价值的确立，构成了现代性的重要原则。审美的独立与自觉则构成审美现性的第一向度，它在调节与批判知性理性与实践理性的过程中成其所是。其次，随着理性的分化，工具与技术理性的膨胀，在理性世俗化的过程中，现代性出现分裂，审美领域也从中分离出来，审美现代性与启蒙现代性构成了一种对抗的格局。它以自身的言说方式对启蒙现代性起到监管、批判与反思的作用。在现代性的自我批判与反思过程中，审美现代性与现代性又是一致的。再次，审美现代性在与启蒙现代性的交锋过程中，无法抵制工具理性的扩张；但在后现代主义宣告理性死亡，艺术全面终结的情况下，它仍未放弃自身的信念，试图通过对感性与理性、主体与他人、主体与客体等之间的调节以凸显自身的超越性，并期许着理性的和谐、人的解放与自由。真正意义上的审美现代性应该是贯注着自我批判与反省的启蒙精神，在限制着理性与审美越界的同时，抵制虚假的和解，以及前现代的诱惑。

在弄清审美现代性是什么以及它的批判对象之后，我们必须作这样的提问：那么，审美现代性是如何展开对现代性的批判呢？显然这种批判的方式只能是美学的，或者说它以自身的言说方式展开。由此，我们已不难看出"审美中介"与现代性的美学批判的一致性。在现代性的进程中，前者以美学的"先验中介""中和中介""形式中介""交往中介"等表征方式同后者发生"批判""中和""调节""交往"关系。康德审美中介的丰富内涵，在先验的层面上为当下现代性的美学批判提供了巨大的能量。席勒试图通过美来中和感性冲动与理性冲动之间的冲突，通过美感的训练来改善人性，假道美育来解决政治问题，最终寻求人的自由与解放；马尔库塞、阿多诺对启蒙与技术的批判，就是对启蒙现代性的批判。交往中介成为哈贝马斯捍卫现代性合理性在美学方面的重要表征。美学与艺术的现代困境或审美现代性的困境，既可以视为现代性困境的产物，也可以视为在批判现代性过程中"引火烧身"，但它的批判锋芒也正此处，即将这些困境纳入自身，以引爆自身的方式发出自己独特的声音。

后现代主义在清算现代性的同时，也就试图抛弃了审美的自律性、超越性与批判性。但是，只要社会现实对人来说仍然是一种异在，只要审美生活化或生活审美化的现实条件不具备，那么艺术就必须与现实拉开距离，美学就必须保留自身的超越性，审美中介的存在就有其合理性。马克思对这种具有超越性、否定性与批判性"中介"的需要与存留问题的前瞻性分析，启发了我们对后现代语境下审美中介存在的可能与方式的思考。他认为异化没有得革除，宗教、无神论，甚至包括共产主义作为一种超越的中介都将长期存在。[①]

尽管马克思谈得更多的是宗教、无神论与共产主义的"中介"，而没有直接提到审美的中介，但根据马克思的论述我们不难发现，审美作为中介，其作用与意义同他所提及的"无神论"或"共产主义"这种中介之间，存有某种隐喻性与相似性的结构关系：首先，"中介"意味着超越性、否定性与批判性，无神论作为"中介"是对宗教的否定与批判，共产主义作为"中介"是对人与社会所处的异化状态的超越与否定，同时又是对非异化的理想社会与人的自由和解放的祈向；而审美中介涵纳着审美的自觉与独立以及艺术的自律，它对社会与人的异化具有否定、批判的功能，并以自身的方式昭示着社会的和谐与人的自由。其次，从历时的角度看，"中介"指一个"环节"。宗教、无神论与共产主义都是人类发展史上的一个环节，在马克思看来，这些"中介"都是要终结的；自律的美学与艺术作为中介则是美学史上的一个环节，是人类社会进程的一种产物。在马克思所指向的共产主义阶段，异化消除了，无神论、共产主义作为"中介"都将不再成为一种需要，美学"中介"也当是如此。可见，"美学"作为"中介"，与"无神论""共产主义"在其功能和运动进程上有着内在的一致。人类社会在抵达马克思所祈向的这种理想世界之前，宗教、无神论与共产主义作为精神的"中介"将长期地存在，"审美"中介也不能被人为地抛弃或在理论作虚假的扬弃。

四、后现代的困境与审美现代性的后现代实践

后现代主义与后现代审美主义所体现出的片面深刻对于摆脱现代性困境形成了巨大的诱惑。它还同消费主义、大众文化、实用主义等相互协同，对审美现代性的两大维度——批判美学与先锋派艺术——进行了双重否定：一方面通过对审美自律的颠覆试图终结批判美学，另一方面假道先锋派对自律艺术的反叛，试图抹平艺术与生活的界限，将先锋派艺术泛化为日常生活。日常生活审美或审美的日常生活化，就是它的产物。

---

① 参见马克思：《1844 年——经济学哲学手稿》，第 92、93 页，人民出版社，2000 年。

不过，激进的后现代主义，在试图激越地抛弃现代性范式的过程中，困难重重，它将陷入无法超越自身的尴尬与矛盾：首先，它很难割断与现代性的"血缘"关系。人文学科的范式更迭，不是线性的互相代替，一种新的范式出现未必宣判原有范式的死亡。就像有论者所指出的那样，"尽管后现代派以嘲弄的态度看待现代主义传统，并声言已经超越了它，但后现代文学作品依然和这种传统保持着丝丝缕缕的关系，并不能完全摒弃现代主义的传统"。[①] 其次，后现代主义，尤其是极端的一翼，其自身无不充满矛盾性与模糊性。它究竟是激进的还是保守的？是否比现代性更为现代性？在质疑现代性的合法性同时，其自身的合法性又何在？伊格尔顿认为后现代主义根本就是"一个充满内在矛盾的幻象"。后现代主义的思想并"没有为我们想象出一个与现在十分不同的前途"，它的相对主义和实用主义等倾向"对它非常不利"。[②] 因此，"倘若现代性是复杂而充满悖论的，那么后现代性也同样如此。"后现代主义在否定艺术自主性时，并不能有效地对抗资本主义，反而在巩固资本主义的逻辑。"这体现了后现代主义"气数已尽"的软弱本性（安托瓦纳·贡巴尼翁语）。在后现代主义主张艺术可以"表现为任何一种形式"，这使得它在表征形式上陷入了新的危机，对现代艺术的攻击变成了"无效的虚无"。[③] 再次，后现代主义很容易与前现代观念构成共谋关系。在艺术上，前现代那种主客体未分的混沌和谐对后现代主义构成了巨大的诱惑，很可能通过对"艺术巫术"的招魂，与"神秘""命运"相遇，或者通过回归新的"宗教境界"以摆脱危机与困境。哈贝马斯将此称为"另类的方案"，是典型的"保守主义"。[④]

相对于审美主义的虚幻，"日常生活审美化"似乎更具有大众基础和市场占有率。无论是从历史角度看，即审美同生活先是统一，到二者的分化，再到融合趋势，还是从当下的艺术实践趋向来看，"日常生活审美化"或许有其合理性。问题是，艺术与生活界限的抹平，是否将导致艺术与生活、政治、技术理性的虚假和解？它是否可能是前现代主客未分之蒙昧的还魂术？日常生活审美化是否仍然要

① 格拉夫：《自我作对的文学》，第36、74页，陈慧、徐秋红译，河北人民出版社，2004年。

② 伊格尔顿：《后现代主义的幻象》，第149—152页，华明译，商务印书馆，2000年。

③ 徐秋红：《对先锋思潮的透彻关照——译序》，载杰拉尔德·格拉夫《自我作对的文学》，译序第15页。

④ 周宪编：《文化现代性精粹读本》，第147页，中国人民大学出版社，2006年。

美学的批判、艺术的否定功能？先锋艺术在融入日常生活中是否要有必要的自律？近年来，随着对问题反思的深入，那种将生活审美化作"审美感性主义"理解的做法，甚至让"日常生活审美化"论者也不能满意。倒是杜威、舒斯特曼的实用主义美学，从另一层面上与"日常生活审美化"相关联，为"日常生活审美化"提供了最强劲的后援。实用主义美学将审美建基未被主题化的"经验""实践""身体"体验以及艺术家的"行动"，试图建立"美的艺术"与实用、技术、日常经验的连续性。它一定程度上也触及美学的否定性与"反艺术"等相关问题。这是对西方近代客观理性主义与经验感性主义及其二者对峙的超出，对美学的知识体制做了深入反思；同时对"日常生活审美化"的意识形态与审美的快适主义作了有力批判。尽管"身体"（舒斯特曼）、"经验"（杜威），"知觉"（梅洛·庞蒂）、"日常生活"（列斐伏尔）、"存在"（海德格尔）、"超人"（尼采）等，在摆脱现代性的困境面问题上，其"深刻性"足以令人"心动"；可是，它们即便足够"好"，但如何在社会层面上实现"此岸化""历史化"，又如何确保自身不遭到"权力""商品"的渗透，这无疑是巨大的难题。在"异化"将长期存在的社会现实面前，美学与艺术如何有效地发出声音，如何有效地"自律"与"介入"，这是问题的关键所在。

我们认为，在后现代主义的"旋风""兵临城下"的当今，美学不是终结，艺术也不是消亡，而是以新的表征和言说方式，正在后现代的空场之中，聚集着批判、介入的能量。我们的立场是回到"批判美学"与"先锋派"。批判美学强调"自律""疏离"，先锋派注重"反叛""介入"，二者构成了审美现代性重要"两翼"。它们在恪守"自律"与"介入"原则过程中都有蜕化为"肯定性文化"的危险。因此，审美现代的两大维度必须协同推进："自律"为"介入"的有效性与延续性提供可能，而"介入"则为"自律"开辟新的道路，它通过重构实现了"自律"的自我创造与革新。从对现代性体制的反叛与否定而言，它们是"后现代"的；而就通过介入实现审美经验的重构而言，又是"现代"的。在后现代"终结论"语境下，美学与艺术的存在方式日趋复杂；但它们通过重新问题化，以更为敏锐、灵活的方式延续了审美现代性的批判品格与介入精神。这权且称之为"审美现代性的后现代实践"吧。

（原载黄克剑主编《问道》第 5 辑，福建教育出版社，2011 年）

功能主义批判的美学高度

——西奥多·阿多诺晚期美学思想再发掘

一、否定美学的接受高度与问题

阿多诺始终坚持艺术的自律性、否定性，他对大众文化或工业文化的批判、拒斥以"深刻""彻底"著称。这几乎为阿多诺赢得巨大的声誉，但也因其精英主义、悲观主义、观念的总体化而频频遭到指责：充满对工业文化的虚构、想象，忽视了大众文化的复杂性，看不到接受大众的积极性与抵抗潜能，暴露了他对大众文化的隔膜以及冬烘的美学面孔。

由于阿多诺在法兰克福学派中的重要性、影响力，他对大众文化的批判甚至一度被上升为整个法兰克福学派对大众文化的态度而被广泛接受。随着接受语境的变化及大众文化的兴起，法兰克福学派内部对大众文化的不同态度被不断挖掘出来，尤其是马尔库塞、本雅明等对大众文化革命能量的推崇得以显露。由此，法兰克福学派美学或其大众文化理论就不再是铁板一块，除了批判还有肯定，大众文化除了控制功能还蓄聚着颠覆能量。这一开掘或许丰富了法兰克福学派大众文化理论的维面，但并没有改写阿多诺对大众文化拒斥的面孔。在接受者眼里，或许有两个本雅明，两个马尔库塞，但是只有一个阿多诺，一个将大众文化批判到底的阿多诺。① 这样，本雅明与阿多诺在 20 世纪 30 年代因对大众文化的不同态度而展开的长期争论问题，就必然被重新突显出来。在时隔近半个世纪之后，如何看待本雅明与阿多诺间的分歧，或许已超出了学术评价的客观层面。因为在后现代大众文化理论的造反下，这种差异是否意味着法兰克福学派大众文化理论的分裂？这种差异是现代性内部的差异，还是现代性、后现代性间的差异？这是阿多诺、本雅明美学研究者，尤其辩护者以及审美现代性阵营，无法绕开并需要重新思考、回应的环节。在这一问题上，尤根·哈贝马斯、理查德·沃林、彼得·比格尔等都有过深入的探讨，并有基本的共识。哈贝马斯、沃林对阿多诺、本雅明都作了双重批判：本雅明对自律艺术的忽视，容易导致艺术与政治调情；阿多诺对工业文化的拒斥，已经放弃了交流与介入，进入了"冬眠"。在比格尔那里，阿多诺与本雅明之间的差异，可以视为自律艺术与先锋派艺术之间区别。尽管他认为先锋派对自律艺术体制的反叛使艺术得以重新介入生活显得十分重要，但他并不主张完全取消艺术的自律性。理查德·沃林对阿多诺与本雅明间的论争曾做了详细的考察，许多表明差异背后的关联细节得到突显：阿多诺将自己同本雅明立场的分歧譬喻为，"一个完整的自由被撕裂的、没整合起来的两半"。② 甚至阿多诺在信中坦承自己对本雅明的批评并不代表真正的分歧，而是反对他同布莱希特过分接近。③ 因此，阿多诺、本雅明在大众文化或自律艺术上的差异，意味着双方都有自己的合理性与不足，它们构成了法兰克福学派美学的二重性。自律艺术、艺术先锋派都是审美现代性观念的重要构成，是波德莱尔审美现代性观念中"永恒的一半"与"瞬间的一半"，阿多诺、本雅明不过是格执一端。

无论是源于法兰克福学派大众文化理论复数发掘所可能引发的连锁效应，或是在大众文化理论造反的语境下出于对阿多诺大众文化批判理论的回护，还是后现代"考古学"的挖掘欲望，都有理由对阿多诺美学提出这样的质问：阿多诺果真一味地抵制大众文化而丝毫看不到其潜能？自律艺术与大众文化果真势不两立？

---

① 可参见赵勇：《整合与颠覆：大众文化的辩证法》，北京大学出版社，2005 年。论者提出了大众文化肯定与否定两套话语、整合与颠覆的辩证法，其整个逻辑起点或所要反驳的就是，理论界将法兰克福学派大众文化理论简化为一味地批判与否定的观点。

② See Richard Wolin, Water Benjamin, *An Aesthetic of Redemption*, Columbia University Press，1982，p. 19.

③ See Theodor W. Adorno ＆Walter Benjamin, *The Complete Correspindence*，1929 – 1940，Harbard University Press，1999，p132.

发出这样质问的逻辑依据、理论力量或许恰恰源自阿多诺自身，即作为辩证法的真正贯彻者怎么可能如此非辩证地看待大众文化，作为非同一性的倡导者怎可用同一性视角审视工业文化？正是在这种质疑的催发下，阿多诺那些对大众文化更加公允、正面的诸多表述被不断地挖掘出来。在《大众文化的模式》一文，阿多诺既批判大众文化对人的控制，又从大众文化反反复复的操控中看到希望的踪迹，即"人毕竟不能被彻底控制"。① 他在《电影的透明性》《闲暇时间》中指出，工业文化意识形态并非坚不可摧，不应该忽视影片设计的意图和实际影响之间存在着裂缝。同时，工业文化内部充满了反抗性与消解性：在工业文化中，"为了捕获消费者，给他们提供替代性的满足"，意识形态就应该"以更广泛、更生动的方式得到描述"，"工业文化的意识形态包含着它自身谎言的解毒剂"。② 阿多诺也看到自律艺术也并非远离商业活动："事实上，现在将艺术僵硬地区分为自律的和商业的方面本身就是商品化的巨大功能"；19 世纪上半叶巴黎提出"为艺术而艺术"的口号时恰是在"文学第一次真正成为大规模交易的时候"。③ 实际上，自律艺术的资本主义起源除了在阿多诺晚期的作品中多有表露之外，在早期《启蒙辩证法》中也多有论及。捆在奥德修斯身上的那条绳索就是艺术自律的隐喻，它是资本主义分工的产物。这条绳索或艺术既充满着禁欲的色彩，也负载着资本积累的原罪。这样，批判工业文化的同时，自律的艺术也理当得到批判。④ 在西方，对阿多诺大众文化理论加以重审的可以德博拉·库克为代表，其著的《重返文化工业》是为阿多诺大众文化理论辩护的主要依据。⑤

　　毫无疑问，无论对阿多诺肯定大众文化的发掘，还是将阿多诺、本雅明对大

---

　　① T. W. Adorno, The Culture Industry: *Selected Essays on Mass Culture*, London: Routledge, 1991, p. 93.

　　② T. W. Adorno, The Culture Industry: *Selected Essays on Mass Culture*, p. 181, 195.

　　③ T. W. Adorno, The Culture Industry: *Selected Essays on Mass Culture*, p. 159.

　　④ T. W. Adorno, Aesthetic Theory, London: Routledge & Kegan Paul, 1984, p. 8.

　　⑤ 参见凌海衡《阿多诺文化工业批判思想》（《外国文学评论》2003 年第 2 期），赵勇《整合与颠覆：大众文化的辩证法》（北京大学出版社，2005 年，第 40—41 页）。凌海衡借此修正理论界只从批判、否定角度对阿多诺大众文化理论的接受，而赵勇则认为库克放大了阿多诺对大众文化的肯定，反而模糊了后者的倾向性。尽管二者的观点看似存在差异，但它们正好是大众文化理论辩证法的双方，构成审美现代性的两端。对阿多诺美学的接受如果仅停留在这一层面，对阿多诺晚期的美学高度都可能造成遮蔽。

众文化不同态度上升到审美现代性的层面，都是必要的。前者修正、突破了理论界之前对阿多诺大众文化理论的笼统、单维理解，后者洞察了差异表象背后的共通性，提升、拓宽了审视问题的理论高度与视域。不难看出二者有一个共同指向，就是为阿多诺美学辩护。辩护看似是对阿多诺美学的提升，但其所设定的对象、前提、框架几乎限制了问题的深度展开。它不但没能进一步趋近否定美学的内核，释放出其合理潜能，而实际上却可能造成了对它的矮化与遮蔽。阿多诺否定美学无论是长处，还是不足，都具有非常强烈的历史感，又鉴于阿多诺理论的构建能力及非同一性哲学的独特性，其合理性通常挟带着某种不合理性表象。无论是出于批判、拯救、辩护或是批判，任何外围、单一的分解与拆装都可能是粗暴而无效的。作为阿多诺理想的阐释者，韦尔默在涉及阿多诺美学的批判时，经常谈到的就是如何确保它的潜能与合理性得以保存、释放。他倡导对阿多诺进行"立体的阅读"，提醒我们必须"把阿多诺美学核心范畴从它们的辩证法停滞中释放出来，并使得它们在系统内部运转起来"。① 由此，仅从大众文化立场和现代性层面为阿多诺美学辩护与论证，将导致一系列问题：首先，容易在自律艺术、大众文化上就事论事，固执于其中一端而忽视否定美学的内在结构与机制，未能触及实质及其创造性、预见性。其次，容易将阐释及其过程混淆于阿多诺美学自身的建构而忽视了它一以贯之的内脉。它往往给我们造成这样的错觉，似乎阿多诺在早期激烈批判大众文化而到了后期则对此有所修正。再次，抽离式的辩护、论证非但无法激活否定美学的辩证动力，反而可能走向不偏不倚的辩证、综合：阿多诺既区分了自律艺术与大众文化，又指出它们间的关联。这反而模糊了否定美学的总体倾向，牺牲其历史感与当下性，而停滞、蜕化为理论的透明。

回到阿多诺美学自身，尤其是对功能主义的批判，就会发现围绕阿多诺美学现有阐释的滞后性，这些辩护或许不能说多余，但其重要性将被阿多诺晚期的美学高度所冲淡。当阐释者正黏滞于大众文化、自律艺术其中一轴或为审美现代性一端的孰高孰低、孰是孰非而辩驳时，阿多诺却告诉我们它们之间相互交错、缠绕与反转，而且构成生产与被生产的动态关系而远没有理论勘界的清晰。当阐释者为矫正阿多诺大众文化理论的"偏至"而忙碌于大众文化与自律美学间的调停、

---

① A. Wellmer, *The Persistence of Modernity*, Cambridge：Polity Press, 1991, p. 2, p. 35.

辩证或对"永恒一半"与"瞬间一半"的关联、融合多有欲念之际,阿多诺却以否定美学之否定粉碎了这种冲动,他对美学何为的思考——美学的质问、否定、反思内核,远比阐释者更为老辣、清醒。阿多诺是驾驭辩证法的能手,他在自律艺术陷入困境时——保持自律将被边缘化而在介入过程中则面临被收编——曾运用美学(形式)中介实现了"反美学""反艺术"的转换来解决这一问题。① 遵从阿多诺这一运思逻辑,结合他在晚期所遭遇的大众文化不可阻遏的潮流,阐释者确实很容易滋生这样的遐想:在他那里,大众文化这一肯定性面孔是否也可能同样以美学形式为媒介同充具意识形态的社会现实拉开距离,进而迸发出批判的声音与真正的反叛性——实现波德莱尔审美现代性观念从"流行""时尚""粗俗"中提取诗意的东西? 可是,当阐释者为审美现代性内部构件的隐显、抑扬、位移、辩证而一厢情愿地布局或对其审美乌托邦多有批判之际,阿多诺实际上对形式美学(审美现代性)的危机已早有觉悟,并宣告美学自身的无力,而这几乎已触摸到了生养美学又引发其危机的文化与社会体制的病症。这个美学外部或体制显然不再是阿多诺长期批判的现代性体制,尽管他未曾、也不可能像韦尔默那样直接将其作后理性、后民主、后政治宣告。但这昭示着阿多诺晚期的美学已经走在后现代主义美学创造的关口上。或许也可以说,阿多诺最后确实有告别自律美学之象牙塔而趋向目的、应用、体制这些外部空间,但这种走向在一个既深受现代性困境煎熬也深得锤炼的美学老人那里,绝非是理论的落单设计与臆断所能捕获的。以上对阿多诺美学接受问题的勘察与诊断足以构成重新发掘其晚期美学思想的理由,而他对功能主义的考察、批判则高密度地汇聚着这些美学思考,也奠立了其美学的最终高度。

二、功能主义、否定美学的融合与碰撞

阿多诺在 1965 年应阿道夫·阿尔恩特的邀请为德国制造联盟发表了题为"今日功能主义"的演说。其主要涉及对象除了德国制造联盟之外,无论是建筑师阿道夫·卢斯、勒·柯布西耶,还是"新客观主义"都同建筑艺术的功能主义相关。阿多诺对功能主义的考量,并没有仅限于功能主义层面就事论事,而是带上了自

---

① T. W. Adorno, *Aesthetic Theory*, p. 273.

身的美学思考及问题视域，既包括之前他对批判美学、现代艺术、大众文化的思考及问题逻辑的延伸，也包括他发表演说时期对美学、艺术的当下状况及走向的判断。当然，对于阿多诺而言，功能主义是除波德莱尔《恶之花》、勋伯格的无调音乐、贝克特《等待多戈》等少数典型范例之外一个不可多得的胚胎与标本，其独特的美学内涵、价值、实践、征候意味着它不只是阿多诺阐发的对象而是能够成为他质问、生发、构建美学的理想载体。从发生学层面看，问题语境的错位与交叠也颇有意味，功能主义的发生可以追溯到一战前，盛行于 20 世纪二三十年代，属于现代派建筑范畴；而阿多诺演讲则是在功能主义早已因自身的粗陋性而陷入危机、需要加以反思的时期，同时当时后现代主义思潮已从边缘逐步成为中心。它们之间既有共通性与关联度，又在时间距离与美学范式上存在着差异。从解释学层面看，阿多诺的功能主义论是否定美学同功能主义之间的一次碰撞与融合。作为被阿多诺所关注的功能主义显然折射出他晚期的美学思考，而功能主义美学与实践至少在三个层面能够触动、生发阿多诺的美学思考：功能主义美学对"技术""应用"的推崇；技术与艺术、工业与美学之间结合的诉求；"合目的的有目的"对"无目的的合目的"的置换。

同否定美学对自律性、超越性、无用性、无目的性的倚重及对技术的排斥相反，功能主义主张突显建筑艺术的"实用""应用""目的""经济""功能""质料"等维面。为了实现这样的美学理念，功能主义无不把批判矛头指向了传统建筑的"装饰性"。卢斯把"装饰"与"罪恶"直接等同起来。在他眼里，"装饰"是弱者的表现，是现代文明的病态现象；"装饰的复活"对审美意识的发展造成巨大破坏，是"危害国民经济的一种罪行"；而去装饰，"从实用品上取消装饰"则是文化的进步。① 无论是稍后的柯布西耶，还是更早的格林诺夫，也都视装饰为虚假、浅薄。新客观派作为功能主义的极端，更是提出这样的愿望，即"一种完全客观主义地以物质为基础来对待事物，而不再添加思想意识含义的愿望"。② 功能主义礼赞技术、工业、新材料以及汽车、飞机、轮船等制造，在这些材料、机器与制作技术中无不是美学的，这在柯布西耶《走向新建筑》中得到最为鲜明的体

---

① 汪坦、陈志华主编：《现代西方建筑美学文选》，第 6 页，清华大学出版社，2013 年。
② 引自弗兰姆普敦：《现代建筑：一部批判的历史》，第 153 页，中国建筑工业出版社，1988 年。

现。就此而言，艺术原则在功能主义那里发生颠倒：质料优先于形式，目的主导了无目的，"审美的生产"让位给"实用审美"。功能主义这些主张至少在两大方面对阿多诺会所激发、触动或同他晚年的美学思考是相通的。一方面是扭转之前对技术与工业所持的以否定、批判为主导的防守策略，而转向正面回应或接纳。这样，《美学理论》有关章节及《今日的功能主义》对技术、工业文化与艺术的关系作了不同于往日判断与思考，就非常值得注意。阿多诺已经意识到技术对艺术的影响、艺术与工业生产、技术时代的艺术等问题都是无法回避的："真正的现代艺术与其说是不得不设法对付发达的工业社会，还不如说是不得不从标新立异的立场出发承认发达的工业社会"。[①] "技术"对于艺术而言并非只有消极的意义，它"不仅反映审美自觉，而且反映外在于艺术的生产力发展"。阿多诺以电子音乐为例，说明它恰恰是利用了"艺术之外的技术工具特质来生产艺术"。[②] 他在《今日的功能主义》中则宣称，"对技术的害怕是相当古板、过时的，甚至是反动的"。[③] 另一方面则是否定美学或现代艺术如何重新同外部的社会目的、生活获得联系，从而摆脱美学耗尽能量与功能、艺术陷入表象危机的困境。艺术并非天然地疏离生活，阿多诺提醒我们不要因为"技巧"而忘记现代艺术的起源，当艺术借助形式技巧远离日常生活时甚至要有"原罪的意识"。[④] 在追问何为工业时代的艺术时，他已经看到在工业时代中技艺对艺术自律形式或审美无目的植入、胀破："具有内在目的的技巧在保持'无目的'的同时也不断地拥有审美之外的技巧作为自身的模式"，"艺术作品在不断变成技术的，就必然同功能形式捆绑在一起而同它们的无目的相矛盾"。[⑤] 在工业技术时代，古典美学与艺术的"自律性""无用性""无目的性"全面遭到了挑战，否定美学与反艺术也无法例外。如果说否定美学与反艺术刚开始的抵抗还具有真实性，那么随着工业文化与技术时代的全面来临以及技术的不断再生产，它们将因无法真实、有效地反映工业文化和技术时代的社会经验而萎缩、蜕化为一种装饰或意识形态。如何避免这一情况的发生，则是阿多

---

① 阿多诺：《美学理论》，第 60 页，王柯平译，四川人民出版社，1998 年。

② 阿多诺：《美学理论》，第 59 页。

③ TH. W. Adorno, "Fuctionilism Today", in Neil Leach ed., *Rethinking Architecture*, London：Routledge, 1997, p. 8.

④ 阿多诺：《美学理论》，第 375—376 页。

⑤ TH. W. Adorno, Aesthetic Theory, p. 343.

诺在《今日功能主义》要进一步破解的难题。

功能主义发掘并倡扬机器美学与技术美学:"今天已经没有人再否认从现代工业创造中表现出来的美学。那些构造物,那些机器,越来越经过推敲比例、推敲体形和材料的搭配,以致它们中有许多已经成了真正的艺术品"。[①] 它们探寻工业与艺术、技术与美学的融合,希望能实现这样的美学理想:艺术既是美的,又是实用的;工业制品具有实用性的同时也是美的。这种审美的理想以实用性、现实性为主导,甚至同国家的工业外交战略密切相关。当时的德国是这一观念的引领者,德国建筑师塞姆帕尔早在 1851 年就发表了《科学、工业与技术》,弗德里希·诺曼在 1904 年著有《机器时代的艺术》。他们的文章焦点就是应用艺术、手工艺如何应对技术与工业的挑战。[②] 诺曼稍后与穆台休斯等发起了德意志工业联盟,其出发点就是迎接工业化运动,扭转德国工艺制品的粗陋性,在审美技术层面提升产品的竞争力。这种美学追求包含对古典、自律与技术、工业的双重超越的尝试。在诺曼看来,这样高质量的艺术产品只能有具有艺术修养又能面向机器生产的人来承担。柯布西耶宣称,"艺术不是大众的东西,更不是'奢侈的心肝宝贝'"。[③] 工业制造联盟的名称也是有意为之,既避免用纯指工业的 Industrie,也不用手艺、手工业的 Gewerbe,而 Werk 一词则兼具工厂与作品之意。[④] 审美与技术、工业与艺术并并非一直就呈现为现代性的对抗,它们在现代性的解放进程中具有一致性;而在手工艺生产方式中曾经就体现为技术、商业与艺术之间的和谐、融合。正如前文所涉及的,艺术与技术之间的结合问题一直处于阿多诺的美学思考视域之内。当然,我们在阿多诺的相关阐释中看到更多的是二者之间的对抗,还有技术、工业与商品对自律艺术的渗透与改造。他在《文化工业再反思》一文中甚至认为将高雅艺术与通俗艺术强行整合在一起对双方都是一种损害。[⑤] 可见,问题的关键还在于二者之间如何融合,无论是强制的整合,还是庸俗的辩证统一,将使情况变得更为糟糕。此问题情形同康德当年如何调节美学的感性主义与经验主义多少有些相似,它不可能通过增减或移动双方的要素而得到调和,而需要新

---

① 汪坦、陈志华主编:《现代西方建筑美学文选》,第 6—11 页。

② 参见弗兰姆普敦:《现代建筑:一部批判的历史》,第 126—128 页。

③ 汪坦、陈志华主编:《现代西方建筑美学文选》,第 73 页。

④ 吴焕加:《20 世纪西方建筑史》,第 75 页,河南科学技术出版社,1998 年。

⑤ T. W. Adorno, *The Culture Industry: Selected Essays on Mass Cluture*, p. 98.

的思考路径以及实践的修正。功能主义倡导者对美学"无目的的合目的"的置换，显然对包括阿多诺在内的那些试图积极应对技术、工业对艺术、美学挑战又深受自律、无功利、无目的折磨而几乎心力交瘁却又困兽犹斗的美学现代性论者而言，无疑是十分震撼的。其实，现代美学与艺术只要仍然受制于"无目的的合目的"框架，那么无论它作怎样的调整都无法同大众文化、文化工业制品实现善、美的结合，因为根本就不可能从自身的内在向度中开出以外部目的和功能的自我持存为目的的工业文化、技术制品。实际上，阿多诺已经触及这一问题，他在探讨技术时代的艺术时已经认识到只有从对"无目的的合目的"的反思入手。①

功能主义绕开了"无目的的合目的"而代之以"合目的的有目的"的美学原则。"合目的的有目的"中的"合目的"，即形式律，具有本体论或存在论的意义。在实际中就是自然、事物或艺术的具体形式，它能以合乎目的的方式显露目的，不能被误解为装饰、美化的技巧或工具。在功能主义的设计实践中，合目的就是能够让设计的目的、材料的性质显露出来，还原出材料、物的样态，即"物之物性""材料之材料性"。这样，按照格林诺夫的话说就是，事物就会有事物该有样子，"银行的外貌就应该像银行，教堂就应该像教堂"。同时，美不在目的、功能之外，工艺制品之所以是美的也就在于它的目的性和材料的质感得到了显露。所谓的"美"，即"形式适合于功能"。② 当然，作为合目的的形式，并不局限于物的形式，它包含着文化精神因素（尤其在柯布西耶与穆台休斯那里）。功能主义所突显的目的、功能，区别于康德的先验目的或内在向度的反省目的，而是指趋向外部能够外化的目的，它包括自然、万物的目的（当然以人的存在为媒介）以及人的目的、需求。功能主义所强调的目的、需求不同于主观化、官能化、心理化的欲望与需求。在功能主义那里，无论是功能、需求与目的，还是形式与功能、需求的适合性，都参照自然、有机体加以类比勾画，它们深受自然的约束而避免实用、目的的寡头化，而它们所反对的装饰恰恰是对这种自然性的违背。同时，形式与功能、目的的适合性，隐含着自然性与精神性之间的应和以及精神深受自然向度的约束而避免自身的跋扈："当作品对你合着宇宙的拍子震响的适合，这就是建筑情感，我们顺从、感应和颂赞宇宙的规律。当达到某种协律的时，作品就征

---

① See T. W. Adorno, *Aesthetic Theory*, p. 217.
② 汪坦、陈志华主编：《现代西方建筑美学文选》，第 2、3 页。

服了我们。建筑，就是'协律'，这就是'纯粹的精神创作'"。① 功能主义的这些特点——功能与目的的自然性及其相对于形式的主导与制约；形式以受到自然性约束的方式超越自然性；形式适合目的以及形式与目的关系中所蕴含着自然与精神相互间的制约性与交往性——同阿多诺的思考有诸多共通的理趣：阿多诺对客体优先、自然美、模仿等论说中体现了自然的不可复制、不可界说以及抵抗人化与主观化的内蕴，自然美相对于艺术美的优越性。② 其自然观通过否定的方式（转化为形式技巧）超越了自然本体，显露出"潜在的物语"与"物性"；③ 但是，他的自然观有别于前美学、海德格尔存在论或浪漫主义之处在于，它并没有将自然彻底神秘化、彼岸化或高度人格化，其功能、需求与目的的限定词是"人的"："活着的人，甚至是最为落后、老套的天真（的人），也有实现他们需求的权利，即便这些需求是虚假的"。④ 当然这些（人的）目的、需求或（人的）显露方式，始终受到自然的牵制或是合乎自然性而区别于人类中心主义的任性与跋扈。阿多诺涉及人与自然、形式与质料等自然美学观点以及功能主义的形式与内容等方面，都已涉及自然、质料同形式、目的等之间的交往性。不难看出阿多诺的这些美学思想来源于康德美学：康德在论述自然美、自然美对艺术美的优越性、自然的客观合目的性、自然与德性（超感官的第二自然）的亲缘性与交往性时，都涉及这些方面。⑤ 由此，功能主义的"外化的目的"置换了康德所谓"目的"的内在与先验指向，但延续了在康德那里"形式"因着同"目的"的适合性而体现出的自律性。这是它同大众文化、工业文化以消费需求、利润为目的的"目的"之区别所在，也是阿多诺对功能主义相当关注并有诸多认同的原因。

阿多诺虽然没有明确使用"后现代美学""后现代艺术"这样的概念，但他阐发功能主义艺术时显然已经处于后现代语境。《今日功能主义》看似就功能主义本身而论，也容易被误认为只是《启蒙辩证法》时期美学思想的延续或转折；但无

---

① 汪坦、陈志华主编：《现代西方建筑美学文选》，第 59 页。

② 阿多诺：《美学理论》，第 119－120 页。

③ TH. W. Adorno, "Fuctionilism Today", in Neil Leach ed., *Rethinking Architecture*, P. 17.

④ TH. W. Adorno, "Fuctionilism Today", in Neil Leach ed., *Rethinking Architecture*, P. 16.

⑤ 参见康德：《判断力批判》，第 116、142－146，209－211 页，邓晓芒译，人民出版社，2002 年。

论从当时美学、艺术实践情况来看，还是就功能主义承载阿多诺美学的可能性而言，它客观上已对后现代语境下美学与艺术走向作了相应预见与回应：材料、物质、自然、建筑、日用器具、日常生活等将更多地从形式的裹缚中获得解脱、显露，而成为现代艺术之后的美学对象。利奥塔就曾指出康德美学将因对物质性的漠视而付出代价："崇高之后"（后现代），艺术不转向精神，而转向了质料与物。[①]形式要从自身的纯粹性、自律性中解放出来，它需要"不纯""含糊""矛盾""不洁"（文丘里的观点），方有生机，方能同生活重新获得联系与沟通，现代性的自律性也方能得到延续。技术与美学、工业与艺术的融合，质料与形式、人与自然的关系的重组，是后现代美学与艺术的诉求；不过，这一融合与诉求最终还取决于通过交往而获得澄明的人类理性与目的。这也是韦尔默对后现代美学、艺术的基本诊断，是其审美现代性的后现代实践思想的集中体现。

三、功能主义危机与美学内核的显露

功能主义的发展状况及其结果，同运动发起者的初衷相去甚远：技术与审美结合的理想并没有实现，作为功能主义实现建筑材料与功能革新及完成对装饰艺术批判的技术，最终被高度"人格化"而演化成"技术至上"。目的、功能、需求、实用因人文内涵、文化精神的放逐而蜕变为功能的机械、教条以及目的、需求、实用的粗俗裸露。外部目的与功能的萎缩，必然引起内部目的的衰落；外部目的与功能最终彻底吞没了形式的"合目的性"而仅剩下纯功能的虚饰与纯目的的摆设。在建筑的新客观主义或即物主义那里，艺术已经完全成为非艺术，它宣告了功能主义危机的全面来临。在历经现代性批判从清晰到复杂辩证的环节之后，功能主义危机对阿多诺而言显然比其他人意味着更多，他对功能主义危机的反思也远超出了功能主义本身。阿多诺从功能主义危机中看到，作为矫正、拓展"自律""无用""无目的"的"目的""有用""功能"，看似合理性背后仍然问题重重。不过，阿多诺没有在"目的""有用""功能"这一轴上就事论事。他对功能主义危机的反思，既是对审美现代性二重性的双重批判，也是批判美学的贯彻与构建。阿多诺正是从功能主义的危机中意识到，无论置于审美现代性两端的哪一

---

① 参见利奥塔：《非人：时间漫谈》，第153—156页，商务印书馆，2000年。

轴上的概念都不是自明的，都应被纳入社会、历史维度中勘察其功能的生产、再生产状况。

功能主义反对装饰艺术，推崇艺术的功能；但艺术的装饰和功能都生发、受限于具体的社会、历史场景。阿多诺指出，"为某种质料语言中所需要的东西，之后可能是肤浅的，甚至是糟糕的装饰"；这种需要在另一种语言中将丧失合法性而成为"风格"。因此，"今天的功能明天将成为它的对立面（非功能）"。[①] 功能主义和客观艺术抵制"象征"与"想象"。阿道夫·卢斯将装饰的起源追溯到"色情的象征"，在他那里拒绝装饰同厌恶象征是一致的。阿多诺并不简单地反对"象征"和"想象"，而是将它们纳入社会文化的视域加以还原考察。"象征"并非天然地就是一种装饰技巧，"想象"即便在艺术家那里也并非随地无中生有。在阿多诺看来，"象征"是人类赋予物体的一种言说方式，人类正是借助模仿的冲动来调适自身与周遭环境的关系。这也是艺术家模仿冲动的源起，他们通过自己制品的意象将那些外在的、具有强迫性的事物内在化。"象征"并非与"用途"无关，哪怕是房屋、飞机、汽车仍然具有象征形式。"装饰"本身并没有罪过，艺术之所以堕落成"装饰"，在于它不再能够创造真实的装饰。[②] 阿多诺对"想象"概念的流俗用法也加以批判。人们通常仅把"想象"作为不在场事物的"形象"，将它理解为艺术创造过程中的一个决定性因素。他认为本雅明将"想象"作"植入、篡写微小细节的能力"的界说要远比那些通常的解释——要么将其抬高到"精神的天堂"，要么从客观的现实角度将其贬入"地狱"——更有成效。"想象"是对事物的激活，"质料"和"形式"因"想象"而摆脱各自的自然性；但是这不意味着"想象"不受约束，可以主观恣肆，它更像是负载着文化的重量在"跳舞"。"艺术的想象"不过是"通过对质料固有问题的意识来唤醒这些文化蕴藉"，"想象的微小进步，回答着质料和形式以静默的、自然的语言所提出的无言问题"。[③]

阿多诺此时同启蒙现代性批判时期的差异在于，不再对相应的范畴作抽离式的总体性判断。他将"自律""目的""有用""无用""无目的"等审美现代性的不同维度还原到相应场景，摆脱二元对抗的总体格局，而显露其历史交织、扭结

① Adorno，"Fuctionilism Today"，in Neil Leach ed.，*Rethinking Architecture*，p7.
② Adorno，"Fuctionilism Today"，in Neil Leach ed.，*Rethinking Architecture*，p. 10.
③ Adorno，"Fuctionilism Today"，in Neil Leach ed.，*Rethinking Architecture*，p. 13-14.

境况。由此，审美现代性矛盾的一系列范畴将在艺术发展的历史语境中被重新认识。就自律艺术的自相矛盾而言，阿多诺指出这是源自艺术概念自身的发展："根据自身的形式律，艺术为了成为艺术，就必须结晶化为自律的形式。这构建了艺术的真实内容，否则它将屈从于正是通过自身的存在而要否定的东西"；然而，艺术作为人类的产品，它不可能只是"艺术"而与人性无关，这样"它就包含了某些它必须抗拒的成分"。① 阿多诺同样在历史视域中对"有用""无用"的矛盾加以考察，结果发现二者并非天然的对立：工艺产品或有用的事物实现了"人"与"物"的双重超越与连接，它意味着"物"丢弃了它的"冷漠"，并显露出"物自身的目的"，但并不曾沦落为"手段""工具"；而对人类而言则意味着不要再遭受"自然物"的困扰，体现了一副"亲近的、有益精神的图像"，却无关"利益驱动"的。在资产阶级早期艺术中，"有用"与"无用"并不对立。只是到了当代社会，"有用的"被施以"魔力"，有用的东西的生产纯粹为了利益而同人的需求关联很少；为利润而进行的交换玷污了作品，它全面"接管了自律

艺术"。② 功能主义所倚重的"有用性"，显然也不能幸免；自律艺术的遭遇与境况，已经昭示着功能主义"有用性"的可用空间之稀少。

阿多诺除了对这些家族性概念加以历史还原，还将它们置于其当下的社会场域中加以考量，他发现它们的内涵、界限、规则正遭到艺术之外的文化力量的渗透与改写。商业、利润、娱乐与非理性对艺术的浸渍、染化是不分艺术类型与差异的。最典型、最值得关注的就是，自律艺术的他律化以及大众文化的自律化现象。以自律艺术为例，阿多诺称"像许多社交性、歌舞娱乐目的已经渗透到无目的的艺术"，这些无孔不入的目的已经渗入自律艺术的形式律。在这种情况下，自律艺术成其所是的原则——"无目的的合目的性"，已经不再可能是"无目的"的而只能是"目的的崇高化"。这样，自律艺术的无目的则可能成为商业、资本目的的共谋，"无目的的合目的"被倒转为"无目的的有目的"。功能主义强调艺术形式的合目的性、合材料性，阿多诺认为"合自身目的的目的"只不过是一种幻觉，它根本无力对抗"最为简单的社会真实"。艺术是否具有目的或具有怎样的目的，根本不可能根据自身作出论断而必须根据它所在的社会现实情况。无目的或合目

---

① Adorno，"Fuctionilism Today"，in Neil Leach ed.，*Rethinking Architecture*，p. 16.

② Adorno，"Fuctionilism Today"，in Neil Leach ed.，*Rethinking Architecture*，p. 17.

的的言说方式并非自律艺术或功能主义的特权，一些为追求利润的大众艺术同样可以把自己的产品包装、设计得合目的或无目的。这就是马尔库塞当年所提出的大众文化的反升华，即"有目的的无目的性"。有目的却表现为没有目的，这显然更具有迷惑性。它以最大限度地获取利润为旨归，但却将这种目的借助装扮、美化而使消费者浑然不察。功能主义若只是简单地推崇目的和表现方式的合目的性，同样可能充具着意识形态。广告同样能做到以自律的方式或合目的的方式表现自己的目的："如果广告具有严格的功能，却没有装饰的盈余，那么它将不在作为广告完成它的目的"。[1] 尽管阿多诺早在《启蒙辩证法》就涉及自律艺术的商品化或大众文化的艺术化现象，但显然没达到这样的理论自觉："目的""无目的""有用""无用""质料""形式""功能""技术""装饰"等等之间的交织与缠绕；美学与艺术在后工业技术文化时代的存在环境已更加复杂；放逐历史语境、文化场域，从理论、范畴层面抽象地谈论美学与艺术将是不准确、危险的，任何简单的价值辩护也显得不合时宜；审美现代性的一系列范畴之间已不可能泾渭分明，二元的或线性的分判已难以招架这一变局。

阿多诺既将审美现代性矛盾两端的范畴加以历史还原与当下考察，又清醒地看到它们之间的矛盾不可能通过还原、反思、批判加以消除。这种矛盾性在阿多诺美学中也始终存在，并表现为一系列具有辩证张力的审美范畴。阿多诺没有执迷于构成困境的两个对立维面间的纷争，人为地制造"两个维面自身的战争"或者导致纷争的循环与繁殖。阿多诺比之前更清醒地意识到，对问题的批判很容易成为问题的制造者，对敌人的清算很容易成为"敌对阵营的同伙"。他认识到这一系列矛盾，不是不要解决而是具有不可解决的一面。如果试图强制地化解，只能是粉饰问题，转移矛盾。阿多诺在《今日功能主义》的最后指出，正是这一系列的矛盾与困境的客观存在，我们更加需要美学。美学的无力并不说明我们不需要美学或废黜美学。相反，我们急迫需要美学，需要改进美学以及艺术观念，即对问题清醒的意识、反思、质问以及对"何为艺术"的反复追问。[2] 实际上，也就是把他的否定美学彻底地贯彻，而利奥塔后来则将此发掘为"否性的异延"以及

---

[1] Adorno，"Fuctionilism Today"，in Neil Leach ed.，*Rethinking Architecture*，p. 9.

[2] Adorno，"Fuctionilism Today"，in Neil Leach ed.，*Rethinking Architecture*，pp. 17，19.

"何为艺术"的解构质询。可见，阿多诺美学除了具有对真理、和谐、解放的冲动的一面，但他不忘批判美学之初心，坚守否定美学之"否定"内核，并在新的复杂语境下加以拓展、维系。

四、洞见、盲视与重建潜能

功能主义的批判汇聚着阿多诺对美学与艺术观念的深邃思考。这既体现为他自启蒙现代性批判以来对审美现代性观念的调整，也蓄积了对后工业时期美学、艺术如何应对挑战的判断与预见。从阿多诺之后或现代性之后美学与艺术的走向来看，其美学思考触及这样的核心问题，即现代美学与艺术只有带着自身回到外部方能释放自身的能量而获得新生。

阿多诺在功能主义批判中已经认识到审美现代性内部一系列矛盾不过是外部力量使然。对于美学与艺术而言，无论是审美现代性困境化解，还是自身发展，它从根本上都不可能凭借自身力量得以完成。功能主义在借助"有用性"来反抗艺术自律性的过程中陷入了迷误，问题的症结根本不在于"有用""无用"本身，而在于艺术所处的复杂场域。功能主义想捣碎"有用""无用"的纠缠，但只要它仍然深陷于社会的复杂纠缠之中，这种努力便无法突围。[1] 阿多诺对机械功能主义的批判同样涉及一个非常有价值的问题：一方面与庸俗功能主义倚重功能、目的、形式纯粹性不同，他强调的是它们所具有的社会文化"内涵""精神密码"；另一方面他注重"质料""形式""目的"的相互熔聚与作用。形式、质料所蓄聚的文化内涵与密码，意味着它们能够摆脱了审美内部的囚禁而向外部延伸。从这点我们可以看到阿多诺文学、艺术社会学在建筑艺术中的贯彻。"目的"显然只有同"人"相关联，方能得到澄清，而在三者中唯有"目的"具有导向性功能，是"质料""形式"的收摄处：建筑艺术的"目的"是通过将目的内化而超越的"目的的现实性"，建筑的功能或空间要避免成为抽象的、物理的实体就必须体现出自身的空间感来。这就涉及目的如何表达，即它"通过什么形式""用何种材料"以及"形式""材料""目的"的交互关联，"能否实现这一综合是衡量伟大建筑的首要标准"。[2] 阿多诺对功能主义建筑的批判之所以值得重视，还在于建筑艺术本身不

① Adorno，"Fuctionilism Today"，in Neil Leach ed.，*Rethinking Architecture*，p. 17.
② Adorno，"Fuctionilism Today"，in Neil Leach ed.，*Rethinking Architecture*，p. 14.

像文学、绘画、音乐那样局限于审美本身，而与生活世界、主体需要直接关联。建筑艺术的这种外部关联的天然优势对因耗尽内部能量而陷入危机的其他非应用艺术的反思发力更具现实性与针对性。

正如前文所指出的，阿多诺最终落在了这样的思考：如何改进美学，如何构建自我质询的美学；美学如何通过反思，避免蜕化为意识形态；如何内在地、反思性地超越审美现代性的诸多矛盾，构建弱式的审美乌托邦。阿多诺终究没能利用已经触及的问题进一步扩大战场与战果，即将美学带向同外部更为复杂的交错中加以建构。之所以造成这样，在于阿多诺从启蒙现代性批判开始就奠基了的元理论框架以及基此对整个现代文明的片面诊断。尽管阿多诺在晚期始终在突破自己之前的现代性思想，但始终没有从《启蒙辩证法》时期所设定的总体框架与判断中超拔出来。他始终看不到启蒙现代性的潜能，对美学外部力量根本不信任，导致颠倒了问题的因果：审美现代性的困境本是现代性危机的后果，而他却虚幻地让审美现代性肩负摆脱现代性困境的重任。阿多诺是深刻而诚实的，他以过人的才智把包括审美现代性在内的现代性批判在意识哲学的框架内演绎得淋漓尽致；但正是这种诚实与才智，造就了其理论的焦灼、挣扎、逼仄、孤绝、冷艳气质及撕裂的阵痛。阿多诺的美学洞见与盲视同在，我们从中看到了时代的馈赠与历史等高线的制约。

如果不根本地撬动阿多诺美学所奠基的理论框架，那么审美现代性的困境是无解的。正像理查德·沃林所指出的，阿多诺美学的救赎性批判必须从其元理论框架的限制中解放出来，"拯救阿多诺的审美现代性理论的一个前提是它必须转向某个外部背景"。[1] 这种拯救不可能是美学构件的简单增减或局部调整而需要理论范式和路径布局的转换，这样在《今日功能主义》中所触及的合理潜能方能得以解救。韦尔默是阿多诺这一美学遗嘱的执行者：一方面将阿多诺的功能主义批判所触及的"目的"同他在交往方式下发掘的后理性、后主体对接，另一方面将阿多诺以美学内部去关涉外部社会现实的路径置换为社会环境的外部变化如何影响美学构建的思考路径。

在韦尔默看来，目的或主体不是自明、先验或理论的，而内在于文化、社会、历史、政治的多元格局。它们只有在交往中方能得到说明，只有在同复杂语境的

---

① 沃林：《文化批评的观念》，第 126、130 页，张国清译，商务印书馆，2000 年。

交往、关联进程中，在趋同或差异的共识中方能得到澄清。目的能否澄清直接关系到美的问题；只有目的是可理解的，实用制品、工业制品才可能是"美"的。19世纪那些钢铁制品在今天看来仍然是美的，原因就在于它们的可理解性和可见性。相反，电子时代的许多制品变得"怪异的""无表达的"，所能见到的只是"光滑的表面"，其表面背后所潜藏着的东西是无法理解的，美也就随之消失。[①] 目的及与目的相关的主体需求，不可能只是局限于个人，它涉及目的与目的、主体与主体的关联及"私人"与"公共""集体"的纠缠："在今天，实用设施不只是私人的或一时的兴趣，其所关注的不只是新的'风格'或新的时尚，目的与功能的关系已经进入了公共意识。这些公共问题涉及城镇规划、城市的革新与维护、污水处理、景观保护，以及医院、道路、核电站的建设，甚至包括非主流的技术的需要"。[②] 所有领域的设计、规划，"除了技术和审美的构成，还需要考虑到不可回避的社会、政治或生态维度"。[③] 这些问题涉及共识以及能够为共识提供保障的协调或约束机制。这种机制当然非常广泛，包括社会、文化、艺术、法律、政治、民主等等，但起主导力量的还是民主政治体制。这也是韦尔默在谈论现代之后的美学与艺术实践时一定要兼及政治、民主实践的原因。后民主政治实践将对后现代美学与艺术产生深远的影响，审美现代性内部矛盾的克服有待于于它的进场。曾经浮现在德国工业联盟的理想——技术与审美、工业与艺术的亲密结合的可能性也只能从后民主政治实践中获得解释："工业生产遵循着经过交往而澄明的目的；艺术和想象力卷入了共同目的交往的澄明之中。然后，艺术和工业在通过第三种要素——也就是，启蒙后的民主实践的媒介——调节的时刻，才能会聚在一起"。[④] 显然，韦尔默所提及的后民主政治实践仍不乏为一种弱化的乌托邦，但就后民主政治能够为现代之后的美学与艺术实践提供保障这一点而言则体现出其唯物主义的清醒。他在后形而上学语境下开掘、释放了阿多诺曾经触及却终究窒息于意识哲学版图中的美学能量，否定美学踏上了在后现代主义语境下重建的征途。

（原载《闽江学院学报》2018年第1期）

① A. Wellmer，*The Persistence of Modernity*，Cambridge：PolityPress，1991，p. 110，p. 108.

② A. Wellmer，*The Persistence of Modernity*，p. 111.

③ A. Wellmer，*The Persistence of Modernity*，p. 111.

④ A. Wellmer，*The Persistence of Modernity*，p. 112.

第三辑

后形而上学美学先锋与动力

康德美学：批判美学与
先锋派的后现代脉动

康德美学与后现代的关联，严格地说是后形而上学审美现代性批判的问题。我们将二者关联起来考察，旨在消除对康德美学、后现代主义的双重误解，在后现代语境下释放康德美学活力及其后现代批判能量，回应康德美学"终结论""黄昏论"；同时发掘后现代主义的形而上学维度及其创造性与动力，从而消除对它的粗陋理解。康德美学的后现代活力与能量根本上源自"物自体"，它是能够淹涵、贯通后现代美学的结构性范畴，能够有效统摄审美现代性与后现代性的美学中枢，是康德美学后现代重构的根荄。围绕"物自体"实现康德美学重构，能改变康德美学在后现代语境的被动局面。康德美学与后现代主义跨越性批判的展开，旨在疏浚康德美学通往后现代的先锋姿态与脉动，实现后现代美学的规范构建，有效开展后现代文学艺术批评实践。

一、康德美学与后现代主义接受迷误

在西方唱衰形而上学的声音，自尼采之后就不绝于耳，实证主义、实用主义更是重创了形而上学。在主流观点中，后现代主义已全面颠覆了理性、主体、文明、启蒙及整个现代性话语与范式，形而上学及其后裔现代性已走向终结；后现代主义彻底摧毁了审美现代性容器，大众文化、文化研究、生活美学等随之遍地开花。这些论断无不把矛头指向现代性缘起的康德学说。在国内，尤其以从杜威、舒斯特曼实用主义所拓展出的生活美学著称，它更是试图站在所有日常生活审美化诸多说法的理论最高处清算康德美学，宣告康德美学黄昏至暗时刻的来临。①

将康德学说与后现代主义关联起来，似乎相当冒险，显得十分背时、荒谬。在主流声音中对它们常持有如下论断：第一，康德是十分形而上学的，而后现代主义却是极端反形而上学。形而上学传统在实证主义、分析哲学等的拷问中已趋向终结，20世纪语言学转向使康德学说尽显窘境。第二，即便从形而上学层面看，尼采、海德格尔开启的后形而上学及其审美主义远比康德学说更受青睐，并占据了更大的话语份额。第三，后现代主义是反启蒙、反现代性的，自然而然也就反对康德及其由康德开启、哈贝马斯他们加以拓展的现代性文化路线。第四，后现代主义与美学相提并论显得不合时宜，美学要么死亡了，要么同文学、艺术已形同陌路。第五，后现代主义受到了来自经验层面消费主义、大众文化、文化研究等的声援，诸如日常生活审美化的论题以完胜了诸如康德这样的传统美学。这些判断或许道出了一些事实或迹象；但不幸的，正是这种主流的声音中形而上学的声誉降到了"冰点"，并遭到了粗陋化接受，它所及的问题域遭到流放，它们自以为可以独断地取消形而上学了。后现代主义几乎同对形而上学的皮相之解一样，也遭到了灾难性误解：第一，后现代主义反形而上学便是对形而上学的根除。第二，后现代主义几乎沦为犬儒主义、相对主义、自相矛盾、虚无主义的代名词。第三，后现代主义创造性与动力已殆尽，一提及后现代主义几乎都是这样的偏狭理解，诸如碎片、混乱、断裂、（后现代艺术）什么都可以，云云。对后现代主义作如是贩卖，甚至在大学课堂上十分流行，接受者的理解力深受窒息，造成了坏的影响。这种理解的狭隘性正是对后形而上学视域的忽视而致的盲视，自然看不到康德学说通往后现代的能量与动力、康德美学后现代重构的空间以及后现代主义创造力同康德批判哲学的源流关系。

康德学说与后现代主义关联以及重构，不是理论演绎的一厢情愿，而完全基于康德学说内在系统与理路，基于这种关联的客观性、可能性与必要性：康德学说的创造性在于它在问题与方法上掀起了哥白尼式革命。20世纪以来，即便那些颇有建树的康德学说的反对者实际上都难以绕开康德批判哲学的问题域。尽管他们在康德提出的相关问题上能另辟蹊径或绕道前行，但并没能超出康德学说的问

---

① 参见刘悦笛：《"生活美学"的兴起与康德美学的黄昏》，《文艺争鸣》2010年第5期；高建平：《论杜威对康德美学的批判》，《甘肃社会科学》，2011年第5期，等等。

题结构与射程。说不尽的康德，不限于审美现代性，同样适用于后现代语境。康德学说构建路线的诸多节点及问题指向都为后现代主义开了口子，只要反其道拨动其内核，其所预留的空间就能得到彰显。后现代语境则为康德美学重构发出了召唤，为其能量的释放提供了新的契机。从后现代主义角度看，它所遭遇的低沉化、流俗化，借助康德学说能够还原其形而上学的理论格位，呈现自身动力、生机及其先锋性、批判性维面。后现代主义以拆解、否定见长，缺乏结构性支点，其运思与行文方式常因缺少规范而遭到指责。只有回到形而上学维度，方能看清后现代主义失范的真正原因，即在反抗传统形而上学情况下为避免逻各斯中心主义的伏击使然；看到它对形而上学的解构仍然处于形而上学的高度，即后形而上学。缺少了这样的视域，即便主张康德美学的后现代性，或者试图沟通后现代主义与康德美学的关系，也无力应对康德美学、后现代主义所遭到的挑战。已有的这方面研究通常容易存在这样不足：从现代性的框架内探讨康德美学对后现代的启示。这种所谓"后现代美学启示"的声音，① 基于现代性狭隘的框架内提问必然无法以问题整体性、系统性、本源性发力，它通常容易蜕化为阐释康德美学现代性意义的"附属"或"尾巴"，总体上无法扭转后现代康德美学研究的防守局面。探寻康德美学与后现代主义之间的联系，若缺少本体或形而上学维面，则无法进入康德美学、后现代主义内面，容易造成局限于简单剥离或就事论事，缺少对问题焦点的精准定位与分辨力，诸如将康德美学作为浪漫主义源头又把后现代主义同浪漫主义混同，然后借助浪漫主义将康德美学与后现代主义联系起来。然而却不知若从康德美学的整体来看，它与浪漫主义之间有着明晰界限，而浪漫主义的狂热、纵情及其僭越恰是康德美学所极力反对的，而浪漫主义怀旧与伤感色彩也恰是利奥塔后现代崇高美学所要批判的。

目前在理论界将康德与后现代关联的问题中，值得关注的已有研究主要有：J. M. 伯恩斯坦的《艺术的命运——美学的异化：从康德到德里达和阿多诺》阐释了后现代美学对康德美学的反对与突围，对康德美学的理解主要局限在自律、共通感等现代性美学范畴。马克·A. 奇塔姆《康德、艺术与艺术史》涉及德里达的后现代崇高部分，不乏给康德美学的后现代研究提供灵感。汤姆·洛克摩尔著的

———————————

① 可参见张政文：《康德的审美现代性设计及对后现代美学的启示》，《文艺研究》2010年第 11 期，等。

《20世纪西方哲学：在康德的唤醒下》，虽没有涉及美学、艺术问题，但对于康德美学的后现代研究的可能性作了指引；它以康德的问题高度作为参照域，提出并阐释了20世纪哲学进程如何在绕开康德的过程中却以不同的方式构成对康德的回应这样重要的问题。在康德美学与后现代主义问题上，具有开拓性的要数迪弗（Thiemy de Duve）、韦尔默、克罗塞（Paul Crother）等。迪弗《杜尚之后的康德》对达达主义、成品艺术对康德美学的颠覆之后如何重审康德美学，无疑具有开拓性。韦尔默《后形而上学现代性》等发掘了后形而上学的机制，对那些在后现代语境下天真的反形而上学者进行反拨；其《现代性的坚持》关于美学与艺术的部分，发掘、拓展了康德美学与后现代主义内在勾连，一定程度上实现了对康德美学的后现代构建，也驳斥了流俗后现代主义。克罗塞对康德美学的重构更具专题性，使康德美学的后现代关联不再只是现代性的附属；其主要论著有《批判美学与后现代主义》《康德美学：从知识到先锋派》《康德的崇高：从道德到艺术》，等等。韦尔默、克罗塞通过对康德美学与后现代主义的双边重构而发掘二者的内在关联，标示了康德与后形而上学美学的研究方向，这应成为我们阐释和批判性构建的重点。在方法论方面，值得提到的是柄谷行人的《跨越性批判：康德与马克思》。其超越性批判对于发掘康德美学与后现代主义深层勾连问题，在方法论的提出与实践方面都作了有益尝试。

二、后形而上学美学支点与动力

康德美学后现代构建的基石以及后现代主义本体维度发掘的关键，在于"物自体"这一在康德哲学中隐在的范畴。康德批判哲学构建、布局与理论气象同对物自体这一先在条件的尊重有着密切关系。物自体概念折射出康德学说唯物主义光芒，尽管它在康德之后就遭到了诟病，但却是康德学说遭到批判发动反击最为牢靠的支点与论域，也是康德学说能够通向未来的秘密所在。无论是康德美学后现代能量的释放，还是后现代主义创造性的突显，都先要回到康德学说的这一缘起处。

康德学说充满矛盾，也因之潜藏着合理内核。正是因着其鲜活内核，整个学说方具有超越时空向现代、后现代开放的资质。那么，对康德学说矛盾作这样的追问或转换就显得特别重要：它是什么意义或层面上的矛盾？它有怎么复杂的根源？它的解决又意味着什么？这是什么层面的解决？

这种矛盾在康德这里就是一系列二律背反，而第一批判中的二律背反已奠定了整个二律背反系列的格局。对于二律背反产生原因和解决方式，通常遭到这样或那样的误解。我们不妨从美学领域切入加以追溯：通常认为判断力二律背反产生的原因是为了沟通纯粹理性与实践理性或为消除它们各自内部矛盾而致的，结果导致矛盾的增殖。从哲学体系整体建构来看，审美判断二律背反确实同其他两大批判布局有关，可以从第一二批判中进一步追问，但第一二批判中的二律背反显然不是判断力二律背反的真正原因。对于非判断力领域的二律背反的原因，通常说法是，理性（知性）的超验运用，即知性以认识现象的方式去认识无条件者（灵魂、世界、上帝）而导致的。这总体符合康德本意，而且康德也经常把灵魂、世界、上帝冠之于物自体名下，没有专门将理念概念的物自体与作为现象基础、为知性认识提供可能的实在物自体区分开来。① 康德也没有直接将二律背反的产生明确地说成是理性（知性）在把握本体（物自体）不可能而导致的悖谬。这就容易造成只从理性自身单方面理解二律背反问题。实际上，二律背反的最终根源还在于具有实在性（非实体）的物自体，康德之所以在物自体与先验理念的隐显上有所侧重（把实在性的物自体背景化），或许同其批判哲学的宗趣与归宿（理性或人是自然最终目的）有关；但康德始终不曾离开实在的物自体去拓展理性理念或实践理性的建构。这也是康德批判哲学同旧形而上学根本区别所在。如果离开了实在性或感性物自体的管束或否定，理性思维固然也可以生产出"灵魂""上帝"等概念，但后者完全是非批判的独断。在康德这里，物自体不只是给知性划了界限，实际上也给理性划定了界限，从而防止有灵论、独断论或德性狂热主义。对于康德而言，如果离开了实在或感性的物自体，那么对先验理念的设置也就没有实质性意义。从概念和哲学体系建构自洽性来看，物自体通过自身的现象（实在性物自体的另一面）与知性相互配置，物自体自身则同先验理性相对应，物自体虽然无法为先验理性提供像为知性所提供的感性直观，但仍然为其提供了合理性保障。理性理念这类物自体固然源自先验理性内里，但最终也是为实现对实在物

---

① 物自体这一区分纯粹从认识论角度而言，这样指称时严格地说会导致矛盾，因为物自体是不可知的，只能从反思层面加以意指，这是人类的局限。不过，我们除了从认识论层面去趋近本体，似乎没有更好的方法。人类如何跨越物自体，如何越过人类自身直面人类外部的宇宙或物自体方面深度探讨，可参见本书第四辑对梅亚苏相关主义的阐释。

自体的配称。物自体概念的重要性可见一斑，雅可比所谓离开物自体概念无法走进康德学说，所言极是；离开了实在的物自体，整个批判哲学就会坍塌。

物自体的实在性及其不可知而可思的特性显然影响到二律背反的解决及相应方式。康德在三大批判中确实设置了二律背反的辩证或解决环节。其最基本的方法就是，将上帝的归上帝，恺撒的归恺撒，也就是将"现象"和"理念"或"超验"区分开来，正题概念运用到现象界，反题概念运用到超验界，避免二者相互越界或混淆。对于康德二律背反的这一最后解决仍然需作进一步认识与澄清：首先，解决只是将矛盾的双方错开而不是将它们分离或撕裂，因此经过调节的双方仍然是相互关联的一体，否则知性、判断力、理性及其它们内部将分裂成两种不相干的事物：两种理性（知性、理性）、两种审美判断（类似于知性的审美判断与类似于理性的审美判断）、两种至善（理念的至善与幸福的至善）。实际上，这种矛盾只是体现了它们各自的两重性：理性的两重性（知性与理性）、审美判断的两重性（优美与崇高）、至善的两重性（幸福向度与德性向度或人的两重性）。其次，由于批判哲学最后指向先验人类学宗趣，所以二律背反最终的收摄处在于实践领域，这种矛盾最后成为康德由至善所导出的三大悬设的合理依据。最后，也是最为重要的一点，就是二律背反的矛盾根本上不可解决，它仍作为一种客观动力内在于实践理性的二律背反中，这种客观动力在康德那最终被倒转、上升为先验理念对理性经验运用的范导及其后者在实践中不断展开。其最根本的原因仍在于具有实在性物自体作用使然。即便康德最后将矛盾收摄在道德领域，但是他始终没有让至善缔取缔物自体概念，没有消除物自体的不可知性。在康德这，即便人为自然立法、人是自然最后目的，但人对不可知领域始终应充满敬畏，胸中道德律始终与天上星座并存，道德也始终充盈着自然性。尽管二律背反的解决似乎始终在"现象"或理念领域而无关"物自体"，但实际上并非如此，物自体的不可知是一以贯之的，无论对于知性还是理性。正是以实在物自体的存在为基本前提，先验理念的假定及其范导性才有客观依据。理性的两重性、判断力的两重性以及人的两重性看起来似乎是理性自身的事情，实质上这种两重性始终同物自体密切相关，甚至可以说是物自体成全了后者的两重性，它借此避免蜕化为理性的独断。

康德对理性与物自体界限的审慎保留，却成了遭到责难的理由，也成为他之后形而上学不同走向的关键节点。理性对物自体的冲动也就是对真理的冲动。康德因这一界限而被指责为放弃"追问什么是自在自为的真理的问题"。① 对这一界限的取消也成为康德之后形而上学的冲动。黑格尔显然是这方面最有力代表，绝对精神吞噬了这一界限，也为此付出了代价，其中一点就是形而上学最终淹没了康德曾所作的勘界，取消了物自体的客观合理性。海德格尔后来就康德之后德国古典哲学取消物自体的问题就此对康德作了回护。② 批判理论的代表霍克海默、阿多诺在这问题上都体现出自己的康德倾向。霍克海默认为康德对物自体所引发的理性概念矛盾的保留恰体现了"康德思想的深刻与诚实"，而黑格尔的解决办法"好像是一种纯私人性质的断言"，"一种哲学家与非人世界签订的私人和平协议"。③ 阿多诺的表现则比较复杂，既是反康德的，又是康德式的：他十分看重黑格尔形而上学中的真理内容，又不赞同黑格尔同一性哲学对真理的把握。他既批判康德的至善形而上学对人自然性与肉体性的取消，又十分看重二律背反中的矛盾并将其转为真理持存的动力以及否定美学的辩证张力。可以说，正是物自体不可知的有效存在，康德才警告人类不可能最终取消形而上学，阿多诺也从对真理的渴望中肯定了形而上学的合理性。由此，可以进一步说，物自体为所有非独断的形而上学合法性提供了依据，而后形而上学的合理性也正基于此。相反，独断主义、客观主义的形而上学恰是对物自体有效性以及其真理性的取消或遮蔽。这样非批判的形而上学的衰落，恰恰为物自体和真理合理内核的显现提供了可能。正是鉴于物自体或真理内核客观上具有不可取消性，韦尔默在他的后形而上学现代性批判中慨叹道，"形而上学即使在它没落的时刻也显得是胜利者"，并肯定了尼采、德里达，甚至是阿多诺在这一问题上的正确性。④

韦尔默在后形而上学语境下对阿多诺形而上学的拯救性批判中有两个方面非常值得注意：第一，他指出阿多诺正是从形而上学衰落不可阻遏的趋势中看到了把握真理的契机。⑤ 阿多诺的这一观点颇为独到，其思路恰恰同形而上把握真理运动方式相反，形而上学的向上运动反而造成对真理的遮蔽而它向下运动时反而可

---

① 黑格尔：《哲学史讲演录》（第四卷），第 258 页，贺麟、王太庆译，商务印书馆，1997 年。

② 可参见海德格尔：《康德与形而上学疑难》，王庆节译，上海译文出版社，2011 年。

③ 霍克海默：《批判理论》，第 195 页，李小兵等译，重庆出版社，1989 年。

④ 韦尔默：《后形而上现代性》，第 318 页，应奇、罗亚玲编译，上海译文出版社，2007 年。

⑤ 参见韦尔默：《后形而上现代性》，第 304 页。

能对真理有所揭示。这种方法可以说是康德哲学"哥白尼式革命"的阿多诺版。康德价值形而上学的建构，显然也是一种不断上升的展开过程，它以物自体为先在前提，从感性经验入手逐步推演到形而上至善向度。在这一过程中，由物自体的否定性而导致了其学说这般或那般的矛盾。阿多诺的思路提醒我们在康德完成整个建筑术之后，我们不妨从物自体俯瞰视角考察其整个学说，释放其潜在的动力，与其建构方向相逆加以重构。第二，他在阿多诺对康德学说所持的矛盾态度中发现，阿多诺曾将康德的难题作为一种诘难式洞见发展了康德的难题（即将康德实践理性二律背反视为疑难式的），但阿多诺又抛弃了"所有辩证的谨慎"，"最终消除了这个难题"。①无论从韦尔默对阿多诺的整体批判来看，还是从阿多诺自身学说来看，显然阿多诺把康德那的辩证动力拖到了否定哲学与美学中，最终又转化为审美乌托邦冲动从而最终消解了这个难题或动力的客观性。阿多诺的理论建构给我们提供了另一思路，康德的学说如果最终不以至善为宗趣以及康德美学如果不以道德作为导向，不受德性裹缚，那么会是一种怎么情形？在这点上阿多诺、韦尔默、克罗塞在很大程度上都表现出一致，更是克罗塞在实现康德美学后现代重构的根本运思方式。由韦尔默对阿多诺这两个问题重新发掘对后现代语境下重新认识康德学说有着重要启发。物自体是康德学说矛盾性的最终引发者，而这矛盾也一直只被作消极运用；但是，如果从积极视角看情况就会大不一样。从物自体的视角审视康德美学，将出现另一幅景象：自然美、艺术美、自由美、依恃美、优美、崇高等的区分，它们之间的矛盾或联系，审美判断力内部的矛盾，不过是物自体与现象勘界结果的表征。崇高对自然的无限大或无限有力之间的较量同理性与物自体之间的关系分享了相同的结构。康德美学中的所有扞格，在这种视角下却显得更加连贯与畅通，一些不可思议的环节在这种视角下却显得自然而然。只不过康德最终将物自体所蓄聚着的动力与能量汇聚到道德实践领域，而这种动力如果不引向德性实践，那么它将逆势而下转向审美与知性领域，这也意味着这一动力将在知性、判断力、理性中重新分配。这样，审美判断力与知性理性的突显将成为新的焦点。同时，这种撤退与还原也意味着康德学说更多地从理性走向感性与知性，从先验层面回到现实领域。这也同时意味着康德学说中蓄聚在先验与理论共时层面的动力将在历时与经验层面得到更大释放，而当知性理性

---

① 参见韦尔默：《后形而上现代性》，第 305 页。

与实践理性在现代性进程中日渐萎缩并饱受责难之时，审美判断力的合理性就显得特别迫切，它将以自身的合理性重新关联着知性与理性。

三、康德美学与后现代跨越性批判

将康德与后现代主义关联起来，开展跨越性（超越性）批判，能深广拓展后现代语境下康德美学阐释与后现代批判美学、先锋派理论构建的空间。跨越性或超越性批判是始终内在于康德、马克思以及齐泽克等批判理论，包括对理性主义、经验主义的超越批判（康德），对唯物主义、唯心主义双重批判（马克思），本体不同视角的视差批判（齐泽克），彼此不同却又相关的对象间的跨越性批判（柄谷行人），等等。尽管从康德古典哲学到后现代主义在时间、范式方面跨度巨大，后现代主义场域十分复杂，但对它们的跨越性批判及潜能的发掘，总体上可从三大进路展开：康德美学能量的后现代发掘，批判美学、先锋派的后现代脉动与动力发掘，康德视域下的后现代主义批判与规范。鉴于在其他地方已展开相应阐释与批评，这里仅作纲要式概括。[①]

其一，康德美学潜能的后现代发掘

"物自体"作为康德学说隐在、坚实构架，曾遭到最严厉讨伐。不过，即便那些是从学说内部对这一概念发起挑战的，诸如胡塞尔现象学、拉康结构主义精神分析学、德里达解构主义、梅亚苏思辨实在论等等，不但无法绕开康德的基石，反而借助康德通过物自体构建的批判对后现代主义的形而上学秘密与内核却能得到更好说明。物自体的丰富旨趣与内涵在后形而上语境下体现为一系列相互关联的家族性成员：意向性残余（胡塞尔），对象a（拉康），异延、后文学性、雌雄体（德里达），幻象、空无、黑夜（齐泽克），第三持存（斯蒂格勒）、相关主义、偶然的绝对（梅亚苏），实在（批判实在论），事件（齐泽克、巴迪欧）、例外（阿甘本、齐泽克），以及南希、布朗肖、阿甘本、奈格里等的一系列"否定共同体"概念等等，它们在某种意义上都是"物自体"的变体。

康德美学后现代潜能的发掘与重构主要包括以下这些方面：（1）物自体作为后本体在后现代语境具有独特的表征方式、美学变体。后本体在表征本体、真理、

第三辑　后形而上学美学先锋与动力

---

① 具体的论述、阐释以及个案研究，可参看收在本书第四辑的相关论文。

本原时通常为"空无"，但它又并非真的"乌有"，而是本体废墟化为踪迹，弥散、潜隐在现象域中。其通常的变体有，不可穿破的幻象、雌雄同体，莫比乌斯带，奇异二律背反构件（希区柯克电影中最常见），空无的惊悚，惊骇的符号仿真、崇高客体，等等。物自体作为不可表现、不可呈现的替补将由边缘走向美学的中心，物自体与艺术的否定性关联，为后现代艺术拓展了巨大空间；（2）文学艺术真正迎来了属于自己的本体。本体、真理既然是空无，那么文学艺术（隐喻）就不再像在形而上学主导的时代作为真理、本原的工具而获得解放；但本体并非空无而是潜伏到隐喻工具（文学艺术）中，本体、喻体的重叠意味着文学艺术本体的确立。物自体作为缺场的在场、踪迹化的在场代替了奠基于主体之上的文学假定性或虚构性，后文学性概念的衍生不但是可能，而且将获得了空前自主性。这对文类产生了深远影响，后本体会选择适合于自己的文类，后现代文学（小说），科幻文学（小说）迎来了自己时代；（3）天才、崇高、美的理念等美学范畴与创造力问题。天才、崇高同后现代艺术实践的关联最为直接，它们将通过"创造力"获得联结。天才的构成包括独创性、典范性，作为"天才的艺术"的"美的艺术"则包括想象力、天才、知性、鉴赏。想象力、鉴赏力、独创性则构成天才的核心。它们作为重要的构件，是最有资格在后现代语境中继续涌现活力、释放能量的部分，并在后现代艺术批评与艺术实践中发挥重要功能。康德判断力批判中所包含的认知力、感受力、创造力、批判力、理解力以及艺术观念等同后现代艺术与美学从转义层面存在着某种有待深掘的关联；（4）康德美学不再转向道德，将逆势而下与知性更多关联。这种情况下，康德美学不再搁浅于先验或形而上学层面，审美判断力将不再受指向德性的束缚。先验、形而上学的这条绳索松绑之后，康德学说中那些同感性自然与现实有着更多关联的范畴也将得解放，诸如自然感性、艺术理论、机械的艺术、幸福伦理、物性等等。通过反转康德美学的走向，那股通向德性、理念与绝对的动力将顺势而下导向崇高、美、知性与自然，转向现实的认知与创造，从更大范围和强度应对现实经验的挑战。康德美学在共时层面上自律与介入能力的激活，总体上与后现代语境下（历时层面）颠倒的形而上学或反形而上学的诉求具有一致性。

其二，批判美学、先锋派的后现代脉动与动力发掘

对康德美学的后现代发掘，可视为从先锋派的后现代重构，而后现代主义批判，则可视为从康德批判美学角度对后现代的提升与规范。批判美学强调"自律"

"疏离"，先锋派注重"反叛""介入"，在现代性美学、艺术实践中，它们都曾有过蜕化为"肯定性文化"的危险。对它们的批判便是后现代批判美学、后先锋派构建的重要内容。它们在后现代语境下两个维度应相互协同："自律"为"介入"的有效性提供了可能，而"介入"则为"自律"开辟了道路。后现代批判美学，在自律与介入之间应该是一种更为内在、辩证、灵动的构成，这样方能在复杂的文化场域中施展批判。康德学说中的崇高、物自体都预示着批判美学、先锋派通向未来的诸多可能，从康德到后现代主义，先锋派与批判美学这一脉动尽管一直潜在、蕴藉着，却也遭到后现代主义的泛化而濒临消失或动力殆尽之境地，需要对其加以批判、发掘与重构，方得以突显与维系：（1）物自体在后现代语境下既是批判美学也是先锋派的始源力量与动力，它提前预示着后批判美学与后先锋派的可能性。只有回到物自体这一结构性支点，批判美学、先锋派能量方能根本的激活，后批判美学、后先锋派才有可能性；（2）本雅明、阿多诺晚期的美学思想、彼得·比格尔先锋派理论的批判与发掘。尤其需要阐释本雅明的艺术生产理论、阿多诺晚期对功能主义的关注以及比格尔对"介入""自律"的思考；（3）对韦尔默、克罗塞等美学与艺术理论的阐释与发掘。他们虽未能对康德美学的后现代潜能作为系统性开掘与重构，但其重要性在于他们在后现代语境下批判美学的"自律"与先锋派的"介入"双重推进方面的实践；（4）康德美学与后现代主义、批判美学与先锋派之间错位、交叠关系的发掘与拓展。康德对二律背反的构建与解决对于重新诊断现代性与后现代性、批判美学与先锋派等一系列二律背反的关系的思考具有启发性，它们呈现为一种交叠、错位的场域关联。经过康德美学的淘洗，后批判美学与后先锋派在后现代语境下将以更灵动的方式彰显自律与介入的能量。

其三，康德视域下的后现代主义批判与规范

后现代主义在一些主流的观点那存在的最大问题在于：形而上学维度被独断取消，看不到后现代美学、艺术创造性与动力以及缺少起码的结构；经验（现象）与本体混杂、误认，创造性与失范夹在一起；无力构建后现代诗学、后批判美学、后先锋艺术理论的相应范畴；看不到媒介、符号增殖背后的复杂性，无视生命形而上学内核，只看到快感与肉欲的泛滥。康德之所以能堪此重任，既在于其批判哲学的创造性、开放性与规范性，更在于它同后形而上学之间内在的关联。更确切地说，康德学说虽总体涉及认识论但却是存在论、本体论与认识论的交叠、汇聚处，对它们的规范措置无疑具有典范性、立法性。借助康德美学这一个支点展开批判与发掘，后现代主义及其相关文化思潮能够避免流俗化、低沉化，摆脱失范状态，从而得到低限度界说，其创造性与动力维度将得以显露。物自体既是康德学说通往后现代主义的脉动与动力，也决定了后现代主义的形而上学格度，它从本源处预示了后现代主义美学、文学艺术的动力与创造性，输送了否定、批判、介入之源与发展动力，为不可或缺的弱式支点与基本结构的确立提供了可能。

回到康德这里，或以康德批判理论为参照，方能看到后现代的形而上学维面，能够理解后现代自相矛盾、似是而非背后的本体深度。解构主义及其文学性的创造性以及它所遭到的误解，最具典型的问题症候。借助康德学说，解构主义及其后文学性的创造性方能得到规范发掘。德里达对形而上学的诊断延续了康德的清醒，老辣地看到对形而上学的反对必然牵连着形而上学。他真正看到了形而上学的坚硬机制与内核，但解构主义为避免逻各斯中心主义的伏击最终导致言说的极度失范或一味地否定言说。康德批判哲学预示着解构主义与后文学性规范重构的方向：（1）康德的学说提升了解构主义的后形而上学品格，异延、撒播等核心概念都要从本体格度上加以理解。从自在之物出发，回到现象学视域、后形而上学维度，方能发掘德里达所谓文学奇异的本质：内在先验超越、准先验超越、本体缺场超越；（2）物自体的本体格位及其所引发现象域诸多二律背反的参照，能使德里达摆脱相对主义、似是而非、自相矛盾等责难；（3）德里达在文学性、文学本质追问上的概念，诸如"雌雄同体"、"处女膜"等的创设以及解构与界说、理论与创作雌雄一体言说实践，可以视为康德"物自体"与"现象"概念交叠在现象域中的一系列变体。

借助康德批判美学的参照，能够看到从本体到后本体之间的衍化进而对后本体独特的存在方式有内在认识，尤其要警惕现象、经验、踪迹弥散处横亘着本体尸位。在后形而上学语境下，本体或真理并非取消而是以空无或缺场的方式在场，在那里本体废墟化为踪迹潜隐在现象域中。现象也因空无本原之栖居而不再仅是现象，而呈现为（本原）欠缺。现象、踪迹、表象并非本体，但它们之外并没有所谓的本体，它们可能是对本体的遮蔽，但恰是这遮蔽暗示着不在场的本体的踪迹。后本体时代，对后主体的创造、后文学艺术、媒介符号、大众消费文化等的考察以及批判无疑都提出了更高的要求：（1）本体、真理的空无将在本体高度锻造着主体，主体要成为主体，需要有直面深渊、空无的勇气。后本体较之封闭的本体论是对知解力、想象力、判断力等的培育与砥砺，它将从本体维度全面提升主体的自律性与介入能力；（2）本体、真理的空无对文学的表达提出了更高的要求，后文学性、后乌托邦、后现实主义等观念的言说将在认知层面得到更高层次勘察；（3）后本体视域中，本体与现象趋向交叠、混杂，容易造成本体、真理终结或出现现象盗窃取本体位置的幻象。消费社会的升级，高新技术出现新的浪潮，人造物或人造世界越发制造着本体的神话，商品、符号、病毒、媒介等有如物自体难以统摄与控制。它们制造了幻象但又是非经验的假象，后现代大众文化、消费欲望、符号消费、媒介市场就像传统的资本、商品一样并非我们经验所看到的那样，电影新媒介也可能暗藏着神学内核，大众消费欲望背后可能潜藏着先验结构；即便有一定创建性的后批判理论，诸如齐泽克、斯蒂格勒等，其理论常是深刻中夹杂着庸俗与误认，存在着本体与现象的倒错。这些都对批判理论提出了高的要求，需要得当的批判方法方能有效离析。我们必须回归批判哲学之批判本义，依照康德、马克思的超越性批判加以批判，诸如：依照康德对"本体""现象"错开的批判原则，避免在本体、现象间的误用、误认以及相对主义、独断主义泛滥；依照马克思对商品、资本幻象的批判，从它们的日常化中看到其"形而上学面纱""神学的怪诞"，避免以为经验主义或旧唯物主义的粗暴批判就能轻易摆脱这种幻象。此外，第四次工业革命所掀起的生命基因、仿生人、材料媒介变革，正改变了传统人文社会科学的提问方式，文学艺术发生的方式也将不同往昔，批评主体与批评对象也都悄然改变，未知的、不确定的将随着已知的升级而出现几何级式的剧增。面对这种更大的不确定性与未知，倘若不想迷失方向，批评的重要性就不可或缺，这就是康德在 1786 年就超感知问题所提出"主观原则"所给批评的启示。

德里达后文学性接受的批判与发掘

在文艺理论界，这样的说法我们几乎耳熟能详：一谈起解构主义就是反本质，一涉及后文学性，开口闭口就是乔纳森·卡勒、伊格尔顿的"杂草""剥洋葱"的例子，要么没有所谓的本质，要么打开之后空空如也；一谈起"异延"就是能指游戏或查字典，一个能指接着一个能指，云云。更有甚者，一谈解构主义就是"破坏""混乱""什么都可以"；一说起后现代主义，就势必模仿起詹姆逊的口气，所谓的"非中心""平面感""零散化"，等等。这些或许是正确，但十分贫乏，他们丝毫看不到解构主义、后现代主义的先锋性、创造性以及后本体的维度与动力。更令人担忧的是，这些皮相之论在大学的文学与理论课堂上还十分主流，严重窒息了学生的理解力、想象力。纵观这些解读实在是同解构主义文学内核相去甚远。倘用今天几近戏谑的话说，德里达真是"躺着也中枪"！我们似乎从中感到20世纪八九十年代西方文艺理论接受境况的某种宿命与轮回，即用二三十年的时间不求甚解地消费了西方一个多世纪的理论。这绝非可堂而皇之地以所谓"六经注我""理论旅行"为托词就能逃脱干系的。它关系到后文学性理论构建及对后形而上学语境下文学艺术创造的洞察与评判问题，事关理论界对原创理论的阐释力及本土理论的创造性。

一、德里达后文学性接受迷误面面观

在20世纪80年代西方理论话语全面涌进时，理论界就开始引介德里达；不过，德里达文学观真正成为关注焦点显然同那场大约始于 2000 年左右的论争有关，即围绕文学终结、文学性弥漫、后文学性而展开的纷争。"什么是文学""文学本质"的追问，"文学性""后文学性"的界说，成了交锋各方的核心。在这一问题视域下，无论是德里达直接论及文学、文学本质的那些话语，还是他对支撑文学本质的形而上学的撬动，无不牵动论者的神经，成为各方相互辩驳的依据。纵观那些引证及观点，看似言之凿凿，实际上显得相当随意与狭隘，而且几乎是在同一个粗陋范式内闹腾！德里达文学观在这场论争中不幸地成为论辩各方任意装扮的"小姑娘"，以下是四种最为典型的接受迷误。

1. 被降格、塑造为反本质主义或取消形而上学的"英雄"

国内反对文学本质化的反本质主义的理论后援主要是卡勒、伊格尔顿对文学性的相关探讨，反本质主义主要从三个互为关联的维面对其加以附会：首先，挑剔各种文学定义的不足，宣告抓不住"文学本质"。"杂草""昆虫学中没有昆虫"等，几乎已成其"经典"譬喻。其次，用历史主义消解文学的"本质"。他们通过对文学起源作考古式发掘，单维突显文学的特殊性、流动性以瓦解文学的本质。[1]再次，披露道德、价值、政治意识形态对文学本质的缔造神话，尽显文学本质的人为构建特性。反本质主义几乎非常轻易就能从德里达那里找到在这三个维面上"高度吻合"的论断："文学性不是一种自然本质"，没有标准能够保证文学的本质；文学是"十分近期的发明"，一种"历史建制"；文学是"虚构的建制"，它是机制、审查制度塑造的结果，"文学少得可怜""文学不存在"等等。[2] 德里达是"反形而上学"的，但"反形而上学"并非就是非形而上学。实际上"本质主义""反本质主义"都暗含着将"非形而上学"这一事实作为解构主义的前提加以接受，并误以为反形而上学就能或已摧毁形而上学。[3] 这种观点在偏狭的认识论、流俗后现代主义中相当普遍。

---

① 国内反本质主义论者对卡勒、伊格尔顿的援引几乎是脱离文化语境以及原文整体性加以截取，那些被高频率引用的话语主要源自 Cullerm Jonathan. *Literary Theory*：*A Very Short Introduction*. Oxford：Oxford University Press，1997，pp. 18-22；以 及 Eagleton，Terry. Literary Theory：An Introduction. Malden：Blackwell Publishing，1996，pp. 7-10.

② Jacques Derrida.，*Acts of Literature*. New York and London：Routledge，1992，p. 40，p. 73.

③ 童庆炳：《反本质主义与当代文学理论建设》，《文艺争鸣》2009 年第 7 期。

2. 被流俗化为相对主义、犬儒主义

将解构主义视为一味破坏、文字游戏、虚无主义，这在 20 世纪八九十年代译介初期相当普遍，而在这场争论中这种粗陋之论更是被放大了。本质论者几乎想当然地认为解构主义、后现代主义就是反本质、没本质，就意味着文学不可界说，后文学性是"到处都可以贴的文学标签"。① 除这种粗暴贬损之外，还有两种相对主义曲解比较隐蔽：一种情况是，前面所及的反本质主义论者，尽管其自身不承认，但客观上已将解构主义作为本质主义对立面加以塑造，使之滑向相对主义。另一种情况是，一些并非反对解构主义，甚至是为其辩护，也同样可能将它拖向相对主义境地：（1）通常在解释解构的核心术语时，用"查字典""能指链"作譬喻，将"异延"等简化为意义的"无限延续""无限开放"；② 将"撒播"笼统解释为纤弱的多元主义、关系主义。（2）基于偏狭认识论将解构主义解释为"结构系统""能指系统""他者参照"的运动。其典型例子诸如，张三身高需要通过参照李四、王五的个头来确定，等等。③ 这些解释只看到问题表象，将因无法触及解构主义内核与机制最终导致这种能指、他者参照游戏蜕化为经验主义的、没完没了、令人厌烦的游戏。解构的动力、创造性被消耗殆尽，其所谓多元不过是同质化、单调的一元。

3. 将解构作为逻辑悖谬、自相矛盾的粗陋本相加以暴露

或许像那些斥责者所看到的那样，在德里达那里悖论的逻辑几乎随处可见：文学是一种惯例又是反惯例；文学是没有建制的建制；"痕迹是绝对的起源"，就是"不存在绝对的起源"；"内部就是外部"，等等。由于长期受认识论肯定性思维影响及辩证合题的驱动，他们显然无法洞悉德里达这般表述的旨趣。结果，要么只能是无理地指责德里达一方面要消解逻各斯主义而另一方面却又用逻各斯所"濡染过"的概念与范畴；④ 要么，只能是真诚的疑惑，一方面声称文学性的界定、文学与非文学的区分是多么重要，另一方面又模仿起卡勒他们探求文学本质而不得之后坦承界定的不可能性。实际上，只要对马克思对辩证法否定性的申说或对

---

① 张志国：《文学性——扶不起的阿斗》，《社会科学论坛》2009 第 7 期（下）。
② 姚文放：《"文学性"问题与文学本质再认识》，《中国社会科学》2005 年第 6 期。
③ 肖锦龙：《解构理论"自由游戏"论辩伪》，《兰州大学学报》2002 年第 5 期。
④ 童庆炳：《文学独特审美场域与文学入口》，《文艺争鸣》2005 年第 3 期。

诸如阿多诺否定辩证法有起码的注意，或许多少能从德里达那些表述中看到矛盾的魅力。德里达整个学说都建基于后形而上学，偏狭认识论独断地取消了或者自以为已彻底征服了"本体"，自然就对德里达的旨趣十分隔膜。结果只能将自己的粗暴或困惑转嫁给德里达，将其视为似是而非的麻烦制造者。

4. 施展折中、调节、统一之能事，将问题虚假地转移

或许哪有矛盾，哪里就有辩证法。流俗辩证法似乎总有一种神奇的"武功"，它貌似能化解所有矛盾。在解构的接受与批评问题上，同样出现了既主观臆断其矛盾性又能人为地将其消除的现象。既然德里达说文学本质不在内部也不在外部，那么就内部与外部辩证统一吧！于是乎，德里达所有悖论都可以作相同的演绎：文学性就是建制与反建制、模仿与非模仿辩证统一，云云。既然从单一角度，文学性无法界说，那么干脆来个大综合。① 既然后文学性无从定义，干脆将它收编、化约为现代性文学性的一个"属性"，即所谓的"'文学'性"不同于"文学'性'"。② 辩证统一、综合或许必要，但它显然需要条件和语境，不能只是理论、知识层面强制统一。这种辩证法最大后果是以模糊性为代价，我们无法从中看出问题的根源、动力与方向。实际上，德里达的"难题""决定的不可能性"，③ 不是一般意义上的"矛盾"，它同康德的二律背反一样是不可能在"现象"层面获得解决。一旦忽视了这一点，辩证法也就沦为意识形态幻象。

显然，"解构"所遭受的误解在西方文化语境中同样存在，只是它在国内文论界被极度放大了。在西方，除了有诸如"剑桥大学授予学位风波（1992 年 5 月）""《纽约时报》讣告事件（2004 年 10 月）"这样对德里达及其解构志业充满偏见的公共事件，总体上将解构视为相对主义、虚无主义也相当普遍。德里达生前曾就此反复辩驳与申说：解构并非破坏一切、摧毁一切，它首先是"肯定性的运动"；解构并非取消形而上学，而是对"存在""形而上学"的思考；"否定"不过是在

① 参见姚文放《"'文学性'问题与文学本质再认识"》（《中国社会科学》2005 年第 6 期）、史忠义《"关于'文学性'的定义的思考"》（《问题与观点：20 世纪文学理论综述》，百花文艺出版社，2000 年）。童庆炳在反本质主义冲击下所持观点变化非常明显，他在论争后期明显调整了之前激烈反对后文学性态度，而趋于折中（参见：《反本质主义与当代文学理论建设》，《文艺争鸣》2009 年第 7 期）。

② 参见刘淮南：《"'文学'性≠文学'性'"》（《文艺理论研究》2006 年第 2 期）、陈军《"文学性蔓延争论之检讨"》（《文艺理论研究》2008 年第 1 期）等。

③ S. M. Wortham，*The Derrida Dictionary*. N. Y.：Continuum，2010，p. 14，30.

形而上学内部"重新铭刻";①解构主义所倡导的多元是不可化约的"有生殖力的"多元,②等等。解构及其文学观所遭受的误解,既同解构主义自身的失范有关,也同接受者深受解构主义所要克服的偏狭现代性观念的钳制相关。因此,只有发掘导致接受迷误的机制,显露解构生机勃发的内核,方能趋近德里达后文学性观念,而不只是停留在立场性回护与辩驳。

二、超越自然主义的"毒药"

解构文学性与解构主义互为表里,德里达文学观之所以遭遇理解的贫乏,在于接受者的理论格局恰恰受制于解构主义所要克服的逻各斯中心主义秩序。他们对此缺少自觉意识,从而看不到德里达侦察、反对与超越形而上学的独到之处。本质主义与反本质主义,尽管看似水火不容,其实不然。它们都粗陋地反对形而上学,无法摆脱逻各斯主义幽灵的控制。本质主义尽管有时也宣告反对形而上学,但它却没有意识到自身恰是独断形而上学的世俗后裔,其对本质、概念与定义的热衷不过是形而上学本体冲动的世俗化延续。反本质主义对本质主义背后的逻各斯机制,要么不以为然,要么无力参透。它的冒进,要么使自身滑向相对主义;要么陷入本质主义的圈套,即逢本质必反,以"没有本质"为本质,最终沦为本质主义镜像或颠倒的本质主义。在这一框架内,即便是为解构主义辩护,显然也无力显露其内核与动力。究其原因,在于这种接受范式所建基的偏狭认识论使然。从理论谱系看,这种认识论的典型就是康德所批判过的独断理性主义与经验主义。理性主义的最大问题在于将本体彻底裸露化(真理化、实体化),导致本源的关闭。它没有意识到对本体的捕获不过是以理性为前提,是在理性内部,从而陷入独断论。经验主义则以身体感觉、心理体验、经验事实所能抵达的范围为界限,一方面因缺少超越性与共识而陷入相对主义,另一方面因其恪守经验、感觉之藩篱则同样难逃独断之嫌。这种认识论又通常转世为教条唯物主义或费尔巴哈式唯物主义。在这种认识论范式中,经常上演一种本质反对另一种本质的战争;而一

① Jacques Derrida, *Points*…: *Interviews*, 1974—1994. Califounia: Stanford University Press, 1995, p. 211.

② 德里达:《德里达访谈录:一种疯狂守护着思想》,第92页,何佩群译,上海人民出版社,1997年。

旦无法找到所谓的本质或实在，理性主义冲动就会滑向经验主义或出现在二者间折腾的局面。胡塞尔直观地将其斥之为理性客观主义和感性心理主义，其本质是自然主义，而客观主义、主观主义、相对主义、经验主义、心理主义、历史主义不过是其常态。德里达显然不是在这种理论范式层面论及"文学本质"与"文学性"，理论界的那些误解无视德里达首先是在胡塞尔现象学层面上使用"本质""历史"概念的。这种误解自然也包括那种表面披着现象学术语而实际却无法进入内里的阐释。

胡塞尔现象学的根荄在于"意向性"这一原则，它粉碎了一切在理性、意识之外构建超越性概念的独断迷梦及相对主义的幽灵。在"意向性原则"面前，所谓"绝对""真理""客观本质"不过都是意识的产物或相关物，无疑都将被还原出"现象"之本相。在意向性里，不存在所谓"绝对的本质"；所谓事物本质，"必然只是意向性的"，"只是被意识者，在意识中被表现者和显现者"。① 同时，"意向性"又是纯粹先验的；为确保其先验客观性，现象学将心理主义、经验主义及其相关物加以悬搁。因此，意向性本质是主观的但不是经验主义、心理主义的主观，它具有客观性但不是理性独断论的外部客观，从而实现对客观主义、相对主义的双重超越。德里达就是在现象学意向性层面展开所谓文学本质：文学性（文学本质）是一种"意向性关系的相关物"，它铭刻在"意向性客体，在它的"意向性结构"；"意向性结构"是主观的，但并非经验的主观，而是包含着"主体间性"和"先验共同体"。② 文学本质作为一种意向性存在，无疑宣告那种将它视为意向性之外的本质论的破产，任何将它视为同意向性无关的内在本质或外部本质，都是自然主义独断。基此，我们才能很好地理解德里达那些谈论"文学本质"话语："绝没有文本，它的本质是文学性的"，"文学性不是一种自然本质，也不是文本的内在本质"；"没有内在的标准能够保证一个文本的本质文学性"。③ 意向性的内在性、先验性，也就是"超越"。胡塞尔始终坚持意识内在的彻底性，而反对传统认识论超出意识之外作判断或建构的外部超越。在德里达看来，文学本质或文学性的"奇异""神奇"，就在于它所具有的这种内在超越：它超越了"所指"，

① 胡塞尔：《纯粹现象学通论》，第 135 页，李幼蒸译，商务印书馆，1992 年。

② Jacques Derrida, *Acts of Literature*. New York and London，p. 44，73.

③ Jacques Derrida, *Acts of Literature*. New York and London，p. 44.

超越了对语言、形式的"含义"与"所指物"的兴趣;"没有搁置意义、指示的关联,就不会有文学"。① 正是文学所具有的(内在)超越性,抵制了作品阅读所可能发生的那些武断、天真的自然主义联系。从阅读上,文学作为一"意向客体"的奇异之处就在于,我们会独自沉浸在"对语言运作、各种铭刻的结构的兴趣",自然而然地搁置对"意义""所指物"的关联,而"根本没有顾及作为建构文学客体的客体"。这种奇异就是文学成为文学的奥秘,就是文学的现象学效应。德里达就文学本质与现象学的关系指出,"文学和诗歌提供了现象学通道",而胡塞尔所称道的"凝视的现象学转换""先验还原"是文学成为文学的必需条件。②

"历史"与"本质"互为内在,胡塞尔、德里达的"历史"概念都区别于与"本质主义"相对应的"历史主义"。胡塞尔反对 19 世纪以来兰克、狄尔泰代表的"历史主义",在他看来后者属于心理主义、相对主义,都建基于自然主义。③ 这种历史主义过分倚重知识化的时间与事实或黏滞于"经验自我"而忽视作为历史载体的意向性之先验性、超越性;其知识形成趋于专题化,容易导致从"意向性"的内在性关联中独断抽离出来,视之与意向性无关的一种外部实在。"历史"在胡塞尔那并非一成不变,在从"静态现象学"到"发生现象学"转变中,他经历了从抵制"历史"、承认先验自我的内在历史性再到以现象学方式回应历史主义所涉及领域的变化。转折之后,胡塞尔的"历史"因"意向性"的统摄而区别于历史主义;"意向性"则不再囚禁于意识的纯粹性,而与"视域""地平"相关。它融合了"习惯""他者""世界""传统"等文化或历史积淀。④ 意向性本质的显现及其方式,便是"历史性"的打开。德里达也正是在论及"文学本质"的同时从意向性层面展开历史性:作为文学本质的"意向性关系","或多或少是对传统的或制度的(总之,社会的)规则的含蓄意识","文本内存有召唤文学阅读以及召回文学传统、制度或者历史的特征"。⑤

意向性"本质""历史"相互缠绕与生发,是德里达文学性最具生趣的地带。

---

① Jacques Derrida, *Acts of Literature*. New York and London,p. 44,88.

② Jacques Derrida, *Acts of Literature*. New York and London,p. 48,43.

③ 倪梁康:《胡塞尔现象学概念通释》,第 211—212 页,三联书店,1999 年。

④ 今村仁司等:《马克思、尼采、弗洛伊德、胡塞尔:现代思想的源流》,第 213—216 页,卞崇道等译,河北教育出版社,2002 年。

⑤ Jacques Derrida, *Acts of Literature*. New York and London,p. 44.

在这点上，他与胡塞尔间则存在明显差异：胡塞尔并没在历史转向之后放弃意向先验性的第一性原则，其在场、自明性最终窒息了历史性。在德里达那，意向性客体或结构虽是先验的，但它不是现成、既定、在场的，而要在历史性、他者性、否定性的展开中确证。历史并非本质的工具，没有历史也就没有本质。这样，文学性的奇异，令人着迷的意向客体，其"超越"本质就不再可能拘限、搁浅于内在、先验、纯粹维度，而必然向他者、外部、现实开放，必然要指向"意义""对象""所指物"。这种超越性、历史性不可阻遏，也是文学意向性本质的奥妙所在。意向客体向历史、经验溢出（外部超越）又始终是内在的，既是对经验、外部、对象的否定又是"含蓄的意识"。德里达所指的"超越"具有双重性，是内部的外部，外部的内部，是本质与历史"否定—肯定"的交叠。由此，蕴含着历史性的文学意向性本质应是：首先，文学本质是（作者）铭刻、（读者）阅读行动而关联的意向性客体。这一意向本质是先验、客观的，但又是空无、欠缺的，而需要通过他者（不同读者）的展开方得以呈现。读者总是具体的，阅读总在特定社会、文化语境中展开，这意味着意向性本质必然是历史性的展开与确证。但是读者意向、阅读意向、意向的历史性并非后来者，它已先于经验历史而内在于意向性，向读者发出召唤，从而抵制自然主义的时间隔断或阅读的相对主义。其次，文学意向性在悬搁"所指""对象""意义"时，不可能悬搁"指示"。意向自身总是无法被悬搁，它总是不断"指示""意向"，以否定方式在寻找"所指"。意向总是对"对象""意义"的意向，而"对象""意义"又处于具体社会、文化、制度、观念语境中。文学可以悬搁对象、所指物，但不能悬搁的是对它们的"含蓄意识"。这里明显看出德里达对胡塞尔的解构，这些在胡塞尔那里是根本不可能的。德里达将文学意向性本质作了"准先验"的建构，它具有先验、经验双重性质。"超越性"也被赋予内在、外在的双重性，它是内在的外在性、外在的内在性。这种创设的依据在于德里达认为"对象""所指物""本源"终究不可被彻底悬搁。当然，德里达与胡塞尔的这一差异对于超越自然主义的"本质""历史"而言倒是可忽略不计的。

三、形而上学机制发掘与重构

解构文学性或后文学性的本质、秘密只有在后形而上学的内核与维度中方能得以说明。解构主义对形而上学的解构仍保持了形而上学的格位，只有从这一视域中方能发掘解构之宗趣。解构的悖论、动力、肯定性能量、辩证而不统一等等，也只有从这里方得以澄清。本源、本体问题域的取消，形而上学的独断废弃，是解构主义被低沉化、流俗化的根源，而这又可以追溯到柏拉图那里。柏拉图的"理念"说已经造成了"存在"（形而上学）的萎缩与脱落，尽管它"还保留高度而未跌向低处"。[①] 海德格尔向我们重新发掘了被形而上学或逻各斯主义所尘封、关闭了的始源。在这点上，主流的反形而上学不过是形而上学的后裔，只不过它已在"低处"。

诚然，反对、终结形而上学的声音几乎不绝于耳；不过奇异的是，形而上学总在讨伐声浪中延续。形而上学因对本源、宇宙奥秘的眷注而呈现的客观性决定了它不容被粗暴废除。实际上，即便在那些通常给人印象深刻、激烈的形而上学反对者那里，在形而上学存废方面都相当审慎。即便在曾经重创了形而上学的实证主义、实用主义那里，形而上学不但构成其学说背景，而且正是这一终究未被他们抹除的形而上学视域最终使它们避免沉滞于流俗的"经验"或造成实用的"寡头化"。因形而上学特殊的内核与机制意味着对它只能批判与澄清而无法取消，康德正是在这一点上清醒地作了警告与预示："世界上任何时候都将有形而上学"，"人类不可能彻底放弃形而上学研究"就像"不可能因为吸入不干净的空气就欣然停止呼吸那样"。[②] 德里达较之那些独断的非（反）形而上学论者老辣之处就在于，他清醒看到在非形而上学时代形而上学的隐匿踪迹，并道出了我们无法逃避形而上学幽灵伏击的真相。难怪有人就此慨叹，"形而上学即使在它没落的时刻也显得是胜利者"，"德里达是正确的"，他看到了形而上学的"真正的坚硬内核"，对形而上学的克服必然牵连着形而上学。[③] 可见，反对形而上学并非易事，即便是独断的形而上学也夹杂着某种合理性。反形而上学倘要取得成效，就必须触及其内部与运行机制。

---

① Martin Heidegger, *Introduction to Metaphysics*. New Haven & London：Yale University Press，2000，p. 197.

② Immanuel Kant，. *Prolegomena to Any Future Metaphysics*，Trans. and ed. Gary Hatfeld. Cambridge：Cambidge University Press，1997，p. 118.

③ 韦尔默：《后形而上学现代性》，第 313、318 页，应奇、罗亚玲译，上海译文出版社，2007 年。

康德的批判哲学揭示了形而上学产生的秘密：一方面是本体对于人类理性而言的不可知性，另一方面理性却不甘于自身有限性而先天具有把握本体的冲动。这是形而上学独断性、合理性的共同衍生地。形而上学不过是围绕本源所展开的一系列探问、构建行动及其"捕获"。形而上学之所以被斥为形而上学（独断主义），不在于它对本源的好奇与冲动，而在于它通过一系列"人造概念""人造物"将自身僭越为本体，在制造本源真理化、实体化的同时关闭了本源。康德通过"自在之物"批判打破了形而上学的独断迷梦，它的不可知性是对理性独断冲动的警戒与否定，并宣告那些自以为已把握了本体的"构造物"不过是虚假幻象。除创设"自在之物"、保持本源的开放性，康德在认识域则用"先验幻象"代替那些封闭、自明的"人造概念"。它一方面昭示自身不是本体而只是它的幻象，另一方面它又全然不同于认识论层面的所谓虚假或错误，因具有客观先验性而无法被根除。康德既要避免形而上学陷入独断又要呈现其合理性的双重诉求，意味着先验幻象必然具有悖论、双重、疑难特质。它既是否定又是肯定，既是外部又是内部：理性遭到外部自在之物的否定，这种否定又是内部对自在之物的反思性肯定；从经验（现象）层面，自在之物在理性外部，而基于先验反思层面自在之物则在理性内部。康德所披露的形而上学这一特质，倘用德里达的话说就是，它既是"毒药"又是"良药"。先验幻象或二律背反作为重要范畴，贯穿于康德的三大批判，但它终究被"至善"推到幕后；而德里达则几乎将其拉到前台，以更为具象、普泛的方式去言说本源。

德里达同康德一样清醒地意识到，根除形而上学的不可能性，并对形而上学做了卓有成效的侦查。他披露了逻各斯中心主义的结构本相与运行机制：它通过缔造具有等级的二元对立结构，实现本源的彻底显现与在场。在这一结构中，处于主导的项（第一性）具有了纯粹显现的特权，而处于从属的项（第二性）在显现上则不纯粹，它顶多是主导项的补充。主导项始终视从属项对自身的纯粹性构成威胁，竭尽全力将其驱逐到外部以确保自身的内部性。逻各斯主义机制之所以难以颠覆，还不在于主导项的专横与贪婪，而在于其所施展的"狡计"：它抹除自身作为显现者的身份，进而将自己僭越为本源（被显现者）；同时切断从属项同本源的关联，使之沦落为自身替补，成为本源外部的外部。这样，逻各斯中心主义的控制就是结构性的而非局部的：从属项的任何反抗根本无法撼动这一结构；更吊诡的是，反抗将是难题，任何反抗将反过来巩固这一机制。德里达对此十分了

然，他没有纠缠于二者间的控制与反抗，而转向这样的提问：如果主导项是纯粹、内部、本质的，那么它为何如此棒杀与提防从属、外部、现象？这其中是否有不可告人的秘密？内部是否天然就是内部，外部是否可能是内部的内部？这一质问使得真相得以还原：从属的、外部的、第二性的同样是本源堂堂正正的"子民"，而不是第一性的"私生子"。恰恰是这种身份让第一性真正感到害怕而需不断打压、粉饰的原因。

《柏拉图的药》是对《斐德罗篇》的解构，也是德里达最为重要而经典的解构战役。它披露了逻各斯主义机制的建构，并在拆解这一机制过程中发掘了后形而上学的言说机制与方式。《斐德罗篇》涉及口语、文字究竟哪个更能够呈现灵魂、真理问题。文章前后涉及两个传说：雅典公主奥里蒂亚和女伴法玛西亚一起嬉水时被大风吹下悬崖摔死；埃及有个古神塞乌斯发明了文字，将其献给国王，声称能够治疗健忘症。柏拉图借苏格拉底的话表达了对文字的拒斥：文字不能医治健忘症，反而将"遗忘引入了灵魂"，使人依赖于外在书写而"不再实践使用他们的记忆"。① 我们不难从柏拉图的文本中捕捉到这样的信息：真理、灵魂的在场及其所奠立的二元对立结构；文字在这一秩序中远离灵魂，是"麻烦的制造者"。不过，德里达却从柏拉图那里看似界限清晰、等级分明、结构牢靠的秩序中找到了缺口。他从柏拉图《著作权法》的译者罗宾的注释发现：和奥里蒂亚一起玩的Pharmacia，除了是女伴的名字外，还是夺走公主生命的河流上的毒泉；Pharmacia还表示用 pharmakon（药，药物）治疗，而这 pharmakon 兼具"良药""毒药"双重意涵。这样，德里达就有理由将原先看似不相干的两个传说会通起来：柏拉图在开头插入有关 Pharmacia 的传说并非可有可无，他无非想说文字堪比"毒药"，有如毒泉一样十分诱人又足以令人殒命；苏格拉底也正是在文字的诱惑下从城内（内部）走到了城外（外部）。② 显然，这个 pharmakon 的发掘对于撬动柏拉图形而上学至为重要：一方面它并非仅限于药物、文字，而是根本地牵涉到维系柏拉图哲学一系列相互对立的结构及其二元构件；另一方面其双重背反性的还原与发掘，则松动了柏拉图哲学的坚固结构。

---

① *Plato Complete Works*. ed. Jhon M. Cooper. Indianapolis/Cambridge：Hackett Publishing Company，1997，P. 551.

② Jacques Derrida，*Dissemination*，London：The Athlone Press Ltd，1981，p. 70.

在德里达看来，pharmakon 作为一个随时威胁内部、松动结构的入侵者，引起了柏拉图的不安并从以下这些方面作"无害化"处理，从而建立牢固的逻各斯中心主义秩序：首先，剔除"外部"污染，追求纯粹内部与绝对的"好"药。德里达就此批判到，"柏拉图所梦想的是，没有记号的记忆。也就是没有替补（的记忆），没有（借助外在记号）'记起'的（纯粹）'回忆'，没有 pharmakon（的记忆）"。① 其次，对 pharmakon 进行"驱魔"、"净化"，将毒性驱逐到外部，构建起清晰界限与牢靠等级，即"外部就是外部""内部就是内部"，从而（逻各斯）成其所是，成为"好的"。再次，抓住、逮住二元对立双方的"每一方"，磨去双方可能威胁结构的"异质性"。每一项的对立，诸如 hypomnēsis、mnēmē 之间的这种对立，体现出"柏拉图主义所有伟大结构的对立系统"的构成。② 在柏拉图那，尽管这种二元对立的双方都在运动，也不排除相互转化的可能；但这一切都是在安全的界限之内，其运动是真理、理念在场的一种反复，即同一性反复 repetition 而不是差异反复 iterability。③ 这种运动不是真正的"药/毒药"游戏，它把"决定的不可能性"强制决定了，将不能捕获的 pharmakon 强制纳入伟大的"辩证法"，构建起伟大的"哲学"。德里达在暴露柏拉图形而上学机制的同时，展开了与其针锋相对的 pharmakon 游戏的建构：首先，纯粹内部是不存在的，不需要借助外部"标记"的记忆同样是没有的："外部已经在记忆起作用的内部"，"记忆总是需要记号以便记起非在场的"。④ 与柏拉图这样"古典本体论"所持的"外部就是外部"不一样，德里达声称"外部就是内部"。在形而上学那里，外部是对内部的替补，而德里达所指的替补并非从外部赶来对内部"替补"；它作为对内部或物的"欠缺"的增补，作为"内部的外部"，"应该已经在内部的内部"。⑤ 其次，pharmakon 的双重背反性是始源的，它是辩证运动的真正之源。建基于 pharmakon 的对立双方比被柏拉图主义所捕获的对立项来得更本源，它们的关系也没有后者的那种确定与纯粹。pharmakon 是生产差异的"游戏"，"它是差异的异延"。pharma-

① Jacques Derrida，*Dissemination*，p. 109.

② Jacques Derrida，*Dissemination*，p. 128.

③ Jacques Derrida，*Limited Inc*，*Evaston*，Il，：Northwestern University Press，1988，p. 3，13.

④ Jacques Derrida，*Dissemination*，p. 111.

⑤ Jacques Derrida，*Of Grammatology*. Boltimore：The Johns Hopkins University Press，1974，pp. 125.

第三辑 后形而上学美学先锋与动力

kon 不走向真理的在场或裸露，也不是对先在真理的重复，它在"悬而未决的暗夜与守夜"中持存。因此，Pharmakon，"在本质上不是任何东西"，如果说它有一个本质的要素，那么就是"不可决定的"。①

德里达对 Pharmakon 的构建已涵纳着后本体的内核与言说机制：本源是欠缺、不在场的，而 Pharmakon 则暗示着本源，成为本源的踪迹；Pharmakon（踪迹）不是本源，但除此之外并没有本源；它以背反的方式表征本源，其背反性不能被形而上学地取消，它是一种矛盾体，也可以具象化为像"莫比乌斯带"那样奇异的界限、网膜与地带；Pharmakon 的游戏是生生不息的，这种终极的动力源自本源，源自本体的无法在场。

四、后文学性的理论界说与文本实践

后文学性与后形而上学共享着同一内核与言说机制，Pharmakon 已显露出后文学性的总体端倪。当然，德里达也相应地通过重构形而上学诗学的核心范畴"模仿""隐喻""再现"及创设"雌雄同体""处女膜"等概念，实现对后文学性构建与界说。德里达在解构柏拉图"太阳隐喻"基础上所作"向日隐喻"的建构，② 同样发掘了 Pharmakon 的重要维度，文学由此告别了对哲学依附而真正实现自身的本体地位。我们将通过他对"模仿"概念及哑剧文本《皮埃罗杀妻》所作"解构—重构"来展示其后文学性界说及文本实践。德里达不同寻常之处在于，既解构又重构，既理论界说又文本书写，开创了解构—重构、理论界说—创作实践雌雄同体的言说方式。

形而上学的模仿是对真理的模仿，它受制于真理并通过真理而得以界说。在柏拉图的逻各斯图式中，本源、被模仿者、言语、靠心灵的回忆处于内部；而模仿者、摹本、文字、靠文字的唤起则被驱逐到外部。依照德里达的 Pharmakon 机制，内部与外部、被模仿者与模仿者并非可以决定的，模仿未必就是外部对内部的模仿："被模仿者可能遵从于模仿者"，模仿就是一种内部运动，即"重复本身的

---

① Jacques Derrida，*Dissemination*，pp. 127-138.

② Jacques Derrida，*Margins of Philosophy*. Chicago：The University of Chicago Press，1982，p. 51.

自我复制"。① 德里达废黜了形而上学真理、本源这一控制"模仿"的"被模仿者"。这种废黜意味着什么？首先，不是对真理、本源的独断拔除而是它们的废墟化、踪迹化，本体呈现为欠缺与空位。其次，废黜不是独断地消除模仿，而是从中衍生出新的模仿。德里达从马拉美对哑剧《皮埃罗杀妻》解读中引出这种模仿：没有一个先在的"意义""文本""原型"可供模仿的模仿，没有一个"原始指称""先验所指"的模仿，它"不再现什么""不模仿什么"，"不去探索镜子后面的意义"；它是一种背反的存在："不模仿什么的模仿"。再次，真理、本源的欠缺构成了后形而上学模仿的始源力量。最后，原先控制模仿的真理、本源只能在摹本、踪迹中呈现，除此之外并没有所谓的真理或本源："没有被模仿者的模仿""没有所指的能指""没有对象的符号"，"却包含了真理"。② 不过，不要将踪迹中的真理误认为真理本体，它们之间横亘着界限，真理一定背负着删除号（~~真理~~），模仿同样带着删除号（~~模仿~~），③ 以区别于形而上学在场的真理或模仿。

德里达从哑剧"皮埃罗杀妻"中生发出能够与~~模仿~~相互表征的两个重要概念："雌雄同体""处女膜"。较之"雌雄同体"，德里达赋予"处女膜"更多特定内涵与寓指，他从哑剧的残页处找到这个词，并作为与~~模仿~~相对应的范畴，做了多重引发与构建：第一，"处女膜"背后没有"终极"，没有圆满的"欲念""爱""罪恶"，它"消除了被模仿者、所指，或事物的先在性"。当然，"处女膜"之外便没有所谓的"欲念"等，它是它们本源之踪迹。第二，"处女膜"是差异物的融合与背反，它意味着差异物趋向融合、圆满、一体化的同时，也意味着排斥、抵触、玷污、交媾，是原始分裂的关联。第三，"处女膜"位置独特，是内外之间、"洞穴之外和之内悬滞之间"、"欲念"与"满足"之间、"快感"与"痉挛"之间，等等。它具有内部、外部双重性，既是一种地带、界河，也是一种媒介、介质，是关联也是隔膜，可以是"雌""雄"淬火点或二者背反的交错地带。第四，"处女膜"是一种能量、动力源，"欲念""罪恶"等从它那里流出。这种能量并没有明

---

① Jacques Derrida. , *Acts of Literature*，pp. 138-139.

② Jacques Derrida. , *Acts of Literature*，p. 159.

③ 解构主义对逻各斯中心主义的颠覆并非对它的独断拔除。在反对逻各斯中心主义过程中如何避免其伏击，是复杂而艰难的。在这点上，德里达受海德格尔启发，通过在逻各斯主义传统中的一些重要概念上打上"×××"，以此作为解构主义的言说方式。为了书写方便，我们在文中一律使用删除号"═"表示。

确方向，它是一种临界、延迟状态，它发生而又未发生："处女膜渴念在一个既是爱又是谋杀的暴力行为中刺穿、爆裂。如果只有爱或者谋杀的单方发生，将不会有处女膜。但如果什么都不发生，也不会有处女膜。处女膜的意思是所有的不可决定性，它只有在不发生时才发生。"①

《皮埃罗杀妻》是由马拉美表兄弟保罗·玛格瑞特表演的一哑剧。戏剧说的是，皮埃罗因为爱妻不忠而杀妻的犯罪事件，其杀妻方式十分独特，即通过搔脚心致人笑死。这足以写成文学性十足的现代性小说或戏剧，它足以诱发创作、阅读的形而上学冲动：皮埃罗如何杀妻，为何杀妻……不过，这个哑剧却颠覆了传统戏剧演员对剧本的模仿与再现，也戏仿、消解了"杀妻"本身。马拉美曾对剧本加以评阅，撰有短文《模仿》，对柏拉图奠立于形而上学真理观之上的"模仿"加以消解。德里达在这一基础上作如是生发与重构：第一，没有所谓杀妻真相，暴力并没发生，只有它的模拟、幻影、佯装。被杀的哥伦拜却从墙上的画和床上复活了，并发出痉挛笑声。这种痉挛笑声及通过搔痒致人发笑而死的方式，是对死亡、悲剧的消解以及犯罪的异延。第二，没有"杀妻"的本源，只有它的踪迹。"皮埃罗杀妻"是复数的，呈现撒播状态：可指皮埃罗杀妻，但杀妻并不存在，因为他杀的是自己；可指他对杀妻的回忆或其心理的一种欲念；也可指皮埃罗不知从哪读到的，一个有关丈夫搔妻子脚心致死的故事；还可能是摘自马拉美手上那本小册子封面所铭写的句子，等等。不过，如果没有这些有关"皮埃罗杀妻"的踪迹，也就没有所谓"杀妻"。第三，谋杀者与被杀者雌雄同体，杀人者也是被杀者。皮埃罗既是丈夫皮埃罗，又是妻子哥伦拜。皮埃罗总是在自己与画上的哥伦拜、床上的哥伦拜之间变幻穿行。它们是一体的又是分裂的，既关联又背反。第四、"皮埃罗杀妻"在本源上是欠缺的，这种欠缺是哑剧展开的动力。本源的空无是引发者、维系者，既引发模仿的形而上学又是对它的抵制。

"皮埃罗杀妻"的意指具有文学内部与外部的双重性，是文学写作与文学理论的雌雄体。"皮埃罗杀妻"除了作为文学（戏剧）内部的文本内容，还是文学文本外部的"脚本"，可以视为演员玛格瑞特手上作为道具的手册或马拉美正在翻阅的册子。脚本、手册，也就是"指南"。它是演员表演的根据及模仿对象，也是引发马拉美思考模仿理论的对象，是对哑剧、模仿的界说与诠释。不难看出，倘在这

---

① Jacques Derrida. , *Acts of Literature*，pp. 164-165.

一节点植入何为模仿、何为文学的理论问题也就十分自然。那么，德里达反复提到的这个册子究竟藏有怎样秘密或真理？这个封闭的册子，最终还是打开了，不过并没有完整、先在的脚本，有的只是破碎片段、残缺文字，可能除了"皮埃罗杀妻"这句话什么都没有，里面没有供模仿的对象或对模仿的界说。德里达告诉我们，所谓的手册、指南，不过是一张白纸，戏中人物皮埃罗手上拿着的白纸。这样演员无所凭恃，只能自己不断书写、即兴表演，一边创作，一边表演。德里达不仅要在这论及有关模仿、有关文学的理论，而且要宣告一种新的模仿与文学观念的出场："皮埃罗杀妻"，这一手册或白纸，就是"处女膜"，就是不曾被捅破的、薄得不能再薄的"镜子"。它就是~~模仿~~，也就是"药物""替补""异延"。①"处女膜"也就是（后）文学性，就是所谓文学"指南"，它将宣告：这里，"没有，几乎没有文学""一点点都没有""无论如何都没有文学的本质，不存在文学的真理"。这就是说，没有纯粹的形而上学或自然主义认识论意义上的文学本质或文学性。但是，"处女膜"就是~~文学~~，就是解构文学性或后文学性："由'文学是什么'这个问题中的'是'或'所是'施展的奇异魔力与处女膜等值，也就是说，不是确切的无"。②

德里达能里能外，在文本内部与外部、文本实践与理论界说间越界与穿行。这些有关何为文学、何为模仿的理论通过手册、白纸的双重性从文学文本中得以引出，从文学文本内部走到了外部。他同样借助这一雌雄体将外部的那些理论及理论探讨者关涉到文学内部。德里达在理论研讨班上让大家手持一张在边角印有马拉美"模仿"的白纸。这一白纸因涉及模仿，又与马拉美、玛格瑞特、皮埃尔手上的白纸或手册相关涉，从而能够被投射到文本故事内部。这样，只要对模仿、文学本质稍加思考的人，都将与文本内部的玛格瑞特、皮埃尔发生关联，马拉美、德里达、读者无不被投射到文学文本内部的人物位置。德里达不仅是理论的能手，还具有非凡的叙事天分，他几乎在展示一个标准的后形而上学文学文本的同时，实现了对后文学性的界说。德里达的后文学性观念对后现代文学实践带去了启示，反之后者则印证了他对后文学性界说的有效性。深受解构影响的卡尔维诺，其小说《寒冬夜行人》堪称这方面的典范：所谓本质的、在场的《寒冬夜行人》并不

---

① Jacques Derrida. , *Acts of Literature*，p. 174.

② Jacques Derrida. , *Acts of Literature*，p. 179.

存在，它处于一种欠缺状态；在寻找缺失的第 33 页而发现的那些小说片段不是《寒冬夜行人》，但除了这一踪迹之外并没有所谓的《寒冬夜行人》；叙事人称是典型的雌雄体，它是"你/我/他"的交叠与分裂，具有人物与作者自我双重性，在虚构域与现实域之间穿行，从而关联着小说文本与"何为小说"的理论；《寒冬夜行人》本源的缺席，成为小说展开的动力，男女读者为此展开行动。细心的读者仍能够从《寒冬夜行人》中发现现代性小说的基本构件，即男女读者在寻找缺失的第 33 页中相遇、相恋与结婚的情节。这一情节，一方面对于后文学性小说的维系而言仍是不可或缺，另一方面它已高度萎缩，不可能再有昔日现代性小说范式中的辉煌。这也从一个侧面昭示着德里达后文学性与文学性之间的独特关联。

（原载《南昌大学学报》（人文社会科学版）2009 年第 6 期）

"本质"与"历史"

——雅克·德里达文学观辨正

"文学性""文学本质"问题，一再牵动文论界的神经，它在近年来有关本质主义、反本质主义以及文学是否终结的论争中不断被聚焦。德里达的文学观，其文学"本质"—"历史"概念，成了论争各方共同的理论后援，特别是他接受阿特里奇访谈而编成的《访谈：称作文学的奇怪建制》以及《在法的前面》等已成为争相引证的焦点。反本质主义视本质主义为形而上学、教条主义的反动，并在历史主义维度上申说自身的合法性：一方面强调只有特殊的文学，只有特定历史的文学，而没有不变的文学本质；另一方面发掘文学同社会习俗、政治权力、体制观念的关系，突显文学建构的后天性、主观性，将理性、本质彻底还原为历史事实、文化现象。反本质主义几乎非常容易就能从德里达那里找到相应的表述：文学没有本质，"不存在确实的文学实质"；文学是一种"历史性建构"，"十分近期的一种发明"；文学同"政治、审查制度""权力机关"密切相关，批评家、出版者、"法律系统""社会习俗"等决定了"什么是文学"。[①] 面对反本质主义来犯，本质主义自然就从文学的恒定性、超越性、普遍性捍卫自身的合法性，而将反本质主义、历史主义作为相对主义加以塑造、抵制。本质主义甚至也能从德里达那里截取捍卫文学本质的表述，在他们看来即便德里达解构本质，最后也绕不开"文学本质"问题，也不得不承认文学的本质：所谓"文学的本质"就是，"于记

---

① 德里达：《文学行动》，第 39、147、4、7、148—149 页，赵兴国等译，北京：中国社会科学出版社，1998 年。

录和阅读'行为'的最初历史之中产生的一套规则"。① 德里达的文学观就这样成为双方各取所需的对象，遭到了灾难性的误解。这一理解迷误在解构主义的接受中具有典型症候，即德里达一直强调的，接受者总是将他所要反对或克服的逻各斯中心主义、相对主义强加给他。

反本质主义看似同本质主义水火不容，但只要将其置于德里达所披露的逻各斯中心主义秩序中，就能发现二者所共享的"本质"。德里达在解构柏拉图哲学等经典"战役"中披露了逻各斯中心主义机制：第一，它由主导项、从属项二元对立构建结构，从属项对主导项的任何反抗都可能是对这一结构的维系。第二，它作为本体的显现具有其合理性，不可能被粗暴地取消；任何独断的取消将遭到其强大逻辑的伏击而将反对者反转为自身的镜像；任何外部的暴动都可能倒转为从内部对这一秩序的加固。本质主义、反本质主义正是共享着这一框架与秩序。反本质主义诉诸历史主义无论从内部反抗或外部废黜本质主义，都将难逃逻各斯主义的控制：要么构建起"本质—历史"的二元结构，而巩固这一秩序；要么走向"没有本质"就是绝对"本质"，而构成它的镜像（另一种本质主义）。逻各斯主义的秘密、狡计，形而上学之所以被斥为形而上学，在于它将对本体、本源的显现僭越为本体、本源自身，从而造成本体、本源的关闭或取消。由此，德达的文学观所招致的误解就在于：用逻各斯主义二元对立的秩序去裁剪德里达文学观中的"本质""历史"概念；独断废黜了本体、本源，取消德里达文学观的后形而上学、后本体维度；将德里达对形而上学或客观主义文学本质的解构，流俗化为相对主义、虚无主义。德里达文学观之所以重要，在于它批判了本质主义独断的、封闭的普遍性，又超越了反本质主义所可能导致的相对主义，发掘了非在场的普遍性、准先验的普遍性以及后本体的否定性普遍性。只有借道现象学，透过后形而上学视域，方能真正发掘德里达文学本质观的真趣。

———一———

文学是什么？德里达常用"迷人""奇异"意指文学的本质。他首先是从现象学层面发掘文学这一奇异世界的，也在现象学层面使用"本质""历史"概念的。

---

① 德里达：《文学行动》，第 12 页。

文论界对德里达文学本质之所以造成巨大误解，在于对其言说文学本质的现象学语境没有起码的注意，或者即便注意到，也终因它的晦涩而被搁浅在外部。① 现象学所要克服的理性主义、历史主义、心理主义，恰是构成接受者进入现象学的障碍。在胡塞尔那里，理性主义就是客观主义，它是形而上学独断论的后裔，其最大特点是忽视一切判断、认识及其产物始终都是内在于意识这一前提条件。历史主义是指19世纪以来兰克、狄尔泰等代表的历史观，它过分强调知识的时间性、经验事实，缺少了超越性。胡塞尔视之为相对主义、主观主义，同客观主义一样，建基于自然主义。② 现象学旨在实现对客观主义和相对主义的双重超越，德里达在使用"本质""历史"概念同胡塞尔之间也存在明显差异，但相对于客观主义、相对主义所造成的误读而言，这一差异可先暂且不论。

德里达在《文学行动》中基于现象学层面谈论文学本质的相关段落（中译本第10至13页），是遭到误解最为严重的地方。只有回到胡塞尔现象学"本质"概念的用法，方能得到澄清。胡塞尔在以下的这段话中，对"本质"与"意向""意向性"的关系揭示得再清楚不过了：

> ……现实，单一物的现实和整个世界的现实，都由于其本质（在我们对这个词严格规定的意义上）而失去独立性。现实本身不是某种绝对物并间接地与其他绝对物相联系，其实在绝对意义上它什么也不是，它没有任何"绝对的本质"，它有关于某种事物的本质性，这种事物必然只是意向性的，只是被意识者，在意识中被表象者和显现者。③

所谓"本质"，就是"意向性的"。"意向性"概念是胡塞尔现象学的核心，它粉碎了一切客观主义的独断迷梦。胡塞尔将一切外在的现实、世界、对象、本质都还原到内在"意识"，打破了事物在自然主义那里所呈现的那个样子。通常所说的"现象"也好，"本质""绝对本质"也罢，它们都是意向性的产物，本质也不过是（意识的）"现象"。当然，这里的意识、意向不再具有经验的黏滞，因为胡

① 参见周小仪：《文学性》，《外国文学》，2003年第5期。
② 参见倪良康：《胡塞尔：现象学概念通释》，第211—212页，三联书店，1999年。
③ 胡塞尔：《纯粹现象学通论》，第135页，李幼蒸译，商务印书馆，1992年。

塞尔通过不同层级的还原，旨在获取意识的纯粹性、先验性，即"纯思"。由此，胡塞尔的意向性本质，是主观的但不是经验主义、心理主义的主观；它又是客观的，具有内在、先验的超越性、普遍性，但又区别于客观主义所独断的外部客观。德里达正是在这样的意义上展开其文学本质或文学性的：

> 文学性（文学本质）"是一种意向性关系的相关物"，"文本的文学特性被铭刻在意向性客体这一边，在它的意向性结构"；所谓"意向性结构"是主观性的，但并非经验的主观，而是包含、关联着"主体间性"和"先验共同体"。①

这段话有两方面值得注意：文学的本质是意向性本质；文学的意向性本质具有先验的普遍性。文学的本质作为一种意向性本质，破除了客观主义将本质视为意向之外的文本本质或者文本内部本质的神话，所以德里达说："绝没有文本，它的本质是文学性的"，"文学性不是一种自然本质，也不是文本的内在本质"；"没有内在的标准能够保证一个文本的本质性文学性"。② 德里达是在谈到文学阅读、写作时论及文学本质的，并由此强调这一先验本质、先验共性的重要性。这种先验的普遍性、超越性，抵制了写作、阅读主体的主观性或因历史差异所导致的相对主义。它就像三角形或围棋的规则那样具有稳定性，即便把经验中各种物质化的三角形形态、存在物或棋子毁灭了，它们却仍然存在。这样，不同的读者或在不同时空下阅读《奥德赛》《追忆似水年华》《远大前程》时方能有共识，作家的写作与读者的阅读方能相遇。这里，反本质主义或历史主义论者可能又会跳出来，令人厌烦地从经验主义、心理主义层面强调不同时空的读者如何不同，云云。这时或许参考下常被反本质主义论者误认为同道的米勒在阐释德里达文学定义时所作的发掘，会大有裨益：这些作品的文本或制品即使毁掉了，它们所揭示的意向客体仍然存在，甚至普鲁斯特、狄更斯他们即便没有写下来，这些文学客体同样会存在。作家不是创造、发明而是揭示、发现，读者也不是创造，只是"偶遇"

---

① Jacques Derrida, *Acts of Literature*, ed. Derek Attridge, New York&London: Routledge, 1992, p. 44.

② Jacques Derrida, *Acts of Literature*, p. 44、P. 73.

（coming upon）"找到（finding）""发现"这些文学性客体。[①] 当然，将作为文学本质的意向客体同三角形关联，只是类比，显然它们之间存有根本的差异。文学的意向性客体作为"理想对象的特殊类型"，是一种"非数学的或不能数学化的客体"[②] 文学本质的普遍性没有数学的强制性，而形同于康德审美判断的"共通感"而非"共同感"。这是它相对于数学而体现出的奇异性"本质"或本质的"奇异性"。

意向性本质超越了客观主义和相对主义的本质观，其先验普遍性构成了其奇异本质。不过，这一"奇异"本质毕竟不同于数学的先验普遍性。"意向客体""意向结构""客观规则"这些概念也很容易将文学的本质混同于其他认识对象的本质。德里达显然没有严格遵照胡塞尔现象学去推导文学的本质，或者说没有用现象学单维地去阐释文学本质。德里达对文学保持长久兴趣，这种兴趣甚至先于哲学，他正是在大量文学阅读的过程中感悟到文学世界的神奇与奥妙，从而与现象学相互生发，从文学中发现其"现象学效应"，发掘文学与现象学之间这个共同的本质，即"超越"。Transcendence具有"超越""先验"双重意思，胡塞尔将其严格限定在内在性、意识内部，而反对意识超出自身、对外部事物的意识。[③] 胡塞尔坚持彻底的意识内在性、先验性，将意识之外的对象加以悬搁或中止判断，这也是它同一般认识论的根本区别所在。德里达并不像胡塞尔那样拒绝经验层面上的外部超越，但首先从胡塞尔的内在超越性来生发文学的神奇超越性。文学最为神奇之处在于，它超越了"所指"，超越了对语言、形式的"含义"的兴趣。这有如现象学将"实在""本体"置于括号内，将"所指""对象""意义"悬搁起来；而"没有搁置意义、指示的关联，就不会有文学"。[④] 文学通过超越或还原，创设了奇异的"意向客体"：我们会搁置对"意义""所指物"的武断关联，独自沉浸在"对语言运作、各种铭刻的结构的兴趣"而"根本没有顾及作为建构文学客体的客体"。[⑤] 德里达几乎将文学视为现象学的别名，文学和现象学一样反对理性主

---

① J. HillisMiller, *On Literature*, London and New York：Routledge，2002，p. 79.

② Jacques Derrida, *The Time of a Thesis*：*Punctuations*，转引自 HillisMiller, On Literature，p. 78.

③ 参见倪梁康：《胡塞尔现象学概念通释》，第 459—460 页。

④ Jacques Derrida，*Acts of Literature*，p. 44，p. 48.

⑤ Jacques Derrida，*Acts of Literature*，p. 45.

义、科技主义、客观主义的主题化，而具有"先验还原"功能与现象学本质："文学和诗歌提供了现象学通道"，为胡塞尔所称道的"凝视的现象学转换""先验还原"，是文学成为文学所必需的条件。本质不在文本之中，但其中却充盈着一股激发思考的力量、"哲学动力"。文学能够还原出某一命题成为命题的原初，"文学经验"（写作与阅读）在经验内容化、命题化、哲学化之前，它是一种能中立思考的"哲学"（现象学）经验。①

德里达并没有像胡塞尔那样将"超越"始终限制在内在、先验、共时向度，而是向"经验""外部""历时"开放。这一向度的超越是不可阻遏的，它同内在的超越一样突显了文学不可遏制的超越本质与神奇："文学如果被禁止其超越性，意味着文学的自我取消，超越的时刻是压制不住的"。② 意向性客体对内在性限制的胀破而向历史展开，昭示了德里达在"历史"上与胡塞尔的区别。尽管"历史"在胡塞尔那里并非一成不变，在从"静态现象学"到"发生现象学"的转变中，经历了从抵制、拒绝"历史"，再到承认"先验自我"（单子）的内在历史的过程，但是他终究没有放弃纯粹意向性的第一性原理或在场的形而上学立场，历史的维度也就被窒息了。在德里达看来，现象学这种"极限""确定性""绝对的先验意识和不容置疑的我思的自我在场"，将导致文学的终结。③ 文学的纯粹自我同一、纯粹自我指称，是对文学的取消。当然，文学本质的历史性超越收摄于意向性本质的内在性，历史性只能从意向性关系的内在性去解释。实际上德里达在将文学本质作意向性关系的现象学发掘时，已从内部为"历史"预留了"口子"：（文学性）"这种意向关系"，"或多或少地对传统的或制度的（总之，社会的）规则的含蓄意识"；"文本内存有召唤文学阅读以及召回文学的传统、制度或者历史的特征"；"文学的本质，如果我们固执地用本质这个词，是在铭刻和阅读'行动'的原初历史中作为一套客观的规则产生的"。④

意向性本质的历史展开，意向关系的历史性意识，可以从意向主体和意向对象两方面生发开来：第一，意向性客体是作家写作、读者阅读的意向性关系。意向性或意向主体总是相应于具体的社会文化条件，并处于历史语境的差异中，这

---

① Jacques Derrida，*Acts of Literature*，p. 43.

② Jacques Derrida，*Acts of Literature*，p. 45.

③ Jacques Derrida，*Acts of Literature*，p. 46.

④ Jacques Derrida，*Acts of Literature*，p. 44—45.

意味着意向性本质的历史维度是不可遏制。但是，这一历史性展开不是作者的主观编造或随心所欲，读者也不是后来者、外来者，不是纯粹的外部；意向客体的内在性、先验性抵制着读者武断的关联或天真的信奉。第二，意向性在悬搁"所指""对象""意义"而彰显其超越性时，无法悬搁"指示"。意向总是不断地"指示"，不断地"意向"，它以否定的方式在寻找"所指"；意向总是对"对象"的意向，总是指向"所指"的意向。"对象""所指"总是处于特定的制度、社会、文化观念中，文学可以悬搁对象或所指物，但不能悬搁的是对它们的"含蓄意识"。德里达对文学的意象性本质作了"准先验"的构建，文学的"超越"本质，具有内部、外部的双重性，它是内部的外部，外部的内部，是先验的经验性或经验的先验性。

到这我们不禁要问，作为文学本质的超越性、否定性动力源自何处？既然这种否定性最终不是源自历史主义、经验主义对本质的消解，那么它源自哪里？文学的意向客体、意向结构果真能捕获文学的本质？这一切只能从否定性的本体、塌陷了的本体、带删除号的本体、后本体中获得解释。

二

超越性显现了文学的神奇、文学的本质，但随即又会发现本质并不在，意向性结构不像逻各斯中心主义那样可以套住文学的"本质"。德里达继续兴叹，它"有趣""迷人"，却"难以捉摸"。这对于旨在意向之纯粹性、自明性的胡塞尔来说，简直就不可思议。但是，对于德里达而言事情则反了过来，本质是不在场、非纯粹的，正因为本质的空无、缺场方有本质。这是文学本质的另一种神奇，本源性的、形而上维度的奇异。

德里达的文学本质最终只能在后本体、后形而上学中获得澄清。不过，在主流的逻各斯主义后裔、后现代主义面前，谈论本体、形而上学问题已经变得非常困难，它们误以为解构主义就是取消本体，拔除形而上学。实际上，形而上学因其对世界本源、宇宙奥秘的眷注而葆贞着其合理性、客观性而意味着它不容被独断取消，即便曾给形而上学重创的实用主义也仍然保留形而上视域而避免"实用的寡头化"。在形而上学的存废问题上，康德、德里达无疑是最为清醒而重要的。康德在批判独断的形而上学过程中提醒我们，"世界任何时代都具有形而上学"，放弃形而上学如同放弃"不洁的空气"一样不可取。① 德里达则在形而上学日趋衰落背景下，实现了对形而上学的有效侦察，看到了形而上学的"坚硬内核"，认识到对形而上学的反对必然通过与形而上学的"牵连而完成的"。② 当然，由于解构主义否定的表达方式及栖居于所拆解对象的特点，非常容易招致流俗化的误解，而需要借助合理的参照得以提升。鉴于问题、概念的内在关联，这里以康德"自在之物"、拉康"对象 a"为参照，通过对胡塞尔主体形而上学本质的批判与发掘，有效地回护"自在之物"的合理性以趋近德里达的后本体内核。

海德格尔的"存在"、康德的"自在之物"、德里达的"异延"都具有亲缘关系，其最大共性就是"本体"以缺场、否定的方式暗示自身的在场。尽管"存在"的发掘或许赋予德里达建构解构更直接的灵感，但"自在之物"的规范性既有助于消除解构所招致的误解，又能同误解构成有效的对话。在海德格尔看来，"自在之物"的不可知性、疑难性，既废黜了形而上学的独断又保留了它的合理性。③ 胡塞尔对康德先验哲学给予最高的礼赞，但其"意向性"概念又几乎在最高的水平上对"自在之物"提出了挑战。胡塞尔显然拒绝"自在之物"这样的外部推断与超越，因为在意向性面前一切皆意识、内部、现象。在胡塞尔看来，"自在之物"仍有客观主义的嫌疑：既然"自在之物"是意识的产物，那它怎么可能在现象外部呢？既然它不可知，又怎么可以作为"现象"的基础呢？实际，胡塞尔为了意向先验性的彻底性，对"自在之物"缺乏理解的同情。康德丝毫没有离开经验层面的"现象"去谈论"自在之物"，之所以说"自在之物"在现象外部及不可知的，完全是从内在的反思、否定而言的。"自在之物"同德里达的"雌雄一体""处女膜"概念相似，它具有内部与外部、先验与经验双重一体性：在把握自然对象受挫或遭到拒绝时，理性就会反思对象外部的"不可知"，推断存有超经验的"自在之物"，这个外部完全是基于内在反思，完全在意识内部。因此，在这一条件下，外部就是内部，超验就是先验，反之亦然。"自在之物"的外部性、经验性、客观性意味着不可能被彻底地还原为意识。胡塞尔意向性还原的彻底性、强

① 《康德著作全集》（第 4 卷），第 272－273 页，李秋零译，中国人民大学出版社，2004 年。

② 韦尔默：《后形而上学现代性》，第 315、318 页，应奇、罗亚玲编译，上海译文出版社，2007 年。

③ 海德格尔：《康德与形而上学疑难》，第 234 页，王庆节译，上海译文出版社，2011 年。

制性，最终在拒绝外部超越的情况下，却构建一个内在、先验的、在场的"上帝"——纯粹的先验自我。胡塞尔精心打造的这个阿基米德支点并不牢靠，被意向性悬搁或放置括号内的对象随即破土、瓦解先验自我。

拉康先于德里达颠覆了胡塞尔主体绝对在场的神话，其最大特质在于，主体（S）总是背负着斜线（S）、铭刻着"无"，它总是被小他者a（想象界）、大他者A（想象界）植入、编织、萦绕。"无"或"他者"策动了主体能指的运动，主体（S）否定性地衍生出S_1、S_2、S_3，等等，形成了"能指链"。拉康将他者对主体的嵌入、占据及引发能指链的运动与主体分裂的本源性之"无"收摄于真实界（du Réel）的概念"对象a"。对象a与自在之物大致相对应，它是"自在之物在拉康否定性的关系本体论中的逻辑变形"，[①] 而门徒齐泽克则说，"拉康以不可能的/真实取代了康德的本体之物"。[②] 西方有学者推断，德里达的核心概念"异延"（différance）是借用对象a加以建构的。[③] 从其内在关联度上，这并非没有道理，对象a与自在之物、异延在结构位置、功能性状而言都十分接近：在康德那里，自在之物是理性本体冲动的引发者，又是理性试图把握的本体对象及否定理性的本体之源；在拉康那里，对象a是"激发欲望的客体，又是欲望本身所追求的客体"，但它又"时刻躲避着主体"；[④] 在德里达那里，（原始）异延是"能产生形而上学而又不能被形而上学思考的东西"。[⑤] 本体的缺席、欠缺，在康德、拉康、德里达那里所具有的一致性，是他们同胡塞尔的区别所在。德里达正是基于胡塞尔拒绝自在之物这一点而将其视为"对在场形而上学的最为彻底和最为关键的恢复"。[⑥] 当然，这三个概念之间还是存在差异的，尤其从认识论而言；但这一差异却折射出它们在否定性本体上的深层勾连以及否定性本体的多维性：从认识论上看，对象a与自在之物分别在主客体的两端。对象a是想象界、象征界（现实界、经验界）主体所欲望的绝对主体（客体），这个欲望的绝对主体当然也就能够把握或言说同样具有绝对格度的自在之物；但是现实主体所欲望的这一绝对主体是不

① 张一兵：《不可能的存在之真：拉康哲学映像》，第346页，商务印书馆，2006年。

② 齐泽克：《易碎的绝对》，第99页注解，蒋桂琴，胡大平译，江苏人民出版社，2004年。

③ 多斯：《从结构主义到解构主义》，第326页，季广茂译，中央编译出版社，2004年。

④ 多斯：《从结构主义到解构主义》，第325页。

⑤ 德里达：《论文字学》，第240页，汪堂家译，上海译文出版社，1999年。

⑥ 德里达：《论文字学》，第68页。

可能的，所以对象 a 可以视为主体创伤的标记或残迹。① 不过，这个绝对主体也不是绝对的"无"，它毕竟以否定的方式在主体上留下了残迹，如果依照德里达的言说习惯，这残迹既是主体的又是本体（绝对主体）的痕迹。这个残迹宣告绝对主体不可能的同时，也以否定的方式暗示—肯定着自在之物的存在。拉康绝对主体之不可能通过康德自在之物的不可知性反而能获得更好的解释，它也反过来印证了自在之物的存在及合理性。通过这个残迹，在认识论的描述中处于两极的自在主体与自在之物以否定性的方式获得了雌雄一体的关联。这个否定性的本体在康德那里由于道德光芒的折射而被高度背景化了，在其整个学说中只是不断流露出蛛丝马迹；而在拉康那里则正面突显了，大他者、小他者、对象 a 走到了前台成为主角。德里达将否定性本体朝着后本体的建构大大推进了：他虽然有时还在本体上保留与对象 a、自在之物相对等能指——原始的（异延、替补、痕迹……），但总体上已把这个本体废墟化了，让本体坍塌、化作一种无的踪迹，进而内置、出入于现象界。与此相应，本体、现象的二元结构也被废黜了或淡化了。这一推进形成了德里达后本体的两大维面：一方面是言说的困难，为了能传递源自本源的踪迹、欠缺、空无，它的言说总是悖论的、自相矛盾地、似非而是地展开；另一方面，他者、异延中的 a、空无，已不再高阁于本体维度而进入了"寻常百姓家"，它随即待命以植入主体形而上学和客观主义内部，撕裂绝对主体的同一，抵制本源的关闭。正是将本体的重心移到了经验、现象域，接受者就非常容易忽视其本体或形而上的维度，而将解构主义拖向经验主义、相对主义的境地。自在之物、对象 a 的参照与提升，就是要还原"空无""欠缺""他者"等解构动力的形而上格度，避免所招致的流俗化理解。空无、欠缺、他者是本源的，它们非但不是后来者而是比主体、存在、在场更为先在、古老。它们不同存在、在场、主体构成逻各斯主义的二元对立，而是反过来构成了后者的条件：没有欠缺的存在不是存在，没有空无的在场不是在场，没有他者就不可能有主体。在场、存在、主体总是背负着斜线，不断地自我否定、自我取消；但是，这种否定不是源自其对立面的对抗、取消，首先不是自我否定、自我反对，而是本源性的否定，本体的

---

① 日本学者福原泰平指出，对象 a 是"一个因被写入无而产生的凹坑，也可以说它是被失败的事物赋予一个形象"（参见福原泰平：《拉康：镜像阶段》，第 146 页，王小峰，李濯凡译，河北教育出版，2002 年）。

否定性显现。由此，空无不是真正的空无，不是存有对立面的空无。空无、欠缺、绝对他者无法自己呈现，而是通过存有、在场、主体的自我否定来显现。当然，在这一否定显现之外也没有所谓外在的本体、绝对在场，在场、主体的自我否定就是本源、本体欠缺的踪迹。到这，我们可以从本体的欠缺、本源性的空无层面发掘德里达文学的"本质""历史"概念。

三

本质是欠缺、空无、非在场的，德里达把这一空无、欠缺、绝对他者的本质（荣誉）授予了文学，而不是哲学、科学。文学的本质就是没有本质（这绝非狡辩或自相矛盾），被作为文学所允诺的永远不会获得自身，它是哲学、科学、任何形而上学都无法捕获的，所以文学没有定义，而这就是文学最为奇异的、令人着迷的本质——本源性的空无、本体欠缺的体验：

> 正是无之无化使我们渴望在文学的名下。本体的体验，不多也不少，在形而上学的边缘，文学也许站在一切的边缘，几乎超越了一切，包括它自身。这是世界上最有趣的事物，或许比世界更加有趣。而如果说文学没有定义，是因为为文学之名所预示和拒绝的一切都无法与任何话语一致。①

无论就哪种"本质"而言，"历史"总是内在于它的。正像"历史"内在于"存在"（海德格尔）、"历史"与"意向性"相关（胡塞尔），德里达的"历史"只能从本质的空无、欠缺、异延来解释。它区别于形而上学的历史，与客观主义所对立的历史主义格格不入，而是对它们的否定与拆解。德里达曾说，他自发表第一个文本开始就试图反对形而上学、逻各斯中心主义表象中的历史及目的论、系统化、真理化的历史。② 对形而上学历史观的消解，绝非像通常所误解的那样，取消历史，走向历史虚无主义、相对主义。德里达说他反对形而上学的历史，却又经常使用"历史"概念的目的在于，"以便指出它的力量并且产生出另一'历史'

---

① Jacques Derrida, Acts of Literatur, p. 47.

② 德里达：《一种疯狂守护着思想：德里达访谈录》，第95—96页，何佩群译，上海人民出版社，1997年。

概念或概念链的原因……一种包含着'复述'新逻辑和'踪迹'的历史，因为我们很难想象没有它，怎么会有历史"。① 这种历史是本质空无的展开，是非在场本质行动踪迹的铭刻。基此，我们才能理解他在谈论文学本质时所涉及的"历史"："文学的历史建构就像一个根本不存在的纪念碑的废墟。它是一种毁灭的历史，是一种生存事件被用以讲述且将永不出现的记忆的叙述。它最具'历史性'，但这种历史只能通过变化着的事物被思考"。② 本质的空无、欠缺绝非取消本质，绝非相对主义。德里达在本源性欠缺层面展开本质，并不意味着他放弃之前为克服相对主义而借意向性本质所突显"共识"的重要性。但是，它同胡塞尔主体形而上学、独断形而上学所持的绝对在场、同一性本质不同，其本体欠缺的本质旨趣在于：我们固然无法说出本质"是什么"，但不在场、欠缺的本质既然作为本质，它就是可以"反复"的。这种反复是差异、否定地展开，本质或同一在否定与延宕中显现，这一差异、否定、延宕的反复就是"本质"的"历史"。这种本质、历史在"反复可能性"概念中得以昭示，在"署名"概念中别有生趣地展开。德里达借此从后本体层面显露了文学的奇异性，发掘了本体欠缺的文学本质。

在形而上学那里，"本质"就是同一性，"历史"就是同一性的展开、确证，就是同一性裸露、真理化过程。这种同一性（本质）是先在、既定、在场、关闭的，反复只是这一同一性的展开，即便其过程有差异，但这差异也是在这一先在的同一性内并以它为前提的重复。这就好比柏拉图的（太阳）理念证明一样，其间经历很多差异的感性太阳，但其太阳理念始终不动的、在场的，最后也要回到太阳理念。这种情形在解构主义那里，是不可思议的。德里达没有放弃"本质"，不过，"本质"不是自明的、现成的，它需要在反复中呈现。但这样的反复是一种差异的反复，是包含着他者的反复。德里达用 iterability 以区别形而上学的反复、反复的可能性。他说，"iterability 的词根 iter，来自在梵文中表示他者的 'itara'，可以将遵从它的一切理解为这样的一种逻辑，即'将他异性关联到重复'的逻辑。"③ iterability 中的"他者"是本源的，它内在地嵌入"本质""本体"，而不是后来者或第二性的："反复的结构——这是它的另一个决定性的特征——包含着同

① 德里达：《一种疯狂守护着思想：德里达访谈录》，第 102 页。

② Jacques Derrida，*Acts of Literature*，p. 42.

③ Jacques Derrida，*Limited Inc*，Evanston，Il.：Northwestern University Press，1988，p. 7.

一和差异。反复在它的'最纯粹的'形式——并且它总是不纯的——本质上包含一个将差异作为反复加以建构的差异。一个要素的反复可能性先天地分裂了自身的同一性"。① 很明显,在德里达那里,"本质""同一性"是非在场的,但倘若有"本质"在,那么可以确定的是,它一定是能"反复"的,而且需要借助"反复"得以呈现。甚至可以反过来说,如果不具有"反复的可能性",如果不是"差异的反复",那么就不存在所谓的"本质",没有差异也没有所谓的"本质"。这是解构主义典型的反仆为主的逻辑思维与表达方式。"反复可能性"有助于我们进入"署名"这一概念,进而发掘与"署名"密切相关的所谓文学的奇异"本质"。

我们知道"署名"经常出现在"文件""书写""记录""写作"中,是再普通不过的现象了。"署名"是"原初的""偶然的""现时的",不过一旦"署名"也就意味着"独创的""唯一的""不可替代的""绝对奇异"的"纯粹事件"。德里达几乎是像构建"反复可能性"那样对"署名"做了这样的创设:首先,署名是唯一的、不可替代的,但又必须是可以"反复的""模仿的",甚至"伪造的";"它是它自身,只有通过毁灭同一性和独特性,分割它的签章"。其次,署名要施展其功能,署名要成为署名,就意味着在署名那一刻署名就缺席了:"根据定义,一个书写的署名意味着签名者实际的或经验上的不在场"。不过,署名的这种不在场,也并非不在场。它以一种"过去的现在"或者"将来的现在""在场的先验"形式标记、保留着它的"一直在场"。② 最后,署名在署名的那一刻也就为他人预留出了位置,也就意味着"他者"的署名。只有他人的署名,署名方有效应,当然他人的署名也可视为原署名的另一自我。这样,署名必然是"共同署名""联署"。原署名、他人署名、共同署名,署名的差异性、共同性或者说差异的反复性,在德里达所举的"旅行支票"例子直观地展示了署名的这些意蕴。③ 这样,从"署名"延伸到"文学",也就自然而然的了。写作、阅读都是一种署名,作家与读者之间、读者与读者之间,不同时期的读者之间,都应视为一种共同署名。在德里达看来,这就是文学令人着迷、兴趣之处:写作、阅读不过是一种"语言能力",一种"标记""署名",它是"不可替代、不能转换的独特的奇异性";"它从

---

① Jacques Derrida, *Limited Inc*, p. 53.

② Jacques Derrida, *Limited Inc*, p. 20.

③ See Simon Morgan Wortham, *The Derrida Dictionary*, N. y.: Continuum, 2010, p. 181.

一开始就和自己十分不同以便成为可仿效的而且这样包含着某种普遍性"；"一部乔伊斯的文本同时是无限的历史的浓缩"，这种浓缩仍然同一个"绝对的奇异事件""绝对奇异的署名""日期"是分不开的。① 阅读是作品发出邀请与读者应邀的共同署名。这是作品之奇异性的呈现，在阅读的反复可能性中呈现，读者通过对作家署名的联署而呈现自己的独特性、创造性。德里达在谈到《罗密欧与朱丽叶》的阅读时，向我们传递了这一阅读—署名的体验："我的规则，所专注或响应的，是他人的文本，它的奇特性，它的风格，它在我之先的吸引力"，"如果我通过签名，用另一个署名，让我的奇异性投入其中，作为担保，却是我所能够的、以一种负责任方式的回应"。② 这里，看似我的奇异性与我的责任之间、我的署名与他者之间有些矛盾。但实际上德里达所要表达的是，每次署名都是全新的、一次性的、他者的，但这种差异恰是签署的确证、一致性的确证："因为联署是通过对他者署名的确证签署的，而且是通过一个绝对全新和首发的方式的签署，几乎同时，就像每次我通过再签一次的方式确证了我自己的署名：每次一相同的方式而且每次又不相同，再一次，在另一个日期"。③ 这就是署名的本质，文学的本质，如果一定要用"本质"这个词。

四

内在先验超越、内外准先验超越、本体缺场超越，三个维度发掘了文学的奇异本质，而其中内在超越、准先验超越最终又收摄于本体缺场超越性。德里达的文学本质超越了逻各斯中心主义框架下本质—历史二元对立的文学本质论，但超越不是对它的取消与拔除。依照解构主义的解构诉求与逻辑，这种取消是不可能的：一方面任何对它们的独断取消都将使自身重新陷入逻各斯中心主义；另一方面逻各斯主义的病症主要在于对本源的关闭，其自身及后裔作为对本源或本体呈现的一种尝试仍然有其合理性。解构的文学本质对逻各斯中心主义文学本质的超越，就是对现代性文学性观念的重构，就是用本源性欠缺的超越本质收摄现代性文学性的"本质—历史"范畴。德里达在讨论文学本质时插入了许多有关现代性

① Jacques Derrida，*Acts of Literature*，p. 43.

② Jacques Derrida，*Acts of Literature*，p. 66.

③ Jacques Derrida，*Acts of Literature*，p. 67.

文学本质的相应阐发，而接受者因对其后本体视域的忽视而导致将其仅作为现代性文学观念加以曲解。因此，德里达如何从本源性欠缺的后本体视域将现代性文学性统摄起来，如何对现代性文学性加以重构、发掘的问题，就变得十分重要。德里达是解构、重构的能手，他在《在法的前面》中通过对卡夫卡《审判》中一则寓言的重构，既实现了文学本质的界说，也展开了后本体的文学文本实践。当然，也把"文学是什么"这一现代性之问关涉到文本之内。只不过，通过解构的重构之后，文学的现代性本质已被踪迹化了，它反过来成为本体缺场的一种显露。

寓言说得很简单，一个乡下人去见"法"，却被守卫拦住了，一直等到死也没有见到法。德里达借助这一寓言及重构向我们展示了三种类型的文学本质。这个乡下人来到法面前之前所持的法的观念是客观主义的，因为在他看来法是自明的，随时可见到的。这个法具有内部、外部双重性，既是文学文本内部之法，也关涉着文本外部的文学观念。这个法在文本内部引发了故事，即乡下人对法的探寻与追问；而这同样可以关涉到文本外部文学的现代性发生，德里达也相应地插入许多关于文学的历史建制及法律、规则、政治、批评体制与批评家等对现代性文学观念确立的决定性作用。因此，基于法的支配性地位，无论从文本内部还是文本外部，都可以说"没有法就没有文学"。第二种类型的文学观念，是乡下人来到法面前无法见到法所引发出的本质，这个本质是不可知的。这个法相当于康德的"自在之物"，它作为本体拒绝关于文学本质或文学是什么的回答，这也可以视为卡夫卡代表的现代主义文学观念。接着德里达加以解构－重构，他称门是开着了，乡下人是自己不进去的，守卫背后并没有所谓的法，而只有乌有。这是遭到反本质主义、相对主义误解最多的环节，他们从现代性层面而不是本体层面将法的不可知、法的乌有理解为：根本没有法的本质，没有文学的本质，所谓的本质不过是历史、权力的建构，人为的神话。第三种类型就是德里达本源性欠缺的文学本质观。德里达在指出法门后面没有法、法是乌有、法是看不见之后，又随即表明法的乌有并非真正的空无。既然并非真正的无，那就需要守卫的看护。那么，不是真正的无的法在哪？就在于守卫对空无的看护，没有守卫对乌有的看护也就没有法。守卫对乌有的看护就是法的显现、法的踪迹，它之外没有所谓的法。依照解构之前（第一种类型）法的双重性，即文本内部之法与文本外部之法的关联，就可以说，法的乌有就是文学本质的乌有或欠缺，批评家、出版商、管理员、文艺理论家等等就是一大群守卫，他们看护了文学本质的乌有，而这一看护则是本源性欠缺的文学本质的踪迹，踪迹之外并没有所谓的本源。这时，也仍可以说没有法（批评家这些守卫们）就没有文学；但是它的位置、功能较之第一种类型发生了变化：在前面的之法跑到了后面，自明之法成了踪迹之法，本体域、本质域之法成了在现象域弥漫之法。那些对解构的流俗之见，正是没有注意到这一变化，而导致仍然将重构之后的"没有法就没有文学"错误地从现代性的框架内理解为，"政治""权力""习惯""观念""规则"以及这些观念、权力持有者对"什么是文学""文学本质"问题的决定、支配与建构。

到这，我们就能够很好地理解德里达不断地插入那些主流现代性文学观与文学历史叙述真正用意，也就知道如何措置这些现代性文学观念与文学历史叙述。德里达之所以如此，其目的就是要用本体欠缺的文学本质去重构、收摄现代性文学观念与历史。德里达并没有废黜西方近代真实发生过的文学观念及文学发展史，因为它们也是对本源欠缺本质的一种显现，尽管这一显现也可能造成遮蔽，但无权拔除它，甚至依照解构主义的逻辑也可以说，没有那些现代性文学本质观，也就没有本源性欠缺的本质。不过，这些实际上发生过的文学观念、文学实践、文学史自然而然地就已被置于本源性欠缺的后本体视域中加以重审、重估。这种重审、重估，也就是在本源欠缺的否定视域中加以重构。这意味着这一实际有过的本质、历史没有永久的合法性，文学本质随即遭到颠覆，文学自身随时超越自身。但要特别申明的是，这种否定之源不像那些主流的、基于现代性观念所误解的那样，将其视为逻各斯主义框架内现代性内部的否定，即二元构件之间的相互否定或历史对本质的否定或奠基于主体之上的审美自律的否定；而是源自本体欠缺、空无的本源性否定，它就是解构之源、异延之源，后形而上学之源，也就是解构、异延、后形而上学的动力。它贯注、连属着审美现代性与后现代主义，并对它们加以提升，锻造文学性的后形而上品格，避免其低沉化、流俗化。

（原载《华北电力大学学报》社会科学版 2020 年第 3 期）

叙事的突围与界限

——卡尔维诺《寒冬夜行人》的文本理论解读

特里·伊格尔顿在《文学理论导论》中精要地概括了当代文学理论发展的
"三个阶段""两次转向"：专注作者阶段；从作者转向专注文本阶段；从文本转向
专注读者阶段。M. H. 艾布拉姆斯在《镜与灯》中则指出，每一件文学艺术总要
涉及 "作品""艺术家"（作者）、"欣赏者"（读者）、世界等四个要素，而 "任何
像样"的文艺批评理论尽管各有侧重，但多少都必须考虑到这些要素。尽管两位
理论家所言说的理论对象并不相同，但他们从历时和共时的不同层面昭示着文本
理论的某种传统与成规：第一，一个具体的艺术文本大多包含着作品、作者、读
者等基本要素。第二，这些要素之间在相互联系的同时，彼此之间存在着不可被
忽视的差异性，各要素间的距离与界限不能被人为地消除。这一传统与成规为我
们当下进行某一具体的文本分析提供了必要的参照与阐释方向，以避免批评的任
意性与主观性。

借助这一理论范式，我们将能更精准地去把握意大利小说家卡尔维诺《寒冬
夜行人》——这部堪称 "后现代主义写作试验中最著名、最典型的案例"① ——的
叙事命意，即它是如何突破叙事成规，又在突围过程中遭遇怎样的界限；进而能
够从小说叙事的现代性与后现代性的撞击与交叉处将其在叙事流变过程中的位置
与意义标示出来。

---

① 王钦峰：《后现代主义小说论略》，第66页，中国社会科学出版社，2001年。

一、中心的消解

小说《寒冬夜行人》对叙事传统的突破主要表现为：打破作者中心与文本中心，在释放读者的同时又避免读者中心主义的形成。

在以作者为中心的小说叙事模式中，作者通常处于作品之外，而作品则成了作者生产的对象。卡尔维诺所追求的却是一种缺少作者声音、个性与自我形象的写作效果。为此，他通过特殊的叙事人称、元小说结构、非线性情节等一系列叙事策略对作者进行消解。

首先，第二人称视角在叙事层面的使用消减了作者的主体性，提升了叙事层面的"水平位置"，使得作者与叙事层面的叙述者之间形成一种对话关系，从而避免文本中的叙述层面成为作者的叙述客体或对象的传统模式。《寒冬夜行人》的故事层面由10部小说的开头构成，这10部小说则采用第一人称的叙述方式。这样，读者在阅读时很容易把故事层面的"我"，理解为是叙事层面上的"你"在进入故事层面时所作的人称转换。因此，第二人称的使用，使得叙事层面上的男读者（你）与作者、故事的人物"我"，甚至作品之外的"读者"形成一种对话关系，从而改变了传统叙事者、故事人物、读者对作者的依附关系。

其次，卡尔维诺在小说的第8章巧妙地安插了"西拉·弗兰奈里日记选"（第7部小说的开头），通过作家弗兰奈里（卡尔维诺的另一自我）的日记记录对小说《寒冬夜行人》的构思、写作过程进行自我披露，并展示大量与《寒冬夜行人》相关的小说理论话语，形成独特的"元小说"结构。写作的过程对于读者而言通常会有几分的玄奥，而具体作家对自己某一部作品的写作过程的披露与总结，一般也都在作品诞生之后。卡尔维诺在《寒冬夜行人》中却有意地将作家的"屁股"无情地暴露出来，并使之成为小说文本的一部分，从而解开了小说文本生产的编码，消解了现代小说文本中以缺场的方式来凸显在场的作者的崇高主体性。在卡尔维诺笔下，作者已经不可能像传统那样可以牢牢地控制着叙述对象与读者，《寒冬夜行人》借助弗兰奈里的自我反思将写作主体因自身的主体性而产生的深层焦虑充分地显露出来。

我也希望把我自己从作品中抹掉，并为每一本书找到一个新我、新的声音、新的姓名，获得一次新生。但是，我的目的是在小说中捕捉到不能阅读的物质世界，那里既不存在任何中心，也不存在我。

假若没有我，我写得多么好啊！如果在白色的大字纸与沸腾的语词和奔放的故事之间没有人来写，没有我这个碍手碍脚的人存在，那该多好啊！我之所以要取消我，并非要这只手成为某种确定的东西的代言人，只是为了让写作属于应该写出的东西，让叙述成为无人叙述的行为。[①]

作者的主体性构成了写作的巨大障碍，这是弗兰奈里的焦虑，也是作为小说家的卡尔维诺的焦虑。作为文学理论家的卡尔维诺在其他一些场合的论述中也陈述了这一相同的思想。在拟赴美国哈佛大学的演讲稿中，他曾指出，"但愿有部作品能在作者以外产生，让作者能够超出自我的局限，不是为了进入其他人的自我，而是为了让不会讲话的东西讲话"。[②] 在卡尔维诺看来，作者不应享有传统作者所拥有的"特权"，他不应该去操纵小说的读者，而相反读者欲望的控制却是作者写作焦虑的缘由："我真想写一本小说，它只是一个开头，或者说，它在故事展开的全过程中一直保持着开头时的那种魅力，维持住读者尚无具体内容的期望"。[③] 弗兰奈里开始写作时总要用望远镜去观察一位正在阅读的女读者，如何使自己所写的成为这位读者所读的问题使得写作陷入了危机。这是卡尔维诺为摆脱写作焦虑而特有的内心世界的有力表征。对卡尔维诺来说，写作的本质与其说是作者在写，毋宁说是读者在读，即"我阅读，因此宇宙在写作"。[④]

我们知道，在作者中心的小说模式中，作者几乎成为读者阅读信息的唯一来源并掌握着文本解释的最终裁决权。现代小说文本中心的凸显与作者的巧妙引退有着密切的关系。现代小说之所以能有效地伏击自己的读者，在于获得文本虚构域所产生的强大艺术磁场的支撑。它们往往通过人物形象、故事情节等的设置以产生一种逼真、自然的审美效果，使读者在阅读过程中产生一种如临其境的幻觉，

---

① 吕六同、张洁主编：《卡尔维诺文集·寒冬夜行人》，第 150－155 页，译林出版社，2001 年。

② 吕六同、张洁主编：《卡尔维诺文集·美国讲稿》，第 418 页，译林出版社，2001 年。

③ 吕六同、张洁主编：《卡尔维诺文集·寒冬夜行人》，第 155 页。

④ 吕六同、张洁主编：《卡尔维诺文集·寒冬夜行人》，第 154 页。

从而忘记现实而与故事情节、人物命运同步发展。要获得这种逼真的叙事效果，作者就必须放弃"上帝"的全知视角，从对虚构域的粗暴干预中隐退。萨特曾为存在主义荒诞小说能收到主观真实的审美效果，而极力主张小说应以"物、植物和事件的方式，而不是以人的产品的方式存在"，这样就必须"把上帝从我们的作品中赶走，犹如我们已经把上帝从世界上赶走"。① 现代叙事理论对这种叙事效果的产生已做过系统的揭示，巴赫金、托多罗夫、热奈特等无不把叙述效果同叙事视角的问题联系起来。在巴赫金的作者与主人公的分类理论中，从"作者/叙述者〉人物"过渡到"作者/叙述者＜人物"的过程，是虚构域人物主体自我意识逐渐获得的过程。在这一过程中，艺术真实性逐渐增强，读者在阅读过程中也越发容易投到虚构域里。现实读者面对的更多的是生活的真实、科学的真实（主要是逻辑与事实的真实），而一旦进入小说的虚构层面，所体验到的则更多的是审美的主观真实。在小说审美自律渐强的过程中，文本的虚构域与文本外的现实的距离也就日渐被扩大。现代小说正是依靠一系列叙事编码把读者拒之于虚构域之外，同时又凭借虚构域中所饱蘸着的艺术强力迫使场外的读者甘心处于被控制的局面。

由此，作者的隐退显然有助于自足性的虚构域的建构，从而形成文本中心。但卡尔维诺显然无意于去创设现代小说的虚构域，他所要完成的却是借着对作者的消解进一步颠覆文本中心。《寒冬夜行人》在叙事上的最大特点就是完全打破叙事的完整性，将叙事情节和故事情节碎片化。叙事层面中大量具有反思性理论的插入，以及叙事的不断中断、转移，完全瓦解了叙事的深度和整一性。在故事的层面上，《寒冬夜行人》这部小说由《寒冬夜行人》《在马尔堡市郊外》《陡壁悬崖上探出身躯》等 10 部小说的开头组成，它们之间并不构成一种线性的时间顺序或存在因果的逻辑关系，这样小说文本的产生就具有更多的不确定性与偶然因素。弗兰奈里的日记列举了小说文本最终诞生的多种可能，诸如稿件完全可能被调包、模仿、伪造，甚至可能是一阵风把稿件吹乱了，小说最后完全可能是一种随意拼凑的结果。这种叙事组合，彻底地捣毁了现代传统小说的文学虚构场域的自足性，对读者的阅读也是一种训练。每当读者刚要进入虚构层面产生逼真的审美体验时就会被无情地粉碎。哈贝马斯就这种叙事的效果称道，"卡尔维诺让他的读者连续

---

① 萨特：《萨特文集·7·文论卷》，第 261 页，人民文学出版社，2000 年。

十次跨越日常生活与陌生的虚构域世界之间的界限，并且同样频繁地从一种幻想的紧张高度把读者解脱出来，这种幻想后来也就不再是幻想"。①

卡尔维诺想告诉我们的是，根本不存在一个可以使读者深陷其中而欲罢不能的虚构场域，相反一个文本成为文本更多地需要依赖于读者的解释。柳德米拉与马拉纳、罗塔里亚是小说中最具隐喻性的人物，他们代表着两种截然不同的文本态度。柳德米拉深受小说文本的控制，一生几乎都沉醉于阅读、受制于文本的话语以及对作者的想象与迷恋之中，在她身上显示了小说虚构域对读者的强大征服力。马拉纳与罗塔里亚则极力颠覆虚构域的艺术真实。他们对小说因虚构的真实所带来的"蛊惑性"以及柳德米拉"贪婪"的阅读行为非常不满。罗塔里亚反对柳德米拉一本接着一本地读却不提出任何问题的阅读方法。她认为这种阅读方法是"被动的、躲避问题的、落后的"。因此，罗塔里亚甚至极力倡导使用电子数据处理机进行阅读的极端方法。她通过电子处理机对小说的全部词汇按照一定的程序进行处理，根据词汇出现的频率高低顺序进行排列，也就是她的阅读结果。马拉纳，作为柳德米拉曾经的恋人，最不能容忍的事就是柳德米拉如醉如痴地阅读。他的爱好与天才就是要打破文学作品的虚构性、消解作者的观念。他主张"文学的力量在于欺骗，文学中的真实就是欺骗"，极力推行"文学作品是虚假、伪造、模仿、拼凑"的文学观念。在他看来，这一主张与观念如果能够实现，那么作者的形象就会模糊，读者就不会再对虚构的文本存有信任。在小说中，马拉纳成了《寒冬夜行人》文本叙事不断中断、转移的"罪魁祸首"，卡尔维诺巧妙地将现实中的小说《寒冬夜行人》之所以如此的原因通过文本内的人物马拉纳获得交代，显示了他的叙事天才。

卡尔维诺通过对作者中心与文本中心的消解，改变了读者的依附地位，他直接让读者与读者的阅读构成小说本身，并在叙事层面与故事层面插入大量关于读者问题的元理论，凸显了读者在一个小说文本成其小说文本中的重要性。但是，卡尔维诺并没有把所有的权力都转移到读者这边来，读者与作者、叙述者、人物一样，只是一个"参与者"。

① 哈贝马斯：《后形而上学思想》，第231页，曹卫东、傅德根译，译林出版社，2001年。

二、边界的位移

从小说叙事理论来看，一个完整的小说文本，大致可以区分为这些层面：作者所处的层面（A）、文本中叙述者的层面（B）、文本中故事人物的层面（C）、故事人物的体验、行动或与之相关的事件（D）、读者层面（E），其中 A 代表文本之外与作者相关涉的现实世界，E 代表文本之外与读者相关涉的现实世界，B 到 D 则构成虚构域层面。在这一叙事模式中，各层面之间尽管存有诸多的联系，但它们的界限是清晰、牢固的，彼此间是一种具有等级深度分判、相对封闭的历时存在。作为理论家的卡尔维诺将这些环节视为作者所创造的"文学中的现实层面"。在《控制论与幽灵》中，卡尔维诺曾就此做过十分精彩的讨论与演示。他用"我写荷马讲到奥德赛说：我偷听到了女妖的歌声"这一程式来代表 A 到 D 各个层面：A（我写）、B（荷马讲到）、C（奥德赛说）、D（我偷听到女妖的歌声），并向我们展示现代作者如何通过叙事策略打通三个不同世界的界限：（1）通过 A、B 环节打通作者与文本之间的界限。具体可以通过人称的转换等方式（主要是把作者转换为第一人称的叙述者）把作者投射到文本的叙事层面，进而通过故事中的人物投射作者自身。卡尔维诺以法国作家福楼拜为例加以论证：《福楼拜全集》的作者通过《包法利夫人》的作者福楼拜投射自身，《包法利夫人》的作者福楼拜又通过爱玛这个人物形象获得投射，而爱玛这个中产阶级的妇女又通过她想成为的爱玛·包法利夫人来投射自身。这样，作者和文本中的人物就形成一个替代的链条。福楼拜是谁？用福楼拜自己的话说，"包法利夫人就是我"。[①] 这就产生了这样的叙事效果：与其说作者福楼拜在塑造包法利夫人，毋宁说福楼拜很大程度上被包法利夫人塑造。（2）通过 B、C、D 环节的置换克服文本与读者的界限。具体通过虚构域层面的人物的行动与体验的内容设置，形成一种客观假定的叙事效果，使读者信以为真，从而把 E 层面关涉进来以打通文本世界与读者的现实世界。

现代叙事理论表明，这种策略只是通过"隐含作者"与"隐含读者"的增设，进而把作者和读者关涉到文本中，其实质只是延长了叙事的长度，而并没有改变这些文本中各个层面的等级与深度关系。我们只要对"虚构的文学现实"稍加警

---

① 哈贝马斯：《后形而上学思想》，第 226—228 页。

批评的先锋、跨界与动力

惕，显然不至于把现实的作者与文本中能够投射作者身份的人物形象混淆起来；现实的读者稍加具备反思的意识，其自我身份便不容易被文本虚构的真实所吞噬，何况不同历史语境下的读者具有不同的理解视域。因此，这种策略只是防御性的，作者的隐退与读者的参与，以及现实世界与文学世界的打通都只是瞬间的"假象"。从 A 到 B，到 C、D，再到 E，各层面包括作者（隐含作者）、叙述者、故事人物、读者（隐含读者）等在内的不同叙事行动素仍然处于不同的叙事时空，一方面作者与读者并没有真正参与到文本中来，另一方面文本中的人物也始终受限于虚构域，不能参与到作者和读者所关涉的现实世界。

卡尔维诺主张文学的目标就是去"超出一切可能的不能实现的目标"，希望自己能够写出"文字之外的东西"，写出"没有写出来的东西"，即"不可能写出来的事物"。他在《寒冬夜行人》所要突破的就是打破现代小说文本中 A 到 E 各个环节的历时存在的界限，而将它们共时化。这一叙事效果的实现几乎是在消解作者中心与文本中心同时完成的。卡尔维诺不愧是想象力丰富的"叙事能手"，他把《寒冬夜行人》的叙事直接指向写作与阅读本身，一方面把现实作者与现实读者一起写进文本，并将其置于叙事层面和故事层面，使作者、读者与叙事者和故事人物能够处于同一个层面上；另一方面则通过对作者与文本中心的双重消解，从而能够把原先深藏于虚构域中的叙事者和故事层面中的人物拉出来将其置于作者与读者所处的现实世界。卡尔维诺的最终目的就是要把不同层面的行动素置于共时状态，以达到这样的叙事效果，即没有文本之外的作者与读者，也没有文本之内的叙述者与人物，而只有处于同一层面上的作者、读者、叙述者、人物。为此，《寒冬夜行人》在叙事者的设置、叙事人称、故事层面的构成与人物等方面都精心谋划。在叙事层面上，以男读者与女读者为叙事层面上的行动者，并采用独特的第二人称的叙事视角。第二人称的使用，把作者与读者关涉到文本中，消除了叙事世界与作者世界、读者世界的距离，使得三重世界处于同步对话状态。小说中的男读者（你），也从而被赋予了多重身份，他能里能外，能自由出入于不同的世界：一方面既可以作为叙事层面上的一个人物与作者展开对话，把作者纳入文本场域，另一方面又作为叙事层面上的一个行动者与女读者之间展开故事。同时，第二人称你（小说中的人物）则指向文本之外的现实读者，与读者之间产生对话关系，从而获得读者与作者似乎一起进行创作《寒冬夜行人》的效果。为达到这种叙事效果，卡尔维诺对小说中叙事层面上的男读者（你）几乎抽去他作为传统小说虚构人物所被负载着的丰富个性，而只剩下符号性的指示，他借助弗兰奈里的口吻称"本书一直注意让阅读本书的读者能够进入角色并与小说中的'读者'等同起来，因此未曾给他取个名字"。[1] 就此，哈贝马斯对小说中第二人称的功能指出，"第二人称小说使读者参与其中，飘荡在虚构世界和他所处的现实世界之间，他既在其内又在其外：在其内，作为众多虚构人物之一；同时又在其外，因为阅读到的读者形象引起了真实读者的注意，并立刻到书外去寻找一个所指"。[2] 叙事层面上的这个人物"你"除了能自由地穿行于叙事层面与作者、读者所处的现实层面之外，他还能自由地出入于故事层面。构成《寒冬夜行人》的故事层面的 10 部小说片段全部采用第一人称"我"。在叙事层面上的这个"你"与故事层面上的这个"我"是有密切关联的："我就是小说的主人公，在小吃部与电话亭之间穿梭而行。或者说，小说的主人公名字叫'我'，除此之外你对这个人物还什么也不知道"。[3] 卡尔维诺通过巧妙的人称转换，使得主人公"我"成了叙事层面上"你"在故事层面上的有效代言，即"我"成了"你"的另一个自我。那么，故事层面中的"我"能否看成是叙事层面上的"你"从现在的角度对过去的追忆所指称的那个正在经历事件的"我"，即形成叙述学上的"二我"格局呢？由于故事层面的故事是由十个不相干的故事开头片断构成，自然就瓦解了这种叙事的时间深度。此外，卡尔维诺在把小说的元反思安插在叙事层面的同时，也将其移入十个故事层面：

> 我在这里写的这些东西应该产生由镜片构成的长廊所能产生的效果……我希望这篇小说能够把这一切都详尽地表现出来……我希望我在这里写下的一切有助于表达这样一种印象《一条条相互交叉的线》）。

> 也许这篇故事才是架在空中的桥梁。故事在展开过程中不断描写各种各样的消息、感觉和心绪……这篇故事也应该尽力跟上我们……我们的对话到此可以结束了，它吸引了读者的注意力（《不怕寒风，不顾眩晕》）。

---

① 吕六同、张洁主编：《卡尔维诺文集·寒冬夜行人》，第 124 页。
② 哈贝马斯：《后形而上学思想》，第 235 页。
③ 哈贝马斯：《后形而上学思想》，第 14 页。

这样，故事层面中的行动就和叙事层面，甚至和作者与读者层面在叙述事件和所经讲述的事件（经验）的时间没有明显的间隔，行动素的行动几乎是同时发生，这在叙事学上被称为"同时叙述"或"历史现在时"。[①] 由此，A、B、C、D、E 各个层面的行动者都处于一种共时参与状态，这就像 2003 年 CNN 等电视台对美国与伊拉克的战争所做的直播一样，导演、观众、主持人、参与战争的士兵以及与战场相关的人物，同时发生。

卡尔维诺通过让作者、读者、叙事者与故事人物等自由地在各个层面游移，试图想告诉我们小说的实质：没有外在于虚构域之外的作者与读者的客观本源，不存在与作者、读者相区隔的、潜藏于叙事结构深层、有待读者去阅读的虚构域，不存在虚构世界与现实世界的对立，文学作品和文学批评、文学语言和日常生活语言之间也就没有差异性。这或许就是卡尔维诺所要揭示的写作的本质：作品并不是作者的产物，正如游戏不是游戏者的产物一样；读者和观众都必须参与到写作或游戏当中，写作乃至文学的真值都只是不同行动素之间的一系列敞开的游戏与表演。

三、解构的底色

《寒冬夜行人》作为后现代主义小说家族的典型，它颠覆了小说与理论的界限。卡尔维诺的文本叙事观念与德里达的解构思想之间，特别是"转向后"的罗兰·巴特的文本理论间，表现出惊人的一致（近年来，巴特、德里达在现实生活中对卡尔维诺的影响也不断获得理论界的证实）。尽管他们的身份、言说的对象以及方式存有很大的区别，但在"解构"的策略上却构成一种深层的"互文关系"。把卡尔维诺与巴特、德里达联系起来，使相互间的文本思想与形式互为征显，这将使我们更容易洞悉卡尔维诺的文本理论的"迷宫"。

巴特在他的文本理论中区分了"作者"与"作家""作品"与"文本""可读的"（作品）与"可写的"（文本）等一系列概念，并用后者颠覆前者的传统内涵。"作者死亡"的宣告，标示着作者的传统地位、角色与功能已发生变化，他不再是作品的"拥有者"以及意义的本源，而只能是文本的"造访者"。在巴特那里，作

① 费伦、J. 拉比诺维茨编：《当代叙事理论指南》，第 634、638 页，北京大学出版社，2007 年。

家与文的关系同作者与作品关系全然不同："文意思是织物；不过，迄今为止我们总是将此织物视作已然织就的面纱，在其背后，忽隐忽露地闪现着意义（真理）。如今我们以这织物来强调生成的观念……主体隐没于这织物——在纹理内，自我消融了，一如蜘蛛叠化于蛛网这极富创造性的分泌物内"。① 作者只有放弃自己才能写作，一旦进入写作状态，作者的自我甚至是一个"废物"。② 因此，作家谈不上创造，他只是原有存在显现的一个符号。在《罗兰·巴特谈罗兰·巴特》里，巴特甚至把作者视为一种"纸张的怪物""语言的结果"，或是一个"语法主体"、一个"空洞的形式"。卡尔维诺通过弗兰·奈里表达了相同的意思："书中的想法是已经想过的，对话是已经说过的……书只不过是非文学世界在文字中的等价的表现"。③ 卡尔维诺还以博尔赫斯的写作，说明写小说或许就是用一套语言符号将另一种已存在的符号系统加以转化。这种写作方式是不及物的，它不为什么目的或主题，只为写作本身。与这种写作方式相对应的就是文本而不是作品。在巴特看来，文本不同于作品，在于它的不确定性、未完成性、不可重复性，它没有本质、没有中心，向读者开放，是语言能指的游戏。"文是（应该是）那狂放不羁者，他将臀部露给政治之父看"，④ 它并不许诺什么，也不承担责任，它没有终极的东西，相反不断抵制意义的诱惑。正是这一特质，文本能够不断撕裂读者的阅读成规，能不断带给读者这样的快乐："动摇了读者之历史、文化、心理定式，凿松了他的趣味、价值观、记忆的坚牢，它与语言的关系处于危机点上"。⑤ 对作品的阅读是一种水平的、线性过程，而文本的阅读就像对"身体"的阅读一样则是一种垂直阅读。巴特的重心在于阐明文本是什么，而卡尔维诺所要叩探的则是"小说的实质"。他在《美国讲稿》中为《寒冬夜行人》的写作目的作了这样的解释，"我的目的在于用 10 个故事的开头说明小说的实质。这十个故事展开的方式差别很大，但问题的核心只有一个，即它们都对同一形式施展影响"。⑥ 那么，卡尔维诺用 10 部小说的开头所要阐释的"小说实质"是什么呢？在《寒冬夜行人》

---

① 巴特：《文之悦》，第 76 页，屠友祥译，上海人民出版社，2002 年。

② 巴特：《恋人絮语：一个解构主义的文本》，第 112—113 页，汪耀进、武佩荣译，上海人民出版社，2001 年。

③ 吕六同、张洁主编：《卡尔维诺文集·寒冬夜行人》，第 150 页。

④ 罗兰·巴特：《文之悦》，第 64 页。

⑤ 巴特：《文之悦》，第 23 页。

⑥ 吕六同、张洁主编：《卡尔维诺文集·美国讲稿》，第 415 页。

中，卡尔维诺通过弗兰奈里作了更进一步的发挥，他称"很多小说第一章开头的魅力在以后的叙述中很快消失了，因为开端只不过是一种许诺，对后面的故事及其可能的种种展开方式"。① 借助巴特的理论语言，卡尔维诺所说的"很多小说"可对应于"可读的"文本，它具有某种确定的意义，是某一既定目的的实现；而他想写的小说就是"可写的"文本，它是"不可还原的多元体"，"一个永远不能被最终钉到任何单一的中心、本质或意义上去的无限能指游戏"，② 它向读者开放，需要读者的参与。尽管言说的对象与方式不同，但不难看出巴特的文本理论与卡尔维诺的小说文本之间存在着某种深层的隐喻关系，它们彼此之间显然可以相互表征与印证。《寒冬夜行人》完全可以视为巴特文本理论中理想的"可写的"文本的最佳注释，或者说卡尔维诺以写作的实践实现了巴特的理论思考。《寒冬夜行人》的叙事以读者在阅读卡尔维诺的小说《寒冬夜行人》为开端，当正燃起阅读兴致的读者读到 32 页时却发现小说装订错误，即在读的根本不是卡尔维诺的小说，为此读者为弄清楚小说不断出错的原因，在反复寻找第 33 页，以读到完整的卡尔维诺的《寒冬夜行人》，但结果读到的却是另外十部小说的开头。10 部小说叙事的断裂与衔接之处都在最能激起读者阅读的欲望之处，同时后一部小说作为一个能指符号起到取代前一小说能指位置的功能，而只要愿意，小说的这种叙事远没有结束，可以不断延续下去，躲避意义的伏击。卡尔维诺就此称"离题或插叙，是推迟写作结尾的一种策略，是作品内部拖延时间，不停地进行躲避"。③ 当我们同书中的读者一样去深究导致小说《寒冬夜行人》为何由一系列片段构成的原因时，将遇到相同的问题，即要寻找的线索——书店、大学、出版社、译者马拉纳——被不断地后移。马拉纳在哪？据说曾在日本，又说在美国、非洲，最近在南美洲，当男读者去了南美洲，最终也没有找到这个"伪造者"，而只是关于他的一系列踪迹，这样也就没能找到完整的《寒冬夜行人》。其实，卡尔维诺想告诉我们的是，你所阅读的那些小说的开头片段就是《寒冬夜行人》，而那种所谓的本质的、完整的《寒冬夜行人》（可读的《寒冬夜行人》）根本就不存在，"技巧就是

---

① 吕六同、张洁主编：《卡尔维诺文集·寒冬夜行人》，第 155 页。

② 伊格尔顿：《二十世纪西方文学理论》，第 136 页，伍晓明译，北京大学出版社，2007 年。

③ 吕六同、张洁主编：《卡尔维诺文集·美国讲稿》，第 358 页。

事物的实质，所以作者只要能够发明一套完善的技巧，便能与一切事物等同起来"①；而那种认为存有着某种外在的原因才致使《寒冬夜行人》的叙事不断中断、不断被伪造的想法，同样只不过是一种幻觉，就像剥开洋葱里面呈现的却是没有内核的空场。这背后可以发现，卡尔维诺通过小说的方式表达了和德里达相同的哲学旨趣，即对形而上学和主体哲学的解构。一旦我们对它们的本源进行追问时，本源是缺席的，只有一条不断向后延宕的链条。哈贝马斯就此指出，卡尔维诺的结论听上去和福柯或德里达的命题很相像："链条的起点，即第一个真正的写作主体，看上去离我们越来越远，越来越淡漠，越来越模糊：或许，他是一个自我的幽灵，一个空洞的场所，一种缺席"，"和理想作家弗兰奈里一样，卡尔维诺也反对形而上学的第一性概念，而坚持一种彻底的语言历史主义"。②

《寒冬夜行人》作为典型的元反思小说，文学理论与小说叙事在文本中无时不在地关涉起来。理论之所以可以这么顺畅地进入小说的叙事层面，其前提在于理论与文学创作的界限被打通，其实质与后现代解构主义对文类的消解是一致的。它们所凭借的秘密武器则是"语言"，哈贝马斯就此称"语言学转向把主体哲学的遗产清除得一干二净"，"自我意识、自我决定和自我实现等内容从哲学的基本概念中彻底驱逐出去"，语言彻底取代了主体成为"具有划时代意义的存在秩序"。③解构主义或后现代主义试图彻底放逐主体，取消文学语言和日常生活语言的界限，把与语言相关的科学、哲学、史学彻底地修辞化、隐喻化、文本化，即彻底地文学化，从而导致"现实层面之间的区别、相应的文本和文类等相互之间的区分变得不可能，也毫无意义。文学与哲学、科学的区分也就不可能，哲学、科学无不可以被文本化"，恣意妄为的解构实践最终使得"所有的文类差别在一种无所不包的文本语境中消失得无影无踪"。④ 这样，一方面传统观念中文学成其文学的"文学性"遭到全面的颠覆；另一方面文学则成为新的"文化王"。乔纳森·卡勒在《理论的文学性》一文中称"文学或许失去了作为专门研究对象的中心，但文学模

---

① 吕六同、张洁主编：《卡尔维诺文集·寒冬夜行人》，第 158 页。
② 哈贝马斯：《后形而上学思想》，第 228、230 页。
③ 哈贝马斯：《后形而上学思想》，第 223 页。
④ 哈贝马斯：《现代性的哲学话语》，第 222 页，曹卫东等译，译林出版社，2004 年。

式已取得全面的胜利：在人文科学和文学社会学中，所有的一切都是文学的"。①
在解构主义语境下，文学作为一种文类似乎取得了全面的胜利，文学性也四处弥
漫开来，而在文学内部中文学创作与文学批评、文学理论之间的区别也就理所当
然被消解了。伊格尔顿就这一情况同样指出，"对于后结构主义来说，'批评'与
'创作'之间并没有明确的区别：两种模式都被纳入了'写作'（writing）本身"。②

借助语言将现实和日常生活彻底地文本化，通过文学性将文类的界限彻底的
颠覆，这种极端的解构冲动在哲学、科学、社会学中显然所遇到的阻力要比在文
学领域中大得多；而文学较之其他文类似乎也能为这种解构实践提供更多的支撑
与证据。德里达的解构理论因美国"耶鲁四人帮"等在文学领域中的解构实践才
声名鹊起的事实或许能够有力地证实这一点。因此，卡尔维诺凭借着文学叙事的
手段对解构理论的实践与诠释，就要比巴特，特别是德里达更为便利，也更为坚
决与彻底。

四、突围的界限

卡尔维诺的叙事实践到底多大程度上改变了现代小说的叙事模式？作者的主
体性果真被彻底放逐？现实的读者果真能完全卷入写作而无自己的自律性？现实
域与虚构域之间果真能够完全等同起来？如果说虚构是现代小说的本质，那么卡
尔维诺将这种虚构过程拆解给我们看，它还是小说吗？一言以蔽之，叙事解构的
界限在哪？

哈贝马斯在批判乔纳森·卡勒的文类相对主义观点时曾以《寒冬夜行人》这
个非常容易作为印证后现代主义文类观点的例子作为捍卫现代文类观点的重要例
证。哈氏所要做的就是不遗余力地从卡尔维诺的叙述中找出系列的"蛛丝马迹"，
来反证自己的观点；而我们在阅读《寒冬夜行人》时只要稍加留心，就能发现卡
尔维诺在他的一系列"叙事颠覆"过程中时所面临的内在矛盾以及遭遇到的诸多
界限。

尽管《寒冬夜行人》使用第二人称的对话方式，但这种对话是不对等的二元

---

① J. Culler, "The Literary of Theory", in *What's Left of Theory*, ed. Judith Butler,
John Guilly& Kendall Thomas, NewYork&London: Routledge, 2000, p. 289.

② 伊格尔顿：《二十世纪西方文学理论》，第 137 页。

结构，看似与"你"商谈，实则以某种优势自居，在启发、诱导、干涉"你"所有活动。"你"既可以在叙述层面，也可在 10 部小说的故事层面，还可指文本之外的现实读者，但作者的强大声音无处不在，随时在各个层面出现："男读者啊！这位幸福的女读者进入你的事业，进入你注意的范围……好了，别浪费时间，你有个与她讲话的恰当话题……你好好想想，可以炫耀一下你的渊博知识了。快过去，还等什么？"（叙事层面）；"你若想看懂这部小说，就应该不仅接受这种低声细语而且要善于领会其中隐含的意义"（故事层面）①。

尽管卡尔维诺想通过抽去男读者的具体信息，使之作为一个抽象的符号，让他不局限于充当故事中的人物，而可以指向故事之外的读者。但是卡尔维诺以第二人称方式设置男读者时，就出现了不可克服的矛盾，哈贝马斯就此尖锐地指出，"文本中塑造的读者一方面得是一个抽象的替身，他把他所处的位置向任何一个读者敞开"，他必须是无名的，另一方面他又必须"从他的无名中走出来"，作为小说的人物形象，"他不可能不卷入故事"。为解决这样的问题，卡尔维诺又塑造了女读者的形象，使其担负着叙事中具体的人物形象的功能。尽管（卡尔维诺）宣称"这个以第二人称叙事的小说不仅指你男读者（你也许是虚伪的'我的兄弟或替身'），而且也指称你女读者"。② 但是，女读者柳德米拉作为第二人称来塑造总体上并没收到预期的效果，"这个作为第二人称出现的女性读者始终都是第三人称形象"，"最终这个世界还是作者一手导演出来的"。③ 如果说，在男读者身上还几乎保留着第二人称的形式，那么女读者与传统小说的人物则没什么两样，是一个纯粹的第三人称的人物形象。因此，小说要成为小说，它确实需要一个具体的第三人称的人物形象。柳得米拉人物形象的设置，使卡尔维诺付出了代价，"一步步地把吸引在柳得米拉周围的虚构读者的无名性给剥夺掉"，随着情节的展开，抽象的读者"你"就越来越个体化，"越来越有血有肉"。④ 现实中的读者显然不会因为第二人称的指涉而丧失自律性，不可能把自身完全投射到叙事层面而丧失反思与判断的能力。《寒冬夜行人》中的男读者与女读者或许还可以把小说的结尾再不断地推延，但是现实的读者当读到最后一页的最后一句话时也就意味着小说的结束。

---

① 吕六同、张洁主编：《卡尔维诺文集·寒冬夜行人》，第 28、19 页。
② 吕六同、张洁主编：《卡尔维诺文集·寒冬夜行人》，第 124 页。
③ 哈贝马斯：《后形而上学思想》，第 238 页。
④ 哈贝马斯：《后形而上学思想》，第 237－238 页。

可见，读者所处的生活世界与人物所处的文本世界的界限依然清晰。《寒冬夜行人》所叙述的故事仍然是在小说的框架之中：男读者与女读者因为寻找《寒冬夜行人》而相识、相爱，最后走进婚姻的殿堂，这是常规小说中的人物形象与爱情故事；构成《寒冬夜行人》的十部小说的开头也并非是任意或杂乱的碎片的堆积，卡尔维诺在最后借助一位读者的朗读，似乎在暗示着它们的内在联系："寒冬夜行人，在马尔堡市郊外，从陡壁悬崖上探出身躯，不怕寒风、不顾眩晕，向着黑魆魆的下边观察，一条条相互连接的线，一条条相互交叉的线，在月光照耀的落叶上，在空墓穴的周围……最后结局如何？"①

卡尔维诺在小说《寒冬夜行人》中的叙事策略确实改变了文本的叙述域、故事域与现实域之间的关系，当然其在突围过程中所留给我们的界限或内在矛盾，说明要把虚构与现实、文学世界与日常生活世界完全等同起来是不可能的，或者说这种等同所凭借的仍然是文学的手段，所获得的支撑仍是文学的语言和审美经验。哈贝马斯对《寒冬夜行人》的解读，找出卡尔维诺叙事突围过程中的破绽，主要是为了捍卫文类之间的界限以及日常生活世界与文学文本世界之间的区分。但《寒冬夜行人》丝毫不会因为叙事的界限和内在的矛盾，而对其叙事突围的实践意义有所减损；相反，界限或成规使得突围成为可能与现实，并将其意义有效地征显出来。哈贝马斯试图以此为例，来证明极端的后现代主义或解构主义，在完全抛弃传统的范式、话语时，将面临无法超越自身的矛盾与困境。的确，它们在否定传统或他者的合法性的同时，自身的合法性是无从确立的。激进的反叛只能沦为虚无的攻击，正像伊格尔顿所比拟的，解构主义这种"在对于任何其他人的意见上毫不留情，一捅到底"的做法，最终只能是一些"被弄乱了的符号游戏"，其不要求肯定任何东西的做法，"就像不能伤人的空弹一样没有杀伤力"。②当然，这些批评或许只适用于德里达、巴特，或者"耶鲁四人帮"等从哲学或文学理论层面上的实践，而并不适用于作为小说家的卡尔维诺以及他的叙事策略。因为，卡尔维诺所凭借的不是哲学或理论的概念与命题判断，而是文学叙事，它不需要理论概念或知识逻辑的强力支撑，而相反解构主义或后现代主义试图消除文本与现实的界限，把文本与现实完全等同起来的过程，恰恰需要借助文学语言

① 吕六同、张洁主编：《卡尔维诺文集·寒冬夜行人》，第 223 页。
② 伊格尔顿：《二十世纪西方文学理论》，第 142 页。

或审美经验的支撑，一切才有可能。正是基于彼此间诉求的客观差异，我们认为卡尔维诺不但可以从人们对极端解构主义、相对主义以及后现代虚无主义的讨伐与非难中逃离出来，相反其叙事突围的文学实践将为他赢得更多的认可与赞许。卡尔维诺的才能或其写作实践的意义正是在于他在叙事突围与界限阻拒的张力中拓展、探寻了小说这一文类在后现代主义语境下的叙事潜能与言说方式。

（原载《闽江学院学报》2010 年第 1 期）

后文学性及言说方式的规范

——德里达《在法的面前》的跨越批判与发掘

后文学性，即后形而上学文学性或后现代文学性，[①] 它要么总是被化约为现代性文学性的附属，要么总处于一种失范的状态，而没能得到有效的界说。解构主义所要捣毁的逻各斯中心主义的后裔——偏狭的现代性观念，对后文学性接受者不断地伏击、蛊惑与囚禁，使之陷入阐释的迷误与贫乏，导致后文学性的开拓性、创造性与动力一直没能得到应有的发掘。尽管德里达言及文学本质、后文学性的文本不在少数，但《在法的面前（前面）》堪称这方面的典范，[②] 它涵纳着后文学性的秘密。德里达通过对卡夫卡同名短篇小说（长篇小说《诉讼》中一个寓言片

① 后文学性，就其内涵而言应指后形而上学文学性，其主流的叫法有"后现代文学性""后现代性文学性""后现代主义文学性"，等等。这些主流称谓的最大问题是忽视"后现代""后现代性""后现代主义"的形而上学的理论格度，从而造成流俗化，也看不到它的巨大动力与创造性。与这些称谓相对应的是流俗的现代性。流俗的现代性遗忘了自己曾是形而上学的产儿，抹除自身同形而上学的脐带关系，而流俗的后现代主义论者也信以为真了。德里达在形而上学的诊断上较之独断的反形而上学论者，其老辣之处在于意识到反形而上学非但不可能取消形而上学，反而必然"牵连着形而上学"，他真正看到了形而上学的"坚硬内核"（参见韦尔默：《后形而上学现代性》，第 314－315 页，应奇、罗亚玲译，上海译文出版社，2007 年）。因此，这里的后文学性，即便也用主流的称谓，都指形而上学格度的文学性。

②《在法的面前（前面）》，是德里达 1982 年在英国皇家哲学学会上的一个讲演。"法"在德里达那里具有双重性、背反性，即"前面"也是"后面"。"法"是没有确切方位的，或者它是前面、后面的雌雄体。从认识论的空间判断来看，法是朝向乡下人还是背向乡下人，它是以法为参照点还是以乡下人为参照点，前面、后面的方位都是相对、变动的。因此，中文翻译成"在法的面前"或"在法的前面"不但都可以的，而且还一定程度上传递了这一双重性与不确定性。

段）的解构—重构，既实现了对后文学性诠释，也创构了一个潜在的后现代文学文本。不过，这一切并非现成的，我们需以康德批判哲学作为参照与支点，方能发掘、显露后文学性创造内核，规范其言说方式，从而实现后文学性的低限度定型与弱式界说。

后文学性的理解迷误，也同解构主义自身的理论特质与言说方式相关。它在捣毁逻各斯中心主义过程中为避免后者的伏击，一方面总是迂回地、否定地、游离地、间接地地言说，制造一种似是而非的幻象，另一方面为避免独断地从它所要解构的对象中超拔出来，它又深深地栖身于所要解构对象的构件。这造就了解构的先天不足：一方面无法直接、肯定地呈现与确证自身的动力与能量；另一方面其创造性非但难以掘发，反而容易遭到流俗的化约，面对诸多诟病也几乎难以反击。解构主义要摆脱这种局面，需要一个合理、规范的支点与参照，以提升其理论格度，将自身从失范、模糊中引向低限度的清晰与规范。这一候选对象，显然需要同解构之间存有亲缘、同构性，又必须具有与解构之失范相异质的理性规范。从这一候选对象的条件来看，康德的"自在之物"（本体）较之海德格尔的"存在"、胡塞尔的"意向性"都更有资格胜任这一角色。借康德批判哲学的参照、导引，通过对解构的跨越性批判，能够从规范范式的高度洞察解构如何从规范处歧出，濒临失范，从而还原、构建其低限度的规范，呈现其创造性与动力。这种关联绝非单方面的，倘从德里达的视角出发，我们会惊人的发现康德《纯粹理性批判》中存有某种潜在的"小说结构"，卡夫卡小说"乡下人在法面前"与康德学说"理性在自在之物面前"存在着惊人的同构。德里达确实为重读康德的哲学文本提供了新的契机。不过，当务之急是借助康德的参照，实现对解构文学性的规范与界说；而深受解构影响的卡尔维诺的小说文本将是对这些界说最为直观、有效的检测。

一、在法/自在之物的面前

卡夫卡的寓言说的是，一个乡下人自以为随时可以见到"法"，但来到法门前，却被守卫拦住了，一直等到死也没有见到法。德里达延续了卡夫卡小说中"乡下人"对法的冲动、寻找法、见不到法的结构，不过已将重心转移到"法"的层面而不是"人"的层面。这样，当我们（乡下人）追问"法是什么"或者要接近法时，它立刻呈现为一系列分裂、对抗、背反的构件与关联：第一，"法"是"禁令/被禁止的"。它是主动的，也是被动的；既对别人发出禁令，自己也被禁止，即禁地。乡下人与"法"共享着"被禁止/禁令"的结构，是"禁止""被禁止"的叠合。他首先被法的守卫禁止进入，但他又不是被禁止的。德里达称，门是开着的，"一定是他自己禁止自己进去"，[①] 乡下人或许担心一旦进去，那么法也就不存在了。第二，守法与违法的背反。无论是守卫，还是乡下人，守法也就是违法。守卫听从法的指令，守卫着法，但他背对着法，也就是对法的不尊重；乡下人面对着法，表现出对法的无限尊重，但他同守卫一样在法的外面（非法）。守卫、乡下人的守法与违法不过是法本身的悖论。第三，法是守卫与不守卫的背反。法是要严加看管的，需要安插许多守卫，但是门是敞开着的，守卫并没有否认乡下人进去的可能性。对法的守卫，就是不守卫。文本的最后，守卫把门关闭，但门的关闭却是法的敞开：乡下人以死亡的方式诠释着法，是法的力量的确证。第四，在时间顺序与空间位置上的背反、分裂。守卫与乡下人，既是在法的前面，但也是在法的后面；他们的位置也是对立的，德里达说刚好在一条倒转线的两侧。"在法的面前"，这"面前""前面"，也是"后面"。这个等级最低的门卫是代表法的最末一个，但又是乡下人看到法代表的最先一个；在叙事上这个门卫是最先一个，但在等级上又是最末一个。第五，"在法的前面"具有拓扑学色彩，它自身是分裂的，既是标题，又是首语。它们分别处于标题与文本分开的那条线的两侧，而这个空间格局也正好与守卫人、乡下人所处的位置结构一致。它们实际上分解了"在法的前面"之"前面"的统一性。标题在文本的前面、虚构内容的外部，首语也在文本的开头（前面），但它却已经在文本的内部。这也就是说"在法的前面"既是外部也是内部。

如何理解德里达向我们所呈现的"法"的一系列背反、自相矛盾的表征？这是解构主义遭到误解最多、最普遍的地方。偏狭或一般的认识论非但无法对这一现象加以解释，反而是造成理解迷误的根源，它总是将解构斥为自相矛盾、似是而非、虚无主义、相对主义。德里达对法的解构/重构所呈现的这些表象，我们很自然地将它同康德的一系列二律背反联系起来：世界有一个开端，世界又没有一

---

① Jacques Derrida，*Acts of Literature*，ed. Derek Attridge，New York&London：Routledge，1992，p. 203.

个开端；世界有一个必然的存在者，世界没有一个必然的存在者，等等。德里达的"法"与康德的"自在之物"在旨趣和结构措置上存在着诸多同构之处。通过"自在之物"的参照与提升，"法"将得以掘发与澄清：首先，"法"与"自在之物"一样，是理性、主体（乡下人）欲望与冲动的引发者、鼓动者，又是拒绝者、否定之源。其次，"自在之物"具有双重、两可、雌雄性，它在位置上既是外部也是内部，即知性或感性的外部、先验意识的内部。这对导致德里达那些自相矛盾言说方式的原因做了规范与理性说明。再次，"自在之物"是二律背反最终根源，借助康德对二律背反的诊断，能够非常清晰地看到德里达所作的相应建构：第一，二律背反的产生是人类知性应用到自在之物所导致的。这说明二律背反与作为本体的自在之物有关，也同人类理性的冲动及介入有关。在德里达这里，"法"的背反就是乡下人（人类）对作为本体的法的探寻所引发的，没有乡下人对本体之法的欲求与冲动，也就不会有法的分裂与背反。第二，二律背反或先验幻象是不可克服的。二律背反不同于认识论中的矛盾，它无法被消除，先验幻象不是虚假的，而是具有客观性。这种幻象不过是自在之物在经验领域中的显现，这意味着自在之物或真理不是澄明的，它的显露必然意味着隔与盲，真理一定与非真理相伴随。德里达几乎是从自在之物非真理、幻象层面谈到了那个不可接近的"法"的本质：法的本质就是"没有本质"，"它躲避那种应该在场的存在的本质"，它的真理就是"没有真理"，"自己守卫着自己"。① 第三，二律背反或先验幻象内里充盈着一股无法被取消的动力。这种动力生发于两种力的对抗，即人类理性扑向自在之物以及自在之物对人类理性的否定与拒绝，而自在之物则是更为本源的。尽管人类理性无法超越现象的界限去把握本体，但自在之物始终对人类理性构成巨大的诱惑，理性也始终具有朝向自在之物的冲动，即便"假象"被揭穿出来，这一冲动仍是不可阻拒的。在德里达这里，就表现为乡下人对法的冲动及法对他的诱惑与拒绝。

"在法的面前"有如"在自在之物面前"。以康德作为参照，实现对德里达对法的解构的规范确证，不但是必需的，而且是可能的。不难看出，康德的批判哲学与小说文本之间享有相同的构件、结构与模式："自在之物"与"法"之间，"人类理性"与"乡下人"之间，"人类知性对自在之物的冲动"与"乡下人对法的冲动"之间相互隐喻与替换。康德批判哲学对二律背反产生的原因、发生过程

---

① Jacques Derrida，*Acts of Literature*，p. 206.

及其表征方式的发掘，是一种潜在的文学性文本结构，而小说《在法的面前》相应地也具有了批判哲学的寓意与展开模式，将二者并置，稍加演绎便是：自在之物或法的本质对人类知性（乡下人）一直具有吸引力，他们对自在之物或本体具有永恒的冲动，并认为任何时候都可以见到（找到）自在之物（法的本体），不过结果直到最后，甚至是人类的消亡，也不可能见到不可知的自在之物（法的本体），而只是遭遇一系列的二律背反或幻象（法或自在之物的幻象）。不过，这个小说结构与模式仍然是卡夫卡、康德模式的，而非德里达式的。

二、法/自在之物的废黜与重构

"自在之物"是对"法"本体格位的提升，澄清了"法"呈现为一系列背反表象的根源。不过，德里达对"法"的解构、重构与表征，同康德二律背反之间的差异是明显的：第一，它不像在康德那里是一个逻辑判断或知识、理论相关物，而呈现为具象、直观、可感的背反构件，诸如，前面/后面，守卫/乡下人，守法/违法，禁令/禁止，等等。第二，"法"的表象虽有超经验的维度，但较之"自在之物"，形而上学的色彩被大大淡化了，而更具经验色彩。它甚至可以是一张捅不破的"空白纸"或"膜"，一面无法穿透的"镜子"。[①] 第三，法的二重性、雌雄体比康德的二律背反更加多维、灵动，具有不同的变体：1. 它可以一分为二，而两大构件间的矛盾与张力通常外化、经验化为一种行动、对抗，诸如乡下人与守卫之间所展开的关系。2. 它可衍化为一奇幻的界限，也可延展为一个地带，诸如，法与守卫、乡下人的界限，标题与首语、守卫与乡下人间的那个地带，等等。界限、地带是不可被抹除或被整合的。它形似德国数学家莫比乌斯发现的"带状"，其最大的特点就是集显露、遮蔽为一体。3. 它可浓缩成一个带有删除号的具体寓指或具象指号。诸如，门、法门。这类记号、寓指是分裂的，不具有形而上学的

---

① See Jacques Derrida，*Acts of Literature*，p. 160，p. 168.

同一性，是相互关联又隔断、背负着删除号的记号，如，斗，浊，等等。① 当然，这些变体仍体现出同康德学说间的某种关联，若将其中的构建置换为康德的，并以德里达重构法的方式稍加演绎便是：理性与自在之物之间对抗的展开；自在之物与现象之间的分离、浓缩；自在之物与现象之间不可取消的界限或地带，等等。第四，自在之物、法所充盈着的动力的呈现，康德与德里达也存在着差异。在康德、卡夫卡那里，尽管这股动力同本体的鼓动有关，但言说重心都在人类理性这一维，重在表征理性对这一无限力量的承受与捕获情况。在康德那里，理性趋向自在之物的动力在后者的激荡下呈现为向上运动，最终转换为理性的尊严与力量，体现出人类理性的肯定性力量，而自在之物的否定性则在德性的光芒中被高度背景化了。德里达显然转向从自在之物这一侧去暗示、突显这一动力，自在之物（法）已远超出人类理性的感应、捕捉能力。这样，它对乡下人（理性）的禁止与拒绝便衍化为行动的推迟、延宕、撒播。这些差异，根本上必须回到本体在康德、德里达那里的变奏方能得到规范的说明，而这一过程的还原与展示则有助于澄清德里达解构本体所遭受的理解迷误。

　　"自在之物"在康德那里具有两大特质：第一，尽管康德没有抛开"现象"去独断自在之物，自在之物与现象之间也存有交叠，但康德总体上是在二元结构的框架内对它们加以区隔的。从认识论言之，自在之物总体游离于知性之外，其"庞大躯体"隐匿于现象之外，其理论格位显然高于现象域。第二，自在之物作为康德学说的基石，其重要性可见一斑，但它却又是隐匿、高度背景化的。在康德的三大批判中，二律背反的命题无不昭示着自在之物的存在，它几乎是以学说内部的矛盾性对自在之物作了相应的暗示，诸如，在审美判断力的创设中，依恃美与纯粹美、自然美与艺术美之间的扞格，等等。在康德所宗趣的道德领域，自在之物并没有销声匿迹，不过"至善"作为一种肯定性本体，自在之物的变体，已将不可知的自在之物推到了幕后。德里达的核心概念"异延"深受拉康对象 a 概

---

① 解构主义对逻各斯中心主义的颠覆并非对它的独断拔除，也非调和、折中，因为这样无疑都将重新陷入逻各斯中心主义。在反对逻各斯中心主义的过程中如何避免它的伏击，是复杂而艰难的。在这点上，德里达受海德格尔的启发，通过在逻各斯主义传统中的一些重要概念上打上"×××"，以此作为解构主义的言说方式。仅从文字的象形、图像效果来看，这样书写的确直观地传递了这样的效果：分裂、背反，雌雄一体，不可抹除的网膜，显露即遮蔽，等等。为了书写方便，我们在文中一律使用删除号"＝＝"表示。

念的启发，① 而对象 a 不过是康德的"自在之物"的变体。② 从"自在之物"到"异延"，德里达在以下这些方面对"自在之物"作了相应的解构与重构：第一，将"自在之物"内嵌于现象域，通过现象加以呈现，而不像康德那样在现象或理性外部去创设"自在之物"。德里达的"原始异延""原始……"，总体上与"自在之物"在理论格位上相当，但他不允许在"现象"外部保留一个像"自在之物"那样更高等级的名谓。在康德那里，自在之物、现象之间就有交叠，德里达则进一步将自在之物叠合、融入现象域。这一点，显然受到了胡塞尔挑剔康德从意向外部构建自在之物的影响。在胡塞尔意向性概念中，"自在之物"也是"现象"，也在先验意识的内部。③ 德里达这一措置避免了自在之物所可能引致的客体主义残余的错觉。第二，延续了康德先验感性论，将现象作准先验构建，破除胡塞尔将自在之物彻底先验化、纯思化的神话。自在之物不可能被彻底地还原为意向性的。德里达在自在之物的存废问题上，延续了康德的清醒，并基此将胡塞尔视为对"在场形而上学的最为彻底和最为关键的恢复"。④ 正因为自在之物不可被抹除，浸渍着本体的现象已不可能是纯粹的现象。自在之物虽然高度浓缩了，但一定以某种形式"附体"到现象中，从而导致现象域出现上我们所论及的法的诸多奇异表征的情形。第三，既延续、突显了自在之物的本源否定性，又将自在之物废黜，使之坍塌到现象域。在康德那里，自在之物是一种本源的否定，但它诱发我们将其视为一不可知的存在物，给人一种庞大客体的幻觉，尽管所谓的存在物是空洞的，空无的。正是"物"这个空洞的、没有所指的能指所凝固、围筑起来的边界造成我们对其所指的错觉。德里达则将这一边界或框架的幻觉也捣毁了，使之进一步空无化、弥漫化，即"异延"。倘从认识论的肯定性（"有"的层面）加以描述就是，自在之物的废黜，并非将其抹除，而是化整为零，将其废墟化。这种坍塌意味着它以散逸的方式入驻"寻常百姓家"，它甚至在日常的"屎溺"中散发着踪迹。这一拆解与重构对康德原有的"自在之物／现象"产生了双重效应，引发二者相互生产、黏滞与表征：一方面，自在之物不再是自在之物，它是空无、乌有，

---

① 多斯：《从结构到解构：法国 20 世纪思想主潮》（上卷），第 56 页，季广茂译，中央编译出版社，2004 年。

② 齐泽克：《易碎的绝对》，第 99 页注释，蒋桂琴译，南京：江苏人民出版社，2004 年。

③ 胡塞尔：《纯粹现象学通论》，第 134—135 页，李幼蒸译，商务印书馆，1996 年。

④ 德里达：《论文字学》，第 68 页，汪堂家译，上海译文出版社，1999 年。

但它又并非真的空无或不在，现象域中欠缺、非在场的必然性确证了空无的存在。另一方面，现象不再只是现象，它背后隐匿着本源、本体的空无，它是空无的痕迹；现象是对空无的显现，它不是空无本身，但现象之外没有所谓的自在之物或空无，它通过对空无的看护而呈现空无。本体的空无对现象具有"无""有"的双重作用力，既是一种始源的否定，也是一种本体的牵引、提撕、约束（肯定），这也就是异延的动力。本源空无对现象的否定不是拔除，而是在否定视域中重估、重审，它是现象否定性运动的始源。现象是对本体空无的显现，但也是遮蔽，这意味着相应的显现虽具有合理性，却不会是恒定的。德里达对本体的废黜与重构通常遭到这样的误解：首先，对本体（本质）的废黜，本源性空无对现象的否定，容易被误解为相对主义、虚无主义，而忽视了其本源性力量或本体废黜后所释放出的异延动力。其次、解构与本体论强调本体对现象的决定相反，突显现象对本源显现的重要性，即没有现象就没有本源，也就是解构反客为主的原则。这容易导致接受者对解构的本体格位视而不见，仅将其局限于现象域，化约为流俗的经验主义、感性主义。再次、正是由于本源位格的缺席，解构的否定容易被误为现象域、现代性框架内对立项的相互否定、替代，而忽视了否定之本体格度。可见，康德"自在之物"的参照以及在这一参照下所作的这一环节的还原、开掘与规范，对于消除德里达解构本体（后本体）所招致的迷误显得非常重要。

要在现象域去言说难以言说的本体、空无的本源，这是德里达在本体论衰弱语境下对本体论的拓展，也是巨大"难题"或"决定的不可能"。[1] 这也决定了解构的言说方式，必然是悖论式、双重性、雌雄体，等等。我们以上所呈现的德里达对"法"的重构与展示，只有置于对"自在之物"的解构与重构的视域中，方能获得其中的真趣。法之所以呈现为分裂、背反、对抗及带状、界限、网膜等一系列奇异幻象，在于法的本体的废黜及其现象域对法之空无的言说。法的废黜，便是法的"异延"：法的"不发生""不到来"；守卫的延绵，守卫一个接着一个；守卫的所谓"有可能，但现在不行"；乡下人的迟迟没有行动，等等。法的废黜，就是自在之法的乌有化。德里达正是依照废黜、重构"自在之物"的方式展开了对"法"的重构：法是看不见的，是秘密，而这秘密便是"乌有"。德里达说，"守卫并不看守什么，门一直开着——打开什么也都没有"，但它又并非确切的

---

① Jacques Derrida. *Dissemination*，trans. Barbara Johnson，London：The Athlone Press Ltd，1981，P. 138.

"无"，而需要好好地"看守"。① 那么，这"乌有"是什么？法是什么？法就是，"守卫本身，仅仅是守卫而已"，守卫、看护之外没有所谓的"法"。"守卫"就是"法"的踪迹，而踪迹反客为主，它之外没有所谓的"法"。由此，可以反过来说，没有守卫就没有法。还可进一步说，没有乡下人，没有他的出现、追问，也就没有"法"。②

三、在法（法）/（后）文学性的面前

德里达重构卡夫卡小说的整个过程都在暗示、指向"什么是文学"的问题，不断地穿插着对文学性的追问。他几乎能里能外，不断地穿行于小说文本的内部与外部，反复跨越文学文本与理论建构之间。这一切之所以可能的关键，在于"在法的面前"文本的独特性，在于"法"的奇异身份与功能：首先，"法"具有多重寓意与维面，既是文本内部之"法"，又关涉到文本外部之法（文学的观念、法律），它在小说文本内部，又在外部。其次，这个法具有强大的引发、生产、决定功能。在文本内部，法引发了乡下人、守卫围绕它展开了故事，从而展开了文学。法是文学发生之源，可以说"没有法就没有文学"。法在文本内的这一重要性关联着文本外部法之重要性，即文学观念与法律对何为文学的判定与裁决。"在法的面前"与"在文学性的面前"之间具有高度的同构性，在多个维面相互隐喻、衍生：第一，小说文本内部之法关联着文本外部的文学之法，诸如文学的版权、著作权、署名权，对文学的审查、管制、保护及相关司法、政治建制，等等。第二，小说内部的法关联着文本外部相关的文学观念、习俗、价值及相关社会建制。第三，小说文本内部看守法的那群"守卫"隐喻着文本外部的"作者""批评家""文艺理论家""学会会员""图书管理员""哲学家"，等等。第四，小说内部乡下人因对法的兴趣，对法的追问而展开文学，暗示着小说文本外部文学的创造、衍变，即文学史、文学观念的更迭与变奏。第五，来到法门之前的乡下人所持的观

---

① Jacques Derrida, *Acts of Literature*, ed. Derek Attridge, New York&London: Routledge, 1992, pp. 205-206.

② 实际上，在卡夫卡的小说里，已经存在在乡下人反客为主的迹象，神父说乡下人是自由的，守卫反而是乡下人的附庸（参见：《卡夫卡全集（第3卷）》，第175—176页，河北教育出版社，1996年）。这也印证了德里达一贯的解构策略，就地取材，从解构对象的边缘处加以发掘、重构。

点——法是自明的，随时可见，关联着小说文本外部文学本质的客观主义——独断地以为文学总是能够下定义或理论总能抓住文学本质。第六、乡下人对法的冲动关联着探问文学本质的冲动。可见，小说文本潜在地暗示着西方整个近现代的文学观念及现代性文学机制的缘起与变奏。这样，德里达在重构小说文本的过程中，不断提出何为文学的问题，插入历史上真实发生的文学观念，就是自然而然的事情了，而这些观点我们都耳熟能详：文学是一种"十分近期的发明"，文学观念（文学之法）是 17 世纪末以来在欧洲确立起来的，它是一种历史建制，同现代民主紧密联系在一起；它既接受法律的保护，又具有讲述一切的自由；文学既服从于法，又具有超越性，是对法的规避，甚至愚弄；文学的兴起同作家、读者、批评家以及相关机制兴起的内在关联，等等。不幸的是，德里达从卡夫卡小说引出、插入的这些观点遭到了灾难性的误解，被用以附会、印证、蜕变为这样的观点：反对文学性、文学本质观，反对文学审美自律论，将文学本质还原为历史、外部的建构；还原出文学性同意识形态、政治权力的暧昧关系，突显政治、权力、习俗对文学观念的塑造或对何为文学问题的裁决；文学同意识形态具有模糊性（伊格尔顿的审美现代性矛盾），既共谋又暴露，文学与法辩证关联，等等。之所以造成这一理解迷误，首先在于无视德里达是在对卡夫卡小说文本重构之后这一节点上插入这些文学性观点的，不过其根本原因则在于仍从现代性的框架去化约德里达的解构主义，从偏狭的审美自律论来裁剪解构主义文学的本源超越性、否定性。这一理解迷误并非偶然，颇具代表性，[①] 一方面说明解构主义所要解构的逻

---

① 这种接受迷误在国内文论界几乎是灾难性的，由于他们缺乏形而上学、现象学的视域，从偏狭的认识论出发，总是将德里达的文学观总斥为相对主义、虚无主义、自相矛盾。不过，即便一些论者对西方形而上学传统或德里达的现象学渊源的文化背景相对比较熟悉，却仍存在用审美现代性的框架去化约德里达文学性观点的痕迹，其典型的症候为：首先，用现代性结构中"本质—历史"这一组概念，去裁剪德里达的"文学本质""文学性"观点。他们会从德里达"不存在文学本质""没有文学之法"中即刻导出"文学是一种历史建构"的观点。这个"历史"又是现代性、后现代性的糅合或用现代性去化约后现代性，一方面突显文学的历史现代性维度，反对本质主义，另一方面它多少夹杂着福柯考古学的意味，突显文学对规则、权力、专制的反抗，进而将文学与资产阶级兴起的自由、民主观念对接起来。（参见余虹：《艺术与归家》，第 379—381 页，中国人民大学出版社，2005 年）。其次，文学既被法决定，法又被文学书写；法支配着文学，文学具有超越法、否定法的一面，寻找现代性的辩证统一；用审美现代性的否定性、超越性（康德审美判断的无利害、无功利对感性利害的超越、否定）去化约解构及其本源的否定性（参见陈晓明《德里达的底线》，第 317—323 页，北京大学出版社，2009 年）。

各斯中心主义的强大，它的反对者都可能是它的镜像，另一方面恰也折射出德里达在超越逻各斯中心主义方面的开拓性。实际上，德里达所言及的这些文学观念都经过了重构，它与现代文学性之间貌合神离。只有参照前文所及德里达对本体（自在之物）的废黜及对卡夫卡文本的重构视域，这些谬误方能得到勘正，才能趋近其后文学性之真趣。

德里达几乎是借着小说中法的不到来暗示着本质、定义、真理的不可能。当我们问，什么是文学？什么是文学的本质？这不会有答案的。德里达认为这种提问，就像那个乡下人对法的提问那样单纯、质朴。言下之意，相当幼稚，相当形而上学，从形而上学的真理论、认识论去追问，都不会有结果的。一定要这么问，文学之法顿时沉默或不在。当然，德里达对文学之法（本体）没有停留在康德、卡夫卡的不可知层面，而是将不可知的否定结构也废黜、乌有化了。我们必须依照之前论及的，德里达对法之本体或自在之物的废黜与重构，来理解、接纳他那些看似寸步不离现代性文学性实则在展开后文学性界说的言谈与观点：第一，有关文学的法律、规则、习俗、建制，只是空无的文学本质的现象、踪迹，而不应被作为裁决文学本质的本质。当然，它们是文学发生的条件，它们之外没有所谓的"文学本质"或"文学性"。在这一意义上，仍然可以说"没有法就没有文学"；但这完全是从现象的反客为主的层面言之的，法已是现象之法、踪迹之法。这"法"，只是文学本质空无的看护，而不是裁决与规定。同理，批评家、理论家、图书管理员，等等，就像守卫着法之乌有的卫士一样，守卫着文学本质之空无，而守卫与看护，就是文学本质的踪迹。第二，这个乌有，并非什么都没有，而是本源的否定、异延的力量。它是文学发生的始源，也是文学本质的本源否定。这意味着，作为社会、历史建制的文学或文学的现实之法，不是固定的、同一的，它们不具有"永远的合法性"。德里达所言的"在戏耍法瞬间，文学超越了文学"，① 应该从本源的否定性去解释，而不应将这一否定视为审美自律的否定、超越，文学的发展不应首先被视为现代性框架内不同成员的取代、更迭，而是空无的本源在引动，在异延。第三，乡下人式的何为文学之问，尽管不会有答案，也显得天真，但他显然有这样的资格。在德里达看来，不只是乡下人如此，任何人、

---

① Jacques Derrida, *Acts of Literature*, ed. Derek Attridge, New York&London: Routledge, 1992, p. 216.

任何时代都不屈不挠地在问。实际上，这无疑肯定了现代性文学观念、文学史、文学建制作为空无本源的一种显现的合理性。尽管它可能对本源造成遮蔽，是"盲"与"隔"，但它却是文学发生的条件，我们无权拔除它。不过，在德里达那里这一切显然都已被置于本体、本源欠缺的否定性视域中加以重审、评估，这种重估绝非现代性框架下的修正、调和或将后现代化约为现代性，寻找辩证统一，云云。

四、后文学性界说/文本实践

德里达不会在文本的解构之外，单独涉及文学的本质，也不可能从传统的真理框架内对文学作裸露的、封闭的定义，而采取文本重构与理论界说雌雄一体的同构方式。我们在康德批判哲学的参照、引导下，所作的跨越性批判与发掘，说明依照理性规范、认识论范式对后文学性加以低限度的界说，不但是必要的，而且是可能的。我们至少能够像康德对审美判断力诸契机的说明那样，对德里达在后文学性问题上的开拓所蕴含着的相应契机作如是发掘：第一，（从认识论出发）本体（本源）是空无、乌有，但又绝非空无或乌有，它隐匿在现象中化作踪迹；现象因空无本源的贯注不再只是现象，而呈现为一种欠缺状态。第二，现象、踪迹不是本体，它甚至是对本源的遮蔽，但它是本体的条件，除此之外并没有所谓的本源。第三，空无的本体或本体欠缺的踪迹（现象）将直观地呈现为雌、雄体的奇异组合：雌、雄两个相关构件的背反、排斥、对抗；雌雄二体溶缩、衍化为不可被抹除的界限、网膜、指号或延展为一种距离、地带；雌、雄二体错位、交叠或雌雄一体内部的分裂、乖离。第四，本体空无而释放出的异延动力，是对"有"的始源性否定，也是对它的维系，即文学展开的始源力量。这股动力作为"磁力线"牵引着后文学性散逸的场域，也是连属文学性与后文学性的脉动。第五，现代性文学性范式在本体之空无的始源视域中被否定、重估。它已高度萎缩，不再有昔日的辉煌；但是，这一范式、构件作为空无本源的子民，不仅具有合理性，且构成了后文学性不可或缺的条件、成员。它作为理性规范的遗产，从后文学性迷宫的模糊中显露出起码的清晰，维系着低限度的意义，避免后文学性陷入模糊的深渊。现代性文学作为后文学性（原型文学）的"现象""踪迹"对后文学性文本实践及在何为文学的问题上，仍是不可或缺的参照，从中折射了从文学性到后文学性的移动与变奏。

后文学性的这些契机，在德里达其他的解构、重构文本中同样能够得到印证，尤其是对"模仿""隐喻""皮埃罗弑妻"等诗学范畴或文本的重构以及"雌雄一体""处女膜"等概念的建构。① 德里达对柏拉图、亚里士多德"太阳隐喻"的解构或"向日隐喻"的建构，在后文学性界说的理论层面最具典范性。"向日隐喻"在探讨最高存在的本质、专名、定义之不可能性过程中，奠立了后文学性，并史无前例地实现了文学的本体地位。它同我们所发掘的后文学性契机几乎是同构的：我们无法知道感性、直观的"太阳"之外的太阳自身，一旦追问"什么是太阳本身"，它即刻呈现出分裂与背反：太阳隐喻作为好的隐喻（在柏拉图、亚里士多德那里是最高存在显现的最好隐喻），也是坏的隐喻，因为即便最好的隐喻也是对太阳本身的遮蔽，太阳隐喻总是不完美的；太阳是独一无二的、不可替代的、自然而然的，但由于它无法彻底显现（在场），又始终是隐喻的、替代的、非自然的；朝向太阳的隐喻又是背离太阳的。太阳隐喻，是用感性的太阳隐喻太阳自身（最高存在），即围绕太自身而作的隐喻，而这围绕太阳而作的隐喻也就是太阳自身："太阳的转动总是隐喻的轨道"，"隐喻即意味着太阳隐喻，既是一个朝向太阳的运动（而这一运动）又是太阳自身的转动"。② 可见，除了感性的太阳（喻体）之外，并没有所谓的太阳自身或本体，即本体空无化。喻体与本体在这里奇异地交叠了（但不统一），本体又并非真的空无，它对喻体既加以提升，使之并非只是现象，又作为始源的否定，使之处于欠缺状态。太阳本体引发隐喻的冲动，又对隐喻加以拒绝，这便是始源的动力：它解构着，建构着，既解构又建构，它不确定地、没完没了地解构着它的建构，建构着它的解构。③ 这是隐喻的生死性，哲学（文学）变奏生生不息的动力。历史上真实发生的形而上学、哲学观念自有其合理性，但不应僭越为始源或本体自身，不应抹去自身的隐喻性质，即文学性。太阳隐喻是对最高存在、真理的隐喻，隐喻只是效忠于本体、真理的工具或手段，而向日

① "雌雄一体""处女膜"，是德里达后文学性的重要概念，在《在法的面前》一文中有涉及，但更为详细的阐发与建构，则是收在 *Acts of Literature* 中的 The First Session 一文。

② Jacques Derrida, *Margins of Philosophy*, trans. Alan Bass, Chicago: The University of Chicago Press, 1982, p. 251.

③ Jacques Derrida, *White Mythology*: *Metaphor in the Text of Philosophy*, New Literary History, Vol. 6, 1974（1）, p. 71.

隐喻则废黜了最高的存在、真理，宣告隐喻之外并没有真理、本体，隐喻就是真理，本体就在隐喻喻体中。这意味着隐喻不再依附于真理或形而上学，从而确立隐喻本体，一种坦承自身为隐喻而非真理的隐喻本体。隐喻本体的奠立，即是文学本体的真正开始。

德里达在文本解构过程中所生发、构建的这些后文学性范畴及美学契机为理解、阐释后现代主义文学提供了入口。当然，检验文学理论、范畴有效性的最好方式，就是回到文学文本实践。一个好的美学范畴，必须可以在文学艺术文本中获得直观。德里达对"在法的面前""皮埃罗弑妻"等文本的重构，已无限接近了后文学性文本。后现代作家卡尔维诺在创作上受到德里达解构理论的影响已是不言的事实，其《寒冬夜行人》则融合了理论建构与文学文本实践，从狭义的文学层面践履、诠释了德里达的后文学性。

《寒冬夜行人》说的是，卡尔维诺的新作《寒冬夜行人》出版了，酷爱卡尔维诺作品的读者在阅读《寒冬夜行人》的过程中却发现缺少了第33页，之后为寻找这一页及其原因而展开故事。不过，读者最终也没有找到真正的《寒冬夜行人》，给我们留下的是十篇小说的开头，也没有找到事端的制造者马拉纳，只有他在世界各地出没的踪迹，而这一切就是《寒冬夜行人》。卡尔维诺想告诉我们的是，那种所谓的本质、完整、在场的《寒冬夜行人》本体根本就不存在，那种自以为能捕获导致叙事不断中断之本源的想法，也只不过是一种形而上学的幻觉。《寒冬夜行人》是什么？它不过就是你在寻找《寒冬夜行人》过程中所遭遇的那些小说碎片。这些小说片段不是《寒冬夜行人》，不是你要找的卡尔维诺的小说，但除此之外并没有所谓的《寒冬夜行人》。所谓的"第33页""马拉纳"是不在场的《寒冬夜行人》的"替补"，而这替补也在替补链的延宕中。它们作为小说的"燃点""引力"，相当于不在场的"法"，引发了小说的发生；而只要愿意，小说的这一叙事不会结束，它可以不断延续，躲避本质或在场的伏击。整个小说的创设同德里达对"法""太阳隐喻"所作的解构/重构几乎相仿。小说在叙述人称上采用了第二人称，具有典型的"雌雄体"特征，是"你/我/他"交叠一体；它既可作为叙事层面上的一个人物同潜在的作者展开对话，又可以作为叙事层面上的一个行动者（他）与女读者相遇、相识、相恋、结婚；它又可以同现实的读者构成关涉，召唤读者一起参与《寒冬夜行人》的创作，又可以自由地进入故事层面，转换为十个故事内的第一人称"我"。这个"你"（男读者），能里能外，自由出入于叙事、故事、现实域，瓦解、重构了现代性小说既定的内部与外部空间，是德里达"外部即内部""内部即外部"在文学叙述层面的最好表征。正像德里达在重构"在法的面前"时植入"何为文学"的问题那样，《寒冬夜行人》将外部的"何为小说"也关联到内部。小说第八章巧妙地安插了"西拉·弗兰奈里日记选"，通过作家弗兰奈里（卡尔维诺的另一自我）的日记，对小说《寒冬夜行人》的构思、写作过程自我披露，并展示大量与《寒冬夜行人》创作相关的理论话语。《寒冬夜行人》之所以成为《寒冬夜行人》，自然包括小说如何成为小说的问题。小说文本内部对小说问题的探讨也就自然地同小说之外卡尔维诺的小说理论关涉起来："离题或插叙，是推迟写作结尾的一种策略，是作品内部拖延时间，不停地进行躲避"。[①] 这样，小说文本内部与外部在"何为小说"的问题上相互引发、循环，也能将德里达后文学性观念关涉进来，理论界说与文学文本实践之间相互激荡与生发。

《寒冬夜行人》拆解了现代性小说范式，不过小说中也还留有现代性小说模式与构件：男读者与女读者在寻找《寒冬夜行人》过程中相遇、相恋、结婚的情节。这似乎是我们耳熟能详的现代性小说情节，曾被哈贝马斯用来捍卫现代性的潜能。[②] 同时，小说中男女读者对小说本源的好奇、欲望与寻找，同"太阳隐喻""在法的面前"等情节相仿，即理性朝向太阳的隐喻或者乡下人对法的膜拜与求见。在卡尔维诺这里，这些构件已不再是现代性小说模式中大书特书的对象，不过它们对后文学性小说的维系而言是不可或缺的，也体现了后文学性与现代性文学性的独特关联，但这一切显然都已在后文学性视域下被重构了，其境况同在现代性文学性范式下已大不相同。

（原载《合肥工业大学学报》社会科学版，2020 年第 4 期）

① 吕六同、张洁主编：《卡尔维诺文集·美国讲稿》，第 358 页，南京：译林出版社，2001 年。

② 哈贝马斯：《后形而上学思想》，第 238 页，曹卫东译，译林出版社，2001 年。

第三辑　后形而上学美学先锋与动力

第四辑

后文学本体转向与跨界

空间转向与空间的文本表征

——以卡尔维诺《寒冬夜行人》的解读为中心

一

空间转向即意味着我们将比以往任何时候都将更加关注空间本身、空间的自主性、空间的体验与表征空间、空间生产以及空间同权力与身份的复杂关系。空间问题显然随着理论界对现代性的批判与反思而突显。在后现代文化转向中，它偕同"身体""生态""种族""符号""生活""权力""性别"等家族性成员，彼此相互渗透、交叉与共在，成为后理论时期文化研究的重要"景观"。当然，空间问题被广泛关注并不纯粹是现代性批判或后理论影响使然，而在于虚拟科技革命的催发。它促使现实经验的再生产与重构，掀起了现实空间观念、意识与经验的巨大变革。我们在参与网游或观看 3D 技术影像、三维绘画以及战争的电视直播时，除了对游戏、战争、影像或图案本身的关注之外，几乎能够触觉到这些媒介的空间厚度。转向后的"空间"从幕后走到前台，摆脱昔日的依附地位，颠覆了自身僵化、死寂的寄生性形象，并通以直观的显现与构建宣告自己时代的到来。

那么，传统的文学艺术与空间的关系如何？文学艺术在空间转向中扮演着怎样的作用？以文字为载体，以历时书写为方式的文学可以像新媒介那样以自身形式来显示空间之空间性并给我们带来新的空间体验吗？事实的情况显得有些吊诡，一方面在 20 世纪的空间转向中，无论是海德格尔、梅洛－庞蒂，还是福柯、苏贾，在重新发现空间的过程中要么从文学艺术作品中获得灵感，要么总喜欢假借雕塑、诗歌、绘画来阐明这种空间性；另一方面在视觉、图像盛行的后工业社会中，传统的文学艺术的存在与表征却遭到了前所未有的挑战，尤其不利于文学的存在。我们说空间的文学表征显然区别于文学对空间的指涉与表现，而是指文学形式本身能否让读者直观体验到空间的存在，或者说它能否成为将空间感带上前来的文学作品。在不同的文学文类中，它们同空间的亲缘关系又因文类自身的差异而境况不同。诗歌在吸纳视觉与图像元素方面显然有自身的便利之处，像卡明斯《落叶》、白荻《流浪者》、王润华的《绝句 5：广告》以及像哈维尔的诗歌等具象诗，通过排列方式的改变都形成不同的视觉、图像效果，比较接近造型艺术的空间布局。以叙事性为主且颇有叙事长度的小说可以吗？短片小说或许可以尝试像具象诗那样的试验？美国小说家劳瑞·安德森的短片小说《战争是现代艺术的最高形式》《这场风暴》等，把多幅图片移入叙事，构成图与文字的互文。将漫画、图像、符号等移植到叙事文本的现象或许是许多后现代小说实践的一个趋势；但问题是，图像、绘画在文字叙事文本中是否只是一种辅助性手段？它能否适用于长篇小说？图画等媒介同文字的叙事结合是否只是皮相结合？一旦图片同文字叙事的结合趋向成熟，那么文学文类也就自然发生改变，这在一定程度上意味着以文字书写为载体的文学的终结。其实，我们知道文学远未终结，小说也没有寿终正寝。不过，更值得我们深究的是，以文字书写为载体，以叙事性为特征的小说不借助其他表征媒介的情况下它能做到什么？它能否像多媒体、互联网那样给我们多维度的空间体验吗？这体现了像昆德拉、格里耶、博尔赫斯、卡尔维诺这类伟大小说家对小说存在样式所作探索的价值与意义。他们在展示未来小说存在方式之可能性的同时，正是通过小说形式的变革给读者带来了不同的现实体验。

空间不同于错落于具体位置的物体，不是指物体对空间的征服与占有。空间转向的语境中，空间大多被指向空间性或空间化。现象学与存在论在涉及空间的问题上指向了客观空间得以建基的始源性空间的还原，以突显空间之空间性或实现空间之空间化。就文学与空间转向的关系问题上，我们认为，大可不必人为地寻找文学与空间的生硬结合，也不应该抛弃具体的文学活动而呆钝地谈论文学究竟能否胜任新的空间体验的表征问题。或许文学之文学（文学性）的流动性与虚空性特点潜藏着文学能为我们提供把空间从空间物的遮蔽中解放出来的动力？长篇小说这一看似最难适应当下空间变革的文体，一旦能对新的空间体验进行有效的表征，则是对我们所作判断的最好支撑。这就是卡尔维诺小说《寒冬夜行人》

在空间转向语境值得重新解读的理由。它给我们演示了小说存在的另一种样式的同时，也在这一过程中让我们感受到文学与空间联姻的魅力。卡尔维诺的这一努力并非偶然的个案，它或许向世人预示在空间转向背景下未来小说发展的新动向。

<h1 style="text-align:center">二</h1>

《寒冬夜行人》显然不属于以情节或时间为构架基质的小说，而是一个空间性的文本。这一特点决定了我们很难对其进行压缩与还原。若为应合我们对小说的常识欲求之需，对其大致可做如下化约：小说说的是，卡尔维诺的新作《寒冬夜行人》出版了，酷爱卡尔维诺作品的读者在阅读《寒冬夜行人》的过程中却发现缺少了第 33 页，之后就是为寻找缺这一页而展开，而读者最终也没有找到真正的《寒冬夜行人》。尽管我们已经很难将这个小说作情节性或故事性的削减，但它毕竟还是一个典型的叙事性文类。为此，我们先将其置于现代叙事学的理论视域中，与传统叙事模式相比照，看看《寒冬夜行人》究竟为何物？它处于怎样的位置？

从叙事角度来看，卡尔维诺的《寒冬夜行人》也包括作者层面、叙事层面、故事与人物层面以及读者层面，当然也意味着存在传统意义上的叙事空间。从现代小说叙事理论来看，一个完整的小说文本，大致可以区分为这些层面：作者所处的层面（A）、文本中叙述者的层面（B）、文本中故事人物的层面（C）、故事人物的体验、行动或与之相关的事件（D）、读者层面（E）。其中 A 代表文本之外与作者相关涉的现实世界，E 代表文本之外与读者相关联的现实世界，B 到 D 则构成虚构域层面。这个文本的结构，或许可以用卡尔维诺曾经在《控制与幽灵》里所用的一个程式加以形象的概括，即"我写荷马讲到奥德赛说：我偷听到了女妖的歌声"。[1] 具体地说，A 到 E 的各个层面分别表现为：A（我写）、B（荷马讲到）、C（奥德赛说）、D（我偷听到女妖的歌声）、E（读者的反应）。这些叙事单位分别处于作者所关涉的现实域、文本的虚构域、读者所指涉的现实域。在传统的叙事模式中必须通过具体的叙事策略以打通三个空间的界限：（1）通过 A、B 环节打通作者与文本之间的界限。具体可以通过人称的转换等方式（主要是把作者转换为第一人称的叙述者）把作者投射到文本的叙事层面，进而通过故事中的

① 哈贝马斯：《后形而上学思想》，第 226 页，曹卫东、傅德根译，译林出版社，2001 年。

人物投射作者自身；（2）通过 B、C、D 环节的置换克服文本与读者的界限。具体可通过虚构域层面的人物的行动与体验的内容设置，形成一种客观假定的叙事效果，使读者信以为真，从而把 E 层面关涉进来以打通文本世界与读者的现实世界。现代叙事理论表明，这种策略只是通过"隐含作者"与"隐含读者"的增设，进而把作者和读者关涉到文本中，其实质只是延长了叙事的长度，而并没有改变这些文本中各个层面的等级与深度关系。我们只要对"虚构的文学现实"稍加警惕，显然不至于把现实的作者与文本中能够投射作者身份的人物形象混淆起来；现实的读者稍加具备反思的意识，其自我身份便不容易被文本虚构的真实所吞噬，何况不同历史语境下的读者具有不同的理解视域。因此，这种策略只是防御性的，作者的隐退与读者的参与，以及现实世界与文学世界的打通都只是瞬间的"假象"。从 A 到 B，到 C、D，再到 E，各层面包括作者（隐含作者）、叙述者、故事人物、读者（隐含读者）等在内的不同叙事行动素仍然处于不同的叙事空间，一方面作者与读者并没有真正参与到文本中来，另一方面文本中的人物也始终受限于虚构域，不能参与到作者和读者所关涉的现实世界。① 这一叙事模式尽管较之传统的作者、作品、读者为主要单元的叙事模式的长度有所延长，但作者、作品仍然占有统治地位，以情节为叙事支点的时间仍然控制着文本的展开，空间仍然处于被支配的地位。在这种模式中，倘若有空间在，也不过是叙事语言对空间的指涉或是时间化了的空间文本，而以共时化为特征的文本（文本空间化）则无从谈起。卡尔维诺要颠覆的就是时间（在小说中表现为历时的情节）对空间的控制。

容器固然有空间在，但空间并不等同于容器。它具有构形的能力，是一种具有衍生力量的形式。正如庞洛—梅蒂所指出的，"空间不是物体得以排列的（实在或逻辑）环境，而是物体的位置得以成为可能的方式。也就是说，我们不应该把空间想象为充满所有物体的一个苍穹，或把空间抽象地设想为物体共有的一种特性，而是应该把空间构想为连接物体的普遍能力"。② 我们说的文本空间，即文本的空间化，并不指言语对空间物的指涉或者人物、叙述者的空间占据或者文本的空间横列。《寒冬夜行人》对空间的表征在于将作者、叙事者、人物等行动素的共

---

① 从叙事理论对《寒冬夜行人》的叙事分析，具体可参看陈开晟：《叙事的突围与界限：卡尔维诺〈寒冬夜行人〉的文本理论解读》（《闽江学院学报》2010 年第 1 期）。

② 庞洛—梅蒂：《知觉现象学》，第 310、311 页，姜志辉译，商务印书馆，2001 年。

时化，这种共时化所带来的空间体验生成了一系列"闪烁不定"的文本空间，即文本空间之流。这种共时化并非静态地纵列，而是各个要素共同参与、行动、共舞的场域；反之，以空间性存在为方式的场域并不外在于这些行动，而在行动之中敞开。如果从这种"星丛式"的文本空间中截取一个断面，那么它同福柯在《词与物》中所提到的 17 世纪著名绘画作品《宫中侍卫》所敞开的情形极为相仿。画家（委拉斯开兹）、现场模特及其在镜子中的映像（国王菲利浦四世和夫人玛丽安娜）、看画者（包括画中站在门道的人和现实中的任何观画者）、画中在场的其他人物（侏儒和侍从），彼此相互注视，没有中心与焦点，每个人在看的同时也被看，由此突显了别样的空间。画与小说毕竟属于不同的类型，前者的媒介是线条、色彩，后者是文字。在空间的显现方面，文学显然不如绘画来得直观与便捷。正如前文所及，诗歌或许更容易做到这一点，而对于一个长篇小说则难度更大。《寒冬夜行人》能获得这样的绘画效果，且在文本空间化上比绘画更加彻底，着实体现了卡尔维诺伟大的想象力和卓越的叙事才能。那么，卡尔维诺究竟通过怎样的叙事策略做到这一点呢？

三

在后结构主义看来，诸如，"男/女""生产/消费""主体/客体""世界/地方""历时/共时""能指/所指""作者/作品""文本/读者"这些范畴中，轴上的对轴下的构成了控支配与被支配的关系。"时间"与"空间"在现代性进程中的组合关系也是如此。"时间"长期地对"空间"进行控制与占有，从而出现了福柯所感叹的局面："空间在以往被当作是僵死的、刻板的、非辩证和静止的东西。相反，时间却是丰富的、多产的、有生命力的、辩证的。"① 解构主义发现，轴下的解放不是简单地通过同轴上的对抗或者提升轴下的地位能够获得实现，而关键在于消解支撑这种不对等的二元关系背后所存在的"中心""本质""结构"。在这点上，卡尔维诺的小说创作显然受到了罗兰·巴特、德里达的影响，《寒冬夜行人》也体现了小说文本与解构主义理论的互文关系。在《寒冬夜行人》中，对作者中心、文本中心以及小说的本质的解构同文本空间化的实现则是同步的。

---

① 转引自苏贾：《后现代地理学》，第 15 页，王文斌译，商务印书馆，2004 年。

卡尔维诺追求的是一种缺少作者声音、个性与自我形象的写作效果。为此，他在《寒冬夜行人》中通过特殊的叙事人称、元小说结构、碎片化的情节等一系列叙事策略对作者加以消解。小说在叙事层面上使用第二人称，而这个"你"的身份是多重的，即可以指叙事层面的"男读者"，也可以是故事层面的"我"（男读者的转化而成），还可以是作品之外的实际读者，这样无论指的是谁，都削弱了作者的主体性，使得作者同他们形成一种对话关系。对作者主体的崇高性给以最致命一击的是小说的第八章。卡尔维诺巧妙地导入"西拉·弗兰奈里日记选"（该部分也构成第七部小说的开头），从而暴露了《寒冬夜行人》的构思、写作过程。在弗兰奈里看来，作者的主体性（我）总是碍手碍脚，他深深地陷入因主体性的存在而产生的巨大焦虑而希望能够进行一种"无我"的写作。这种焦虑还源自读者，他试图实现这样的写作意图，即作者正在写的能够成为读者正在阅读的。弗兰奈里完全可以视为卡尔维诺的另一自我。卡尔维诺在拟赴美国的演讲中曾指出，"但愿有部作品能在作者以外产生"，"让不会讲话的东西讲话"。[①] 在提到《寒冬夜行人》的写作目的以及之所以由几个小说的开头组成的写法时，他把原因归结为：为了保持小说的魅力，从而能够使得读者的阅读欲望得到持续。弗兰奈里在日记里披露了包括《寒冬夜行人》在内的小说定稿的不确定性与偶然性，诸如，稿件完全可能被调包、模仿、伪造，甚至可能是一阵风把稿件吹乱了，小说最后完全可能是一种随意拼凑的结果。因此，作者并非作品的"拥有者"，他不拥有意义的本源，而像巴尔特所言那样，只能是文本的"造访者"或是一种"纸张的怪物"。

《寒冬夜行人》在解构作者的同时，也在瓦解小说的本质；而对小说本质的瓦解，在小说中就体现了对《寒冬夜行人》的消解。卡尔维诺的新作《寒冬夜行人》出版了，忠实于卡尔维诺的传统读者可能会问新作写的是"什么"，也会像小说中的"读者"一样迫不及待地阅读起来。可当正燃起阅读兴致的读者读到第 32 页时却发现存在严重的错页现象，事实上他在读的根本不是卡尔维诺的小说。读者在努力寻找第 33 页以便能够读到完整的卡尔维诺的《寒冬夜行人》，但结果读到的却是《在马尔堡市郊外》《陡壁悬崖上探出身躯》等另外十部小说的开头。在寻找完整版《寒冬夜行人》的过程，也是在追踪为何导致小说错页原因的过程：书店？大学？出版社？……译者马拉纳？马拉纳在哪？据说曾在日本，又说在美国、非

---

① 吕六同、张洁主编：《卡尔维诺文集·美国讲稿》，第 418 页，译林出版社，2001 年。

洲，最近在南美洲，当男读者去了南美洲，最终也没有找到这个"伪造者"，而只是关于他的一系列踪迹。卡尔维诺通过小说的方式表达了和德里达相同的哲学旨趣，即对形而上学和主体哲学的解构。一旦我们对它们的本源进行追问时，本源是缺席的，只有一条不断向后延宕的链条。哈贝马斯就此指出，卡尔维诺的结论听上去和福柯或德里达的命题很相像："链条的起点，即第一个真正的写作主体，看上去离我们越来越远，越来越淡漠，越来越模糊：或许，他是一个自我的幽灵，一个空洞的场所，一种缺席"。①

《寒冬夜行人》看似以"寻找""起源"为主题的文学故事，其实不过是对这种主题的戏仿与拆解。卡尔维诺想告诉我们的是，那种所谓的本质的、完整的《寒冬夜行人》根本就不存在，那种认为存在着某种导致《寒冬夜行人》叙事不断中断的本质原因的想法，也只不过是一种幻觉。《寒冬夜行人》是什么？它不过就是你在寻找《寒冬夜行人》过程中所遇见的那些小说片段，而这些小说片段就是"第33页""马拉纳""完整版的《寒冬夜行人》"造访（以缺席为在场的在场方式）的踪迹，也就是你所阅读到的《寒冬夜行人》。本质或起源的虚空，并不意味着一种缺乏，并非一无所有或者消极的否定；相反，它意味着"产生"。②《寒冬夜行人》便是这种本质缺席的产物，这正像《宫中侍卫》那幅画一样，菲利浦四世和夫人玛丽安娜作为画的中心的缺席，而方有这幅画。卡尔维诺在《寒冬夜行人》中消解了作者中心、小说本质，也就消解了作品中心。不过，对本质与中心的颠覆，同样不意味着它们的彻底消失，相反它们改变了自身存在的方式，并获得新的命名：它不称"作者"而叫"作家"，它不叫"作品"而名为"文本"；读者也不再是"消费者"，而是"生产者"。

《寒冬夜行人》完全可以视为巴特文本理论的最佳注脚，或者说卡尔维诺以写作的方式实现了巴特的理论思考。作家、文本、读者三者相互交织、穿行与叠合，作家、读者内在于文本，文本则是作家的造访物，而阅读使文本成其文本。作家、读者、文本不再是主体或客体，它们都具有空间性，三者相持存，而后方有文本空间的打开。

---

① 哈贝马斯：《后形而上学思想》，第228页，曹卫东、傅德根译，译林出版社，2001年。
②《海德格尔选集》，第487页，孙周兴译，上海三联书店，1996年。

四

在海德格尔看来，空间化是"聚集""开拓""垦荒"，是制造与建立，"空间化乃诸位置之开放"。① 在《寒冬夜行人》中，作家、文本、读者之所以具有空间性，在于它们具有行动的意向，从而能够开启、创设文本的空间；文本对空间的表征，即是作家、文本、读者之间的争执、游戏过程中所开启空间维度；而文本、读者、作家在阅读—行动中聚拢，彼此相互争执与成全，从而以文本空间化的方式敞开空间。

作家只有在写作中才是作家，他不像作者那样追求意义与目的，也不把作品视为自己的对象，而以自我消解的方式投入到自己的对象中，就像巴特所指出的，"作家没有纯粹的本质：他的行动内在于行动的对象"，"作家终究还是要把世界为何如此的问题彻底带入自己如何写作的问题"。② 在《寒冬夜行人》中，弗兰奈里的主体焦虑就体现为对作者控制意图的提防。他作为作家始终无法把握小说《寒冬夜行人》的结构与意义，无法驾驭情节，驱使人物的行动。他甚至无法比读者知道得更多，同读者一样并不知道《寒冬夜行人》的第 33 页具体在何处，不知道问题的原因何在以及问题的作俑者马拉纳的去向。对他而言，写作的本质与其说是作者在写，毋宁说读者在读，他在做写作与阅读同时进行与共在的尝试。

文本不是一个客体，不是作者的对象，也不是读者的猎物。它不是一个实体，更非流俗所称道的那些所谓的非连续性的、断裂的、零散的碎片与段落。文本是什么？文本无法通过自身获得澄明。转用莫里斯·布朗肖的话说，文本之所以是文本，只在作家与读者的接触以及书写与阅读相互争执展开空间时。③ 离开作者的文本可能是一个"幽灵"，一种"虚空"。④ 这种虚空并非空无，它是内在于文本的机制，具有生成与催发能力。罗兰·巴特称，"文意思是织物；不过，迄今为止

---

① 《海德格尔选集》，第 484 页。

② 转引自约翰·斯特罗克：《结构主义以来》，第 63 页，渠东等译，辽宁教育出版社，1998 年。

③ 原话是，"作品之所以是作品，只有在它成为某位写作品的人和某位读作品的人的公开亲密，成为由于说的权利和听的权利相互争执而猛烈展开的空间时。"（莫里斯·布朗肖：《文学空间》，第 18 页，顾嘉琛译，商务印书馆，2005 年）

④ 约翰·斯特罗克：《结构主义以来》，第 78 页。

我们总是将此织物视作已然织就的面纱，在其背后，忽隐忽露地闪现着意义（真理）。如今我们以这织物来强调生成的观念……主体隐没于这织物——在纹理内，自我消融了，一如蜘蛛叠化于蛛网这极富创造性的分泌物内"。① 可见，文本不是一种静态、被动的存在，它具有消解作者实在的意向性，既能把作者内化到文本，又让作者陷入书写的危机，染上不安、焦虑的情绪。文本会撞击、撕裂读者固有的阅读成规，使之陷入不安或不适的境地，巴特将这种反应称之为"享乐"，"它动摇了读者的历史、文化和心理的基础，搅乱了读者惯有的品味、价值和记忆"。② 《寒冬夜行人》作为可写的文本以自身的缺场调节着作者与读者，他们（小说中分别是弗兰奈里和男读者）都内在于文本，且展开亲密的在场对话与接触，作者无法控制写作的目的与逻辑，而读者也无法套牢文本的意义，几乎是在阅读的紧张中重复着作者的写作过程。

男读者是《寒冬夜行人》整个文本的支点，是小说文本生成以及文本空间化的关键。男读者的显著特点在于其"叙事层面的位置""第二人称"、人物形象的"脱脂"（符号化）以及读者的身份。叙事层面的位置便于男读者能够游走于现实域、叙事域与故事域。男读者作为人物形象已经被简化到最低点，只剩下符号的指示性，这为他的角色转换与自由穿行提供了可能。第二人称便于他同作者展开对话，既可以把作者内化到文本，也能穿行到作者所处的现实域；同时他可以被视为现实读者的代理人，与现实读者之间相互指涉，从而把读者关联进来，因此能够越位到读者所在的现实域。男读者还可以借助叙事人称的转换将自己转化为第一人称，从而进入故事域，还可以在叙事层面活动，同女读者相遇、相识、结婚。正像哈贝马斯所指出的，第二人称的使用"使读者参与其中，飘荡在虚构世界和他所处的现实世界之间，他既在其内又在其外：在其内，作为众多虚构人物之一；同时又在其外，因为阅读到的读者形象引起了真实读者的注意，并立刻到书外去寻找一个所指"。③ 这样，卡尔维诺借助男读者，彻底捣碎了传统小说作品的存在样式：一方面把现实作者与现实读者抛进叙事层面和故事层面，使作者、读者与叙事者和故事人物能够处于同一个空间；另一方面则把原先深藏于虚构域

① 罗兰·巴特：《文之悦》，第 76 页，屠友祥译，上海人民出版社，2002 年。
② 约翰·斯特罗克：《结构主义以来》，第 71 页。
③ 哈贝马斯：《后形而上学思想》，第 235 页。

中的叙事者和故事层面中的人物拉出来将其置于作者与读者所处的现实世界。最终，卡尔维诺获得了这样的叙事效果：既没有文本之外的作者与读者，也没有文本之内的叙述者与人物，而只有作者、读者、叙事者、人物的空间共在。

《寒冬夜行人》是关于书写与阅读的，而阅读又更是主要的。莫里斯·布朗肖指出，阅读"让存在的东西存在；它是自由，但不是产生存在或是抓住存在的自由，而是迎接，赞同，说'是'的自由，它只能说'是'，并且在由'是'打开的空间里"。① 男读者的身份是读者，其活动是阅读以及为阅读而展开一系列行动，整个小说的展开都建基于此。阅读及其行动是《寒冬夜行人》是其所是以及实现文本空间化与文本空间能够敞开的最终推手。

空间之所以长期沉寂，我们或许可以做个海德格尔式的追问，为什么我们总是看到此物或彼物在空间中存在而唯独空间不在？空间的"不在"，除了时间的挤压外，更在于我们把空间本身（空间的本源性）与客观空间混淆，就像把存在与存在者混淆一样，在于把空间等同于空间物。空间，区别于有关空间的知识，也不是方位或物体位置的相加的总合。梅洛—庞蒂在《知觉现象学》中，通过身体对空间性做了还原，表明空间不是思维的对象或者思考的结果，它离不开身体的感知。梅洛—庞蒂知觉现象学是关于行为的理论，他总是在具体的行动中来谈论身体的感知以及身体空间性如何实现的问题。空间的显现或空间的空间化是身体在感知、行动过程中方有可能。他擅于举例，经常用诸如打字员打字、运动员运动的例子来说明空间性问题。以橄榄球运动员和运动场地这个著名的例子为例，在非运动的情况下，场地只是一个对象，一个对于运动员而言异己的空间存在物，因为场地上有许多的约束线，场地被划分为各种区域来规范、限制运动员应当采取的运动类型。一旦运动员处于比赛的运动状态，他却对这些场地的限制浑然不知，场地显然内化到他行动中而非外在的存在物，运动员所做的每个动作都能调整场地的特征。② 我们可以把这个例子推进一步，运动场地的空间性正是在比赛的过程中，通过运动员行动、裁判员、观众的共同参与方能显现，而运动员之所以成为运动员也在其比赛行动过程中。文本的存在同写作、阅读的关系形同场地与运动员运动的关系。写作或阅读不是简单的智性或思维活动，它同身体紧密相关。

---

① 布朗肖：《文学的空间》，第 196 页。
② 参见布迪厄：《实践与反思》，第 23 页，李猛、李康译，中央编译出版社，2004 年。

从写作同身体关系的密切程度来看，最典型的例子是超现实主义作家的写作，而像《寒冬夜行人》这样的文本则更多地涉及身体与阅读的关系。我们丝毫无法将其还原为单一的意义，不能进行一种常规的阅读，而需要身体阅读或超现实阅读。《寒冬夜行人》是什么？《寒冬夜行人》就是阅读《寒冬夜行人》的过程或是阅读过程留下的痕迹，我们必须调动我们的身体跟着男读者行动与位移，从而我们在这一过程中与作者、叙事人、故事人物以及自身相遇。因此，男读者的行动将作者、叙事人、故事与读者聚拢起来，共同生产了文本的空间，他的一系列行动就像《宫中侍卫》那幅画中画家那个正在进行的绘画动作，从而让画面的空间敞开。同卡尔维诺相比照，海德格尔、庞蒂、后现代地理学以及其他有关空间的论述，或许都没有卡尔维诺在《寒冬夜行人》中所做的尝试来得直观。对空间的论述或描述不等同于空间本身或者空间的呈现。因此，如果一定要谈到空间的转向问题，卡尔维诺真正做到了，他以空间的呈现代替了对空间的说明，以文本的空间化存在代替了对文本空间的阐释以及文本的空间阐释。这昭示了文学在空间表征方面的长处与特点，即能够以将自身空间化的形式来表征空间。《寒冬夜行人》实现了空间之空间化，既避免了空间知识化对空间的禁锢，也克服了空间形而上学将空间神秘化而造成的遮蔽。

（原载《学术评论》2012 年第 6 期，发表时有删节，这里全文收录）

"后文学性"论争迷误辨正

——遵循"文学性蔓延"的逻辑与建构方式

"何为文学""文学性"问题一直牵动着文艺理论界的神经。20 世纪 80 年代，文学性、文学本体论曾作为反拨庸俗文学社会学的利器一度成为焦点。20 世纪末，文学终结论、文学性弥漫论（"后文学性"问题）再度引发了文学本质问题的长足论争。这一问题大致又同文学研究与文化研究的论争以及本质主义与反本质主义论争相互混杂。后文学性的横空出场遭到了文学本质论者激烈阻拒，而随即调和论也在众人的意料之中上场。其间大量"反思""检讨""重审"的文章不断跟进。近几年理论界在这一问题上沉寂表象的背后仍在涌动，关于"文学可以定义吗""如何定义"的问题又迸射出来。① 这看起来确实有些"旧事重提""陈词滥调"，不过这一征兆传递了这样的重要信息：后文学性的迷误未有澄清，其核心问题仍悬而未决。

后文学性的提出，无疑蓄聚着先锋能量，折射出问题的前沿意识与现实感，体现出对那些正在影响、改变文学活动状况的时代环境与文化条件变动的及时捕捉。余虹的"文学性蔓延"或"蔓延文学性"是对后文学性的预见与倡扬。② 遗憾

---

① 参见杜书瀛：《文学可以定义吗，如何定义?》，《文艺争鸣》2016 年第 6 期；南帆、王伟：《文学可以定义吗? ——关于"文学本质论"问题的通讯》，《文艺争鸣》2016 年第 8 期。

② 余虹先生在中西文论与文化比较研究等方面多有开拓与建树，"文学性蔓延"只是其中一个方面。它的提出引发了长时间的争论，遗憾的是一直遭到误解，对后文学性的预示及潜能终未得到进一步开掘。这里遵循"蔓延文学性"的逻辑结构与建构方式，就文论界的接受迷误加以辨正，对后文学性做进一步衍生与拓展。

的是，后文学性的创造性、发展动力在反对论者、调和论者那里完全被剔除或歪曲了。当然，后文学性的难题在于如何在拓展文学概念过程中摆脱相对主义而实现相应规范与界说。"蔓延文学性"触及了后文学性构建的重要维面：已抵达后文学性非常重要的本体或形而上学层面；发掘了狭义文学性之外的一系列蔓延文学性并试图将其纳入文学的范畴；对蔓延文学性的界说做了相应尝试，等等。遗憾的是，"蔓延文学性"在后文学性的构建方面的创建性、开拓性没能得到应有的重视与发掘。尽管它最终受到逻各斯中心主义残余的束缚，而未能最终趋近后文学性的内核，但只要依照其所蕴含着的构建逻辑及所预示的方向，参照德里达对文学性的重构，就能实现后文学性低限度的规范与建构。

———

我们知道，引发在后文学性问题掀起轩然大波的西方理论资源大致有两方面：一是解构主义、后现代主义、后哲学文化语境下传统人文学科边界的消解所致的文学泛化。传统文学遭到颠覆的同时却以撒播的方式获得了绝对胜利。二是商业化、消费社会、媒介信息、技术革命对传统文学观念的冲击。它们既是对现代性文学概念的终结而自身又弥漫着文学性。余虹将文学的"终结"与"蔓延"并举，其《文学的终结与文学性蔓延》是国内对西方这一文学动态加以回应并引发论争的重要文献。他在"思想学术""消费社会""媒体信息""公共表演"等领域发掘了文学性蔓延现象：不但以文字为媒介的理论、学术、思想具有文学性，且在网络、广告、新闻、社论、宣传手册中同样弥漫着文学性，甚至包括这些领域，即政治家或明星的政治、商业、文化活动以及人们的日常消费行为。中国主流的文学观念，显然比西方慢了半拍。或许正是出于对来之不易的现代性文学观念的捍卫，希利斯·米勒的"文学终结论"、乔纳森·卡勒与伊格尔顿的文学本质"杂草论"以及德里达对文学性的解构，几乎刺痛了文学性捍卫者的神经。"终结论"对于刚从政治束缚中解放出来并在文学性、审美自律与语言维度上奠定自主性的文学本体或本质论而言，无疑是当头一棒。尽管余虹在文中声称其立足点仍是文学，"文学性蔓延"不是要"逃离文学"，"而是转向后现代条件下的文学与文学性本身";① 但反对论者对这此似乎并不"买账"。作为这一现代性文学性观念的开拓与奠立者，童庆炳延续了之前对文化研究的态度，坚决抵制终结论，捍卫文学边界和文学研究。他与米勒针锋相对，先后写了一系列论文，将文学与情感、实践、活动本质关联起来，从人类活动恒定本质层面申说文学不会消亡的本质。② 文学本质论随后遭到了反本质主义的尖锐挑剔，从整个情势来看，文学本质论或许赢得了道理，但却失去了"战场"。它维护了文学边界，却对边界之外文学动态及其潜能没有起码的侦察与评估。

实际上，在文学终结或蔓延问题上无论是反对者还是倡导者，也包括那些文化研究论者，并不会天真地以为文学真会消亡。他们也都不同程度地意识到文学跨界的事实，不过对于如何措置这一现象就存在本质差异：童庆炳将文学终结问题视为文学的边缘化、非中心化（摆脱政治主导后的常态化）以此反过来确证文学的合法性。还有论者大致以相同的方式将"文学性的扩张"冷处理为"审美的世俗化"。③ 文化研究阵营的分化比较明显，狭义的文化研究论者仍然立足于文学，主张打破传统文学性对文学研究的封闭，而文学的文化转向（可视为狭义的文化研究）意味着将文学研究重新置于复杂的文化网络以吸收文化研究的方法开展文学研究："文学理论或文学研究作为学科并没有在文化的转向中丧失自身，文学的跨学科努力，转向文化的开拓，都是基于文学本体的基点或立足点"。④ 当然，许多论者最终也由此转向了不属于传统文学领域却充具文学性、审美性、诗性的文化现象的研究（广义的文化研究）。余虹在文中所涉及的大众文化、商业政治等领域同文化研究的对象存有交叠，但他旨在将它们的文学性纳入文学范围，拓展文学概念，以更好地开展后现代文学研究。这正好与文学的文化研究相反，可视之为文化的文学研究。它确实对文学研究和文学的未来趋向作了及时反应与预见。不过，这并非易事，蔓延文学性的归属将成为难题。在反对论者看来，将那些虽具有审美性质却不以语言为媒介的文学性纳入文学，显然缺乏说服力。调和、折

① 余虹：《文学的终结与文学性蔓延：兼谈后现代文学研究的任务》，《文艺研究》2002年第 6 期。

② 童庆炳在《全球化时代的文学和文学批评会消失吗》（《社会科学辑刊》2002 年第 1 期）、《文艺学边界三题》（《文学评论》2004 年第 6 期）、《文学独特审美场域与文学入口》（《文艺争鸣》2005 年第 3 期）文中都有大致有相同的表述。

③ 吴子林：《对于"文学性扩张"的质疑》，《文艺争鸣》2005 年第 3 期。

④ 金元浦：《文艺学的问题意识与文化转向》，《中国人民大学学报》2003 年第 6 期。

中论者正是从这里找到了立论入口，他们在适度接纳文学性蔓延事实或对其价值有所肯定基础上，要么将这种蔓延文学性削减为传统文学概念下的一个属性，要么干脆将其直接转移到其他非文学的人文社会学科领域。刘淮南的"'文学'性≠文学'性'"的措置方式最具代表性。他将着眼于文学自身的研究称之为"文学"性，而散发在其他领域的文学属性则是文学"性"。① 有论者认为不妨将"文学性蔓延"改称"文学层次的局部重现"，它"就是一种文学作品多维性的局部转移，是文学特征或属性局部性地在非文学作品中的重现"。② 又如，有论者将"语言""审美"等作对文学性的本质规定，认为"蔓延文学性"只不过是这一本质的外在特征，而余虹、米勒他们误把"特征"当作"属性"，混淆了概念，即把不具有规定性的文学特征混同于具有规定性的"文学属性"。③ 刘淮南的做法显然比后二者来得干脆，他明确把非文学领域的文学性区别开来，从文学概念中加以剔除。这样，他就同文学性捍卫者一样，撇开了后文学性的干扰。后二者将后文学性裁剪、化约为狭义文学或现代性文学性的一个属性，这一削足适履的做法削去了后文学性特质，同前者一样不可能对其作进一步开掘。这体现了现代性知识生产方式对具有开拓性、异质性的后文学性的抽离化、非历史化加工与生产，是对后文学性新锐性、反叛性的剥夺。这样，在他们看来蔓延文学性也就没什么稀奇，在他们眼里《庄子》《史记》还是《圣经》《理想国》《共产党宣言》无不具有修辞、文学技巧。可见，调和论显得相当暧昧，它对"文学性蔓延"的反对恰恰无意中共享了其所反对对象的前提与逻辑。他们正是依照文学性蔓延的逻辑，方能在古典文献中看出到处存有文学性，甚至"一切人性之物，总是可以找出'文学性'的痕迹"。④ 这种对后文学性坏的应用其实模糊了后文学性锐气，不过这也再次说明这样问题的重要性：必须弄清后文学性究竟是作为一种特征、属性，还是作为文学成为文学的根据，即上升为文学定义。余虹显然意识到对"蔓延文学性"加以规范、界说的重要性。在随后的《白色的文学与文学性》中，借用德里达的"原型文学"创设"总体文学"概念。他区分了"狭义的文学"（狭义文学性）、"具有广义文学性的非文学的话语"（广义文学或广义文学性），它们同属于"总体文学"

① 刘淮南：《"文学"性≠文学"性"》，《文艺理论研究》2006 年第 2 期。

② 陈军：《对文学性蔓延争论的再认识》，《学术论坛》2007 年第 10 期。

③ 张志国：《文学性——扶不起的阿斗》，《社会科学论坛》2009 年第 7 期（下）。

④ 陈军：《文学性蔓延争论之检讨》，《文艺理论研究》2008 年第 1 期。

或"原型文学"。① 这一阐释既突显广义文学性（蔓延文学性）同狭义文学性之间的异质性，又试图将它作为一个文学概念加以建构。可见，"蔓延文学性"已经蕴含、预示着"后文学性"构建的重要逻辑与方向。

广义文学性、原型文学的创设为日趋萎缩的狭义文学拓展了新的场域与空间。不过，这仅仅是在文学概念版图上画了一个圈，它们究竟有多少内涵，是需要检验与佐证的。除了理论辨析之外，文学实践、文学现象及狭义文学性将是检验与评判的尺度。实际上，这一概念所体现的创构意图与方向本身也构成了对其阐释实践加以检验的重要参照。综合这些方面，"蔓延文学性"的阐释与构建总体体现出这样的特点，即预见性与模糊性兼具、洞见与遮蔽同在、新解与常识并存，整体上存在着这样的问题：1. 概念的混杂与游离。广义文学性作为属性文学性与作为根据或概念文学性的混杂，狭义文学的属性文学性与广义文学性的属性、特征的混同，造成对后者异质性的忽视。2. 总体文学概念的内涵发掘不足。对德里达原型文学的阐释还有一膜之隔，没能揭示其奇异本质，释放其衍生能量。3. 概念建构的停滞。对广义文学性概念潜能、原型文学对广义文学性的收摄潜能及二者间的关联、转换没有进一步拓展，对它们这一潜能与趋向缺少评估与预见。

蔓延文学性或广义文学性，主要按照在不同社会文化领域的分布来划分，总体比较驳杂且处于描述性性状，有必要从概念角度加以辨析：1. 以"狭义文学性"作为重要参照，根据同它的亲疏重新梳理：（1）哲学、政治学、历史等传统门类的文本，也包括以文字为媒介的广告文案、社论、新闻报道、营销指南等等。（2）符号、图像、表格等单维或平面的传统媒介。（3）文字、话语，音频、视频、电影、电游、网络等多媒介的综合或立体呈现。（4）新技术、新媒介等后现代语境下特定人群（明星、企业家、政治家等）特定商业、政治、营销、文化活动的话语机制与修辞。（5）新技术、新媒介等后现代消费环境下特定群体的经济活动、政治活动、商业活动、文化活动，人们日常消费行为、生活场景，等等。2. 根据文学性的性质与功能区分为：（1）作为成其所是的本体文学性（概念）。（2）作为技巧的属性文学性（属性）。

---

① 余虹：《白色的文学与文学性：再谈后现代文学研究的任务》，载于《中外文化与文论》，四川教育出版社，2003 年第 10 辑。

二

对于这种还夹杂模糊性的创建的发掘，不能是简单爆破而需要深入其内，在其停滞处使之重新运转起来，方是"活体"的移植。对这些家族性成员加以厘清之后，需要依照"蔓延文学性"的逻辑结构及潜能进一步衍生与拓展：

（一）后文学性只有同后形而上学（后本体）关联起来方能得到质的界说，而不能仅根据作为属性的文学性量的多少来断定。后形而上学发现形而上学所谓"至善""真理""绝对"不过是一种隐喻。这样，长期以真理自居的形而上学就没有资格以隐喻为由打压文学了，从而文学突破了哲学防线而赢得前所未有的空间。不过，后文学性本体的确立还需要再推进一步，而德里达则是这一关键环节的完成者。解构主义对形而上学真理之隐喻性质的暴露，并非要独断地取消本原或真理，反而是清醒意识到取消的不可能，进而建构后本体。德里达对"向日隐喻"的解构－重构，高度浓缩了其后本体、隐喻本体、原型文学的建构。后本体同形而上学本体的差异在于：本体或真理是不可知、不在场的，它们只能是隐喻的；隐喻之外没有所谓真理或本原，但又绝非什么都没有，本原就在隐喻中（本原废墟化），隐喻是本原的踪迹。[①] 这在本体层面上对文学观念的变革是巨大的：一方面围绕本原、真理而展开的隐喻都是原型文学，这不仅宣告哲学是文学，而且为文学概念通往未来提供了可能；另一方面真正奠立了隐喻或文学本体，因为文学或隐喻之外并没有所谓的本原，本原就在隐喻之中，隐喻与本原交叠了。这样，哲学、宗教原先围绕本原或真理所占有的空间都腾让给了文学。（后）文学与（后）本体交叠又不重叠或本体缺场而在场的"莫比乌斯带"，真正蕴藏着后文学性的神奇空间、奇幻本质及其动力。只有基此，"原型文学"方具有内涵而不是一块概念空地。余虹的蔓延文学性显然触及形而上学维度，这是他同流俗后文学性或反本质主义论者的区别所在。遗憾的是，他只完成了第一步就停滞了：一方面没有意识到对真理隐喻性的暴露只适用于对独断形而上学的批判，并不意味着取消本原。对后本体的忽视就看不到后文学性的吸纳、统摄潜能，就无法解释后本体文学性的新奇与奥妙，无法从本体层面吸纳以上我们所辨析出的蔓延文学性。

[①] See Jacques Derrida. *Margins of Philosophy*，trans. Alan Bass. Chicago：The University of Chicago Press，1982，pp. 250-252.

另一方面他不断强调真理的隐喻性、哲学的修辞性，然后不做区分地将它直接同社会现象域中的隐喻、修辞对接，同作为属性的文学性等同起来。这就不可能从后本体层面审视蔓延文学性以及进一步思考它上升为概念的可能性。

（二）本原或真理之隐喻性的暴露，打开了哲学、历史通向文学的口子。真理、本原的隐喻性宣告了围绕它们而展开的哲学是"原型文学"。这样，哲学、哲学史文本都潜在存有文学的结构与模式。美国学者罗伊斯就从黑格尔《精神现象学》中发现"教育小说的结构"，丹托借此从后现代艺术终结层面将这种哲学中的小说结构应用到对艺术概念、艺术史的阐发。[1] 不过，说哲学是文学，是就其本体、潜能而言。将本体或潜能直接应用到现象或等同于现实则是一种误用。笼统地说哲学是文学，或仅凭文学性技巧（属性文学性）在哲学文本中大量存在就断定说哲学是文学，则会陷入相对主义。如果没有从狭义文学层面对哲学文本加以重构或再生产，诸如可将《苏菲的世界》视为对某一严谨的西方哲学史的改写，就不能简单地说哲学是文学。将原型文学转换为狭义文学，既可以侧重从主题层面表现，如卡夫卡的《城堡》《在法律前面》，也可以从形式上呈现，如德里达对《在法律前面》的重构。笼统地说哲学是文学则会引起混乱。余虹显然已从真理隐喻性层面触及了原型文学，不过他在狭义文学的属性文学性与蔓延文学性之间直接滑动，将作为属性的蔓延文学性直接滑向总体文学性，相互之间并没有沟通，对于广义文学性上升为概念以及总体文学如何与属性文学性嫁接的环节还来不及做更多思考。

（三）属性文学性或广义文学性作为本体文学性的可能性。"蔓延文学性"将狭义文学之外渗透在生活方方面面具有文学属性的文案、图像、话语、行为、事件、活动都纳入广义的文学性。之所以将它们称之文学性，就意味着它们同狭义文学存有共通性。实际上，也就因为它们共享了狭义文学的文学技法、形式等，诸如，虚构、想象、故事性、叙事性、情节性、剧情、人物塑造、行为活动、隐喻修辞、抒情主体、戏剧冲突、喜剧效果、梦幻情境，古典意境、场景等等。这些文学技巧、艺术技巧、美学技巧、修辞技巧，并非狭义文学专有。这样，如果将其纳入艺术理论、修辞学、应用技艺、文化诗学等不就相安无事了吗？那么，为什么一定要用文学性呢？为什么一定要用广义文学性囊括它们呢？"广义文学

---

① 阿瑟·C. 丹托：《美学的滥用》，序言第 10 页，王春辰译，江苏人民出版社，2007 年。

性"只能是属性文学性吗？它是否可能上升为本体性概念？余虹在用这样的概念时表露了自己对文学、文学研究的真诚与困惑，他是在拒绝逃离文学情况下而作的概念拓展。这才是他不愿用艺术性、修辞学等其他能指的原因。这样做或许是出于摆脱文学自身研究危机的现实考量，或许也只是权且这么一用。但是，仅仅是这样吗？在我看来，凭借余先生的艺术修养与禀赋，及长期对西方形而上学诗学的眷注，他似乎在蔓延文学性中感觉到超越于这种经验、偶然性之外的东西。实际上，这一用法打开了从文学本体方面去探讨广义文学性概念的未来空间。这是他在后文学性构建上所留下丰富遗产。依照这一思路与逻辑，我们会有这样的发现或拓展：

1. 属性文学性不只是属性特征，而在戏仿文学概念。随着艺术性与实用性的融合，政治与企业宣传、广告设计不断艺术升级，策划者已不将这些策略仅视为手段。随着消费欲望的结构升级，品牌塑造的战略性提升，广告宣传的制作已经告别了过去粗陋阶段，其制作越发精良和隐蔽，比如李欣频的广告文案，克里夫·欧文所拍摄的大型宝马广告，大型的旅游宣传片，等等。这实际上是马尔库塞所言及的大众文化对美学的反升华，是对康德"无目的的合目的性"原则的倒转，即"有目的的合目的性"。在消费文化、大众文化不断获得艺术升级情况下，如果仅从文学、艺术技巧层面上去理解这些制品或简单地批判其实用性、功利性，也就有些隔靴搔痒了。这些制品的反升华已不只是美学技巧的利用，而是对文学、美学、理论等的全面反升华（改写）。在这种情况下，艺术与非艺术、文学与非文学、精英与大众等二元分判已难以对后现代艺术制品或文学性制品做有效批评。作为对审美现代性二重性的彻底贯彻者阿多诺，在其晚期对功能主义艺术的批判时已经意识到对对立面的反对很容易陷入了对立面的圈套。[①] 广义文学性对狭义文学的戏仿，其实已经向狭义文学观念提出了挑战，这也就是阿多诺、利奥塔、德里达他们不断在追问何为美学、何为艺术、何为现实主义、何为文学的原因，这一追问也就是后文学性概念的孕育与拓展。

2. 以狭义文学概念的发展及其本体地位的确立为参照，从新技术、新媒介革命中能看到了广义文学性趋向本体文学性的迹象：（1）技术媒介的"镜像世界"使生活世界作为文学文本的可能性。人被符号、物、商品包围着，它们作为媒介

---

① 陈开晟：《超越审美现代性的困境》，第 287—288 页，南京大学出版社，2014 年。

联系着人与人之间的关系，这里有明星、政治家、企业家、网红等主人公，也有寻常百姓，他们作为人物，演绎着各种故事、剧情。人在媒介容器中的一切犹如在文学假定性的框架之内。将媒介所维系的生活世界作为一个文学文本并非臆断，不妨从那些所能把握到历史史实或现实迹象加以佐证、构建：①资本主义把希腊神话的许多故事搬到了现实，将来科技或许也将把当前许多科幻文学、后乌托邦小说变为现实。②媒介消解、重构了生活与文学的界限，媒介对生活的策反、编织不断发生，媒介艺术与生活的相互穿越将更为日常化。③当生活比文学更加新奇、震撼、荒诞、悲剧时，文学就难以表征而代之生活直接上演否则它将沦为意识形态。诸如，在现实的房地产欺诈内幕面前，小说《春尽江南》中的房地产事件或许已经老套、陈腐了。④行为艺术已先行一步，行为文学不是不可能，诗歌、先锋派就保留着这一亲缘关系。（2）新媒介所制造的仿真现实向文学的表达提出了挑战，它催化着更具统摄力与表达力的后文学性的产生。不可知的自在之物"（康德）、对象 a（拉康）如何表征启发着后文学如何应对新媒介制造的仿真、崇高客体对表征的挑战。我们为什么需要文学？文学不过是宗教衰落后对宗教的替代。历史，神话、宗教、哲学都曾扮演着言说、表征本体的重要角色，而今天真是到了科技担负言说本体的时代。这正像麦克海尔所论断的，科幻小说迎来了自己的"本体"时代。① 不过，面对宇宙终极，科技不会是纯客观的，它同样会像宗教、形而上学一样制造幻象，这为后现代批评留下了空间。（3）文学既然具有宗教、神话的本体格位，那么行动文学同样是一种践履。后现代文学的共时性展开以及对提高读者在阅读中参与度的诉求，很大程度上缩短了文学阅读与网游之间的距离。

当然，当前大可不必将广义文学性生硬地安置到狭义的文学范畴内，但需要及时洞察、捕捉其动态并作相应前瞻性判断，而不是笼统、消极地期待文学概念的变化。② 就文学发展的经验和目前情况来看，以文字符号为载体的日常制品，诸

---

① Brian McHale，*Postmodernist Fiction*，London and New York：Routledge，1987，p.59.

② 陶东风认为诸如街心花园、美容美发、流行歌曲、广告时装等现象是否属于文学艺术"大可不必急于下结论"，"许多在当时不被视作'文学'的文本在日后获得认可的事比比皆是"。参见陶东风：《日常生活的审美化与文艺学的学科反思》，《天津社会科学》2004 年第 4 期。

如，纯粹的手机短信、宣传画册、旅游指南、时尚杂志等，将来或许有可能成为一种通俗的文学，而诸如纯粹的账单、法律条文、试验报告等文字制品或者非文字载体的空间艺术制品或者影像、图案、视觉、声音等多媒介综合制品，还在当前文学概念射程之外。不过，包括文学在内的艺术门类、人文学科的跨界、综合现象在后现代语境下越发明显，也是未来的趋势。因此，当下我们除了依照原型文学的潜能审视后文学性对它们重构与接纳可能性之外，也应遵循蔓延文学性不逃离文学的原则，探讨下后现代经验、蔓延文学性对狭义文学的创作、言说与表征方式的变革问题。后现代经验已悄然改变文学存在样式，催化出诸多狭义上的后文学性文本：三维空间技术已经植入儿童文学故事的绘本，后现代对现代性时间的颠覆已经大大地释放了空间，后现代文学明显地体现出空间化、共时化特征（如卡尔维诺的《寒冬夜行人》）；真理、上帝虚构性的掘发，作者的死亡（作者屁股的暴露）使得元叙事成为可能；政治所关涉的绝对正义乌托邦的消解，催熟了戏仿与反讽；互文的出现同空间、时序的开放以及虚拟空间的诞生无不关联；文学外部的学科、门类跨界正转移到小说内部的跨文类写作（如多丽丝莱辛《金色笔记》输入了大量新闻剪报、电影镜头脚本，等等）；图片、视觉符号、视频与文字之间的互文正成为后先锋小说的一种尝试，比如美国小说家劳瑞·安德森的作品；诗歌在吸纳视觉与图像元素方面有自身的先天优势，如卡明斯《落叶》、白荻《流浪者》、王润华的《绝句5：广告》以及像哈维尔等的具象诗，接近了造型艺术的空间布局；蒙太奇、3D技术使得文学作品出现了片段、截面、视点、拼贴的呈现；历史客观性的塌陷，其文本修辞性的暴露，为历史与侦探、小说的交错提供了可能（如艾柯的《玫瑰之名》），新兴科技对文学的影响远远超出当年的超现实主义，等等。后现代文学作品尽管改变了现代性文学的存在方式，但毫无疑问它仍是文学，这有力印证了后现代文学性或蔓延文学性作为概念的可能性。

三

后文学性、蔓延文学性、德里达解构文学性、卡勒与米勒的文学观通常被本质论者斥为相对主义、犬儒主义。在他们看来后现代主义就是反本质、反历史，后文学性根本无法得到界定，是"到处都可以贴的文学标签"，是自相矛盾、似是而非的。① 这一理解迷误的根本原因在于仅局限在经验主义层面审视后文学性，而对其形而上维度缺少起码的注意，在于对西方本体论、后形而上学、后本体论的隔膜。即便他们经常也会使用这些概念，但实际上却同它们的内涵相去甚远。其所谓的"形而上学""本体论"不过是偏狭认识论中的本质论，有论者对此可谓一语道破天机："我国思想界现在也有不少人喜欢用此词，可能是因为汉语翻译'本体'一词导致的误解，很多人实际上指的是'基本的''本质的'。这是误用"。② 国内反本质主义论者对后文学性的阐释也存在着相同问题，在反对文学本质论中暴露出相对主义，错误地以为后形而上学就是捣毁本体，反形而上学就不是形而上学。尽管少数论者凭借个人写作经验、批评禀赋一定程度上克服了相对主义，但由于后本体视域的缺乏，经验主义等高线的囚禁，根本无力改变这一局面。正是建基于偏狭认识论才导致他们对卡勒、米勒从本体层面论及文学性、对本体与真理的捍卫以及对文学性界说视而不见。卡勒在《论解构》曾总结性地说道，包括解构主义在内的批判家和作品，"都在穷于论证源生于作品的真理"；将"解构批评"视为"诋毁文学"，"一笔勾销意义与指涉性的流言"，则"荒悖得近于滑稽了"。③ 还有，对卡勒在谈论"文学是什么""文学性"过程中的"杂草说"以及对"抓不住文学本质"之宣告的理解，同样无视其从本体层面来谈论本质这一重要语境："从某种意义上说，文学深层的永恒的主题即文学的不可知性；对于绝对的文学追求而言，作品标志着某种程度的失败（布朗绍，1955）"。④ 卡勒这话只有从本体论层面理解方能到位，文学面对永恒主题的"不可知性"，这很自然让我们将它同康德不可知的"自在之物"关联起来。还有，卡勒所引用的布朗绍的观点及文学作品恰也是德里达经常提及与引用的。布朗绍、马拉美的作品之所以为德里达所推崇，很重要的原因在于它们涉及本体、绝对及其不可言说性。米勒也如此，他在《文学死了吗》谈及文学秘密时，无论亨利·詹姆斯的"绝对"，本雅明的"纯语言"，白朗修的"海妖之歌"的"歌之源"，德里达的"文学作为完全的他

---

① 童庆炳：《文学独特审美场域与文学入口》，《文艺争鸣》2005 年第 3 期。

② 赵毅衡：《新批评文集》，序言第 19 页，百花文艺出版社，2001 年。

③ 乔纳森·卡勒：《论解构》，第 256—257 页，陆扬译，中国社会科学出版社，1998 年。

④ 马克·昂热诺等编：《问题与方法：20 世纪文学理论综论》，第 39 页，史忠义等译，2000 年。

者", 始终都是基于本原层面展开的。许多本质主义论者从本质、客观性层面攻击米勒的文学终结论, 实际上米勒并没有少谈文学的客观性。只不过他所谓的客观性不是独断形而上学的客观性, 而是德里达从胡塞尔那加以重构的"意向客观性"。正是这一先验客观性, 他认为即便把《奥德赛》《追忆似水年华》具体的文本销毁了, 其客观性仍然存在。[①]

后文学性从根本上不可能荡开与本体、真理的关联, 而这一关联方能诠释所谓的文学本体论。对形而上学的反对必然牵连着形而上学, 这是德里达最为清醒的洞见: 正是从这一牵连中看到了(后)形而上学的"坚硬内核"。[②] 只有从后形而上学维度方能真正理解解构主义的真趣, 继而解开后文学性之谜。德里达并没有在解构主义之外谈论后文学性, 而通过对隐喻、模仿等诗学范畴的解构—重构及"雌雄同体""处女膜"等概念的创设实现对后文学性低限度的界说。特别要提到的是, 他对解构文学性(后文学性)的阐释区别于大多本质主义论者从理论到理论的演绎, 而始终结合着文学文本及实践, 诸如, 哑剧《皮埃罗弑妻》, 卡夫卡《在法的门前》, 等。我们可以仿照康德对审美判断力的说明方式, 把对德里达对后本体—文学性(原型文学)界说的几个契机加以呈现: 第一, 从认识论看本体(文学自在之物), 本体则是"无""空", 但这"空无"并非真的"乌有", 而是本原废墟化为踪迹, 潜隐在"现象"(康德意义上)之中。现象也因为本原空无的栖居而不只是现象, 它处于一种本体的欠缺状态。第二, 现象、踪迹不是本体, 它完全可能是对本体的遮蔽, 但除了踪迹之外并没有所谓的本体。这就是现象的反客为主。第三, 这种空无的本质, 具有一系列二律背反及其变体的表征, 诸如, "雌雄同体""处女膜"、莫比乌斯带。第四, 本体的塌陷与空无化, 释放出异延的能量与本原的否定性, 是后形而上学、后文学性的动力。第五, 后文学性并非对现代性文学性的独断拔除, 也不再同它构成逻各斯中心主义框架下的二元对立。它的合理性已从后本体否定视域下加以重构与呈现。

只有基于文学性的后形而上学维度, 后文学性的理解迷误方能得到根本消除, 后文学性的先锋性、创造性、动力方能得到掘发。后本体揭开了后文学性的秘密与内核, 展示了后文学性源自后本体的巨大吸附力、牵引力、囊括与统摄力。德

---

① J. Hillis Miller. *On Literature*, London and New York: Routledge, 2002, p. 79.
② 韦尔默:《后形而上学现代性》, 第 313—315、318 页, 上海译文出版社, 2007 年。

里达反复追问的文学性或文学奇异本质正源于此处。原型文学的这一奇异内核，为文学应对未来的挑战提供了潜能。回到这里，后现代文学中的诸多创造性方能得到解释，后乌托邦文学与科幻小说也正是从这里确立了本体地位，展示其奇幻的世界。余虹在《解构：反抗哲学的文字与文学》中继"文学性蔓延"的阐释之后对后文学性做了相应的建构。他从"文学：不模仿什么的模仿""文学：一种没有本质的历史性规约"等三个方面界说后文学性，[①] 触及了后文学性许多重要维面。但是，由于现代性框架的制约，导致他在关键环节与后文学性内核失之交臂。解构逻各斯中心主义、颠覆形而上学结构与秩序，并非易事，任何对它的反对都可能陷入其构筑的圈套。德里达后文学性，依照余虹的逻辑可以作如是概括，"不是模仿的模仿""反对本质的本质"，等等。这其中第一个"模仿""本质"都比较清晰，它就是形而上学的"模仿（理念）""本质"，是其框架内二元构件中起主导、支配的那一项。但是后一个"模仿""本质"就具有不确定性，它会因阐释者理论视域的差异而不同。如果接受者的范式是形而上学及其后裔现代性框架，那么后一个"模仿""本质"就会是形而上学框架下二元构件中处于被支配的一项，即"模仿（感性）""非本质"（历史）。逻各斯主义秩序的强大在于任何对其支配项的反对、任何对立面都是它的镜像。德里达所要克服的正是这一点。余虹正是在这点上没有彻底地摆脱逻各斯中心主义，其"不是模仿的模仿""不是本质的本质"仍具有逻各斯中心主义及现代性的残余。以"文学：一种没有本质的历史性规约"为例，他从德里达对卡夫卡《在法的门前》的解构中得出"神殿没有实体性的神，法屋里没有实体性的法，文庙里也没有实体性的文学"的判断。这是对形而上学独断论和逻各斯中心主义的废黜，但他始终在现代性、审美现代性框架内去阐释"本质"。这使得他同一般的反本质主义的阐释没能区分开来，造成相同的后果：第一，在现代性框架内用"历史"对抗"本质"。既然德里达说文学没有本质，那么文学就是历史的建构，是现代性、审美现代性进程的历史建构，就是对本质的"否定"。这种否定在审美现代性上表现为审美的超越性、否定性，在现实社会中体现为资产阶级对专制权威的否定与超越，即对启蒙、自由的维护。实际上，这也就是伊格尔顿经常说的审美现代性的双重性，康德美学是其典型表征。

---

① 余虹：《艺术与归家：尼采·海德格尔·福柯》，第 379—381 页，中国人民大学出版社，2005 年。

这种否定并非是本体（自在之物）、后本体层面的否定性。第二，与后历史、考古学混杂，始终停留在对"本质"的神话或意识形态暴露，专注于披露所谓本质与权力共谋。这种阐释一般都会夹杂着尼采、福柯、巴特的学说气息，并将其纤弱化、抽离化、经验化，未能真正触及后形而上学真正内核。把德里达对形而上学本体之白色神话的曝光直接移用到社会现实的权力领域，显然混淆了本体域与现象域。过多黏滞于经验历史维度及对权力神话披露的迷恋，则可能弥漫着相对主义，后本体、后文学性得不到有效发掘与界说。

德里达为阐释后现代文学及文学未来趋向提供了空间。只有后形而上学维度的后文学性方能为统摄那些不属于狭义文学的"蔓延文学性"提供了一种可能。从这里出发，能够更加从容地考察、统摄文中所列举的那些"作为属性的却又不属于狭义文学的文学性"的动态及其上升为作为概念文学性的可能性。只有后形而上学文学性能掘开后文学性的奇异本质。它向我们预示应以怎样的理论格度与方式其应对、接纳它们。齐泽克之所以能够从拉康的对象 a（自在之物的变体）那里出发，对后现代大众文化、通俗文艺进行酣畅淋漓的发掘与演绎，其奥妙也就是在这个节点上。当前，能够最有力确证蔓延文学的前瞻性并从狭义的艺术门类概念对其加以支撑从而看到其未来广阔空间的，倒是后电影理论与实践的全面展开。在后电影中，生活直接成为电影的场景，观众告别了影院的幽闭空间，直接成为事件人物，或干脆走到成像机器的后面"自导自演"，出现了导演、观众、演员、人物共同参与、同时发生、共时呈现的"大当即"，电影之所以是电影在于其"生成过程"。[①] 后电影不仅瓦解了电影原有固定空间、银屏框架，也改变了观者与电影自身以及它们与现实世界的关联，诸如：理查德·林克莱特的《少年时代》，前后拍摄跨度12年，演员一直从6岁成长到18岁，现实与影片、电影内外人物高度叠合。在未来中，文学文本空间与现实生活空间的叠合也并非不可能。

（原载《石河子大学学报》2019 年第 6 期）

---

① André Gaudreault，Philippe Marion，*The End of Cinema? A Medium in Crisis in the Digital Age*，N. Y.：Columbia University Press，2015，p. 1-4.

"幻象"的表征与规范

——齐泽克后本体电影理论的批判性构建

齐泽克既是理论"黑马",又是文化领域的"跨界好手"。哲学、精神分析学、电影、小说、歌剧、笑话,他信手拈来,互释互证;而其中哲学与电影间的联姻更是一道醒目的文化风景。齐泽克以幻象会通哲学、电影,以幻象界说电影,而其言说风格也充满了幻象。它跨越存在论与认识论,在理论与社会现象间穿行,时而激进深刻,时而保守世俗,批判犬儒主义却也深中其毒。显然,不用质疑他在当前西方文化、电影理论界的影响及其对文化未来走向的预示性。不过,这决不可能是现成的,而需借助合理支点与参照,开展有效批判,方能显露其创见面容。我们将通过康德—马克思批判方法对其柏拉图—黑格尔化了的理论加以还原,在其哲学与电影理论间实现跨越性批判及对"幻象"的规范性发掘,以显露其电影理念对电影未来趋向的重要性,而绝非像它的批评者所言,既低沉了哲学也弄残了电影。

一、幻象变体的本体与认知还原

"幻象"是拉康哲学中与"实在界"(颠倒的本体)相关的重要范畴。齐泽克通过电影等大量通俗文化将其直观呈现,实现其电影理论构建。幻象,要将它解释清楚并非易事。一般的本体论措置过于玄奥,要么缺少规范,要么无法使之敞开;而一般的认识论则过于独断或流俗,无法抵达其内核。在现代经验、日常语境中,幻象即表面、不真实,或某种梦幻、幻觉、下意识、欲望幻想。这一理解经验也就暗含着，与幻象相对立的真理这一对立面，以及如何去除幻象而获得本质这一心理驱动。在齐泽克、拉康那里，"幻象"并没有荡开经验现象，但经验主义、心理主义的裹缚，后现代主义对认识论的废黜及对本体的独断取消，对于趋近幻象内核都制造了障碍或幻象。

什么是幻象？搬用齐泽克的术语，幻象是"不可能的X（凝视、欲望）"，就是"黑洞""空位""匮乏""病兆"，或是拉康晚期精神分析学中"对象a""实在界""原质"那些家族性概念。不过，这显得十分概念化，变得更加晦涩。齐泽克大获成功的关键，在于诉诸电影、绘画、科幻与侦探小说，贯通形而上学与通俗文化，使玄奥本体，变得可观、可感。齐泽克拾掇的细节、场景总是十分惊艳、骇人、突兀，它们从常识的边缘处喷发，冲击接受者的认知范式，催发接受者领悟经验之外的存在。幻象首先是一系列奇异的幻象客体及其变体。它可以是某种畸形、缺失、残骸，诸如，希区柯克《群鸟》中被啄去眼睛的面部，大卫·林奇电影中的"象人"。幻象也可以是某种极富吸引力的空场、黑洞、空无禁令，而这种空无却到处散发出空无的奇异力量，并以撒播方式或踪迹般地存有，诸如，电影《放大》中主导网球比赛却不存在的"网球"，卡夫卡小说中由看守重重看护却并不存在的"法屋"。这些幻象的典型变体是二律背反的各种相关物，不可解决的悖论体或雌雄体，诸如：电影《疑影》中姓名、心理重叠又相斥的夏理舅舅、夏丽外甥女，哑剧《皮埃罗弑妻》中杀妻与被杀者雌雄同体，等等。这种悖论体，有时呈现为距离之谜、循环深渊，无法解开的扭结或倒错，诸如：在梦里主体永远无法抵达目标或捕获客体；面对险境越抗争越危险或总是动弹不得；出现看与被看、主体与客体的颠倒；接近目标却是背离目标，就像《伊利亚特》阿喀琉斯无法抓到赫克托耳。悖论体有时则衍变为盲视，可以是界限、隔离带，穿不透的屏幕；盲视，即日常说的"睁眼瞎"，就像电影《X档案》中所言的"真相就在那里"（却视而不见），或是爱伦·坡《失窃的信》中眼皮底下的"信"。作为界限或屏幕，可以是有形的也可以是无形的。有形的就像电影《太阳帝国》、科幻小说《乔纳森·霍格的倒霉职业》中的汽车屏幕；而玛格利特《这不是一支烟斗》中词与物的区隔则是无形的。这种具有阻拒性的屏幕或膜状，有时高度浓缩为删除号、横条，插入主客体或蜕变为无法抹除的斑污，造成主体或现实分裂；有时则呈现为无来源的声音、没根据的意外，诸如《后窗》中来源不明的"女高音"总阻碍主人公行男女之事，电影《中产阶级拘谨的魅力》中导致三对夫妇始终无法聚餐的偶发事件。此外，幻象客体还可以是某种庞大、超验的幻有、幻听，或高度仿真、失真的具象，或十分平常却又十分致命的物什，等等。

这些碎片化了的幻象变体，几乎是混杂在齐泽克那些家族性文本丛中。当然，齐泽克也曾结合希区柯克的电影以及科幻小说对这些幻象客体在认识论层面做过相应分类。① 不过，这种分类显然无法囊括幻象本体。实际上，齐泽克无论通过电影直观呈现，还是认知层面分类，都在暗示着他所要阐释拉康的幻象本体或幻象公式："S◇a"。这一公式中，"a"又称"对象 a"，又译"小他者""小客体""小对形"，是拉康三界中"实在界"相应概念。公式中，S 是理性、主体；对象 a 既激发了 S，是 S 趋近的目标，又对 S 加以拒斥，是 S 无法抵达的区域。这样，S 始终背负着删除号，它们之间始终隔着◇，而这块方形就是齐泽克用之界说电影的所谓"屏幕"。理解幻象公式的关键在于对象 a，而只有上升到本体的理论格位，幻象变体方能摆脱流俗与经验的囚禁而生趣盎然。同时，只有将作为精神分析学范畴的对象 a，还原到与之相关的康德的概念与范式，才能从认识论最高层面得以规范与澄清。对象 a 就是用"不可能的/真实的物"替代康德"本体之物"。② 在康德那里，幻象是理性对本体的冲动及其不可能的表象或征兆；而对齐泽克而言，幻象就是主体对实在界（本体变体）的冲动及其不可能关系。以康德对本体的勘界为参照，齐泽克、拉康的幻象公式就能释然：康德将存在划分为本体、现象，理性只能认识现象而不能认识本体，否则将陷入独断论；但理性又对本体怀有冲动，本体也在蛊惑理性，而理性一旦闯入本体就必然造成幻象。幻象是先验的，即便知道是幻象而非真理也无法避免或革除。尽管本体不可知，却是现象的基础，也是康德学说的基础。尽管康德学说宗趣在于德性，但其学说中的二律背反及所有扞格，都在暗示着自在之物（本体）的踪迹。从认识论的主客体二元结构来看，对象 a 是主体内面的自在或绝对主体，它与客体位置的自在之物（自在客体）正好处于内外两端，它们都是主体认识对象，且互为镜像；从存在论言之，绝对客体就是绝对主体，二者相互交叠、雌雄一体。齐泽克所及的那些奇异的幻象客体

① 可参见齐泽克：《斜目而视》，第 229—233 页，季广茂译，浙江大学出版社，2011 年；齐泽克：《意识形态的崇高客体》，第 248—253 页，季广茂译，中央编译出版社，2002 年；齐泽克：《不敢问希区柯克的，就问拉康吧》，第 7—11 页，穆青译，上海人民出版社，2007 年。

② 齐泽克：《易碎的绝对》，第 99 页注释，蒋桂琴译，江苏人民出版社，2004 年。

总体都可视为康德二律背反及其矛盾体的具象变体。

综合齐泽克对幻象变体的图说、分类以及康德对本体的批判，对幻象（客体）所蕴含着的契机可作如是发掘：第一，空场、乌有、缺场，就是希区柯克电影中具有核心功能的"麦格芬"，即它不是"麦格芬"或者不知道是什么或者是否真正存在，但不妨碍它起作用。它就是《三十九个台阶》中的战斗机图纸，《海外特派员》中秘密条款，就是卡尔维诺《寒冬夜行人》中缺席了的第 33 页，等等。第二，一系列奇异的矛盾体、雌雄体，界限、地带、屏幕，最典型的就是"莫比乌斯带"，还可以是无限大、无限小，缺陷、畸形（本体的残余），超验或非人等相关物。第三，主体趋向幻象（本体）或本体幻象对主体源源不断地驱动。第四、普通、世俗的日常客体或人，实际上因不在场的本体附着而大显神奇。诸如，电影《眩晕》中活着的"玛德琳"，《美人计》中的钥匙，波普艺术中的许多物件，等等。

二、幻象本体的先验还原与辨正

齐泽克除了通过电影等通俗文化对幻象加以图说，显然少不了哲学层面的阐释，其中这些关键点值得注意：第一，幻象不是欲望的满足，不是"实现主体的欲望的场景"，而恰恰相反，幻象是欲望本身。第二，幻象主导着主体欲望以及主体的构建与方向，是欲望的发动者："正是幻象这一角色，会为主体的欲望提供坐标，为主体的欲望指定客体"，"正是通过幻象，主体才被建构成了欲望的主体，因为通过幻象，我们才学会了如何去欲望"。[1] 第三，幻象是"现实"的支撑物。幻象比"现实"更真实，而"现实就是梦"，就是"一个幻象建构"。[2] 第四，幻象帮助主体抵御虚无，防御他者欲望的深渊，帮助主体逃避实在界的空无或创伤，而主体正是在幻象中维持了自身的一致性。第五，幻象作为主体"不可能的凝视"，它就是凝视，即对主体的凝视，从一个主体无法看到的地方凝视主体，看着主体的生产。

幻象这些特质的最大特点是，有悖日常经验与认知方式。当然，它们并非完全排斥日常或心理经验，在日常生活中我们并不缺少相同的体验：在做私密事时，

① 齐泽克：《斜目而视》，第 9 页，季广茂译，浙江大学出版社，2011 年。
② 齐泽克：《意识形态的崇高客体》，第 64 页。

总觉得有人在看我们，在暗夜里走路，对声音或影子经常会幻听、幻觉；日常所言"人在做，天在看"不就是他者或超验凝视？我们不也经常感叹"生活/现实不过是一场梦"？对这些现象的日常认知会将其归结为心理作用、心里有鬼等等。在幻象客体对主体的塑造、控制方面，也不乏这样的事实，比如，深受消费物、虚拟符号所蛊惑的主体或恋物癖患者，就是深受客体幻象的操纵并构建起他的现实世界。对这些幻象，日常的解释首先会认为幻象是虚假的，可以革除的，通过批判，真相会浮出水面；其次，会以多数人为尺度认为这只是个别人一时的幻觉或错误行为，或是一种病态心理。这些日常经验与解释，要么把幻象神秘化、异化，要么把它庸常化、心理化，显然无法触及幻象的核心与高度。齐泽克的幻象理论并不拒绝日常经验，但首先不是或不应是这些日常说法。

从日常认知惯习出发，对齐泽克幻象理论必然要作如是发问：幻象本作为欲望客体又为何反过来成为主体的同时将欲望翻转为客体？为什么是幻象支撑现实？幻象为何是对主体与现实的维系？与理性意识相关的幻象，为何必然关联着视觉？幻象之谜或幻象本体只有深进到先验主体层面，回到康德、胡塞尔对幻象之源的本体所作的规范批判中方能得到说明：首先，幻象是理性驱向自在之物（康德）/实在界（拉康）而显现的表象或本体变体。康德粉碎了认识论将本体实体化、客观化的独断，将其还原到主体先验维度，幻象就是"先验幻象（幻相）"。从经验层面，幻象是主体的客体，在主体之外，但还原到先验层面客体就是主体，就是先验意识，在意识之内。拉康、齐泽克每每所言的，在主体之内又超出主体，[1] 既不是客观的也不是主观的，理应在这一层面理解。至于幻象客体的先验主观性，这在胡塞尔那里变得更为清晰；在其"意向性原理"中，一切皆意识。无论是存在、上帝，甚至康德的自在之物，都是先验意识或意向。由此，看似作为欲望客体、欲望实现场景的幻象，恰恰在主体这边；它是欲望的呈现，也就是欲望本身；幻象的不可革除意味着欲望的不可能性，而欲望的不可能恰是欲望本身。其次，幻象作为先验意向，是一构型框架，其功能相当于康德的先验图型。在康德那里，先验图型是概念得以可能的重要媒介，它确保了经验内容与先验范畴的一致，认

---

① 齐泽克：《意识形态的崇高客体》，第 246 页。

知也因之得以可能。① 先验幻象类似于这一机制，它拨动、主导着欲望及其内容构造。② 幻象这一机制，可直观地称之幻象框架。它作为对象 a 的内核，框定、构建、支撑现实。幻象框架不是实体，而是一无形框架，形似绘画中的空白。现实感的获得有如画面边框对画面感的呈送。齐泽克用电影《后窗》解释幻象机制，即"后窗"的本质是"幻象之窗"：一方面对于坐在轮椅上的斯图尔特，窗外发生的一切就是他的世界，它受到窗户边框的调节与生产；另一方面窗外幻象反过来调动了斯图尔特的欲望，驱使处于观者位置（现实中）的斯图尔特去行动，诸如调虎离山、让女主人公去勘察究竟，等等。再次，奇异的幻象变体、悖论性及幻象屏幕功能，只有在本体（自在之物）在康德、胡塞尔先验还原的差异性中方能得到根本澄清。康德对本体批判先验转向的革命性，在于意识到自在之物的不可知性。胡塞尔曾受惠于此，却对之多有挑剔。依照其所致求的彻底意向性还原，自在之物仍有独断嫌疑，即它具有意识之外某种实体的痕迹。不过，康德先验感性论的智慧在于，它没有离开现象论及自在之物，而且是从现象域否定反思层面加以推导；借助否定性反思，自在之物不但具有不容置疑的先验客观性，且它处于先验反思层面而在意识之内。实际上，胡塞尔意向性还原也不可能将自在之物彻底取消或悬搁。他最后所追求的绝对我思不能不令人将它与上帝变体关联起来，即内面的超级主体。在获得纯粹我思还原中，其学说充满危机，非纯粹、他者幽灵般地纠缠着他，说明所谓绝对主体是不可能的。齐泽克正是基于自在之物不可废、绝对主体不可能这一点展开幻象的。在康德那里，道德、至善竖起强大屏障，抵挡自在之物对理性的进犯。在齐泽克那里，自在之物的变体则遍地开花：主体分裂、背负删除条，现实是废墟、匮乏的，畸形、污点随处出没，到处是黑夜、黑屏、空洞，"这儿跳出一个血淋淋的头颅，那儿跳出一个白色的幻影"。康德、胡塞尔对自在之物还原的差异，正显示了其奇异性：双重性、背反性、内外或主客交媾体，外部即内部，主观的客观性，等等。认识论遭遇本体，注定了主客体的两可性，主客体一定是相反相关的。③ 幻象则具有濒临空无与抵抗虚无的双重悖论：一方面背后是虚空、欲望深渊，作为空无本体的变体鼓动着主体靠近；另一

① 参见康德：《纯粹理性批判》，第 138—145 页，邓晓芒译，人民出版社，2004 年。

② 参见齐泽克：《意识形态的崇高客体》，第 166—177 页。

③ 参见齐泽克：《享受你的症状——好莱坞内外的拉康》，第 176—179 页，蔚光吉译，南京大学出版社，2014 年。

方面又是空无与主体间的一道屏障,拒绝主体过分靠近,提防主体为空无吞没,而对于空无所致的创伤则通过幻象框架的构型,维系着世界与现实低限度的一致性与意义性。

齐泽克电影理论凝视概念的特质在于欲望主体(看)与幻象客体(被看)的颠倒、眼睛与盲视的二律背反。幻象的先验还原为凝视的澄清提供了可能。在先验意向还原普照下,幻象客体作为意识主体十分了然。但它又绝非仅是主体,幻象本体的不可彻底还原显露了它的客体性。凝视的折返现象与康德主体遭遇本体而折回在意识内部做否定性反思是一致的。这样,凝视概念中的客体作为主体、视力的折返回看就能得到规范解释。幻象本体的先验还原,实现了对将凝视超验化或心理化的双重批判与超越,避免了将回看客体视为超验存在或将回看视为心理移情现象。齐泽克所及希区柯克电影,诸如《迷魂记》的头颅、《群鸟》中被啄去双眼的尸体等那些具有折返回看功能的客体,都是本体在先验还原下的凝视表象。色情电影中看与被看主客颠倒现象十分普遍。不过,齐泽克绝非蛊惑主体为香艳场面捕捉而"瘫成一堆客体",因为好的色情片,诸如《蓝丝绒》《大开眼戒》,恰在于图说一种性关系(性本体)不可能而折返激发主体反思的能量。正因为凝视关联着先验而不只是经验层面的看与被看,所以当言说主体分裂或绝对主体不可能时切换到视觉图像就很自然,诸如,《沉默羔羊》中女特工克拉丽丝非常专注地与食人狂汉拔尼在监狱沟通与对决时,他们上方直接出现了汉拔尼的清晰影像。眼睛的二律背反置于本体先验还原的存在论维度同样能得到说明。齐泽克在谈及凝视时所及画面通常是,无限大(小)、超清晰(模糊)、扭曲、折射、凹凸剧变、污损、斑点,等。这些画面显然阻止了视觉、眼力的统摄,破坏视力聚焦,若从经验层面只有消极意义,但视力局限恰暗示了无法收进眼底的本体存在。齐泽克正是基此说,视力局限、盲视却是对眼睛、视力自身的确证。

三、幻象—电影的批判性发掘与构建

齐泽克通过科幻、侦探、悬疑、奇幻电影图解幻象这一哲学范畴的过程,也悄然展开对电影的界说。既然幻象是供人投射欲望的(电影)屏幕,那么电影就是供人投射欲望的(幻象)屏幕。他对电影艺术的解释采用典型的后理论方式,何为电影问题始终栖居于对电影、小说、绘画文本的解读,而不作抽离概括或演绎。齐泽克所解读的，诸如海史密斯小说《黑屋子》、玛格利特绘画《窗户的附近》、影片《黑客帝国》等这些典型文本，都不难看到他通过屏幕幻象对电影所作的隐喻及对幻象－电影理念的本体建构。

《黑屋子》说的是美国一个小镇上，每到晚上男人们就会聚在一酒吧谈论过去的记忆、经历。话语都涉及荒郊－荒凉古屋。有关黑屋子说法很多，谣传有鬼出没、有疯子，有过凶杀案，关键它又都同他们的青春相关，在那里第一次约会，第一次抽烟，等等。男人们形成一种默契，任何人都不要接近它。可是，一位刚到镇上的年轻工程师却决定去看个究竟，回到酒吧宣称，所谓黑屋子不过是破败不堪建筑，什么可怕的事也没有。众人骇然大惊，将得意扬扬的工程师打死。齐泽克在《斜目而视》中两次聚焦"黑屋子"，第一次突显黑屋子作为幻象屏幕对于人类生存的重要性，工程师之所以被打死在于他摧毁了男人们生活意义的支点。黑屋子就像放映电影的屏幕，男人们谈论黑屋子的情形，有如日常中我们观看电影或就某一奇幻电影展开讨论。这一屏幕就像《放大》中那不在而在的网球那般存在。所以，齐泽克第二次干脆将黑屋子与对象 a 等同，它就是一空洞屏幕，供主体投射幻象或书写。[①] 齐泽克讲述黑屋子就是给我讲述何为电影，他通过黑屋子赋予电影艺术防御、抗击空无的本体地位。小说结构同玛格利特《窗户的附近》非常相似，画作上窗户是半开的，透过窗玻璃看到的是蓝天白云，而透过敞开缝隙，则是一片漆黑、一无所有。这两个文本展示了屏幕及半开窗口的幻象机制，触及现实的虚构性及本体的空无。《黑客帝国》中的矩阵，也是一块电影屏幕，齐泽克甚至将矩阵对人类的操控同现代电影装置相提并论。

齐泽克在阐释拉康幻象中介入电影，电影并非其直接出发点。这引起了电影界一些学者不满，最大的公共事件是卡罗尔、波德维尔这些后理论电影研究论者所发起的批评。他们批评拉康、齐泽克忽视电影的差异性，将电影文本笼统放入精神分析学的大熔炉，导致电影无不成为验证拉康理论正确的工具。[②] 齐泽克电影

---

① 参见齐泽克：《斜目而视》，第 13、230 页。

② 关于后理论家对拉康、齐泽克电影理论的批评，可参见鲍德韦尔《后理论：重建电影研究》（中国社会科学出版社，2000 年），齐泽克对此加以回应并全面展开电影理论与批评，可参见其所著《真实眼泪之可怖》（武汉大学出版社，2018 年）。国内对这一公共事件的关注与研究，可参见刘昕亭：《波德维尔为什么错了：论齐泽克对大卫·波德维尔的批判》（《北京电影学院学报》2015 年第 1 期）。

理论确有同质化的一面，其电影理论的本体向度与社会历史如何沟通也需深进，但那些批评却看不到齐泽克在电影理念的开拓性，也低估了他对电影文本细读的专业水准。齐泽克将电影与幻象并提，是基于二者内在关联度，而并非只是工具性的。偏狭的经验主义、历史主义批判显然无法洞悉齐泽克在后理论时代对电影艺术所作的本体奠立以及对电影趋向的预示，而这恰是在对诸如《黑客帝国》这样文本的批评与重构中实现的。

在齐泽克看来，电影中的矩阵就是一面巨大的幻象屏幕，具有如是功能：抵挡本体空无，让"真实荒漠"变得可忍受；屏幕决不能彻底封堵空无，幻象不可能被驯化/美化；不可彻底幻象化、屏幕化的本体（实在界），即幻象本身，终是凝视而非被观审的客体。① 这里，电影与幻象、电影内的矩阵屏幕与电影外的电影（屏幕）神奇地相互关涉与交叠，幻象即电影。齐泽克通过对《黑客帝国》的重构，使之成为一个从根本上是讲述幻象本体、幻象维持的问题。影片给人最震撼的在于披露了两大秘密：所谓现实不过是被编码了的虚拟世界，一个由数字矩阵操作的世界；人类主体看似自由，实际上不过是给矩阵母体充当电池的囚徒。不过，对齐泽克而言，影片的意义并非对秘密的披露，也不在于如何摆脱矩阵控制、解救主体诸如此类的布道。他依据主客体幻象的交互性认为，受支配性不但是幻象，而且是人类需要维系的幻象。由此，将倒错的幻象翻过来才是影片真正要说的：只有在主体被操纵、支配这一幻象的支撑，才有"积极的能动者""自由的能动者"。② 人类是自由的，但却需要被囚禁的幻象支撑。这就是人类生存的秘密，需要在苦难或苦难幻象中获取生命，就像影片特工史密斯说的，"人类定义其现实的标准是苦难和悲惨"。显然，齐泽克对主流看法的倒转，首先是在本体层面言说的，就像康德那里，自在之物控制着人类却也激发出德性尊严。不过，在康德那里知性理性是被禁止进入本体域，而支撑着整个人类存在的是德性。齐泽克和德里达一样闯入这一禁区，一方面出现了本体的乌有化以及本体隐匿于尘世，另一方面现象则弥漫着本体踪迹，并频频出现在原质（本体）位置上，即后形而上学（后本体）幻象。康德那里能够与本体配称的是人的德性，而齐泽克则代之以幻象。可见，齐泽克奠立了幻象的本体地位，它是人抵御空无、人成为人的理由，

---

① 参见齐泽克：《享受你的症状——好莱坞内外的拉康》，第 282 页。

② 参见齐泽克：《实在界的面庞》，第 294—295 页，季广茂译，中央编译出版社，2004 年。

人类在现实中借着它实现了个体价值与内部协调，具有存在论意义。幻象是以艺术而非道德、知性、宗教方式奠立的，而且这一过程中艺术也获得本体确证，艺术之外没有幻象。这同德里达对后形而上学的构建是一致的，文学艺术（隐喻）不再成为再现或隐喻真理、本体的工具，喻体与本体叠合，喻体之外没有本体。文学艺术在后本体时代真正迎来了自己的本体地位。当然，并非所有的艺术类型都生逢其时，齐泽克将这一资格赋予科幻电影，奠定了电影的本体地位及未来空间。

电影将成为后本体时代重要艺术类型，而外宇宙奥秘、人类主体内宇宙的探索将提供重要素材与空间。虚拟、数字技术对传统媒介艺术挑战是空前的，不只是文学，电影同样缠绕着死亡的声音。但是，电影艺术与哲学的联姻却正成为趋势，探索宇宙、心灵本体的科幻电影正由边缘走向中心，并由俗而雅。齐泽克通过电影文本的阐释宣告了他对传统电影的批判以及对能引领未来的电影理念。在齐泽克眼里，电影不应是主体欲望满足和实现的对象，不应成为观众沉浸、移情的客体。他在谈到《黑客帝国》数百万人像胎儿浸泡在羊水中给矩阵充电的细节时，突然将这个场景延伸到现代电影景观。影迷观看电影，沉迷于机器所制造的场景，就形同被绑在椅子上成为电影囚徒。这种境况很容易想到柏拉图洞穴寓言这一最早的原型电影。齐泽克通过屏幕客体的改变来改造主体，进而变革电影观念。幻象电影的客体是能够折返为凝视的，它粉碎了通过电影屏幕实现绝对主体的可能，破坏主体世界的一致性，迫使主体思考、批评与行动。齐泽克以此理念展开电影批评，改造了粗鄙、感伤的色情电影与怀旧电影。好的色情电影或怀旧电影保持了和谐的不可能，决不为观众提供庇护港或净化场，而将遭遇心神不宁、不确定性或者他者的凝视。基此，他也对作为电影本质的蒙太奇加以重构升级。蒙太奇技术看似能够涣散主体，但要真正实现本体凝视是需要条件的。齐泽克以《惊魂记》中屋子与人物的拍摄为例，展示对电影镜头分析的专业水准：要实现屋子的凝视，要避免使用中性镜头把屋子客观化而导致去神秘化。同时，也要避免主体化，不能将镜头置于屋子内拍摄正在走向房子的人物。尽管这种拍摄给人感觉有某人正盯住走向屋子的人物，似乎也能起到惊悚效果，但这只是人的盯梢而并非原质的凝视。

齐泽克电影理论改变了导演、观众、电影人物的关系。在他电影理念模式中，具有反思性的观众扮演着十分重要的角色，观众不会再投入电影虚构域中不能自拔。在传统电影中观众容易沉浸其中而忽略荧屏的存在，而幻象电影则将屏幕横亘在观众前，涣散其注意力，就可能出现导演、观众、人物共时化呈现。齐泽克对《黑客帝国》的批评本身就创构了一个共时化电影空间：他作为一个观众、批评者既可以关涉电影内容中的矩阵充电者，也可关涉传统现实中的观众。他在批评过程中，从电影虚构域人物，跨到了传统被动性观众的现实域，又转向作为新型观众（齐泽克自身）所在的空间。这样，就出现导演、观众、人物共同上演的场景。齐泽克批判传统电影对观众的奴役，必然把矛头指向电影屏幕与观众之间的安全距离，而他推崇希区柯克的电影很大程度上也在于那些惊悚电影在体验上取消了安全绳。依照这一批判逻辑，齐泽克所心仪的恰是缺少这种安全距离的电影类型或拍摄技巧，而这就瓦解了现代性电影的本质。这意味着与艺术中的行为艺术相仿的电影类型将成为电影家族中非常重要的一员，生活场景就是一块电影屏幕，原有的电影与生活关系将反转过来。这或许能从电影专业层面解释，为什么视频直播、户外无保障攀爬拍摄有如此受众。

　　齐泽克的幻象电影与电影批评让我们看到电影现在与将来的生死性，它开拓了电影新的疆界。不过，其洞见又常夹杂着迷糊与盲视，他几乎混淆了康德、马克思通过批判而实现的本体与现象、第一自然与第二自然规范错落。本体幻象显然不能与社会历史现象混同，不能将难以解决的宇宙本体直接置换为社会历史难题，反之亦然。齐泽克的理论，恰在这些问题上显得混乱，诸如"没有犯法就没有法律""没有犯错就没真理"这样的命题，如果不是基于本体格位，那么就犬儒主义十足。像对《黑客帝国》批评所言"没有奴役就没有自由"这样的话语，同样需要语境限制。对于幻象本体或实在界或对象 a，除了通过宗教、艺术言说加以显露之外，仍只能通过科学的方式趋近。作为引领电影未来的科幻电影，只有通过科学、物理学、天文学的规范，削去想象胡闹与创新焦虑，方具有引领性。齐泽克深受康德、马克思批判哲学的影响，显示其批判锋芒，但浓厚的黑格尔主义、柏拉图主义几乎要葬送了理论创建性，只有借助康德－马克思批判哲学的棱镜加以规范发掘，其洞见方能显露，科幻电影的展开方能真正做到"模糊的精确""精确的模糊"。

（原载《当代文坛》2019 年第 4 期）

元电影、后电影与后人类药理学

——贝尔纳·斯蒂格勒电影理论的跨越性批判与发掘

　　相对于后工业数字技术时代的社会文化情势，法兰克福学派的阿多诺、霍克海默当年对电影工业文化的批判难免显得有些老套或背时。第四次工业革命以来，文化工业整个局面较之批判理论时代出现吊诡的逆袭：一方面他们所批判的电影媒介在被不断宣告死亡中显得有些暮气，另一方面包括电影在内的数字工业制品却呈现为几何级数般增长。法兰克福学派的电影工业文化批判堪称经典，其所达到的高度几乎框定了后来者阐释、批判的空间与模式。① 这意味着，在数字工业时代重新触及此问题，不仅需要理论勇气，且必须找到新的理论站位及有效进路。这确是一需认真直面的事实：经典的批判虽显深刻却十分无力，工业文化制品与批判相逆成为不可阻遏的潮流，而对这段批判公案的诸多阐释其公允评判背后终究显得有些隔岸观火。这一现象不禁令人困惑、生疑：倘将电影工业制品视为"毒药"，那其毒性是否具有先天性？即便看穿它的毒性，消费者仍趋之若鹜。斯蒂格勒将批判触角深进到先验维度，发现电影结构与意识机制间深度同构与关联，并通过构建"第三持留"这一与电影相关的重要范畴展开电影文化工业批判。这既体现出学术问题史意义，也彰显了批判的当代性。不过，第三持留理论表现为

---

　　① 这包括批判美学修正、批判美学与大众文化辩证关系、批判美学与先锋派、审美现代性与后现代性阐释，理论界已有不少研究。参见陈开晟：《超越审美现代性的困境》，第107－113页，南京大学出版社，2014年；陈开晟：《功能主义批判的美学高度：西奥多·阿多诺晚期美学思想再发掘》，《闽江学院学报》2018年第1期。

解药与毒药兼具的"药理学"特性。① 我们将通过"跨越性批判",② 显露意识自带的解毒机制、幻象电影内核，呈现后电影与后人类的缠绕与交叠，为迷失方向的超感知持留确定方向提供可能。

一、作为持留的元电影与批判再问题化

"第三持留"是斯蒂格勒电影工业文化批判理论基石，而这主要通过对康德、胡塞尔先验意识机制的还原与重构：从胡塞尔"意识持留"理论与康德"纯粹知性概念的演绎"中洞见意识活动所具有的"电影特质"，从而发掘"意识犹如电影"命题，即构建了"元电影"（Archicinéma）;③ 通过日益突显的技术客体，确立被胡塞尔否定的"第三持留"（塑像、油画）合法性，将电影作为第三持留家族成员的典型加以构建；依照德里达反客为主的替补原则,④ 颠倒"第三持留"与"第一持留"内外关系，以突显第三持留的重要性。

意识转瞬即逝，如何"持留"意识、发掘其"纵向结构"，构成现象学意向性难题，即意识如何意识自身问题。意识总是对某物意识而无法依靠自身显现；离开意识显现载体，纯粹以意识或意识时间为分析对象使现象学意向性分析陷入困境。1905 年开启的"内时间意识现象学"探讨，胡塞尔找到了通过一个本身具有

---

① "第三持留"呈现解药、毒药兼具的药理学特质，这源自德里达解构柏拉图的名篇《柏拉图的药》。参见：Jacques Derrida, *Dissemination*. London：The Athlone Press Ltd, 1981：128−133.）斯蒂格勒延续了这一用法，将第三持留视为解药，但他为强调第三持留合法性而没能将始源性解药贯彻到底，反而偏离了德里达而更具形而上学色彩。

② "跨越性批判"，源自柄谷行人对康德本体先验批判方法的衍生及对康德与马克思间的批判实践。它忽视批判对象的差异而着眼于批判方法与对象的相关性而展开跨越性关联与批判，在批判过程突显批判自身（参见柄谷行人：《跨越性批判：康德与马克思》，第 7−34 页，赵京华译，中央编译出版社，2011 年）。斯蒂格勒通过批判康德、胡塞尔而构建的第三持留理论具有浓厚的非批判性，本文将通过跨越性批判将被颠倒的幻象倒过来。

③ Archicinéma，方尔平译成"大电影"，陆兴华、许煜则译成"元电影"。这一术语并非直接源自英文 metacinema（元电影）而是源自德里达的 archiécriture（原型或本源文字）。在汉语文化背景中，"大电影"难以直接呈现其内涵，"原型电影"则切近原意，但也比较隔。译成"元电影"，与 metacinem 也大致能对应，表示"关于电影的电影""指涉电影自身的电影"或"电影的衍生机制"，等。

④ 德里达反客为主的解构原则，即"替补"对本原的优先性，但不同于形上学机制下的二元对立或相互取代。参见陈开晟：《德里达后文学性接受的批判与发掘》，《南昌大学学报：人文社科版》2019 年第 6 期。

时间性的物体（客体）进行意识分析的有效路径。这个时间客体的最大特质是，其时间流必须是与以之为对象的意识流重叠。胡塞尔当时所发现的这一真正"时间客体"就是"音乐旋律"。我们之所以能听到旋律而非单个声音，要归功于"持留"机制（第一记忆或原生回忆）。"持留"的最大特性是与"感知"相伴，而感知则意味着"现时""当下"。显然，如果声音片段一直处于感知当下性或者消失了，而不能通过回忆将其保留或当下化，都不会产生旋律。可见，"持留"构造了一个个"过去的现在""刚刚的曾在"，胡塞尔形象地称之为"彗星尾"。当旋律完全过去后，对这一运动旋律的回忆，就是"次生回忆"（第二记忆），其最大特质是"想象""再造""当下化"（被当下化的当下）。① 面对胡塞尔的"持留"机制，斯蒂格勒作为德里达弟子，可谓得其真传。德里达从柏拉图那里看到了哲学的隐喻本质，而斯蒂格勒则从胡塞尔这里看到了"电影"：持留以及与持留相伴的表象或持留客体是意识的投映及其屏幕；持留表象或客体作为意识的统一性，也是我思的呈现以及自我的构建与投映；持留作为机制，对意识的遴选与配置，有如电影的剪辑与蒙太奇装置，每一持留都是意识流的一个影像切片。鉴于这种相关性，斯蒂格勒非常精妙地称胡塞尔的电影是"闪回"。

事物在意识中显现、感知状况及事物自身作为现象在意识中持留与构建，胡塞尔较之康德有很大推进。不过，从胡塞尔更为精细的持留机制回到康德那略显机械、粗放的综合统觉机制及先验图型法，在康德意识捕捉现场的"慢放"中，先验哲学的先验电影特质及作为意识元电影运作机制将变得更加清晰。认知发生的意识机制确是纯粹知性一块神秘而不确定的区域，康德从 1781 至 1787 年曾用两个版本（A 版和 B 版）加以勘察，并最终都保留其合法性。在斯蒂格勒看来，无论是 A 版的三重综合"直观中领会的综合""想象中的再生的综合""概念中认定的综合"，还是 B 版的"形象的综合""智性的综合"，无不指向"意识犹如电影"，综合所展开的意识活动"均具有电影的特质"。② 斯蒂格勒与德里达一样，重构并非无中生有，而是在解构对象就地取材，在边缘处出奇制胜。"概念"通常给人的印象是抽象、确定与强制，尤其经过阿多诺他们从"暴力"层面对其讨伐，我们很难将之跟具象、直观的电影及建基于"感知"的意识持留关联起来。正是

① 胡塞尔：《内时间意识现象学》，第 69—83 页，倪梁康译，商务印书馆，2017 年。
② 斯蒂格勒：《技术与时间 3》，第 59 页，方尔平译，译林出版社，2012 年。

第四辑 后文学本体转向与跨界

沿着斯蒂格勒的线索，重新回到康德对"概念"的演绎现场，便会发它同"持留"或"电影"机制的相似性："概念"的德文本意就是"抓住""把握"；概念所及有关对象的知识之所以可能，是离不开一个将直观到的东西结合到一个表象中的"意识"。在康德那能够确保经验直观与纯粹概念同质、能统一意识本身的图型法，曾因阿多诺他们将之与好莱坞电影关联而不断被聚焦。但顺着斯蒂格勒的提醒，重回到康德，就会发现它实际上比阿多诺所言及的要丰富得多："概念的图型"不仅是"表象"，而且这表象并非现成的；图型将感性的形象与概念关联，但形象则"不与概念完全重合"；图型法作为"人类心灵深处隐藏着的一种技艺"，它难以"毫无遮蔽地展示"。① 回到康德勘察的原初不难发现，阿多诺他们所谓好莱坞电影已完全破解这一机制的论断之片面性。

斯蒂格勒不仅从意识内向度及其持留机制中发掘意识元电影，而且通过对持留的重构，将电影作为"第三持留"这一可作为内意识的外在化、客观化且贯通内外的形式加以建构。在胡塞尔那，第一持留与第二持留严格区分，第一持留与感知相伴，具有原初性；而第二持留不属于感知，它通过想象而实现"当下化"；第一持留具有优先性，而第二持留最大问题是导致原初的"变异"。根据这一原则，胡塞尔将内部的"图像意识"及其外化的实物客体（塑像等）排除在持留之外，因为它们将造成原初印象的当下化（人为化）。胡塞尔这么做更深的现象学考量在于，是否真正实现意识本身"被给予"或"自身显现"。尽管第一持留并非意识自身，第二持留也非原初感知，但它们不像作为实物客体的持留物会对朝向事物自身还原造成障碍。斯蒂格勒对此十分不满并从这里歧出，而用意识的技术客体代替被排除了的图像客体并作为第三持留（第三记忆）加以确立。胡塞尔通过音乐旋律这一时间客体确立第一二持留，而斯蒂格勒则用这一客体的录音技术及其唱片制品取消第一持留的优先性及其同第二持留的对立：录音技术的震撼在于它非常直观地暴露了第一记忆仅是意识的持留而非意识本身，第一持留也是意识的遴选而并没有抓住意识全部。斯蒂格勒不乏洞见地认为正是作为第三持留的唱片，方能非常明显地看到想象在感知中的介入，即第一持留纯感知的不可能，它并不比第二持留更趋近意识自身。他用自己炼铸的范畴"代具""义肢"作为意识本身或本原的"替补"确立了第三持留的合法性。斯蒂格勒继而做了关键性推演：

---

① 康德：《纯粹理性批判》，第117—141页，邓晓芒译，人民出版社，2004年。

首先，没有外部（意识代具/第三持留）哪有内部（意识自身）？没有"边缘和堤岸"就没有所谓的（意识）"流"。① 其次，作为外部的第三持留也在意识内部，甚至是内部的内部而非在第一二持留外部。这整个建构方式显然是德里达式的，几乎是对德里达重构柏拉图太阳隐喻等经典解构战役的如法炮制：柏拉图以太阳为例目的指向真理，德里达却说太阳理念终究是个隐喻而非真理本身；就通过隐喻显现真理而言，太阳理念同现实感性太阳、绘画艺术的太阳并没有区别。同理，第三持留因其同意识本原的关联，自然在意识内部，对意识本身的呈现并非比第一持留更低一等。德里达、斯蒂格勒并非在做文字游戏，在意识本身或自在本体无法彻底显露情况下，代具显然有资格作为把握它们的一种替补。我们甚至除了借助代具，别无选择，这就像只能通过镜像来反思性地把握自身的脸那样。斯蒂格勒以相同的运思提醒到，没有想象就没有感知，现实所包含的想象性（非现实性）只有在被虚构后方能更好被感知。斯蒂格勒就是这样以反客为主的方式实现了对胡塞尔持留理论的重构，并将电影制品作为第三持留的当代典型加以界说。

斯蒂格勒通过对"持留"的发掘与重构全面升级法兰克福学派的电影文化工业批判理论及其相关问题。霍克海默、阿多诺已将康德图型法与好莱坞关联起来，认为康德预见了好莱坞的一切而好莱坞则是对"图型法"最好实践。② 不过，阿多诺他们面对现实社会问题的重压及对第一哲学的不信任，不可能将批判所触及的问题往先验维度进行深度发掘，无形中也将康德图型与概念机制的丰富性削减为概念工具的偏狭强制。如何在阿多诺他们著述中重新发现先验图型与电影生产模式间的关联，曾为法兰克福学派电影文化工业批判的阐释提供新的空间，但遗憾的是诸多阐释者仍局限在这样层面，即控诉"概念装置"对大众知觉、判断、领悟及其世界图式的控制与扭曲。③ 斯蒂格勒展示了电影工业背后更为广袤的元电影天地以及意识自身与电影的复杂缠绕。这无疑对批判提出了空前挑战：我们几乎不可能再像过去那样简单而粗暴地控诉电影对意识的控制；当指控电影对意识操控时，却即刻要意识到意识自身就是电影这一悖论。

---

① 斯蒂格勒：《技术与时间 3》，第 95 页。

② 霍克海默、阿多诺：《启蒙辩证法》，第 83 页，曹卫东译，上海人民出版社，2006年。

③ Eric L. Krakauer, *The Disposition of the Subject*：*Reading Adorno's Dlialectic of Technology*，Illinois：Northwestern University Press，1998，pp. 35-37.

二、作为第三持留电影制品的毒性

第三持留电影制品是内意识电影、意识元电影及其时间客体的外在化，电影技术的出现与革新为意识电影的物质化生产提供了可能。意识元电影领域的发掘，为电影制品控制大众意识的批判较之法兰克福学派电影工业批判提供了更本源、深广的视域。不过，第三持留及其理论是解药，更是毒药。第三持留技术在意识外部从历时、共时层面对意识内面全面工业化之可能，将造成大众意识控制的全面升级而出现斯蒂格勒所言的"存在之痛"，而斯氏第三持留理论的非批判性同样挟带着幻象毒性。

只有录音、摄像技术的出现，一个趋近意识结构的时间或流动客体方能成为现实。故事对故事欲的满足，故事结构与欲求结构相契合，是叙事艺术能影响乃至控制意识的原因。电影叙事也不例外，电影事件故事、主人公命运与观众的重叠，促使观众走进幽闭影院、沉浸于屏幕方块。斯蒂格勒揭示了电影技艺的特殊性，其"根本原则"在于两方面的重合：通过过去的当下化，出现过去与当下重合而生发"真实性""现实性"；作为时间客体的电影之流与观众的意识流相重叠。这种相似结构使观众对影视制品高度认同，甚至导致生活与影像混同。第三持留电影将带来更严重的后果，即对大众记忆或持留机制的改变：它将在感知的非纯粹处植入想象，回忆或想象的当下性感知获得升级，第一、第二记忆不再对立，它们相互渗透，最终导致无法区分"感知和想象""现实与虚构"。在阿伦·雷乃《我的美国叔叔》中，二战前的明星让·加宾作为电影虚构人物勒内·拉格诺的记忆植入影片，虚构与现实便相互扭结；更为直接的例子是安东尼奥的《蚀》，当电影中证券交易所宣布一位经纪人死讯时，直接插入一个持续56秒的无声镜头，电影时间与现实时间直接缝合。这是发生在共时向度上现实与虚构的叠合，而在意识历时向度上同样如此。斯蒂格勒举了罗兰·巴特《明室》中刘易斯·佩恩即将被执行绞刑的例子，当看到绞刑前几个小时佩恩的照片时，观者的直觉是他将死去。这不仅是过去的当即化，而且是"先将来时"。斯蒂格勒最终通过对费里尼影片《访谈录》插入费里尼之前作品《甜蜜的生活》片段的分析，综合展示了虚构与现实、感知与想象、过去—当下与未来的多重交叠以及作为第三持留电影对胡塞尔意识持留结构的全面重构。

费里尼在《访谈录》中自导自演，他在《甜蜜的生活》男主角扮演者马塞罗·马斯楚安尼陪同下一起拜访《甜蜜生活》女主角扮演者安妮塔·艾克伯格，晚上三人一起观看 30 年前拍的《甜蜜的生活》片段。安妮塔在影片中扮演观看自己，她在《甜蜜的生活》中青春靓丽而 30 年后年华不再。从既看过《甜蜜的生活》也看过《访谈录》的观众角度切入，这一场景带给观众非常神奇的多重体验：第一，呈现三种观众、三重持留、三重时间叠合。三重观众分别是曾看过整部《甜蜜的生活》的观众又正在看《访谈录》的观众以及《访谈录》中（纪实层面）正在观看《甜蜜的生活》片段的三个人物；被嵌入《访谈录》中的片段，三次被观看，它是第三持留（30 年前的胶片内容），也是第二持留（这个片段引发观众将 30 年前观看记忆的联想与当下化），还是第一持留（《甜蜜的生活》在观众观看《访谈录》期间一直被体验、感知、持留）；三重时间重合表现为，在安妮塔、观众那，过去、当下以及将来（先将来时）在生命的流逝体验中重叠了。第二，胡塞尔原有的意识结构被改变，第一持留与第三持留的位置颠倒了。电影胶片《甜蜜的生活》作为外部的第三持留在《访谈录》中走到了电影内面（内部的内部），并催发了身在外部正在观看此片的安妮塔和观众不断地感知与体验。《访谈录》中正在观看《甜蜜的生活》的人物则既是真实人物（纪实层面）又是故事的人物，处于内部与外部之间，兼具虚构、现实特质。第三，现实与虚构、感知与想象叠合，难以区分。《甜蜜的生活》这一爱情影片原只是虚构故事，但它作为第三持留成为《访谈录》中真实人物安妮塔以及曾观看过《甜蜜的生活》而正在观看《访谈录》的观众记忆的当下体验。当安妮塔在观看影片片段而自我审视时，观众显然也不经意地反观自身，他们共同地感知到生命的流逝；虚构的《甜蜜的生活》成为他们现实的一部分，而不再是故事或虚构。这并非仅限于电影，随着第三持留技术模拟—数字时代到来，它早已走出观影体验、生命感知与意识半径而现实化为社会生活中的事件。影像虚构与现实的混合正不断现实化，视听录制现场、影像直播与现实同时发生与到来；最震撼的，早些有美国挑战者宇宙飞船爆炸的现场直播，后有 CNN 对美国入侵伊拉克的战场直播。这不是故事或新闻，而是事件现场。这种场景在今天也并非只是政治、社会事件的专利，视频直播已进入寻常百姓家。随着信息光速传播成为可能，事件的"输入""接受"与"读取"几乎同时发生，借助 5G 和 AR（混合现实）、MR（增强现实）一场北京和深圳共同开展的远程手术延时不到 0.2 秒，手术的第一二现场难分伯仲。事件的叙事与事件已变得难以区分，数字幻象与现实混淆，媒介反客为主事件已植入日常生活，相信"度娘"而不信任医生现象也就不甚奇怪。媒体并非只是辅助工具，它参与事件的制造。第三持留通过改变事件结构，进而改变了生活与现实：事情只有被报道之后，才会"发生""来临"；[①] 媒体对"发生的事"的重构等级，决定了现实的结构。

斯蒂格勒一直强调只有从第三持留层面，即持留技术与科技、持留内意识构成、持留在意识的内外位置，方能解释大众意识图型的一切得以工业化、电影制品得以"影响全球几十亿人的内感官"以及一个有关意识制品的资本与市场得以形成的原因。作为第三持留影片内容的虚假运动可视为内意识流动的外化，而蒙太奇装置通过观者遴选、剪辑与运动则可视为内意识流动的"自我统觉""自我构建"的现实化。反之，作为第三持留的电影，它作为制品虽在意识外部却因与意识内部的关联，其展开自然会被大众视为自我的组织、投映与构成。意识关联内外、向外敞开的独特位置为意识的外化与生产打开了天地：意识成为工业化的原材料，在时空上高度物质化；第三持留使意识可以交换、销售，"一个广袤的意识市场在 20 世纪末完成了构建"，供不断投资与收益。第三持留制品对意识的最大冲击在于拗断意识流的历时性而作共时呈现："信息机器的即时性遴选和持留机制"的操控，建构"一个永久性当下时刻"，记忆成为一个"巨大空洞"，"与过去失去了联系"；意识的高度共时化，导致我思与自我特殊性、自省性的丧失而趋向高度同质化，"我"被掏空了，"我们"解体成为泛泛之称。[②]

第三持留的特质及其构建方式，决定了第三持留理论作为法兰克福学派电影文化批判理论解药，也夹杂着幻象而毒性十足。首先，它较之法兰克福学派更深广地披露大众意识深受控制的深层原因，但面对意识及其机制遭受意识市场与资本控制的升级，号称是从康德到马克思尚无前例的第三持留理论，却无力担负批判职责，加剧了第三持留人造幻象所致的不安与恐惧。其次，第三持留理论反客为主的原则是对康德、马克思、胡塞尔曾勘界与措置的本体、先验与经验、现象界限的颠覆，其僭越或混淆必然造成似是而非的幻象。依照"没有第三持留就不会有第一持留"原则将第三持留误用到本体领域，就会得出没有电影制品的控制

---

① 斯蒂格勒：《技术与时间 2》，第 131—132 页，赵和平、印螺译，译林出版社，2010 年。
① 斯蒂格勒：《技术与时间 2》，第 131—132 页，赵和平、印螺译，译林出版社，2010 年。
② 斯蒂格勒：《技术与时间 3》，第 100—105 页。

就不会有自我或自我构建的荒谬，就会呆钝或有意地将那些意识深受影视媒介控制的消费者（经验层面）误认或想象为意识的自我确证与构成（本体层面）。同样，将本体简单挪用到经验层面，就会出现判断的平庸，诸如"没有康德著述（第三持留）就没有康德思想（第一持留）"这种斯蒂格勒式的废话，等等。再次，第三持留作为原意识的替补，容易趋向非批判的形而上学魔性。斯蒂格勒正是借此轻易地在第三持留、形而上学与电影间滑行，他从形而上学看到电影，直接将二者叠合为形而上学电影，柏拉图成为第一个演员而苏格拉底则是第一个电影人物；为伸张第三持留的正当性，将其起源关联到希腊神话，即艾比米修斯给动物分配技能时因遗忘造成人类先天缺陷而需要"代具"增补。这些关联或隐喻不乏想象力，却出现了前批判形而上学与后形而上学交媾底色。

三、解毒机制还原与幻象电影内核

面对第三持留制品遭受市场、资本与技术控制以及意识、自我全面同质化，以下将通过康德、胡塞尔的批判与还原，回到意识持留的原初与毒性本源，把第三持留理论的颠倒幻象倒过来（不是取消），进行分离、提取以显露意识本源自带解药的机制：否定性与差异性的本源批判力量，意识自身的幻象电影内核及幻象电影同意识自身或自我本质的本源关系。这里将看到后人类与后电影及它们缠绕共生之端倪，从中能洞悉如何应对、收摄人工智能这一当前最高级别的第三持留客体形式。

斯蒂格勒在"意识犹如电影"这一章第9至14节围绕"意识流统一""纯粹自我""意识先验统觉"是否可能及"我思"是否具有"明见性"等问题的分析，几乎触到意识先验机制的内核："意识的同一性"不可能，其可能性"只能以被投映的方式而存在"；"我思"存在"裂缝"，具有"不相符性"；"自我"作为理想，"仿佛美术作品中的没影点"，是"虚构""假象"。[①] 实际上，这正是后形而上学语境下理论家十分迷恋而不断生发的地带：拉康那背负删除号的主体，德里达"法屋"背后的"乌有"，齐泽克的"空洞""黑夜"，等等。斯蒂格勒从胡塞尔那里汲取的"不相符性"裹挟着后形而上学与前现代神话色彩，他用德里达"异延""他

---

① 斯蒂格勒：《技术与时间3》，第80—85页。

者"以及艾比米修斯所致的"原始缺陷"来会解"不相符性";第三持留作为不相符性替补的合法性必然以它的实体化封闭、技术物化为代价。这既造成了意识本源否定性批判的失范与模糊,也导致本源反思力量的尘封。只有回到胡塞尔意识先验还原的原初,真相方能显露;意识不相符性或意识的映射性,根本上涉及意识纯粹还原、彻底悬搁的不可能性。为了趋近意识坚硬内核,胡塞尔在现象学发展的整个过程先后高度辨析并设置了一系列相对相关的家族性概念:感知—意识、内感知—外感知、体现—共现、原初—再造、感知自身—感知立义、意识自身—意识客体、原意识—后反思,等。这些区别与设置都排除了心理经验层面的外部对象、客体或实体,一切都在意向性之内。在"意向性"原则下,一切皆是意向运动产物,"理念""上帝""自在之物"概莫能外。之所以说现象学是致力于构建严格科学,就在于避免超越性;任何超越都可能造成独断或人造幻象。胡塞尔为此既恪守意识内在性,又为能在内向度找到那个非超越性的支点而层层创设以上所及的系列概念(不妨用 A、A' 分别表示这几组概念的前项与后项)。现象学难题在于 A 是抵达意识自身可靠支点,但 A 只能以"被给予的方式"在场,只能通过 A' 获得,而这必然会有"变异",A 一定是非 A。康德在先验统觉演绎时已触及这一难点,"思维的我"无法直观到"自身的我",我们无法按照"自身所是"来认识。[1] 尽管胡塞尔通过"非课题化"等方式试图将 A' 还原到 A,但"意识自身""纯粹自我"最终只能是"映射""非相应性",必然带有"超越""预设"色彩;[2] 而在康德那,同样多处显露意识先验统觉的困难。[3] 康德、胡塞尔赋予批判真义,即否定性与差异的不可削夺性及反思与解毒的本源能量。"空无""乌有"这些后形而上学范畴只有基于先验或本体批判性维度方能避免犬儒主义流俗化。

第三持留制品对意识控制主要借助超强共时化、客体复制,导致个我与他人、本原与复制品、被持留者与持留客体间差异的消失,出现斯蒂格勒所言的"无区别化""沙漠化",造成质问与判断力丧失或反思的无效。康德、胡塞尔的还原与批判,在先验层面,即理性最为牢靠支点,为反思、质问与判断提供了可能。这就是基于纯粹自我的不可能以及意识自身与意识客体间不可被压缩的差异。它们

---

① 康德:《纯粹理性批判》,第 103—104 页。

② "映射""相应性""预设"等现象学关键词内涵,参见倪梁康:《胡塞尔现象学概念通释》,北京三联书店,2007 年。

③ 参见康德:《纯粹理性批判》,第 90—103、320 页。

正成为后形而上学电影艺术或批判理论聚焦的主题、素材，呈现一系列家族性批判范畴，诸如："空无""残缺""视差""凝视"，等等。汤姆·提克威影片《香水》几乎从知觉本体诠释了自我残缺及自我的不可能。残缺并非主人公格雷诺耶独有，他之所以实现从罪犯到天使的戏剧性反转，在于其味道唤醒众人对自身缺陷的意识。斯蒂格勒正是在这一意义上称，"理性是一种必需的缺陷"，这一"重大缺陷"正是"生命的契机""个性化"原则。① 格雷诺耶最后并没从刑台的释放获得自我，而自愿通过被舔食、上演"欲知本味""自食其心"的场景来自我确证。影片《低俗小说》上演的同样是主体的不可能，它通过同一人物在不同碎片故事里的角色互换，解构了"主角"或"黑帮老大"。主体的本体残缺，在齐泽克那通常是"黑色的主体"或普遍中的"例外"，② 这是一种"否定""原反思"力量。这种本源性反思避免了自我反思因指涉循环所致的无效，它在批判他者残缺的同时使自身支点崩溃，自己就是他者；电影《银翼杀手》《天使之心》（Angel Heart，1987）正是以此直观地展示自我同一的本体难题。

纯粹自我或自我同一的不可能同自在本体的不可知相关，在康德那先验统觉的困难在于意识始终无法统摄物之本体，即意识与自在之物因而与自在之我之间无法取消的差异。后来海德格尔将其发展为存在论差异，即存在与存在者差异；柄谷行人对这种差异从视觉作了极具批判能量的"视差"建构；齐泽克由此演绎了其重要著述《视差之见》。本体视差、自在之物并不玄奥，它就像我们的脸确然存在，但即便借助镜子或他人描绘，脸自身同"像"之间仍存在不可取消的差异，无法抹去脸的他者。奠基于本体视差的反思，能够避免日常经验中即便是"站在他人角度"最终都可能蜕变为"我的"反思。③ 康德批判哲学本体批判的彻底性正在于此，既避免神秘主义，也不滑向相对主义。齐泽克的"凝视"则是主体与本体间发生短路而产生客体对主体的折射回看或窥视、盯梢现象。当主体闯入自我、他者本体，一些遭受本体附着的日常物件、身体部位就会回报以凝视，诸如：电影《群鸟》中被啄去眼睛的面部，影片《放大》中主导比赛却不存在的"网球"，等等。"凝视"之所以出现主客体的颠倒及视觉关联，回到康德、胡塞尔措置自在

① 斯蒂格勒：《技术与时间 3》，第 242—256 页。

② 齐泽克：《延迟的否定》，第 60 页，夏莹译，南京大学出版社，2014 年。

③ 柄谷行人：《跨越性批判：康德与马克思》，第 20—23 页。

之物的差异性方能释然：自在之物在康德那一定是无法彻底意识化的他者（客体），而在胡塞尔那它却在意向之内（主体）。

胡塞尔为了显现那个可靠的意识"支点"，不容任何超越因子或形而上学僭越，但整个还原过程又总濒临"超越"蛊惑，始终充盈矛盾：一方面作为现象学还原目的的牢靠支点，它理应具有同一性，但另一方面这一支点又必然带有"裂缝"。这种双重性对胡塞尔而言是重要而不可或缺的，纯粹意识、绝对自我不可能，但它又是必要且最终不可悬搁。他即便坚持纯粹自我同一的必要性，但这种同一依然是最低限度或是否定性的：一方面它只能是"空乏""无内容"，即康德所言的"没有任何内容""无关任何对象的"纯形式；① 另一方面它又"空而不空"，具有"朝向"等衍生能力的"联系方式""关系方式"。② 基此，方能精准领悟意识最为内里的奥妙："幻象""映射""虚构"具有必然性与不可取消性，但幻象超越又始终内在于"不可能""不相应性"。这就是先验意识同一即幻象电影的坚硬内核："先验幻象""先验同一"，一种意识同一不可能却又是必须或必然的先验电影。康德的先验幻象也呈现了这一结构：他告诫自在之物不可知，主体不要僭越到本体域，但它却始终蛊惑主体，主体一旦将知性应用到本体，则会产生无法取消的先验幻象。拉康的幻象公式"S◇a"是对这一幻象机制及主体闯入本体之效应更为直观表达：◇表示主体 S 与 a 所在本体域的幻象关系；a 所在域不只是主体 S 朝向目标，更是对主体的激发、引动与建构，而对象 a 可视为主体闯入本体的幻象产物。齐泽克直接将拉康幻象公式引向电影，将其作为电影机制做了重要界说与引发：幻象作为屏幕看护着空无，它在自我濒临乌有、分裂中维系着同一性以避免陷入虚无；幻象是一（构型、取景）框架，具有建构功能，它建构着主体、现实与世界。斯蒂格勒自然也从意识不相符性中看到了先验幻象、先验电影及电影幻象对"我们"的建构。他也正是从不相符性这里看到了第三持留的必要性，但其非批判性颠倒了因果关系，用第三持留电影制品封闭了不相应性本源；先验幻象电影在自我不可能情况下对主体的维系，被置换为现实电影制品对主体的囚禁。正是由于在确定第三持留制品合法性过程中对本源否定性的抛弃，必然

---

① 康德：《纯粹理性批判》，第 332 页。
② 倪梁康：《自由与反思：近代西方哲学的基本问题》，第 436—437 页，商务印书馆，2002 年。

导致他不可能看到意识本源的批判能量，结果只剩下电影、技术制品对人类的全面控制。

现象学对意识先验机制的勘界达到了全新高度，甚至意味着意识的哲学勘察的终结。显然，意向性难题在先验层面预示着人类本质的开放性，默许了技术科学探问意识本质的可能。生物技术、基因科学为感知与意识、反思与意识自身的沟通及不相应性问题的推进提供了新途径。媒介图像技术，将使先验幻象之框架机制现实化越发普遍，框架与屏幕将从意识内部走向外部现实，各种不同介质屏幕生产的新型影像正取代银屏电影，它们作为新型"视窗"在改变看世界方式的同时也改变了电影自身。"凝视"改变了观影方式，颠覆了电影内外关系，① 它在数字技术媒介催生下，衍生了新的电影类型：观众告别虚构幻象、银屏内里及影院幽闭空间，走向了外部，从而生活就是一块屏幕；代替之前在同一性幻象中沉浸、误认的是，拿起大众神器自拍自演，在非同一性的不确定中行动、质问、确证自身与构成现实。意识性难题本身对后人类作了预示，技术在介入意识本质的探问中获得了本体地位，但并非意味着技术制品可以僭越为意识本质自身或以此封闭意识不相应性的否定本源。意识先验本质的空缺并非真正空无或只能作消极应用，它必然以"空无之有"的方式导引、约束着技术的朝向。在先验意识维度，意识同一的不可能与幻象电影是一体两面的，我们将在关联着这两个维面的技术媒介中看到了后人类与后电影的叠合。

四、后电影—后人类本体交叠与批判

后人类、后电影是外延广泛、内涵不确定而相互关联的范畴，它们在当下的突显与关联都同数字、基因技术的变革密切相关；但绝不意味着，一涉及人机混合、基因工程就是后人类，也并非数码代替胶卷或以后人类为题材就是后电影。后电影、后人类都涉及电影死亡、人类终结及其可能性的本质追问，而二者正是在这一层面上相互交叠了。

后人类问题看是基因工程、生物技术革命所引发，但根本上得回到人类如何审视自身的问题。在胡塞尔、康德那，纯粹自我还原或先验意识统觉的困难已昭

---

① 齐泽克：《视差之见》，第 49—52 页，浙江大学出版社，2014 年。

示人类本质的松动，提前给后人类开了"一扇窗"。胡塞尔、康德在意识本质这一节点之所以能避免陷入独断或魔性，很重要一点是其概念、命题推衍始终以能否直观、感知为前提。这种本质的空缺及当即性直观确证的祈向，为后来的科技实践预留了通道，而斯蒂格勒"第三持留"正在这一轨道上。在马克思那，这就是通过对象化或实践及其对象来直观或确证人的本质，而在斯蒂格勒这里则体现为科技本质的"行事性"。斯蒂格勒深受技术哲学家西蒙栋影响，"行事性"这一术语看似源自约翰·奥斯汀，但它已用西蒙栋的技术存在论加以重构：一方面技术行事性上升到存在论，并用"发生本体"代替了传统"本体"，突显其实践本体；另一方面既承认"有机体"与"机械装置"间的本体性区别，但又超越其二元论或本质对立，技术实践则在二者间起到沟通的关联。① 这一转折对于人类本质先验空缺的探问无疑十分重要，其最大特质是在非确定性黑箱中做了可能性的确证，开启了身体、感知与意识沟通、联结的可能，而沟通—联结之生成本身就是人类本质先验空缺的本体性构成。

人类终结与电影死亡是浩大人文后学终结死亡论家族中的两大成员，它们在何为后人类、何为后电影的质问中令人惊奇地呈现本体叠合。电影的死亡在于电影丧失其魔性吸引力，对观者的触动力衰竭。传统电影以故事叙事、人物形象、情节更替等维系起来的虚构空间已无法再发挥"迷影"效应了。观众已不可能像传统观影那样，在黑暗影院里充当"被动观者"而需要"活的表演"；电影之所以是电影在于其"生成过程"。② 在数字影像技术时代，观众从影院"幽闭空间"走出来，直接成为事件人物，或干脆走到成像机器后面自导自演，从而出现导演、观众、演员、人物共同参与、同时发生、共时呈现的"大当即"。对这种后电影现

① Muriel Combes，*Gilbert Simiondon and the Philosophy of the Trans-individual*，Cambridge：The MIT Press，2013，p. 80.

② André Gaudreault，Philippe Marion，*The End of Cinema? A Medium in Crisis in the Digital Age*，N. Y.：Columbia University Press，2015，pp. 1-4.

象，当属斯蒂芬·莎威若的"后电影的情动"范畴最具统摄力与囊括性了。① 在后电影时代，电影日趋泛化，像素参差不齐的影像随处出没，屏幕、银屏告别了固定的出场位置，大家都走到了电影里面，又都在（传统）电影的外面。后电影不仅瓦解了电影原有的空间、银屏框架，也改变了观者与电影自身以及它们与现实世界的关联；诸如林克莱特的《少年时代》或国内真人秀影片《奔跑吧，兄弟》这类电影，现实与影片、电影内外人物相互造访、穿插，一边在发生一边在创作，瓦解了剧本先于电影的传统，体现了后电影的正在生成特质。后电影理论家卡塞蒂向我们呈现了在新媒介时代观众成为观众同电影成为电影问题的重叠，彼此都在"成为……"的进程中确证自身：观众更愿面对一个"可能的世界"而不是"真实的世界"，他们不再只是"列席"而是"制作"；电影还要成为电影，就需不断移动，移向新的空间、装置，它要维系自身，就总要提供"可能性视域"而非"现实"，甚至需"冒着丧失自身的危险"。② 观众和电影要成为自身，都必须身处某种边缘而不是寄生于既定现实，都要应对自身同现实世界的不确定性。在低质影像越发普遍的情境下，人如何成为自身与电影如何成为电影的叠合更趋明显了。

后电影与后人类的叠合在当下不断被理论界聚焦的"神经—影像"问题中得到更直观呈现与有力印证。生命科学的推进为意识直观与外化、深掘意识与感知的关联暗区提供了可能。神经科学实验，已证实意识对电极刺激的察觉比身体、大脑的感知慢半拍，出现所谓"神秘的半秒钟"。③ 这对胡塞尔深困其中的意识与

① Affect 是后电影重要概念，如何从后电影之电影本体层翻译，值得推敲。孙绍谊基于西方电影思潮 Affect 转向的现象学语境，将其译为"触感"并特别强调不能译成"情感"（Feeling），这是有见地的。姜宇辉基于斯蒂芬·沙威若构建这一概念的德勒兹语境，将其翻译为"情动"（参见孙绍谊：《重新定义电影：影像体感经验与电影现象学思潮》，上海大学学报，2012 年第 3 期；姜宇辉：《后电影状态：一份哲学报告》，《文艺研究》，2017 年第 5 期）。在具体语境下，"触感""情动"都能体现电影这一转向；但单独使用，"触感"容易将电影泛化而"情动"则容易同建基于情感的传统电影混同。不过，将 Post-cinematic affect 译为"后电影的情动"颇为精妙，既体现电影的转向又不乏相应内涵。莎威若提出这一概念颇有考究，它并非纯理论演绎结果而是基于对影片《登机门》《游戏玩家》等的解读体验，在此基础上突显后电影特质。这对曾作为文艺理论界论争焦点的文学终结与后文学性转向问题的思考无疑具有启发性。

② Francesco Casetti，The Lumière Galaxy：Seven Key Words for the Cinema to Come，N. Y.：Columbia University Press，2015，pp. 13-15.

③ Brain Massumi，*Parables for the Virtual：Movement，Affect，Sensation*，Durham & London：Duke University Press，2000，p. 29.

感知不相应性而言，无疑迈出令人振奋的"一小步"，在他那因纯粹自我不可能而持留的幻象，变得可触觉。大脑神经运动与映像生成之间的内在关联在神经科学中也不断得到证实。这为大脑神经映像机制与电影影像机制关系的发掘提供可能，为后电影"情动之核"作了好的解释。德勒兹率先在大脑映像与电影影像间架起了桥梁，皮斯特的"神经影像"论，则进一步切近电影影像与神经机体的关联。[①]如果说，德勒兹"大脑就是屏幕"论断多少还是基于二者相似相关而作的隐喻，那么随着斯蒂格勒所及的"有机化的无机物"系列"代具"的出现，诸如"显像银幕眼镜""数据库手套""全息投影"等，正昭示二者有机焊接已不再是神话。这些新型代具对意识的外化、呈现，显然不是录音机对声音持留可相提并论，它打开了意识与肉身最为古老而不畅的通道。对于电影而言，人体成为屏幕载体，已正在发生。正是借助这种具有生命、生物特质的代具，胡塞尔、康德在内意识层面的幻象电影，斯蒂格勒的"元电影"，正从意识内部涌向外部，上演一道道"后电影"景观。

自在之物的不可知、自在之我的不可能，一直以来都给神话、艺术、宗教、哲学、科幻、科学留下空间。人类这一局限始终蛊惑着独断超越、魔性占位或超验填充，康德曾对此十分警惕，而胡塞尔对内部与外部的超越则几近拒斥。不过，胡塞尔对纯粹自我的还原在先验层面所呈现的本质匮乏，意味着假象、虚构、幻象的必然性及存在空间。这就是斯蒂格勒一直言及的第三持留"魔鬼""空想""科幻"问题，并认为自己一定会完成《技术与时间》第四卷"象征与魔鬼或精神之战"。正是这个空间为艺术传递了这样的信息，文学、电影、艺术不会终结而是迎来新纪元，但并非所有类型都生逢其时，科幻电影、科幻技艺将确立自身本体地位。不过，康德、胡塞尔的批判预示着科幻艺术的创造并非创新的"胡闹"。斯蒂格勒的电影工业批判一方面仍停留在基因、生命制品同权力与意识形态纠缠这一法兰克福学派的批判老路，另一方面则仍醉心第三持留的魔性，借助技术的"超可复制性"实现没有原型的"复制品"，流露出后形而上学僭越痕迹，即"颠倒的上帝"嫌疑。当然，斯蒂格勒在这一过程触及了许多对后人类非常重要的问题域；从技术科学转向来思考、批判意识的哲学困境，无疑在正确的轨道上。他

---

① See Patricia Pisters，*The Nuro-Image：Deleuzian Film-Philosophy of Digital Screen Culture*，Stanford：Stanford University Press，2012.

将胡塞尔意识与感知间的断裂置换为具有生命、生物科学色彩的系列范畴，诸如"后种系（生成）"（记忆遗产）"中断"等；试图通过诸如"有机化的无机物"、生物"传导"等在先天与后天、生命与无机物等断裂处施展关联能力，显示了具有生物、基因科学色彩的第三持留的潜能。这种兼具生命、非生命特质的第三持留，将会为科幻技艺提供广阔的空间；但是，这同样要受到科技之可能及何为人类观念的制约，方能做到斯蒂格勒所言"空想的可能性"。

对于后人类或技术对人类本质的改变，人们最担心的是人工智能、人工意识远离人类自身。这体现了对这些意识"活体"的非批判或无从判断，形同将"自在之我""自在之物"超验化。斯蒂格勒意识到超工业制造的这一活体（第三持留）造成了"区别""差异""判断"丧失，试图转向本体以寻求本体性差异及判断原则，但他却为确立第三持留的合法性，又将其魔化。斯蒂格勒将未来充满不确定的第三持留活体之无从判断视同康德所及的"超感知事物"，其非批判性导致虽触及康德哲学批判性的核心区域，并通过"可能性"与"现实性"的颠倒以释放康德在后人类语境下的批判能量，但却未能从那汲取更多批判营养并同自己在生命学、生物学层面所提出的那些范畴更好结合，进而对超感知般的第三持留活体提出有效判断及相关美学原则。实际上，依照康德对"否定判断""不定的判断"的区分，"后人类"在很长的时间内它将是"非人类"，而"非人类"并不等同于"不是人类"，它并非神或野兽而只是被打上"骇人过度"的标签。[1]

人类如何在"超感知"面前确定方向而避免迷失？康德在 1786 年专门论及这一问题，并认为应该为"超感知"领域确定一条"主观原则"。这样的原则是理性的必然需求，但它又"只会是纯粹的理性假说"。[2] 这一调节性原则同样能够烛照人类本质的黑箱，而斯蒂格勒完全可以将其已触及的"生物综合"原则贯彻到底，从生物、有机体层面为康德这一主观原则提供新的质料：就像大脑皮层及神经元潜能那样，人类这一机体或许潜藏着能不断适应超感知挑战所需的感知、调节与判断能力。人类机体或许具有拓展自身的"生物能力""生物统觉能力"，而非人类观念则有助于打开人类机体通往非机体的大门。超感知并非只有消极性，它作为一种"不在的在"反过来训练人类感知、判断能力，这就是康德信念的后人类

① 齐泽克：《视差之见》，第 34 页。

②《康德著作全集》（第 8 卷），第 143 页，李秋零等译，中国人民大学出版社，2010 年。

第四辑 后文学本体转向与跨界

启示。同理，从生物综合层面拓展康德的审美判断力也是可能的，科幻技艺—后电影不应只是空想，它必须是一种后人类审美判断力，能以自己的方式去呈现未显现的领域。

（原载《北京电影学院学报》2020 年第 8 期）

理论之后，理论何为

——兼论后电影本体转向及其当代性

理论之死、理论之后、后理论的宣告，显然无法遏制人们对理论的欲望、冲动以及对理论废墟的好奇。我们几乎难以告别理论，无法停止对理论的追问。理论何谓？理论何为？今天，大家当然不会幼稚地以为理论真的死亡或空无了；而只会更加清楚地意识到所谓大理论、后理论，它们都并非铁板一块，而需更有效地侦查与辨正。在理论与后理论的诸多对决中，美国学者大卫·鲍德韦尔、诺埃尔·卡罗尔同齐泽克在 20 世纪 90 年代中期、20 世纪初展开的论争，是值得重审与发掘的公案。1996 年鲍德韦尔、卡罗尔共同编辑的《后理论：重建电影研究》出版，对主导电影研究的理论，即由 "主体位置理论" "精神分析学" "文化主义"构成的 "大理论"，加以清算与批判。作为拉康精神分析学衣钵的传承人，齐泽克随即介入这一问题，2001 年出版的《真实泪水的恐怖：理论和后理论之间的基耶斯洛夫斯基》对卡罗尔他们的 "后理论" 展开批判与回应。卡罗尔他们对大理论的讨伐看似处处针对 "法国理论"，但其重心却是这些理论在美国本土所导致的问题。齐泽克注重的则是原生理论、理论本体，而非理论的传播、阐释、再生产及其社会历史、现实经验层面。尽管双方所意指的理论对象有差异，但其共同的诉求都是理论的有效性。他们并非从理论到理论地 "火并"，而更多转向从具体研究与案例分析去确证、申说各自的理论主张。由此，重审这场理论与后理论之争，不应将二者简单化约，把在不同层面上的问题强制拉到同一平面上；同时，要避免局限于片言只语、就事论事，或简单调和、折中，或是一定要做个高下之分的判定。我们应将重点放在发掘其中所及问题的根源、当下性及其未来导向，剖析理论贫瘠所涉及的理论旅行、理论公共性以及学院体制下的理论生产模式等普遍性问题。

没有理论洞见的研究将意味着什么？后理论所主张理论的理论化、历史化、社会化或所谓"中间层的研究"，能否真正摆脱理论的虚妄？不过，问题从来不是静态的，随着人工智能3.0、工业革命4.0的到来，双方所聚焦的电影概念已急遽变化。数字技术、生命科学、基因技术，改变了现实，动摇了客观性、真实性以及认知模式，根本地改变了古典范式、形而上学传统及现代性框架下的提问方式。电影的后电影转向，数字影像本体的到来，不但改变了我们考察这场围绕电影研究而发生对峙的角度以及对理论本身的审视方式，而且有助于化解哲学、历史、文学等人文学科领域因终结论所致的困思，从而为新的文类或艺术门类的确证提供导向。我们就这场论争所作的考察与批判，还将同理论问题的中国语境形成潜在的对话与回应。

一、大理论的贫乏与后理论的扑空

大理论的原始基石是理论黄金时期的代表，结构主义、文化研究。20世纪通称理论的世纪，它改变了过去理论滞后于作品、创作、文学事件，而改变这一格局最大理论功臣，当属结构主义。结构主义在20世纪六七十年代达到了鼎盛，而即便在1968年巴黎"五月风暴"中所遭到的"结构无法上街"的诟病，也几乎没有损减其美誉与影响。结构主义在法国之外的影响，甚至没有随着20世纪80年代初结构主义大师巴特、福柯、阿尔都塞、拉康相继殒命、发疯或失语而衰落。文化研究，在结构主义式微之后大放理论异彩，直至20世纪90年代中期。从理论震慑能力与影响方面，文化研究几乎与结构主义旗鼓相当，在意识形态主体与观念批判方面也与结构主义有所交叠，但它总体上呈现出与结构主义格格不入的理论气象。它主张打破学科壁垒，不拘限于固定研究对象；崇尚微观、历史研究与实践，以左翼政治身份和激进姿态著称，十分倚重接受主体与大众的抵抗及其话语力量；擅长主体的阶级、性别、民族身份发掘，文化被视为政治与权力竞争的场域。较之结构主义的精英主义倾向，文化研究总体更显平民色彩。鲍德韦尔、卡罗尔对20世纪70年代到20世纪90年代主导电影研究的大理论嬗变作了勾陈，并对结构主义精神分析、文化研究极具吸引力的理论特质作了剖析。在齐泽克看来，这是后理论对大理论的化约，是对拉康、阿尔都塞等人"漫画式简化"。① 不过，从大理论传播与影响所致的问题来看，这个理论及其嬗变的概括总体而言符合实际，大理论的后果也不局限于美国本土。鲍德韦尔也坦承相应的概括会存在"忽视独特性与差异的危险"。② 他们并非旨在对结构主义或拉康、阿尔都塞本人学说做专门研究，同时这种概括所导致的对差异的忽略，通常也是立论、新论创建的需要或必然。除非被忽略的相应细节与差异能够颠覆已有的结论或改变事实，否则我们不必在细节、资料、片言只语方面过于黏滞与纠缠。

鲍德韦尔、卡罗尔列数了大理论的主要运作机制、惯常方式及其顽症：自上而下的演绎与逻辑推理；观点的杂合、论据的拼凑；关联、类比推理与修辞滑行；电影理论的基要主义、本质主义；阐释与理论混同，等等。大理论的生产模式以逻辑演绎为主，屏蔽经验、现实与历史；忽视大前提的非自明性，其结论已提前包含于大前提中；例子、事实、文本只不过是已有前提的再次确证，这样非但无法建构属于电影自身特性的理论，影片反成了确证理论正确的例子；不是以问题为驱动，而以思辨为能事，热衷用高深莫测的概念、玄奥的术语，将不同的观点、材料、事实、数字等网罗杂合一块，演绎出大同小异的理论或观点；对阐释的对象与前提不设门槛、不做考究，它就像一部强大的机器总能把每部电影切割成标准化的"香肠"；不受约束的类推与关联，总能把不相干的对象耦合、并置，炮制出诸如，统计学与侦探小说的联系，等等。

大理论的贫乏，可见一斑，昔日充具着能量的理论沦落到如此境地，确实令人唏嘘！怪异的是，结构主义、文化研究这原本具有不同理论气质、相异的理论潮流，彼此却能在大理论的"屋檐下"相安无事。同样，法兰克福学派的批判性、介入性不见了，后现代主义、解构主义的拆解、颠覆能量都熄火了，文化研究激进锋芒被拔除、左翼身份被稀释，它们作为文化主义的三大流派，一起被鲍德韦尔置于大理论名号下，成为电影研究与电影理论构建的主要来源。

这里，问题的重心不应过多纠缠于鲍德韦尔、卡罗尔对结构主义、文化研究、后结构主义是否存在裁剪，而应看到的是，理论在实际运作、再生产过程所存在

---

① 齐泽克：《真实眼泪之可怖：基耶斯洛夫斯基的电影》，第7页，穆青译，武汉大学出版社，2018年。

② 鲍德韦尔、卡罗尔主编：《后理论：重建电影研究》，第5页，麦永雄等译，中国社会科学出版社，2000年。

问题的折射。在整个过程中，"政治""文化""意识形态"等核心概念都不断被泛化，几乎可以出入社会活动的任何领域，其批判、介入能力不断遭到阉割，政治立场与倾向十分模糊与混杂。具有颠覆性、反叛性的文化群体成为"恭顺的主体"，政治倾向鲜明的激进分子最终成为"得势的激进分子"。① 这种局面显示了法兰克福学派批判理论、大众文化理论、伯明翰文化研究、解构主义等最后所面临共同的理论困境，即弥漫着空洞、宽泛、无力的文化主义"毒气"。

大理论所呈现的这一系列病症，之所以值得深掘与剖析，在于其意义并非仅限于电影理论以及法国、欧洲理论被贩运到美国后所产生的问题。其中还涉及理论旅行效应，现代性知识体制对理论的再生产与消费，人文学科理论的祛魅趋向，等等。这几乎同国内 20 世纪 80 年代以来文艺理论界对西方理论的接受过程，构成某种具有个性、更有共性的呼应：从俄国形式主义到解构主义，我们曾用二三十年时间对西方历时发生的理论共时地接受。西方理论当时既在清算庸俗认识论、教条政治过程中扮演着先锋角色，又在随后陷入了去政治化境地；学院体制对理论的一锅煮，对理论的演绎、切割、"脱脂"与"无害化"；② 现代性与后现代主义、文化研究与文学研究、本质主义与反本质主义、"强制阐释"与本土理论反弹的系列论争与反思，等等。任何原创、原生的理论似乎都会招架不住轮番的阐释、生产、复制而沦为陈词滥调的危险。在后工业革命的冲击下，人文社会科学日趋萎缩，其理论内核不断被解密。令人印象最深刻的恶性事件是，1994 年著名物理学家艾伦·索卡尔刊文对文化研究、后现代理论的戏仿而制造的"索卡尔—《社会文本》事件"。对于鲍德韦尔他们极力诟病、大书特书的大理论问题，齐泽克显然看在眼里，不过他却只是轻描淡写地提道："理论堕落为行话"，不过是常有的事。可以看出，他们的对峙多少有些错位，齐泽克看重的是理论本身，而鲍德韦尔则是围绕既定理论在传播、嬗变、世俗化过程中所致的弊端。

鲍德韦尔、卡罗尔针对大理论提出了一系列对策：从经验主义出发，理论历史化，在具体研究过程中建构理论；以问题而非理论为驱动，注重电影史、资料文献，转向电影叙事学、电影风格、观众行为等专项研究；主张复数理论、小理

---

① 鲍德韦尔、卡罗尔主编：《后理论：重建电影研究》，第 15 页。

② 可参阅陈开晟《"综合创新论"的系谱反思与场域批判：以文论的知识状况为考察中心》（《江汉论坛》2010 年第 4 期）的具体阐述。

论以及理论的可错性、可修正性，倡导理论在实践中根据经验不断调整，强调理论内部的张力，通过批判、论争、辩证以维持理论的活力；排斥非理性、观念幻觉，立足感知与认知，主张用认识论代替精神分析，开展客观的、不受政治与意识形态干扰的中立性研究，以突显电影理论的科学性，等等。鲍德韦尔、卡罗尔管这种研究为"中间层的研究"或"碎片式的理论化"，而基于研究过程建构起来的理论则称之"后理论"。

"后理论"这一命名乍一看有些突兀，也容易引起误解。实际上，无论是应对大理论采取的系列研究主张与方式，还是"中间层的研究""碎片式的理论化"这一理论能指，不过都只是指在一般认识论范式下对辩证法及其变体的倡导与应用。所谓的后理论就是理论与经验的辩证，既强调经验的重要性，又突显理论的重要性；"中间层的研究"是旨在激活辩证法中介的变体表述，"碎片式的理论化"则为辩证理论的激活。

尽管针对大理论问题诉诸中间层研究以及采用与之相应的系列研究实践是必要的，并且也出现了他们引以为傲的所谓"非洲电影与本土口述关系"这样的研究典范；[①] 但是，客观地说"后理论"的这些理论名号并不响亮，其原因或许是它远未或不可能触及理论自身，丝毫不见原创性理论通常所具有的对未来的预示。可以说，后理论这些对策是正确的，但总是令人感到理论的某种欠缺。后理论并没有触及理论的内核，其理论批判就理论本身而言俨然扑空了，齐泽克或许因为如此而无意在大理论贫乏这一问题上不断纠缠。真正一流的理论家或许并不过多关心理论或原理的具体实践与运用，也不必事必躬亲，让其理论信徒、大众、粉丝们去做就可以了。

二、认知主义的匠气与后本体电影空间

鲍德韦尔、卡罗尔的后理论初看很容易误解为后现代理论、后形而上学理论，而实际上它只是认识论谱系中最为普通的一种。支撑后理论的认识论主要是认知主义、认知心理学、完形心理学、发生认识论、移情理论，其间混杂了乔姆斯基发生语言学、波普尔的"可错性"等理论成分。除了推动从历史主义向度研究电

---

① 鲍德韦尔、卡罗尔主编：《后理论：重建电影研究》，第38页。

第四辑 后文学本体转向与跨界

303

影，后理论的重点就是从认知层面研究电影与观众，发掘二者内在关系。我们知道，电影最为神奇的地方就在于它所具有的强大"吸引魔力"，能够产生超真实、误认、逼真幻觉，具有"互动""移情""迷影""虚假移动"等效应。可见，无论过去的胶片电影，还是后来的数字电影，将电影特质与主体构成关联起来，以二者的相关、相似为基础展开研究，显然在正确的轨道上。不过，由于偏狭的理论格局使然，尤其是本体、先验、假说等维度的缺席，认知主义的电影研究总体显得匠气十足，少有新见或大的突破。尽管后理论对结构主义、精神分析学发难，但实际上它在研究对象和问题上对它们都存有延续，但却没能达到它们原有的高度。

如何从认知角度解开电影的奥妙，对电影的虚构、假定、真实、幻觉、感知等特质加以分解、研析，是后理论十分兴趣的焦点，这里不妨选取其中具有代表性的研究及其核心观点稍做分析。鲍德韦尔的《约定性、建构与电影视觉》从"镜头/逆转镜头"的理解这一基本问题入手，探讨了电影视觉在表达、接受方面具有差异的普遍性、偶然的普遍性现象，并延伸到跨文化的问题。尽管鲍德韦尔采用的术语不断变化，对象也从电影镜头跨到人类文化的差异，他要探讨的就是人类的理解结构是自然的、天赋的、生物决定的，还是文化、习惯或约定的问题。鲍德韦尔的态度就是辩证、折中的：反对纯粹的自然主义与激进的约定主义，寻求所谓的"适度的构成主义"，用"非自然的""非个人"的"连续统一体",[①] 来贯通自然与文化之间以及不同文化之间差异的普遍性。鲍氏建构了许多并不十分清晰的概念与术语，解释着一个在他那个时代已几乎是常识的道理，整个阐释拘限于经验主义、生理主义，所举的诸如立体派绘画等例证也十分滞后。其整个观点及理论虽言说的是电影镜头与视觉，不难看出其中充满了乔姆斯基主义的色彩，却远没有乔姆斯基语言生成主义、认知主义的高度及影响，缺少了理论当有的超越性。

詹姆斯·彼得森用认识论来探讨先锋派的问题，要证明认识论也能理解先锋派这种所谓的"反常现象"。我们知道，先锋派并非只局限于经验、历史维度，它同崇高、不可表现、无形式的（理念、本体等）密切相关，在这方面，无论是利

---

① 鲍德韦尔、卡罗尔主编：《后理论：重建电影研究》，第 133—135 页。

奥塔还是保罗·克罗塞都既没有把它玄奥化，又保持了超越性维度。[1] 彼得森基于认知视角，在现代性二元框架内，只能将先锋派说成"混乱的""非理性的""特异的""简直不可分析的"。[2] 他还认为，通过后天的学习、探求，能够理解先锋电影。这样的说法或许是正确的、充满技术性的，但从中可以看到因理论的缺乏而出现理解的挣扎与无奈，由此建构的"认知的电影理论"很难有真正的理论内涵。亚历克斯·尼尔探讨了电影虚构与移情的古老问题，他将"情动"区分为"交感式反应"（如，我因你而害怕）与"移情式反应"（如，我跟你一样害怕）。[3] 从电影的发展来看，交感的感知经验确实比"移情体验"，更加趋近电影"情动"的内核与方向。正像我们在后文将要指出的，在后电影中感知现象学、神经影像技术在电影的情动问题上已取得了实质性突破。遗憾的是，在尼尔的论述中丝毫看不到这种迹象，而始终还停留在认同、境遇相似这样的外在层面。卡罗尔在《非虚构电影与后现代主义怀疑论》文中批判了后现代主义对非虚构电影、纪录片客观性的怀疑，他从认识论角度为非虚构电影的客观性进行辩护。毫无疑问，在认识论范围内，非虚构电影较之虚构电影显然是有区别、有界限的，但若基于本体领域问题就会变得十分复杂。卡罗尔同一般流俗的后现代主义一样，简化、低估了对手。其实，就像韦尔默为后现代主义所作的辩护那样，后本体、后形而上学恰恰是后现代主义的动力与内核。[4] 虚构与非虚构、真实与虚构、现实主义与非现实主义，这些问题一旦涉及本体，所谓的客观性、现实性问题，就必须重新讨论。诸如，诺兰的"纪录片"《敦刻尔克》（2017），这种后神学（后本体、后形而上学）拍摄视角，不但不会令人觉得这是对历史上曾经发生的著名战争的客观再现，反而会引起观众对之前一直信以为真的"客观"的记录影像或相关文字纪录之客观性产生怀疑。这也是当前在后形而上学语境下，实在论、分析哲学、媒介形而

① 利奥塔对崇高、先锋派问题的论述，可以参阅：《利奥塔．非人：时间漫谈》，罗国祥，译，商务印书馆，2000 年。保罗·克罗塞的观点及相关论述，可参阅：Paul Crowther. *The Kantian Sublime*：*from Morality to Art*，ClarendonPress，1989，以及 Paul Crowther. *The Kantian Aesthetic*：*from Knowledge to the Avant-Garde*，Oxford University Press，2010.

② 鲍德韦尔、卡罗尔主编：《后理论：重建电影研究》，第 166 页。

③ 鲍德韦尔、卡罗尔主编：《后理论：重建电影研究》，第 244 页。

④ 韦尔默：《后形而上学现代性》，第 314—318 页，应奇、罗亚玲编译，上海译文出版社，2003 年。

上学等对真实、真理、客观性、虚拟、虚构、后现实主义等的讨论为什么会再次成为热点的原因，现实不过是"被编码""被媒介"了的虚拟或假定的现实。

认知主义在反思结构主义、精神分析学过程中抛弃了认识论假说、认识幻象、形而上学假说、意识形态幻象，封闭了"主体位置""意识结构"这样重要的研究领域，仅其理论构建的对象而言就显得先天不足。精神分析学的"无意识""结构""主体位置"恰恰是后来哲学或电影趋之若鹜的地带，希区柯克电影、德勒兹电影理论、人工意识影片、神经影像等无不证明了这一区域的重要性，甚至它们就是电影的别名。后理论对经验主义过分迷信与依恋，使得它们的理论构建难免有些呆气。偏狭的认识论、认知主义（远未有康德、胡塞尔认识论的高度），遇到了本体问题，也就必然削足适履，诸如将拉康本体层面的"对象 a"说成是感性、模糊、有待认知的，也就是家常便饭的事。正是这种局限，他们的理论阐释与构建，尽管十分敬业、讲究技术、鼓吹专业，但在关键处总是看不到认知判断或理论构建非常关键的"一跃"。齐泽克在这点上看得非常清楚，其理论魄力、气度与本体视野正是在这里得到彰显："小心翼翼的经验概括永远无法为我们带来真正的普遍性"。[①] 他对这种经验主义的辩证法或者所谓的"中间层研究"也不以为然，就是因为它无法实现从"个体"到"普遍"的跳跃。在齐泽克看来，即便是卡尔·波普尔也"扳不倒"黑格尔与绝对理念相关联着的辩证法。我们不禁要感叹，高度原创的理论或原理在经验中自然可以得到直观或确证，但其正确性却丝毫不需要依赖经验的例证，康德是这样，胡塞尔也如此。

认知主义所抛弃的，本体及与之相关的主体位置，它们同电影之间的复杂缠绕，这是后理论在电影问题上的极度盲视。这里不能展开后本体并加以辨析，但需做一简要说明：本体或形而上学并没有在反形而上学的声浪中退场，即便给予重创的实证主义、实用主义、分析哲学，它们自身都具有形而上的视域而避免了经验、实用、实证或逻辑、命题的"寡头化"。[②] 在后形而上学时代，本体不是消亡了，而是相当活跃，尤其在当代西方激进左翼理论中：拉康的"对象 a"（康德自在之物的变体）之后，德里达的"异延"、齐泽克与巴迪欧的"事件"、阿甘本

---

① 齐泽克：《真实眼泪之可怖：基耶斯洛夫斯基的电影》，第 34 页。

② 可参阅陈开晟《超越审美现代性的困境——缘起与转义：从康德到韦尔默》（南京大学出版社，2014）"形而上学不死性之后现代启示"一节的论述。

与齐泽克的"例外"、巴迪欧的"主体"以及南希、布朗肖、阿甘本、奈格里等人的一系列"否定共同体"概念，都与本体相关。本体常以变体（后本体）的方式隐匿—澄明地存在，"空无""乌有""超真实""黑夜""雌雄体"等常是它的别名。

外宇宙、内宇宙、自在之物的不可知，自在之我的不可能以及本体的批判阐释，都为艺术、科幻、神话留下了空间。齐泽克则将对自在主体、纯粹自我的批判同电影关联起来，构成后本体与后电影的叠合。他将拉康的幻象本体或幻象公式"S◇a"作为"幻象电影"加以建构：a是本体，S是主体，a既激发主体趋近，又是对它的拒绝，所以S带着删除号，意味着它不可能真正抵达本体域，也意味着自在之我的不可能；◇则直观地呈现二者幻象关系，是S对a欲望、冲动以及a对S拒绝与生产的呈现，同时也是对S的保护与支撑，避免主体分裂或陷入空无。① 显然，齐泽克的开拓性并非只是将电影与幻象、幻觉关联起来，而在于二者本体叠合以及电影机制与主体（幻象）机制一致性的发掘与构建。柯里《电影、现实与幻觉》一文，对电影幻觉的探讨应是能够代表后理论对这一相同问题研究的最高水平。我们不妨将其与齐泽克的幻象电影做些比较，就能更好地看清幻象电影及其理论在电影研究未来趋向的重要位置。柯里所探讨电影与现实的三种关系中，"幻觉说"是能够跟齐泽克幻象电影作相应比较分析的类型。柯里所谓"幻觉"不是经验层面的、可消除的谬误，即便主体知道它是对现实的扭曲，也无法消除，无法被认知"穿越"。② 这点，它完全不同于可纠正的认知幻觉，诸如两条带箭头的、相同的线段因排列不同，虽视觉上不一样长却可以通过丈量消除幻觉。从非经验、非超验层面，这幻觉跟康德的先验幻象、齐泽克的本体幻象虽有相似之处，但其整个阐释并不以本体、先验视域为参照。柯里认为电影就是这种幻觉，给人移动的幻觉，而移动幻觉就是电影本质。移动幻觉究竟是什么？电影到底有没有动？是什么在动？是影像，是摄像头、放映设备，还是观众知觉系统？柯里对此加以论证，举例分析了现实中许多移动幻觉，但对这种移动幻觉却最终无法得到更多认知。最后，他转向实在论，以颜色为例，用实在论来类比或推理电影

---

① 可参阅陈开晟《"幻象"的表征与规范：齐泽克后本体电影理论的批判性构建》（载《当代文坛》2019年第4期）的具体论述。

② 鲍德韦尔、卡罗尔主编：《后理论：重建电影研究》，第463页。

移动幻觉。对实在论而言，颜色显然不是人之外客观的实在、实体或绝对，但不能反过来说颜色就是主观的、相对的，相反它是一种实在。柯里声称在电影移动问题上自己是"坚定的实在论者"，电影的移动幻觉是真的；尽管无法对移动幻觉的本质知道更多，但它却是实在的。将电影的移动幻觉判断为一种实在，这对于阐释电影本质是非常重要的一步；但电影完全是人造的，它与颜色的实在之间仍然只是一种平行的类比，较之那些在观众与电影关系所持的移情、认同等平行论并没有实质性突破。

只有将电影幻觉与主体、意识关联起来，发掘幻觉与主体的关系、幻觉对主体的塑造，为幻觉寻找知觉载体，电影研究的这种平行论方能打破。齐泽克的幻象电影正是在这一正确的方向上。尽管齐泽克也没有从认知层面告诉我们先验幻象是什么，但在他看来这并不妨碍对新的电影观念的建构。齐泽克用了大量影片来阐释这个幻象空间的同时也构建电影、电影理论，更关键的是在他那里幻象打通了它同意识、主体的关联。这种关联已完全不同于传统，意识与影像之间不再彼此隔岸观火而是借助知觉、肉身的新媒介能够相互贯通，这是后电影转向非常重要的维度。

三、后电影本体转向及其问题的当代性

不只是哲学、理论、历史、文学不断传出死亡、终结的声音，电影也不例外，安德烈·戈德曼曾宣告电影自诞生以来就经历了八次死亡。在数字技术、基因科学、神经影像技术冲击、催化下，电影已经与过去完全不同：万人空巷的景象一去不复返；"迷影"效应急剧衰落，影院幽闭的空间不再有仪式感；影像不再掌握在少数人手里，而是随处可见。

电影确实需要重新定义，理论则需对新的电影类型作出不同于传统的阐释并获得相应的建构。尽管数码技术、数码影像已让传统银幕电影"灰飞烟灭"；但却不能就此简单地说，数码取代胶卷，影像制作压倒摄像，就是后电影。所谓"后电影"当前并没有固定说法，或许也没有必要试图框定一封闭的"本质"将其套牢。不过，可以肯定的是，通过发掘电影同主体、意识结构的关系，则是考察电影本质的重要途径。从传统电影研究的"移情""认同""误认""幻觉"等说法，到对后电影的"情动"探究，都是沿着这一轴线展开的。后电影较之传统电影最

显著特质在于，它得益于媒介革命而从根本上突破了意识与电影之间在结构上存在相关、相似这一已有的认知。它一方面排除心理主义、经验主义，将意识的电影结构推进到先验层面，从中发掘了先验电影、幻象电影、心智电影，发现了意识与电影的高度叠合；另一方面借助神经影像等媒介技术，意识内部的元电影与意识外部的现实电影或影像获得贯通，意识内部元电影的外部化、物质化以及外部电影的肉身化成了可能。这样，意识成为意识（主体成为主体）与电影成为电影，在后电影中是一而二、二而一的本体关系。

齐泽克的幻象电影就处在意识的先验结构层面上，斯蒂格勒则通过对康德意识先验统觉结构、胡塞尔纯粹意识结构的批判考察，发掘了元电影并提出"意识犹如电影"的命题，而德勒兹则有"大脑即屏幕"的宣告。随着神经影像技术、生命科学、人工智能的革命，对意识的捕获、持留能力方面获得关键性突破，意识的外化与直观呈现变得可以捕捉，生命机体作为意识载体变得可测。神经科学已通过实验，确证了意识与知觉反应的差异，它比身体、大脑知觉慢了"半秒钟"。[1] 通过人工芯片植入，人类的意识与小白鼠之间已架起了桥梁。AR（混合现实）、MR（增强现实）技术、全息投影、数据库手套等这些"代具"正朝着"无机物的有机化"方向发展，它们不只改变了影像，更是改变了影像与人类的关联，传统的外部电影与意识元电影则趋向相互交织与融合。人体成为屏幕，神经元不只是意识的载体，更是成为影像广袤的生发地。

意识捕获、影像有机化技术，彻底改变了电影的本质以及电影带来的体验。电影《黑客帝国》中人类与母体有机勾连的场景，在现实中已不再是神话。意识、机体、影像相互连接将带来全新的体验与感知。这方面最震撼的是，2020 年欧洲游戏公司 CD Projekt RED 所开发的《赛博朋克 2077》大型角色扮演类游戏影像产品。游戏玩家通过产品设备打通自己与角色的关联，体验不同角色的经历；而这种经历体验与角色穿越逼近真实，因为它是通过采集不同真人神经的体验数据制作而成。按照这种趋势，人类或许在不久的将来就能够体会到在人类史上根本无法体会到的"死亡经历"，这种经历甚至通过影像可获得直观呈现。《赛博朋克2077》已经突破了电影与游戏的界限。毫无疑问，电影作为电影或者电影的能量，

---

① Brain Massumi, *Parables for the Virtual*：*Movement*，*Affect*，*Sensation*，Durham & London：Duke University Press，2000，p. 29.

已经不再是捕获主体、令其沉浸在由屏幕与影院构筑、弥散着灵晕的空间或虚构域。观众已经无法满足于只是对电影的认同、移情以及电影所引发的幻觉体验。以影像、神经技术为基础的影像或游戏，除了在身体感知方面对主体具有强大吸附力，它还带有强烈的交互性以及独特的行动体验与在场经历。而这一切在改变电影本质的同时，也将改变了人的本质力量的确证及其确证方式。也就是说，在后电影中观众不是静止的，而要不断地行动。观众在影像内的行动也改变了电影成为电影的本质，电影产品不是封闭的，而需要用户现场不断参与、不断改编。诸如，大卫·斯雷德的作品《黑镜》，用户对故事的剧情与结局具有了传统电影观众不曾有的选择权。斯蒂芬·莎威若非常具有统摄力的理论范畴"后电影的情动"[①]，精妙地传递了后电影的本质。只有深入到元意识、意识与神经影像关联的层面，方能很好直面、理解后电影以及后主体（网生代），以避免对系列新的电影类型，诸如，弹幕电影、IP电影、游戏化电影等等，只从道德与价值高度加以否定，或者仅限于心理、感官或功利层面解释各种令人震撼又难以遏制的短视频风行、户外攀爬直播、游戏痴迷等现象。

后电影对传统电影的颠覆是结构性的，它改变了电影存在方式、发生的时空、电影的构成、影片的制作方式。这种改变可以用"二次穿越"来概括，它一方面从电影外部走到内部（意识、神经域），另一方面又从内部（影院或意识）走向了外部（广场或身体）。大众共创的电影，万众上演的影像，正成为后电影的一道道景观：短视频唾手可得，小屏幕随处出没；它告别了影院、家庭，甚至也不同于游戏化电影所带来的相对静态的体验。在后电影中，传统的导演、演员、编剧、人物、观众的结构关系也被改写了，它们共同参与、共时发生。这其中变化最大的是观众，已由"被动的观者"倒转为"活的表演"。后电影，不再是一个成品。电影之所以是电影在于"生成过程"，[②] 影片制品反而显得没那么重要了。IP电影在存在、生成、发生等方面很好地诠释了后电影的特质：网民在论坛上围绕某话题或题材展开评价、讨论，就已意味着某部具体的IP电影的提前展开；而在影片上映过程中，在剧场里他们并非只是被动的观众而是忙于考察、确证自己在影片

---

① 相关分析可参阅：Steven Shaviro. *Post-cinematic Affect*，Hants：O—Books，2010.

② André Gaudreault，Philippe Marion，*The End of Cinema？A Medium in Crisis in the Digital Age*，N. Y.：Columbia University Press，2015，p. 1-4.

中的参与程度，体现出同影片的强大交互性；走出影院后则继续在网络平台就场景、道具、角色等再次评头论足，甚至涂鸦、改编。电影已经不只限于影院上映的那一特定时空的呈现，粉丝们不断穿越于虚拟与现实空间，往返于线上、线下，他们的评论、行动、表演、改编本身就构成了活的"剧情"。在这一过程中，原文本几乎被高度淡化，而"改写的文本"则"反客为主"，几乎淹没了原来的文本。

后电影转向之所以值得关注并作进一步发掘，在于它并非只是电影自身的转向，而与人类本质或何为人类问题深度缠绕与交叠，当然它也因之更富有当代性与未来性。人类不会是宇宙的中心，后人类视野的开启应视为康德"理性为自然立法"的再度出发。无论是外宇宙奥秘、人类内宇宙的探索，都给艺术留下了巨大空间，而电影正逢其时，尤其是科幻类电影艺术。与后人类相交织的后电影，正迎来属于自己本体的黄金时代，后电影转向的当代性及其未来指向不会仅限于电影这一艺术门类。它将激活过去以及传统人文学科潜在的当代性。哲学、理论、艺术、文学等等的终结论困思，都将从后电影本体转向中获得启示。幻象电影、神经影像，以非常形象、直观的方式呈现了在康德、胡塞尔那纯粹自我、绝对自我的不可能。意识的有效捕捉以及它同知觉"半秒钟"差异的试验结果，则是对这种不可能最有力的印证。这一小步粉碎了在意识与知觉缝隙间欲作的任何的形而上学僭越，它对于笛卡尔、康德、胡塞尔、拉康他们对意识难题的解决而言，无疑迈出了非常重要的"一大步"。

意识借助神经影像媒介与身体获得沟通的瞬间，让我们顿时明白代表对意识结构分析最高水平的胡塞尔意识现象学难题的思考与提问，应该如何改变方式，而这一刻显然也彻底激活了自柏拉图以来意识与灵魂关系这一古老问题的当代性。后电影本体转向再次印证了鲍德韦尔他们"后理论"的盲视，这对于我们在现代性进程中理论构建的本土化、创造性倡导而言也将深受启发。20世纪八九十年代以来，文艺理论界曾就中国古典文论的失语症问题展开长期争鸣。其中有一种很重要、颇具代表性的观点认为，只要皓首穷经、精研古典，失语症的问题就会自然而然治愈；但无论是哲学的技术转向还是电影影像、神经技术转向，都在发出这样的提醒：我们有可能在精通古典冷学、绝学之后抬头仰望星空、低头审视人类自我时突然发现正面临更大的失语深渊，倘若它缺少真正理论所应具有的未来性、超越性。

后电影本体转向为人文艺术门类提供更为重要而直接支援的，当是文学。或者说，这是电影借助其媒介特性而反哺文学的时代。透过电影转向的视角，我们将看到二三十年前那场围绕"文学性蔓延"论争的是非、本相及其问题的前瞻性。蔓延文学性旨在重新定义文学，将"总体文学性"置换纯洁文学性概念。"总体文学性"不只试图将历史、哲学等以文字为载体的传统文类纳入，它还包括文案、符号、手册、话语等，甚至商业活动、政治活动、文化活动等空间性、三维现实场面。① 蔓延文学性在当时遭到了一边倒的批评，"总体文学性"的构建终因主客观原因也停滞、搁浅了。当后电影从影院转向广场与影像家族时，或在 IP 电影中虚拟、现实空间反复穿越以及通过电影构件的变革重新界说电影时，我们无疑从中看到了总体文学性或后文学的诸种可能。后电影能够统摄与囊括的，后文学或总体文学性为什么不行？IP 电影或真人扮演游戏《奔跑吧，兄弟》不只是与卡尔维诺长篇小说《寒冬夜行人》形成互文，而是在现实物理空间层面将后者的内容付诸现实。文学，势必转向更具交互性、行动性、现场感、空间化的修辞活动，例如：空间表演、剧场行动、赛博格写作、超文本化，等等。这是后电影转向在文学领域中所体现出的当代性，是时候重新定义文学了。未来充满不确定，对文学未来可以确定的是，文学正趋向去审美化、去文学性而走向弱式审美的后文学，它正加速冲决二维容器的囚禁，将一改传统文学性的非物质存在方式而更加突显空间或物性的维度。

（原载《广州大学学报》2021 年第 6 期）

---

① 陈开晟：《"后文学性"论争迷误辨正：遵循"文学性蔓延"的逻辑与建构方式》，《石河子大学学报（哲学社会科学版）》2019 年第 6 期。

科幻文类的本体转向及其可能
——昆汀·梅亚苏形而上学批判与科幻虚构机制发掘

科幻类文类在文艺类型谱系中一直作为一种"副文学"的边沿类型存在。提及科幻，总将它同幻想、魔性、神秘、非理性、胡编乱造、弥漫的边界、任性想象关联起来；科幻作品虽一直拥有规模不小的读者群，但它远在经典之外，难免被归入大众、消费、市场、商业、低俗领域。不过，随着第四次工业革命的到来，尤其人工意识、基因工程与生命科学的革命，科幻文类大有由边缘走向中心的趋势。科幻作为后现代典型的"本体文类"，[①] 在文学、艺术、哲学终结浪潮下正迎来属于自己时代而成为最有前景的文艺类型。然而，当下的科幻热其实是科技革命触及了它与科幻文类所共有的某些重要命门、枢纽而引发的科幻本体转向，若仅从技术革命审视科幻文类，只会加剧它对技术的依附，愈发无法解释科幻的本质，无助于科幻本体范式的奠立。如果在新的科技语境下对"自在本体"（后形而上学/后本体）与"自在之我"（心而上学/后人类）重新思考与发问，昆汀·梅亚苏的科幻理论将会显现其独特的重要价值。

梅亚苏的科幻理论很容易在他的实在论中被矮化，人们或过多集中于其"科学外虚构"（以下简称"科外幻"）概念，或将他的科幻理论"简化"为其扛鼎之作《有限性之后》在文艺领域的延伸，只将其用于印证"偶然的绝对"理论的正

---

① Brian McHale, *Postmodernist Fiction*, London and New York: Routledge, 1987, p. 59.

确性。^①但实际上，梅亚苏科幻理论所触及的问题域价值，需从它与形而上学本源批判、实际性原则、科幻文类本体转向及整个后形而上学批判脉络的关联中加以发掘。

一、形而上学批判与超越性虚构的规范

自在之物是否可知、自在之我是否可能，一直给神话、宗教、哲学、文学、艺术留下想象、填补的空间。宇宙、世界的奥秘及它的过去与未来，一直为科幻艺术提供素材与空间；但其模糊性、独断性、任意性也几乎葬送了作为类型的科幻艺术。经验主义想象、臆断对于科幻艺术类型建构而言同样是灾难性的，其对象、叙事通常给人眼花缭乱、低质重复的印象，缺少相应的审美规范。有关科幻专题研究或汇编大多以主题、时间、题材、年代为分类为尺度，诸如盖伊·哈雷《科幻编年史》、克里斯蒂安·黑尔曼《世界科幻电影史》等等，所谓"机器人""时间旅行""星际文明""科幻早期""原子时代""外星人入侵"等则成为简单归类或方便的指称。言及科幻，总将其依附于科技，并暗中受幻想与科技之间对应、对立与补充的结构关系支撑，这种思维观念其实是逻各斯中心主义的后裔或产物。不过，现实中科幻作品的对象与领域并不局限于这一结构，它不但涉及本体、本源、终极等维度或领域，而且极大体现出科幻的欲望与动力。那么，科学幻想进入本体域是否有效？进入本体域的幻想作品与科学范围内的幻想作品是否能得到有效区分？幻想所奠基的科学闯入本体域是否是一种僭越？科幻作品的批评与理论建构，在这方面几乎是空白的；即便在达柯·苏恩文的《科幻小说变形记》《科幻小说面面观》等著作中体现的那种具有开拓性的诗学中，科幻所及本体也付诸阙如。而梅亚苏尽管并未从科幻创造、批评的角度出发，重心也在于虚构机制的哲学维度，但其科幻思想的重要性、独特性却恰恰在于从本体域对科幻进行了勘察。

---

① 梅亚苏实在论的关键范畴在中译中有"偶然性的必然性""偶然的绝对"两种译法，如果从深入其整个体系来理解将其翻译为"偶然性的必然性"并没有问题，但按照字面或我们思维习惯，"偶然性的必然性"非常容易在逻各斯中心主义框架下"偶然"与"必然"二元对立、辨正结构来理解，其流俗的说法就是"偶然背后存在着某种必然"，这显然完全背离梅亚苏的原意。为此，本文一律采用"偶然的绝对"。

在《形而上学与科学外世界的虚构》中，梅亚苏一开篇就强调从形而上学层面考察包括科学虚构在内的虚构机制的重要性。正是还原到形而上学高度，对已有的科幻作品及其虚构机制方能有如下洞见：第一，更加清晰地看到通常所指的科幻及科学虚构的机制与运作方式，无论这里的科学虚构是否可能僭越到本体或是对本体的幻想欲望。科幻虚构涉及未知、不确定性、可能性，甚至其中不乏"动荡""极端变化""形式难以辨别"，但它们都在"科学的密壁里""科学的范畴内"，"所有的虚构都隐晦地支持这样的一个公理：在幻象的未来中，仍然有着某一科学认知会主导世界的可能性"。[①] 第二，区分了科学虚构与科学外虚构。形而上学本源层面的虚构不可能是科幻的虚构，而是科幻外虚构或科外幻。在这里，科学是"不可能的"（并非科学不存在），也不是"未知的"问题。依照康德自在之物不可知，科学无法真正进入本体，针对本体的虚构需要构建一种区别于科学虚构的虚构。第三，科外幻源自"真正的形而上学"（非独断形而上学），它作为一种独立文类从科幻中剥离而获得确立的难度具有先天性。本体论区别于认识论，但本体论不走向神秘、独断或世俗化情况下，除了借助认识论似乎没有更好的展开方式；科外幻所对应的本体域问题容易被误认为认识论的问题。在这一节点上，梅亚苏通过对波普尔与康德进行双重批判，发掘了科学外虚构所奠立的不同于他们的"第三空间"。休谟曾以彻底的经验主义触及这一地带，即因果律不具必然性或恒定性，因果关系纯粹取决习惯。诸如，一只桌球直线撞击另一颗桌球，通常认为被碰撞的那只桌球的运动是与第一只桌球碰撞的结果。休谟认为这只是一种巧合，具有偶然性，认为它们之间有因果必然性只是一种经验习惯，相同的原因并不能保证相同的结果，桌球随时可以"发生意外变动"。休谟问题对理性提出了挑战，康德、波普尔都曾对此加以应对。在梅亚苏看来，波普尔混淆了认识论与本体论问题，并未真正触及休谟问题，其证伪主义是从经验层面涉及理论的不稳定，探讨的是"认识论问题"而非"本体论问题"。而康德没有弄错休谟问题的实质，但在他那里这个空间没有"得到发展""太过于狭小"，它禁锢了科外幻想象的"步伐"。[②] 对康德而言，在这个混沌、不服从任何秩序的空无的空间，什么也

① 梅亚苏：《形而上学与科学外世界的虚构》，第5页，马莎译，河南大学出版社，2017年。

② 梅亚苏：《形而上学与科学外世界的虚构》，第7—8页。

无法存在，无法被区别。

康德学说是梅亚苏思想启动的枢纽，其"偶然的绝对"是通过对康德形而上学批判的继承、延续、翻转与突围而奠立的。梅亚苏从形而上学中看到了科幻、科外幻以及虚构的空间与机制，这不但让我们深受启发从康德形而上学批判中看到了潜在、丰富的科幻美学资源（非"判断力批判"的美学思想），而且这一批判无疑具有提升科幻理论规范的可能性。"自在之物"虽隐而不显，却是康德先验哲学的支点与拱门，康氏批判哲学是围绕对它的批判而构建的。康德以后，现当代哲学、后批判哲学的核心观念在很大程度上都要与此发生关联。通过自在之物，康德批判哲学确立了系列家族性或相关性的原则：本体（自在之物）可思不可知；本体不可知但理性对本体却有不可遏制的冲动与欲望（超越），从而产生二律背反等系列先验幻象；暴露、提防了形形色色的独断论，诸如，将本体实体化、现实化、神化或魔化，割裂存在与思维相关性，忽视一方而独断、意指其中的另一方；自在之物给信仰、想象、幻象留出了空间；意识外部就是内部，等等。自在之物以及它对人类理性的引发，为文学艺术提供了美学空间与动力，也就是梅亚苏科外幻的源发地带。人类理性朝向自在之物，对自在之物的冲动，自在之物对人类理性的拒绝、激发所可能形成的一系列幻象，就是一个经典的小说结构与故事胚胎。卡夫卡短篇小说或作为长篇《诉讼》的一个寓言片段《在法的面前》的整个结构同"在自在之物面前"几乎是惊人的同构，德里达曾借此加以重构来解释"异延"及后形而上学文学性。① 自在之物本体便是科外幻栖息、生发之地，是科幻虚构、超越指向之域。梅亚苏延续了康德对本体或形而上学批判与勘界，进而所提出的相关性原理，为鱼龙混杂、模糊杂糅、一锅煮的"科幻作品"提供了辨析、甄别与剥离的可能。科幻之形而上学来源以及科外幻空间作为非常重要的美学原则，将提升科幻艺术在艺术场中的地位，促进科幻摆脱对科技的依附，告别其低俗、流行、臆想、铜臭味、奇技淫巧等一系列不严肃、负面的形象，由通俗趋向经典，从而实现科幻本体升级与转向。根据亲疏远近原则，我们可以将系列同科幻本体或科外幻具有明显异质性的科幻作品类型剥离出去：（1）魔幻、灵异、奇想类，诸如《奇幻精灵事件簿》《魔法师学徒》、"哈利·波特"系列、《星尘》

① 可参见陈开晟：《后文学性及言说方式的规范——德里达〈在法的面前〉的跨越批判与发掘》，《合肥工业大学学报》（社会科学版）2020 年第 4 期。

《黄金罗盘》《镜子面具》等。（2）以科幻元素为舞台，将地球人的事件置于星际等场景，演绎人类政治、社会、文明、理想价值及变迁、兴衰、异族冲突、战争与人为灾变，包括乌托邦、反乌托邦类的科幻作品以及通常的所谓软科幻；诸如，《星际战争》、《星球大战》系列、《沙丘魔堡》系列、《饥饿游戏》，早期乌托邦三部曲安德里亚的《基督城》、康帕内拉的《太阳城》、奥威尔《一九八四》、赫胥黎《美丽新世界》、扎米亚京的《我们》，等等。（3）依附于科学的新技术、新发明、地外探险、人造物，不足以撼动科学安全范式的技术义肢、智能、类人、装置、飞碟、UFO、外星物种、病毒、天外来客、变异生物、技术灾难、世界末日、技术狂迷、特效制作等相关科技幻想类；诸如，《怪型》《巨蚁！》《火星人侵者》《史前海怪》《地球着火的那天》《混账东西》《奇妙旅行》《诸众之食》《时间机器》《人猿世界》《天下掉下来的人》，等等。这类科幻作品的虚构变异或超越，要么经不起科学尺度的还原与辨正，要么无法影响到科学或认识论整体范式。显然，在逻各斯中心主义二元框架下，各种机器人同人类之间的对立或主奴辨正法演绎的科幻作品也还未达到科幻本体或科外幻层面，诸如《西部世界》等。当然，这些作品的艺术也有高低或差异，但通常对其展开的评价尺度并不是源自科幻自身的美学标准。康德碾碎了实体化上帝、朴素唯物主义与实在论等在先验主体外独断的超越，这一点即便是与分析哲学相关的物理主义都难以绕开，是否独断超越也将成为科幻作品思想、美学评价的潜在尺度。

依照康德的理论，理性不可僭越到本体，而实际上认识论、科学主义在日趋教条化过程中本体并非被僭越而是被独断取消了，宇宙奥秘的本质化、必然性同样是独断的。正是据此，在梅亚苏这，与基督徒独断论相对立的无神论者也同样是独断的。[①] 这样，诸如《普罗米修斯》号称找到困扰人类问题终极答案、解开生

① 梅亚苏：《有限性之后：论偶然性的必然性》，第108—109页，吴燕译，河南大学出版社，2018年。

命之谜的科幻作品，就难以企及本体的经典高度。作为科幻本体之源的相关主义①、自在之物，是非常奇异、丰富的地带，认识论与本体论在这里交错，是有无、虚实交错相叠之处。正如柏拉图、康德无法给"理念"或"美"下定义一样，我们固然无法对科幻本体美学赋予定义的清晰，但却可像康德对审美判断作反思性规定那样，设定科幻本体框架的一系列美学契机：非人类或去人类中心的视角，理性极限的各种呈现，无法分离的雌雄体，无法取消的隔，莫比乌斯带结构，各种具象化了的二律背反，物理学上的佯谬现象，蝴蝶效应，祖父悖论，等等。

二、实际性原则与科幻本体的否定言说

相关性或相关主义给予独断的实在论、形而上学、朴素现实论致命一击，抛开思维、主体、理性去思考其外部客体、对象、存在都是不可能或无效的，或者说外部的客体、对象、存在一定内在于思维、主体、理性，与它们密切相关的。梅亚苏区分了弱式相关主义、强式相关主义，前者如康德，后者如维特根斯坦。他发现相对于独断实在论这类"外敌"，主观主义形而上学或绝对的观念论这个"内奸"处理起来更加棘手。绝对的观念论认同、接受相关性，放弃"自在之物"概念，并将相关性彻底化，即"将相关性本身加以绝对化"。在绝对的观念论那里，相关性的绝对化通常体现为主体的不同变体，诸如：谢林的"自然"、黑格尔的"精神"、尼采的"意志"、柏格森的"知觉"、德勒兹的"生命"，等等。② 这些变体的共通点就是将精神、知觉、生命实体化。相关主义利用相关性遏制"每一种实体化倾向"，不允许"相关性的实体化"，而主观形而上学将"相关性实体化"就是远离"严格意义上的相关主义"。③ 那么，如何破解相关主义的形而上学独断

---

① "相关主义"，与"相关性""相关主义循环"互相关联。作为梅亚苏思辨实在论建构的重要范畴，它是对从康德到维特根斯坦现代哲学问题的概括、批判及所要突破的对象。通俗地说，它指我们对存在、对象的思考都与意识、语言或思考本身相关，对语言、意识外部对象的思考都将陷入与语言、意识、思考相关涉的循环。"相关性"的提出粉碎了抛开思考或意识、语言自身对其外部的独断，但"相关性"无法被超越，意味着人类的思考始终只能止步于意识、语言内部，这一难以突破、讨人嫌的特质即"相关主义"（参见梅亚苏：《有限性之后：论偶然性的必然性》，第12—14页）。

② 梅亚苏：《有限性之后：论偶然性的必然性》，第74—75页。

③ 梅亚苏：《有限性之后：论偶然性的必然性》，第24—25页。

超越呢？梅亚苏借助海德格尔存在论中的"实际性"概念，① 构建了"实际性原则"，以应对相关主义实体化。

"实际性"在海德格尔那表示，"'我们的''本己的'此在的存在特征"，"并且以这种方式'所是'"，② 而梅亚苏则直接用它来指"非理由""理由的缺席"，是对因果律、充足律局限的批判。在海氏的存在论中，"存在"一定是"此在"的存在，"此在"是对"存在"的"澄明"，但"此在"对存在的显现也是一种遮蔽，存在不可能彻底"此在"化。实际性存在论中"存在""此在"构成了一种非常独特的集肯定—否定为一体的机制：存在需要通过此在方能显现，此在既是对存在的确证，又必遭到存在的否定。梅亚苏的眼力确实不错，实际性存在论与绝对的观念论在结构上的确存在可对应之处，"存在"的结构位置对应于（相关性）"实体"，"此在"对应于"相关性"，这样前者对后者就形成双重批判：有如存在不能离开此在那样，相关性的实体不应该离开相关性的"肉身"；有如"此在"对"存在"可能造成僭越、放逐那样，相关性实体化则以造成相关性封闭的方式远离"相关性"。尽管二者有这样的结构相关性，不过从海氏存在论跨到康德及之后相关主义认识论主导的系统，其间跨度非常大，梅亚苏将其关联起来看似有些权宜之计。其实不然，对康德奠立于自在之物基础上的批判哲学的批判与沉思，是海氏存在论构建的一大资源；而在"自在之物"这一基石问题上，海德格尔就康德之后德国古典哲学对自在之物的超越或诟病问题为康德作了澄清和回护，③ 这是20世纪对绝对精神僭越自在之物后果的反思中最有分量的。其中非常重要的是，"实际性"并非后来赋予康德的，而是始终内在于康德有关知性的十二种先天形式的，即"相关物的实际性"。这些形式不能被派生、推演，是现象与自在之物的区分成为可能的条件，也是康德与黑格尔的最大区别："之所以物自体（自在之物，引者注）的领域能够与现象领域区分开来，那也恰是因为这些形式的事实性（实际性，引者注）：它们只能被记述，因为假如真如黑格尔所言，它们能够被演绎出

① 梅亚苏的"实际性"范畴源自海德格尔的"实际性解释学"，在中译中有"事实""实际"两种翻译。这里采用海德格尔《存在论（实际性的解释学）》中译本何卫平先生的译法，即将德文 Faktizitä 译为"实际"，此译比较符合对绝对观念论的还原与拆解意思，而"事实"则同逻辑、推演比较接近。

② 海德格尔：《存在论（实际性的解释学）》，第 8—9 页，何卫平译，商务印书馆，2016 年。

③ 具体可参见海德格尔：《康德与形而上学疑难》，王庆节译，上海译文出版社，2011 年。

来的话，那它们就成为无条件的必然之物，而这也就抹杀了与它们相异的物自体存在的可能性"。① 梅亚苏从康德先验形式中重新发掘、突显形式的实际性或相关物的实际性，这对于形而上学批判而言十分重要，而且只有回到问题的起源方能有如此发现。因为在康德之后我们通常是在理性主义框架、主客体模式、逻各斯中心主义内谈论、区别现象与自在之物、"为我们的"与"自在的"概念，而遗忘了理性、意识这些形式背后的相关物（物）的实际性及其不可被推演、论证而圈定的特性（物性）。梅亚苏在这一问题上改变了谈论问题的方式，这种改变在他看来只不过是"视角的转换"，这种转换（相关性的物的实际性）主要是重新回到内部以及将认识论作存在论的转换。在理性主义主客体模式或逻各斯中心主义范式下通常是用内外二元结构去措置或分解自在之物，从而容易造成许多误解。梅亚苏提醒我们将这些问题重新放回"事物内部"，情况就会显得不一样：不应把对思考的不可能、事物本体的不可知视为（理性）局限，不能将这理解为为寻求终极答案而必然遭到的限制，而必须将此视为存在物的"终极特性"（本己的存在方式）；实际性也就是事物的"真正属性"；"非理由"就不是"非理性"，不是"知识有限性的标志"而是存在物"一种绝对的问题论意义上的属性"。② 梅亚苏通过"实际性"摧毁主观主义形而上学，赋予实际性"绝对性"。诚如他自己所称道的，这似乎很荒谬，不允许观念主义绝对化，却反过来允许在反对观念主义绝对化过程中构建起自己的绝对化？实际性的绝对性是不是一种独断或实体？实际上，当我们这样提问时就已经陷入了或又回到了逻各斯主义或理性主义框架内（提问了），也就是把存在论的"实际性"概念化、推理化、逻辑化了，而它恰恰拒绝、解构这种操控。这个"绝对（物）"就是梅亚苏的独特"实在""思辨实在论"的"实在"，它"作为一切概念化之不可能性的实在"，与逻各斯之间存在着"脱节"，是"一种朝向而非围绕实在的逻各斯"。③ 实际上，有了拉康的"对象 a"，尤其德里达的"本质"即本质不在场却可反复等视域参照，④ 梅亚苏的"实在"也并不玄奥。当我们用"实在"意指"实际性"时已从肯定性维度加以突显了，容易引起

① 梅亚苏：《有限性之后：论偶然性的必然性》，第 76—77 页。

② 梅亚苏：《有限性之后：论偶然性的必然性》，第 104—105 页。

③ 雷·布拉西耶、昆汀·梅亚苏等：《思辨实在论——一日工作坊》，赵文译，载汪民安、郭晓彦主编：《迈向思辨实在论》，第 70 页，江苏人民出版社，2015 年。

④ See Worthmam SM. *The Derrida Dictonary*，N. Y.：Continuum，2010，pp. 14-30.

"实体化"的幻觉，而"实际性"的底色是"否定性的"，甚至它是在否定、对抗中显现、确证自身。"实际性"的真趣在于自在存在、绝对观念的不可能的，而这种不可能却是绝对的；"实际性的绝对"在否定绝对观念、绝对实体中显示自身，这种否定与显示是绝对的。

"实际性"以否定的独特方式关联着"绝对（物）"，维系着"为我们的"与"自在的"绝对差异，是相关主义"隐秘的基础"。实际性原则为科幻提供了巨大空间，也对科幻类艺术批评与本体转向提供了导向。"实际性"潜藏着丰富的美学资源，包括自在存在、自在之我不可能之否定性美学，他者理论，差异的艺术视角，悖论的雌雄体美学（形同齐泽克的"客体即主体"、德里达的"外部是内部"等），无法拆解的镜像、交错、幻象、隔膜，残缺所具有的陌生化、奇异性及其美学能量，等等。实际性原则虽重点在于否定主观绝对自在，但只需加以视角的转换，由自在之物不可能这一命题所包含的美学资源同样适用于自在之我的不可能。

科幻文类对自在主体、绝对精神、超意志领域的兴趣与冲动似乎比自在之物、自在客体更为强劲。实际性原则对绝对观念的否定，为重新审视与评价这一领域参差不齐的作品提供了可能。在科幻作品中以人格化、实体化的上帝或神代表绝对主体出场，以此维系、收摄作品的结构已经不太可能，但它会有系列世俗化的变体，诸如超级英雄、超人、超自然、超能力生物或人造物，典型的有《弗莱西·戈登》系列、《超人》系列、《蝙蝠侠》系列、《上帝难为》《超体》《独立日》等。尽管这类作品拍摄时间、内容、技术存有差异，但一种无所不能的能力及上帝式视角几乎支撑着作品的结构。这些作品切中了人们内心的欲望，并不影响其可能拥有巨大观众或读者群，总体上商业性、娱乐性高过了艺术性。文学经典总体上远离了上帝式人物与视角，从萨特到卡尔维诺都强调这一点。科幻作品也不例外，相对具有美学、思想价值的作品，涉及绝对主体、自在主体及相关其变体（外星人、机器人、仿生人、非人）几乎是隐在、否定、空无、无形、歧义、延宕、自反、缺席的（在场）、（本体的）替补或残缺；《2001太空漫游》反复出现的神秘"石碑"；作为"现代普罗米修斯"的弗兰肯斯坦始终对造人角色和任务的怀疑（《弗莱肯斯坦》）；《银翼杀手2049》《黑客帝国》造人主题及隐遁的造人者，人与复制人界限的模糊；自反性超人（《木星之卫》），没有形体或只有踪迹的外星人（《超时空接触》《降临》）；《异形》系列、《天使之心》所体现的主体无限延宕与绝对的他者，等等。形而上学与科幻在思想主题上具有同源性，这些作品同自在主体不可能的相关程度直接关系其思想深度。从思想深度到它所可能传递的美学深度或许不是直接的，但它们但凡以自在主体不可能作为整个作品结构与叙事支点的，都可能呈现出较高的艺术水准。齐泽克在这方面的分析有非常不错表现，他将自在主体的不可能与科幻作品对此的呈现关联起来，相互生发，既通过科幻作品将这些概念非常直观地呈现，而在这些概念的整体呈现过程中又维系了作品的艺术高度。在他那里，"延迟的否定""视差之间"同《黑客帝国》《银翼杀手》等几乎是平行的，不必区分谁印证谁的问题。《异形》《黑客帝国》这类科幻本体的作品之所以相当经典，在于它在（哲学）观念、（作品）内容主题、（艺术）形式结构不同维度上相互叠合、关涉与成全，更关键的是这些作品的艺术形式并非只是观念和主题的手段或工具。从哲学观念上，《异形》几乎是德里达"异延"的互文，《黑客帝国》则是对柏拉图理念尤其是黑格尔"绝对精神"的内爆。观众或读者从中总能感觉到某种力量在控制着问题、真相、事件与行动者（构成作品的内容），又随即会发现这种控制不同于实体化的超人模式，其控制隐匿了方向，它没有朝向、不在场、乌有、空无，但又确实能真切地感受到乌有磁场、空无的牵扯，诸如，观众看到《黑客帝国Ⅱ》时发现锡安和尼奥都是虚拟程序时，这种空无、失真、失重的不适或惊骇尤为强劲，这完全不同于被实体、有形操控的情形；在这种情况下，观众反而不再希望重压被消除或控制被解救，而是瞬间顿悟这是叙事结构在左右着作品的内容，进而沉入到哲学观念层面的思考。正是作品的形式传递出有意味的内容以及相应的哲学观念，《黑客帝国》也正是通过二次穿越往返于真实与虚构的方式消解了真实、消解了人类和主体，也消解了"绝对精神"，而这种消解不是消除殆尽或万劫不复的。因此，这些科幻经典，不需要像纯粹商业片那样依靠特技、特效来凑数；当然，它对此也不排斥，如果技术、特效存在能够衍生出相应美学形式、哲学观念。

实际性原则并非单向度地为科幻提供美学空间，经典科幻作品也能非常直观地呈现相关主义循环或悖论以及独断实在论与独断主观主义之间一体两面的相关性。齐泽克发现了康德的自在之物与拉康不可能之物的相关性，[1]康德用自在之物的不可知否定了本体或绝对实在的可能，而拉康用对象 a 否定了超级主体的可能。

---

[1] Slavoj Žižek, *The Fragile Absolute*：*Or*，*Why the Christian Legacy is Worth Fighting For*，London：Verso，2000，p. 170.

从认识论看，它们正好在主客体两端，而从存在论看则彼此相依相存，其通常变体就是，客体即主体，外部即内部，等等。这在艺术作品中几乎可呈现为诗一般的凝滞意象，或是齐泽克苦心经营的"幻象"，更可作为科幻叙事的结构性支点。《银翼杀手》《天使之心》都借助这样的结构或支点，将相关主义的奇异循环演绎得淋漓尽致："一个冷酷的主人公"，不得不开始这样的一个探寻，其探寻的结果包含着"一个发现"，"即他自己一开始就是这个探寻的对象"。①《星际穿越》为拯救人类，宇航员库珀穿越黑洞，经历未知、神秘与惊险，试图到地球外去寻找适合人类生存的星球，但最后拯救人类的秘密却在身处地球的女儿手表上的电码。时间如何持留也是自在存在、自在之我是否可能的探询，穿越类的科幻就是对这一问题的呈现，经典的诸如《十二猴子》《蝴蝶效应》等，其根据就是相对论，即运动达到光速就能使时间停止、时光倒流。这种时空穿越是人类欲望以及理性限度最高维度的表达，但经典之作又往往以否定性呈现来确证物理学的佯谬现象，从而维护了作品的思想高度。

　　科技革命改变了对世界的提问方式及科幻类作品的展开方式，而这些作品所能产生的美学效应同实际性原则密切相关。新的科幻热或科幻本体转向得益于生物、基因技术对内宇宙、有机生命的不断破解，尤其是神经元、意识与情感肌体领域。这方面的突破相对于绝对观念独断超越的幅度看似非常微小，但其最革命性处在于意识、心灵这些抽象或神秘概念同肉身、肌体的关联变得可以捕捉与观测，一系列"代具""义肢"沟通了无机物、有机物，出现无机物的有机化，从而生命与非生命间的沟通日趋可能。这完全改变了传统的超越方式，停止了独断观念与神秘心灵的传统对峙。这微小的一步几乎激活柏拉图以来灵与肉的古老问题。神经元等新大陆的发现，正是从基因生命科学角度对康德哥白尼革命的呼应，当人类对宇宙的外部勘察没有获得实质性推进的情况下，内宇宙的潜能发掘为人类走向更远的太空从人类内部这一端提供了新的可能与支援。这一语境为我们对系列超自然作品以及自然齐一、人择原理的重估提供了新契机。《少数派报告》中"先知"，对未来犯罪的预知，多少是一种欲望或臆想，但犯罪与基因类型存在某种关系或将得到证实；《I型起源》中涉及宗教、科学宏大主题，但将故事的展开

---

① Slavoj Žižek, *Tarrying with the Negative：Kant，Hegel，and the Critigue of Ideology*，Durham：Duke University Press，p. 10.

奠立于虹膜相肌体，总体上则显得十分切近。《星际穿越》将普通人类之爱置于宇宙、太空背景下，使之在不同时空中穿越。正是将那种介于情感和生命感应之间、道德责任与生命关联之间的独特性非常有厚度地呈现出来，展示了爱在神圣褪去之后丝毫不减神圣之力量，从而使作品主题以及展开方式避免了宏大、抽象与空泛。通过生命体的某种超能力神器构筑作品，最震撼的恐怕要属《超验骇客》。"意识"可以上传、拷贝与传输，意味着人类不死或永生有了可能。不过，尽管人工意识等生物技术为作品提供了便利与支援，但并非占有生物技术某一制高点就能直接意味着作品的思想、艺术高度。不能笼统或简单地将新一轮以人工智能为构架的科幻热归结到人工智能技术的革命。关键在于人工意识或仿生人同传统机器人的最大区别，已不再是技术升级或技术高低问题（认识论），而是它们极大改变了人类成为人类的方式（存在论）。在这点上，梅亚苏的实际性原则与西蒙栋技术存在论或发生论是一致的，[①] 用实际性存在论理解就是：人工智能、生物技术并非只是人类理性的手段，而是人类绝对属性，是人类成其所是、人类最本己方式。由此，面对人工智能这一莫名"活体"不应只是莫名害怕，这也是但凡能深度触及人类成其所是方式的这类科幻作品，有资格成为经典的重要原因。《超验骇客》虽有触及但没有将"意识技术"所可能触及的人类存在本体、价值本体、情感本体深度展开。作品将"意识"嵌入一个庸常爱情叙事框架，整个叙事始终在熟悉的人类框架内，意识技术尽管作为内容翻江倒海地轮番上演，但几乎是在一种尽管隐蔽却又十分安全的框架下展开，结尾更是以十分人类的方式削夺其本应有的本体空间，这或许是它同《银翼杀手》《黑客帝国》之间所存在的美学差距。当然，作为技术存在论或事件存在论的实际性原则，在梅亚苏那里仍是不够充分的。

三、偶然的绝对、科外幻虚构与可能性问题

"偶然的绝对"与"科幻外"几乎是一"雌雄体"，但即便在哲学隐喻化的后形而上学语境下它们的呈现方式还是存有差异的。从目前的理论建构而言，前者显然更加丰厚。这样，通过偶然的绝对趋近科外幻，从偶然的绝对如何可能，去

---

① See Muriel Combes, *Gilbert Simiondon and the Philosophy of the Trans-individual*, Cambriage：The MIT Press，2013，p. 80.

探讨科外幻的可能性以及与可能相关的问题，就是十分必要了。偶然的绝对要告别康德并没有那么容易，它在一些方面避免了康德的问题，完全可能在另一些地方存有破绽或扞格。即便如此，摆脱相关主义囚禁，从意识内部走到外部还是值得冒一次险。自康德以降，从胡塞尔到维特根斯坦，就被困在意识、语言的内部牢笼，没能走向那个被梅亚苏不断推崇的"伟大的外部"。可是，无论是前批判哲学时代、人类的生活经验，还是理性的欲望、好奇与冲动，无不指向那个实在或外部。对于相关主义，梅亚苏可以说集中了所有喜爱与怨恨，他用了太多修辞来描绘相关主义，恐怕只有深受煎熬、折磨又能领悟其深刻性之后，方能有这种独特体验。相关主义，就像是"跟屁虫""黏人精"一样令人厌烦。这就像《丁丁历险记》中阿道克船长手指上那永远扯不掉的"橡皮膏"，只要有手指靠近就一定会黏上另一手指。它不但没完没了，还十分无趣、乏味，当你想要维护任何一种实在论观点时，相关主义肯定会补上一句"这是你思考的"。① 在摆脱相关主义抵达外部的道路上，如何避免"观念论这个海妖"又避免陷入"实在论这个大漩涡"，海德格尔、列维纳斯、德里达他们都做了非常有思想性的尝试。② 不过，无法言说的本体几乎逼疯了哲学家，他们的代价是要么趋向神秘，要么濒临言说失范，只能是否定地、自相矛盾地、反反复复地言说。"到我们自身之外，去把握物自体"，"打开窗户，感受新鲜空气吧"，③ "偶然的绝对""科外幻"终于试图告别自在之物的否定表达，告别了"不是，不是（什么）"而作出肯定性确证，即"实际论的本体论"并不想成为"否定的本体论"。

　　偶然的绝对的核心在于消除必然幻象的同时必须同巧合、运气与投机区分开来，避免相对主义和虚无主义。它不是经验的偶然，不是物理法则内的偶然或变动，不是逻各斯主义框架下必然性所对立的偶然性；而是支撑必然与偶然对立的框架本身的偶然性，就是物理法则自身的偶然性。梅亚苏要解决的核心问题在于：如果物理法则是偶然的，那么如何去解释现象世界的稳定性？如果法则是偶然的，那么它们就会频繁地发生变化吗？在康德那里，先验的就是必然的，而法则的偶

---

① 汪民安、郭晓彦主编：《迈向思辨实在论》，第 63 页。

② 汪民安、郭晓彦主编：《迈向思辨实在论》，第 69—70 页。

③ 梅亚苏：《有限性之后：论偶然性的必然性》，第 55 页。

第四辑　后文学本体转向与跨界

然性（非必然性）就会导致表象坍塌或混乱。梅亚苏发现这其中许多环节被忽略了，他认为恒常性、稳定性并不能直接上升到本体必然性，法则的偶然并不必然导致频繁变化或随机性。梅亚苏借助哲学家勒内·凡尔纳对先验必然性与经验偶然性的翻转以及"骰子宇宙"的精彩比喻加以论证。凡尔纳赞同康德的观点，却又与康德相反地认为，先验将偶然性呈现给我们而经验则提供了必然性。梅亚苏深受启发，以休谟提出的撞球为例，从先验层面看两球可能有数以千万计的不同运动，但在经验中每一次都唯有一种可能被实现。为更好说明，梅亚苏将两球相撞置换为掷骰子，不妨将一颗骰子的面增加到数以百万计的面，那么在先验层面并无法决定哪个面朝上，只要能被思考也就可能出现，每个面均有机会朝上；从数理逻辑看，每一面的出现都具有均质的可能，这种均质是必然的，而哪面会出现则是偶然的，即必然的偶然（先验的偶然）。不过，在实际经验中情况并非如此，每次只有一面朝上，而恰恰把这次朝上被视为一种必然。梅亚苏将这种经验中的必然视为典型的"赌徒推理"：当赌徒玩了一个小时骰子，始终是同一面朝上，他一定不会把这归咎为运气，而会认为是某种原因，非常有可能骰子被偷灌注了铅而出现这种必然。我们将骰子置换为宇宙，其面数庞大到甚至无法计算，但问题是为什么一定是现在的宇宙、我们所看到的或朝向我们的这面宇宙？梅亚苏认为，休谟、康德他们的推理同赌徒推理一样，将偶然朝向我们的宇宙视为必然，将偶然性隐而不显赋予某种必然。由此，所谓的必然昭然若揭：相信这种必然就是相信宇宙被灌了铅。梅亚苏并非不承认被灌了铅而朝向我们的宇宙这一事实，而是要提醒，"我们的宇宙"只是骰子宇宙中的一种朝向，它同可能存在的宇宙在数量上有巨大的差异，而且不能因为我们宇宙的恒常就将其视为必然。不同的骰子宇宙的面会有不同的法则，康德、休谟所提到的物理法则只适用于我们的宇宙，对宇宙本身的偶然性我们无法产生知识（混沌），对其偶然性甚至不可能觉察。灌注了铅的宇宙只是一种修辞或假设，为何这骰子宇宙必然是既定的一面朝向我们，可能是"物质"也可能是"天命"；但这并不影响骰子的稳定或结构。骰子宇宙或大写宇宙本身及其绝对偶然性，我们无法从任何推理中抵达，若不止于一种否定或抽象表达，而将这种偶然性深化就是"混沌"。我们无法抵达混沌，但"构成混沌显而易见的稳定的确切条件"是可以解释的，这个条件本质上是数学性的，就是"超穷数"。梅亚苏借助康托尔对存在的数学思考推进超穷数。[1] 超穷数就是康托尔的集合理论，可以简单表示为：集合 A 的幂集 P（A）总是大于集合 A，即便集合 A 是无穷大。[2] 这个公理系统避免了无限、无边这些一般说法的空洞，能撕裂理性对界限的无能。即便如此，它却是"非全体化"、非确定性的，即"可能之物总是不可能被全体化"，这是超穷数非常关键的一点，它同实际性原则是相通的。这样，从骰子宇宙、混沌到超穷数的整个过程，梅亚苏通过关键范畴的不断转换（类似康德的"建筑术"）阐释了绝对的偶然。

只要稍加注意就能发现，梅亚苏对绝对偶然性论证的整个过程已给科外幻预留了一些不是那么明显的空间。诸如他称，两球相撞在"骰子宇宙"中可以相互融合，可以变为"两名纯洁无瑕却喜怒无常的女子"或"两朵鲜红欲滴的迷人百合"，等等。这几乎就是科幻中多重宇宙、平行宇宙里的场景或片段。尽管他表示能够穿越不可被思考、无法被计算事物的"小径"并具有日久常新力量的，是数学而非诗歌、艺术或宗教，但无论是数的非全体化、不确定性以及偶然性"来临"，自在之物朝向我们"来临"以及"来临的时刻"等等，都给科幻留下了可能。这种可能以及如何可能在"形而上学与科学外世界的虚构"的讲座中得到全面演绎。

超穷数是对康德自在之物本体之域的展开，而科学虚构与科外幻同样离不开康德，是对康德必然法则之外所谓"非康德世界"如何可能问题的探讨。梅亚苏构建了三种类型的科学外世界：类型一，是无规则所有可能世界，无规则不至于影响到科学和知觉，即只是局部非因果，不是严格的科学外世界。类型二，不规则足以废除科学，但不足以消除知觉世界，是真正的科学外世界。类型三，科学条件和知觉条件都废除，不再是一个世界，即康德那规则之外的混乱无序，无法展开叙事。只有类型二，能构建起一个科学外虚构世界。不过，这还只是理论的可能，如何体现"文学的意趣"，如何真正出现与科幻不同的故事类型，这是非常困难的。关键是，科学之外如何可能？科学外世界并不能随心所欲，梅亚苏对科

---

① 超穷数的核心是集合原理，其要旨是：取任何一个集合，计算其元素及以这些元素组合的可能性（幂集）；这一集合的幂集总是大于幂集自身，如：集合 A＝｛1，2，3｝，它的幂集至少包括集合 A 的所有子集构成：｛1｝，｛2｝，｛3｝，｛1，2｝，｛1，3｝，｛2，3｝，等等（参见梅亚苏：《有限性之后：论偶然性的必然性》，第 203－205 页）。

② 梅亚苏：《有限性之后：论偶然性的必然性》，第 198。

外幻构建了两条应遵循的基本原则：一是，所发生事件不能被任何真实或现象的逻辑解释；二是，科学在其中存在，但它是否定的。现成的科外幻作品并不容易找到，在法国当代作家加西亚帮助下，梅亚苏发现了三种类型的科幻实例，[1] 但这些作品每次的断裂都最终被回归到因果关系的"非正统逻辑"，只能视为科幻被科外幻寄生了。最后，梅亚苏宣称自己还是找到一个被"贴上虚构标签"、真正的科外幻，即巴赫扎维勒的《折磨》。小说写的是因突然停电引发的混乱，违背了自然法和逻辑，在梅亚苏看来它能成为科外幻的关键是小说最后没有重归因果逻辑框架。

毫无疑问，梅亚苏的科外幻理论与创作实际结合方面十分仓促，《折磨》同科外幻的理想尚存在很大差距，仅凭对因果逻辑捣毁作为科外幻小说的范例也缺乏说服力；科外幻理论与作品相互生发的潜能及契合度远未达到德里达、巴特的后结构主义理论同卡尔维诺的《寒冬夜行人》等后现代作品间的那种关系。不过，科外幻的拓展同偶然性的绝对一样在叙事、美学、哲学、批评等问题史及当代性方面十分重要，它在当代人文学科的问题转向潮流中突显了梅亚苏理论的如下独特价值：

其一，启蒙、理性与批判再出发。梅亚苏的理论延续了如何摆脱人类自身招致的不成熟这一康德启蒙的核心，将理性必然性幻象置于批判强光中加以质询，提出人类应摆脱理性洞穴与幻象蛊惑，以更成熟心智直面偶然性问题。偶然性即可能性，它可借助超穷数翻转自在之物外部朝向的广袤之地，是亚里士多德诗学"不合情理的可能性"对"合情合理的不可能性"的反转。康德曾谈到了"超感知问题"的批判原则，贝尔纳·斯蒂格勒曾从生物技术触及此域，而梅亚苏所及则是先验可能性。如何从生物、基因技术拓展这种可能性符合梅亚苏的实际性原则，能对超穷数所提供的空间赋予肉身。如何从内部拓展外部、从踪迹探索本源、沟通意识与肉身的诸多可能，是康德启蒙以来的遗产。可能性的变革、转向将为美学艺术新的可能提供可能性。

其二，从美学与文学叙事方面，偶然性的绝对与科外幻将出现了全新空间。

---

① 三类科幻实例为：（1）引入单一断裂，突发灾难使世界变得不可解释，如罗伯特·查尔斯·威尔森的《达尔文尼亚》；（2）增加断裂、制造无稽形式，如道格拉斯·亚当斯的《银河系漫游指南》中的导弹落地变成牵牛花；（3）充满不确定、碎片化，停止所有熟悉的真实，如菲利普·K. 迪克的《尤比克》（参见梅亚苏：《形而上学与科学外世界的虚构》，第52—57页）。

新空间与可能并非只存在于认识论层面，而恰在认识论遭遇困难之后朝本体域回归，将为处于终结声浪的文学艺术提供不同视域。自在之物所潜在的美学空间、动力在后形而上学下将全面释放。梅亚苏对自在之物的翻转及外部跨越，如何在一个坍塌世界、乌有世界、科学外世界展开文学艺术，其可能性将得到拓展与丰富。走到自在之物外部的那些后形而上学方案可为科外幻提供更多美学范例，诸如德里达对《在法的门前》的重构几乎代表后形而上学下对现代性文学重构的经典。如何从科外幻重构科幻，或许只有一膜之隔；而这一步之遥不应忽略媒介技术的优势，电影、哲学、戏剧呈现混沌方面并不逊色数学。

其三，梅亚苏的后批判哲学秉承康德批判哲学彻底性，催生了科幻批评文类。康德在形而上学批判的问题上十分清醒，他反对形而上学独断地超越的同时也反对独断地抛弃形而上学："人类精神有朝一日将完全放弃形而上学研究，这和我们为了不洁净的空气就宁可完全停止呼吸一样不可取的。因此世界上任何时候都将有形而上学。不仅如此，每个人，尤其是能够反思的人，都将有形而上学"。[①] 在本体超越上，除了绝对观念论、实在论，还有一种通过自我反对的概念走向外部的，诸如德里达的"不可决定性"、"绝境"等。梅亚苏宣称思辨实在论是非形而上学的，但对于超穷数能否最终解决休谟的难题，不难看出他的审慎、迟疑的保留态度。这是批判哲学到后批判哲学，在本体问题上所延续的批评、反思、质询、否定姿态，同样应视之为启蒙遗产。人类应自觉认识到本体的独断论就像走向外部一样并非一种灾难，而对独断论本身更要有洞察、质询的免疫力，正是后批判哲学或后现实主义关键所在。齐泽克以包法利夫人与爱人邂逅的描写为例，区分了现实主义与后现实主义：前者认为帘子后面有某种实在（性行为）；后者则质疑帘子后面存在某种实在，认为不过是试图隐藏某种实在姿态本身构造了实在。[②] 这种源自本体的否定、批判、反思、质询构成了后批判哲学下非常重要的文类。如何对人工智能活体、未知恐惧及偶然性展开批评，或许将内化为科幻的内容、形式，从而推动科幻文类批评本体构建。

（原载《外国文学研究动态》2021 年第 4 期）

---

① 《康德著作全集》（第 4 卷），第 372－373 页，李秋零译，中国人民大学出版社，2004 年。

② See Slavoj Žižek, *Tarrying with the Negative：Kant，Hegel，and the Critique of Ideology*，Durham：Duke University Press，p. 101-103.